Kontaktadresse nach EU-Produktsicherheitsverordnung:
produktsicherheit@fischerverlage.de

Ägypten während der englischen Kolonialzeit: Der kleine Ibrahim wächst als Sohn koptischer Christen im oberägyptischen Assiut in Armut auf. Sein größter Wunsch ist es, Arzt zu werden. Schon als Kind macht er sich im örtlichen Schlachthof mit der Anatomie von Lebewesen vertraut. Mit eisernem Willen erreicht er sein Ziel und wird ein berühmter Hakim. Sein Lebensweg ist geprägt vom Kampf gegen Missstände aller Art und mit glühendem Eifer verfolgt er vor allem ein Ziel: die Lebensumstände der Ärmsten in seinem Heimatland zu verbessern. Seine bewegte Laufbahn führt ihn über Kairo und kleine Dörfer am Nil nach London. Schließlich kehrt er – todkrank – in seine Heimat zurück – und zu der Frau, die er liebt.

John Knittel (* 24. März 1891 in Dharwar, Indien; † 26. April 1970 in Maienfeld, Graubünden) wurde als Sohn eines Missionars in Indien geboren. Anfang der 1920er Jahre lebte er in London, war bei einer Bank beschäftigt und betätigte sich u. a. auch als Filmhändler. Knittel lebte lange Jahre in Ägypten, Algerien und Tunesien, aber vor allem in der Schweiz. Viele seiner Romane spielen in Nordafrika, zwei in seiner Wahlheimat, der Schweiz: der Klassiker »Via Mala« und »Therese Etienne«.

Unsere Adresse im Internet: www.fischerverlage.de

JOHN KNITTEL

El Hakim

ROMAN

Aus dem Englischen von
Margaret Furtwängler-Knittel und
Hubert Furtwängler

FISCHER
TASCHENBUCH
VERLAG

2. Auflage

(englische Originalfassung: »Doctor Ibrahim«)
Bearbeitete, gekürzte und aus dem englischen Original
in die deutsche Sprache übersetzte Fassung, 2008,
von Margaret Furtwängler-Knittel und Hubert Furtwängler
Printed in Germany
ISBN 978-3-596-17846-9

El Hakim

EINLEITUNG

Der Autor dieser außergewöhnlichen Bekenntnisse war offensichtlich ein Chirurg von großem Ansehen. Ich sage »war«, denn er lebt nicht mehr. Eine tückische Krankheit, die er nach seiner ärztlichen Tätigkeit in England mit nach Ägypten zurückgebracht hatte, zwang ihn früh unter die Erde.

Sein niedriges weißes Lehmhaus befand sich in einem duftenden Orangenhain am Rande der Wüste in der Nähe von Ain-Shams (Quelle der Sonne), wo ich schon über ein Jahr nur wenige Steinwürfe von ihm entfernt lebte, bevor ich ihn zum ersten Mal hinter seiner Gartenmauer zu sehen bekam. Ich war neugierig, etwas über meinen Nachbarn zu erfahren, und schon mehrfach war ich an seinem Anwesen vorbeigeritten.

Eines Tages ritt ich meinen großen alten Hengst Tommy und erhob mich aus den Steigbügeln, um einen indiskreten Blick über seine Mauer zu werfen. Da lag er – auf einer Chaiselongue – und schrieb auf einen Block, den er mit angezogenen Knien stützte. Ich war fasziniert von dem Ausdruck seines noch jugendlich wirkenden Gesichtes, das aber von schwerer Krankheit gezeichnet war. Seine Haut hatte den Glanz von altgoldenem Pergament.

Jedes Mal, wenn ich vorbeiritt, sah ich ihn in der gleichen Haltung. Aber schließlich machte ich mich doch mit einem *Salaam aleikum* bemerkbar.

»Kommen Sie herein, freundlicher Wanderer«, rief er mit einem einladend warmen Lächeln.

Ich stieg vom Pferd, während das Gartentor sich öffnete und ein dunkler Berberini mich einlud, näher zu treten.

So lernte ich Dr. Ibrahim und nach einiger Zeit auch seine Frau kennen. Er nannte sie *Malakka*, was so viel wie Engel bedeutet. Sie war ein auffallend schönes Geschöpf mit den klassischen Zügen alter Ägypter, etwas älter als dreißig Jahre und sprach perfekt Französisch und Englisch. Sie lebte nur für ihren Mann und pflegte ihn mit aufopfernder Hingabe. Bei aller Würde hatte sie großen Charme, wenn auch ihr Lächeln so traurig war, wie ich es nie mehr gesehen habe.

Dr. Ibrahim war ein Philosoph und konnte über seine körperliche Hinfälligkeit zuweilen mit satyrischer Überlegenheit scherzen. Mit seinem großen Herzen liebte er die Menschen, auch wenn er oft Bitterkeit über die Ungerechtigkeiten in der Welt empfand. Einige seiner engsten Freunde hielten ihn für ein Genie der ärztlichen Kunst. Seine universellen Kenntnisse, seine Kultur sowie der Umfang seiner auserlesenen Bibliothek setzten mich immer wieder in Erstaunen.

Es ist wahrhaft tragisch, dass ein solcher Mensch verurteilt war, im besten Mannesalter zu sterben. Tag und Nacht lauerte der Tod über ihm, denn seine Lungen waren fast vollkommen zerstört. Und doch hörte die Flut von Menschen der verschiedensten Berufe und Gesellschaftsschichten, die von weither kamen, um seinen Rat zu erbitten, nie auf. Scherzhaft pflegte er zu sagen: »Mein Leichenbegängnis hat bereits begonnen.« Erst kurz vor seinem Tod wies seine Frau sämtliche Besucher ab, das Gartentor blieb verschlossen.

Eines Morgens erhielt ich über Hussein, den Berberini, die Nachricht, dass Dr. Ibrahim, den ich als Freund lieben gelernt hatte, verschieden sei. Ich war aufs Tiefste erschüttert.

Zur Leichenfeier in der koptisch-orthodoxen Kirche in Abbassieh, an der ich teilnahm, waren Scharen von Menschen erschienen. Malakka hatte ihre Schönheit nach europäischer Sitte in schwarze Trauerschleier gehüllt. Sie soll bald danach in das Marien- und Josefskloster eingetreten sein.

Ein Jahr nach Dr. Ibrahims Tod erhielt ich mit der Post ein eingeschriebenes Paket, das einen Stoß eng beschriebener Papiere sowie einen Brief von Dr. Ibrahim enthielt. Der Absender war ein Rechtsanwalt aus Kairo, der erklärte, dass die Schriftstücke gemäß den von Dr. Ibrahim hinterlassenen Weisungen und mit der vollen Zustimmung seiner Frau zwölf Monate nach seinem Tod mir übergeben werden sollten.

Der Brief des Verstorbenen lautete:

»Mein verehrter Freund,

ich habe genügend Erfahrung, um zu wissen, dass die Freundschaft, die Sie mir entgegenbrachten, mit einem guten Teil Neugier gemischt war. Ich will zugeben, dass Sie mich ebenso neugierig gemacht haben – mit dem Ergebnis, dass ich Sie weit besser kennengelernt habe, als Sie es ahnen. Sie gehören zu den Menschen, die ihre Geheimnisse in den Augen tragen. Deshalb sehen Sie sich vor!

Ich habe meine Frau in sorgenfreier Lage zurückgelassen. Als Laienschwester will sie in ein Kloster eintreten und Kranke pflegen. Diesen Entschluss hat sie vor meinem Tod gefasst und ich bin sicher, dass sie ihn in die Tat umsetzen wird. Das von mir gegründete Kinderkrankenhaus ist durch mich und meine Freunde so versorgt, dass es als kleines Denkmal zu meinem Gedächtnis erhalten bleibt. Auch habe ich meinen treuen Diener Hussein mit einem Legat bedacht. Da ich, wenn Sie diese Zeilen lesen, nicht mehr sein werde – ohne die geringste Aussicht, jemals wieder aufzuerstehen –, hinterlasse ich Ihnen meine privaten Aufzeichnungen. Sollten Sie glauben, dass darin Stoff für eine Autobiographie enthalten ist, wäre es mein Wunsch, dass Sie sie in Ordnung brächten und womöglich einen Verleger dafür finden würden. Vielleicht könnte das Beispiel meiner Bestrebungen, meiner Fehlschläge und Erfolge für diejenigen in meinem Vaterland von Nutzen sein, die wie ich ausziehen möchten, um das Leben zu erobern.

Ich reiche Ihnen aus dem Grabe die Hand und danke Ihnen für all die Freundlichkeiten, mit denen Sie mich überhäuft haben, solange noch Leben in meiner gequälten Brust war.

Ihr für immer dahingegangener
Ibrahim Gamal El Assiuti«

Mit diesem Buch lasse ich nun Dr. Ibrahim selber zu Wort kommen. Kein noch so großes Lob aus meinem Mund könnte dem Leser das Herz des Verfassers näherbringen als die Dinge, die er selbst zu sagen hat.

ASSIUT

Verweile mein Freund und höre mir zu.

Ich will dir mein Leben erzählen. Ich, der Kopte Ibrahim aus Assiut in Oberägypten, biete dir keine prächtige Vase aus kostbarem antikem Porzellan. Ich zeige dir nur altes Töpferwerk, nur Trümmer gebrannten Lehms – kein Lapislazuli, nicht einmal Alabaster.

Als armer Junge kam ich zur Welt und war stolz auf meine Armut. Ein ägyptischer Junge ist nie so arm wie seinesgleichen in der übrigen Welt. Der Staub, der ihm entgegenweht, ist von größerem Wert als Gold. Es ist heiliger Staub. Wenn du nichts anderes als einen leeren Bauch dein Eigen nennen kannst, dann durchstöbert dir niemand die Taschen. Das Licht und der leichte Wind im Schäfermonat bedeuteten mir das Leben, und der Anblick von Brot, Zwiebeln und dampfenden Linsen machte mich schwindeln vor Verlangen und Freude.

Jeder kleine Junge im *Said* ist ein kleiner Dieb, jeder kleine Hund ein Räuber. Die Tauben, die das Blau des Himmels verdunkeln, sind schweifende Banditen und Korndiebe und selbst mein geliebter Esel fragt nicht danach, wessen Hirse er zu fressen bekommt. Ägypten ist ein reiches Land, Ägypten ist ein fruchtbares Land. Aus seinen Tiefen unter dem Boden, den ich betrete, steigt der dunkle Atem von Jahrtausenden des Verfalls auf. Die Erde atmet schwer, es ist heilige Erde. Vermähle das karmesinrote Wasser der Nilfluten mit altem, grauem Staub, vermische das Gerstenkorn oder die winzigen Körner des *Bersims* mit dem Schlamm, und dann schau das Wunder: Aus meiner geliebten Erde schießen herrliche grüne Flächen hervor, prächtig anzusehen, eine Freude für das Auge.

Und so ist es auch mit den Jünglingen und Mädchen, wenn sie ihre schlanken Lenden zusammentun, um zärtlich einander zu lieben. Ihr Samen ist mächtiger als jeder andere Samen auf Erden. Er ist das Fluidum, mit dem der Schöpfer Adam und Eva schuf. Wem sollte der Mensch sonst ähnlich sein, wenn nicht dem Schöpfer selbst? Und was wird aus ihm, wenn er nicht Weisheit und Vernunft walten lässt. Wenn das Feuer der Sonne ihm zur Qual wird und seinen Geist verwirrt? Sind wir wirklich so anders geartet als unsere Brüder aus den Sümpfen des Südens, die, so scheint es, leichter als wir sich zu blutgieriger Leidenschaft hinreißen lassen? Man hüte sich vor dem, der sich brüstet, der sein Haupt zu hoch trägt und in seiner Faust den gewaltigen *Kurbag* oder den mit Nägeln beschlagenen *Nabout* hält. Wie oft schon sah ich Blut fließen, wie oft die abscheulichsten Todesarten, unvergessliche Verbrechen, die meist aus Irrsinn oder Unwissenheit begangen wurden. Es scheint ein Naturgesetz zu sein, eingemeißelt in die Steinblöcke alter Tempel und Grabmäler, dass der Mensch nach Blut dürstet und gegen friedfertige Geschöpfe zum Mörder wird. Es ist wie eine Finsternis, die über ihn hereinbricht und in der er sich selbst verliert. Und es ist nicht nur sein Bruder und Mitmensch, den er tötet und quält, sondern er tötet das Ebenbild Gottes, das in ihm selbst ist – und dies ist das schlimmere Verbrechen.

Ich habe ein altes Gedächtnis, viel älter als das der meisten Menschen. Durch ein trübes Dunkel blicke ich auf vergangene Zeiten zurück, da unsere Vorfahren noch als Einsiedler in Höhlen und Katakomben einer längst erloschenen Kultur hausten. In meiner Phantasie entstehen Gestalten graubärtiger Männer und ernster Jünglinge, die einander mit glühenden Augen Geschichten erzählen von dem größten und sanftesten Menschen aller Zeiten, von ihm, der nie tötete, nie verwundete, der aber verwundet und getötet wurde – von Jesus aus Nazareth. Seine Gedanken, das Geheimnis um ihn, sein unfasslicher Mut musste mir nicht auf der Schulbank wie eine

Wissenschaft beigebracht werden und ebenso wenig von einer Kanzel herab – nein – das Serum des Christentums speicherte sich wie von selbst in den Adern meines Körpers, wie ein Fluidum, das Lebenskraft spendet.

Als ich noch klein war, sah ich überall Frauen, nichts als Frauen, die vor dunklen Lehmhütten in den staubigen Straßen saßen. Ich sah meine Mutter mit untergeschlagenen Beinen meinen Bruder Morqos stillen, der jetzt Richter an den Gemischten Gerichtshöfen ist. Oder ich sah sie auch des Öfteren am Rande des Kanals hocken und mit anderen Weibern schwatzen und waschen. Einmal lag eine Frau auf einer Matte – eine unförmige Masse mit einem riesigen Bauch – seufzend, schreiend und blutend. Ich sah ein junges Leben aus ihrem Körper gleiten, ein blasses, zappelndes Kindchen, das aussah wie ein Greis. Ich erschrak und weinte. In der Nähe schlummerte eine Ziege. Zu ihr schlich ich, drückte meine Wange an ihren warmen Euter und verlor mich in Träumen.

Mein Vater war Kaufmann. Sein kleiner Laden duftete nach wohlriechenden Kräutern, die er zum Teil aus Indien und China bezog. Er handelte mit Henna, Melasse und Wurzeln, getrockneten Datteln und Rosenblättern, Alaunsalzen, Mandeln, aber auch mit Kräutern, die nur heimlich verkauft werden durften. Frauen benützten diese, so hörte ich später sagen, um das Vergnügen der Männer zu steigern.

Marasseela, die Hebamme, ein Berber-Weib, das Krusten an den Händen hatte und einen ekelerregenden süßlichen Geruch verbreitete, erschien häufig im Laden und flüsterte meinem Vater ihre dunklen Geheimnisse ins Ohr. Mir war sie unheimlich. Einst öffnete mein Vater eine verschlossene Truhe, in der ich lauter Phiolen entdeckte. So also war es. Er hatte offensichtlich mit ärztlichen Dingen zu tun, bereitete zum Beispiel *Mefattah*, um die Fellachenmädchen für die Hochzeit fett zu machen.

Im Laden erschien auch zuweilen ein Barbier, der vorgab ein Hakim zu sein, ein kleines Männlein mit stechenden schwarzen Augen und einer dunklen *Galabieh*. Oh, wie sein übler Atem ihn mir verhasst machte. Eines Tages bekam ich einen Ausschlag am ganzen Körper, und ausgerechnet dieser dunkle »Ehrenmann« wurde zu Rate gezogen. Er empfahl ein dickes Gebräu, das nach Fäulnis roch und so bitter war, dass ich mich weigerte, es zu nehmen. Ich verkroch mich in einem Winkel des Hauses. »Fort mit diesem Zeug«, schrie ich verzweifelt. »Gebt mir meinen Ausschlag zurück.« Ich erhielt Prügel, weil ich ein Übel mit einem anderen tauschen wollte. Meine Mutter brachte mir jedoch Milch, frisch aus dem Euter einer *Gamoussa*, süße würzige Milch. Der Hakim kam wieder und pries seine Medizin in den höchsten Tönen. Ich hätte eine Kinderkrankheit gehabt, die nie mehr wiederkäme, *inschallah*, sagte er. *»Inschallah«*, sagte auch mein Vater, obwohl er Kopte war wie meine Mutter und alle Verwandten. Und auch ich murmelte *»Inschallah«*, obgleich ich wusste, dass die Büffelmilch mich geheilt hatte und nicht die teuflische Medizin des Scharlatans. Milch, Brot, Zwiebeln und Linsen braucht der Mensch, aber nicht diese dunklen Getränke. Ich werde eines Tages ein Hakim werden, einer wie die, welche ich durch ein Fenster des Regierungsspitals gesehen habe, mit weißen Kitteln und Gläsern vor den Augen.

Das Spital war für mich eine Zeitlang ein wahrer Lichtblick. Tag für Tag hockte ich dort mit einer Schar wartender kranker Kreaturen, bis ich eines Tages die Geduld verlor, auf das Tor kletterte und rief: »Ich bin krank! Mein armer Bauch! Ich sterbe! Lasst mich hinein, lasst mich hinein!«

Es erschien ein *Tamourgi* mit einem mächtigen *Kurbag* und verscheuchte mich wie einen Hund. Doch schneller als eine Katze sprang ich vom Tor herab und floh wie ein Dieb. Zu meinem Schrecken bemerkte ich, dass rings um mich her die Menschen litten. Wohin ich blickte, sah ich Kranke. Blinde, Lahme, Alte und Sieche – lauter Krüppel –, sie schienen ohne Zahl. Oft fürchtete ich um die eigene Gesundheit. Nicht weit von uns gab es einen übelriechenden Tümpel, so schwarz wie Tinte. Dort sah ich einmal, wie ein fettes Weib ihre *Goullah* füllte und mit geschlossenen Augen wie ein gieriges Tier daraus trank. Niemals hätte ich ein solches Wasser trinken können, niemals! Meine Mutter pumpte täglich sauberes frisches Wasser aus der Erde. Schon von klein auf hatte sie uns beigebracht, wie gefährlich schmutziges Wasser werden konnte, Bilharziose sowie Cholera waren häufig die Folge.

Wir hatten reiche Verwandte im Menshyeh-Viertel. Wassif Hanna Bey, einem Vetter meines Vaters, gehörte ein dreistöckiges Haus. Er war Rechtsanwalt und sein Garten war durch eine hohe Mauer geschützt. Von der Verwandtschaft wollte er nichts wissen. Mein Vater rief daher den Fluch des Himmels auf ihn herab. Seine kleinen Söhne fuhren durch die Stadt in einer Kutsche, die von zwei Schimmeln gezogen wurde. Die Jungen trugen Hemden, Hosen und grellrote *Tarbusche*, während ich in einer *Galabieh* auf dem Boden hockte. Eines Tages besuchte uns ein koptischer Priester, ein alter Freund meines Vaters. Auf seinen langen Haaren trug er die hohe schwarze *Emma*. Er hatte die Gewohnheit, seinen seidigen Bart mit seiner weißen Hand zärtlich zu streicheln.

»Girgis Gamal«, sagte er streng, »du musst recht tief in der Gnade Gottes gesunken sein. Nie sehe ich dein Gesicht in der Gemeindeversammlung. Bist du am Ende ein verlorenes Schaf?«

Mein Vater stand trotzig vor ihm.

»Das wird dir mein Cousin Wassif eingeflößt haben. Ich gehe ungern dorthin, wo meine reichen Verwandten beten. Ich bin kein verlorenes Schaf, wie du sagst, und ich verkaufe auch meine Ware nur mit geringem Gewinn, ich bin also nicht schlechter als deine anderen Schafe.«

Nun richteten sich die durchdringenden Augen des Gottesmannes auf mich und meinen kleinen Bruder Morqos, der auf meinem Schoß saß. Ich versuchte vergebens, die Fliegen, die seine Augen bedeckten, zu verscheuchen.

»Gehst du zur Schule, Ibrahim?«

»Nein, aber ich will ein großer Hakim werden und weiß

nicht, in welche Schule ich dafür gehen soll«, murmelte ich scheu.

»Schule, Schule!«, brummte mein Vater. »Er soll diesen Laden übernehmen, wenn ich sterbe. Ich bin erst mit elf Jahren in die Schule gekommen und kann lesen und schreiben so gut wie irgendeiner.«

»Du musst diesen Jungen zur Schule schicken«, erwiderte der Priester. »Er macht einen aufgeweckten Eindruck.«

»Ich habe kein Geld, um ihn in die Schule zu schicken, ich bin kein reicher Anwalt, kein *Khedive* oder Regierungsbeamter!«

»Girgis«, sagte der Priester, »gib mir einen kleinen Betrag und ich sorge dafür, dass deine Söhne eine gute Erziehung erhalten.« Etwas widerwillig öffnete mein Vater einen Schrank und entnahm aus einer Schatulle einige Silbermünzen, die der Priester hastig an sich nahm.

»Ich werde mit deinem Vetter sprechen«, fuhr er fort, »und sein Gewissen wecken.«

»Eher wirst du eine Nilflut wachrufen als sein Gewissen«, antwortete mein Vater.

Der Priester segnete den kleinen Laden und verschwand.

Mein Vater war in Schwierigkeiten geraten. Man lud ihn vor Gericht, da er etwas verkauft hatte, was er nicht hätte verkaufen dürfen. Er wurde zu einer Geldstrafe verurteilt, fühlte sich jedoch unschuldig und weigerte sich beharrlich, die Strafe zu bezahlen. Immer wieder erschienen Regierungsbeamte und drohten, unser ärmliches Hab und Gut zu konfiszieren. Erst als es wirklich ernst wurde, verschwand mein Vater hinter dem Haus und ich sah, wie er eine Büchse aus einem Erdloch holte. Er entnahm ihr zwei alte Goldmünzen und übergab sie den Beamten mit Worten, die ätzender waren als der Inhalt mancher seiner Phiolen. Dazu überreichte er den Inspektoren unwillig ein ansehnliches Bakschisch in der Hoffnung, dass sie von weiteren Durchsuchungen unseres Hauses absähen.

Nachdem sie abgezogen waren, rief ich:

»Vater, gib auch Ibrahim Geld!«

»Prügel sollst du bekommen, ich habe keinen Piaster übrig.«

»Aber ich will ein Hakim werden!«

»Hakim hin oder her – noch weiß niemand, womit du später dein Brot verdienen kannst. Fort mit dir!«

Es schien niemand zu bekümmern, dass der kleine Ibrahim mehr auf der Straße lebte als zu Hause. Und keiner schien ihn zur Schule schicken zu wollen.

Traurig verließ ich das Haus und landete binnen kurzem in einem Hexenkessel. Ein mächtiger Scheich war aus Kairo in unser Viertel gekommen. Als hoher Würdenträger der Moslems stolzierte er in wallenden Gewändern, einen riesigen Turban auf dem Kopf, mit leuchtenden Augen inmitten der Straße. Eine frenetisch jubelnde Menge, darunter viele Kinder, folgten ihm in einem Rausch der Begeisterung. Sie schrien: »Scheich Abd-El-Aziz, Scheich Abd-El-Aziz!«

Der gewichtige Mann schritt schweren Schrittes weiter, als trage er allein die ganze Bürde seines Volkes. Einige Fanatiker griffen nach dem Gewand des Scheichs, um es zu küssen. Niemals würde ich so etwas tun!

Von weitem erblickte ich meinen Cousin Raffail Wassif, der einen *Tarbusch* trug. Ich hob meine *Galabieh* hoch und rannte ihm barfuß nach. Als ich ihn eingeholt hatte, schaute er mich verächtlich an und sagte:

»Schämst du dich nicht, in einer so schmutzigen *Galabieh* herumzulaufen? Und so einer wie du will zur Schule gehen!«

Und mit einer hässlichen Grimasse lief er weiter. Der Pfeil saß!

Die Luft war schwül. Hinter den Wolken brannte die Sonne. Durch den *Khamsin*, der den Wüstensand in allen Richtungen aufwirbelte, verbreitete sich ein dichter Nebel in den Straßen. Ich verzog mich in das schattige Labyrinth der Suks. Dort kannte ich einen Freund meines Vaters, einen freundlichen Kopten, der mir einst ein Amulett geschenkt hatte. Er verkaufte in seinem Laden ein Sammelsurium von Gegenständen aller Art: Tontöpfe, unheimliche Masken, Teppiche, alte Bibeln, Haschischpfeifen, Fliegenklatschen und sonstigen Kleinkram.

»Er muss sehr reich sein«, dachte ich, »er wird dir sicher Geld geben, damit du ein großer Hakim werden kannst.« Dies war meine Hoffnung. Aber ich fand den Alten auf einem umgestülpten Eimer inmitten seiner Kostbarkeiten in tiefem Schlaf versunken. Schüchtern blieb ich stehen. Ich konnte den Alten nicht wecken und noch weniger ihn um Geld bitten … das wäre reine Bettelei gewesen. Enttäuscht ging ich weiter.

Nie hatte ich mich so einsam gefühlt. Ein Schmerz, ein dumpfer, unbestimmter Schmerz ergriff mich und ist mein ständiger Begleiter geblieben. Bis heute habe ich mir das Leiden meiner Mitmenschen zu Eigen gemacht, ohne Rücksicht darauf, welcher Schicht sie angehören. Hakim zu werden war mein einziges Ziel.

Ich lief weiter und landete auf dem *Midan*, dem großen Marktplatz.

Das Geschrei einer aufgeregten Menge war ohrenbetäubend. Man kaufte, verkaufte und feilschte um Esel, Kamele, Büffel, Schafe, Ziegen und Pferde. Ich wurde hin und her gestoßen. Ein Beduine, der zwei ungebärdige Kamele am Halfter führte, die sich nicht von der Stelle bewegen wollten, rief mir aufgeregt zu »*Ya wallad*, verstehst du ein Kamel zu führen?«

»*Aywah!* Wohin, Saidi?«

»Zum Schlachthaus, sie müssen noch heute geschlachtet werden. Morgen ist *Youm el Goma'a* und an Feiertagen wird nicht geschlachtet.«

»Was bekomme ich dafür?«

»Allah«, jammerte er, »wie geldgierig werden die Kinder der Städte heutzutage geboren.«

»Das Schlachthaus ist aber weit draußen, auf dem Weg zu den Gräbern.«

»Du bekommst einen halben Piaster.«

»Nein, einen ganzen.«

Hatte ich nicht immer sagen hören, die Beduinen und Araber seien Räuber? »Ich bleibe hier«, sagte ich.

»Du bekommst einen halben jetzt und den anderen halben, wenn wir vor dem Schlachthof stehen.«

»Abgemacht?«

»Beim Licht meiner Augen!«

Soll ich weiter erzählen? Es fällt mir schwer. Denn was ich im Schlachthof sah, hat mich so beeindruckt, dass es mein Leben geprägt hat. Ich glaube, dass jeder von uns in seiner Jugend Dinge erlebt hat, die ihm unvergesslich bleiben, nur wenigen unter uns bleibt der Schrecken der Realität erspart, der sich hinter einem »netten«, scheinbar normalen Alltag drohend erheben kann. Gesegnet seien jene, denen es gelungen ist, nicht abzustumpfen gegen das Mitgefühl in ihren Seelen beim Anblick von Grausamkeit und Ungerechtigkeit. Ich rede vom Leiden unserer stummen Freunde, die wir in überheblicher Weise Bestien nennen.

Mögen sensible Naturen verschont bleiben von der Schilderung meiner Erlebnisse im Schlachthaus. Mögen sie weiter Fleisch essen, gekocht, gebraten oder roh, in glücklicher Unwissenheit und Verdrängung der Wirklichkeit, wie und auf welchen Wegen es zu ihnen gelangt. Ich rate deshalb dem freundlichen Leser, die Schilderung des Leidensweges zu überschlagen, den unsere Tiere durchzumachen haben, bis sie auf unserm Tisch landen …

Bevor wir zum Eingang des Schlachthauses kamen, bog der Beduine jedem der beiden Kamele ein Vorderbein nach oben, um es am Knie mit einem festen Strick zu befestigen. Die beiden Tiere begannen auf ihren drei Beinen einen unheimlichen Tanz aufzuführen. Sie schlangen ihre langen Hälse wie Kobras hin und her. Ihre Nüstern zitterten, als sie den Geruch fauligen Blutes witterten, und ihre Flanken begannen unruhig zu beben, als eine Masse schwarzer Geier sowie anderer Straßenkehrer des Himmels sich in fiebernder Erwartung, wie eine düstere Wolke, über uns zusammenballte.

Am Tor erschien ein Mann, der aussah, als sei er soeben einem Blutbad entstiegen. Ihm folgten einige Burschen, die älter waren als ich und von denen einer den abgeschnittenen Kopf eines Schafes in Händen hielt.

Die Kamele wurden nun mit Peitschen aus Nilpferdhaut in den Hof getrieben. In den Gewölben dahinter hingen mächtige Tierkadaver. Der abgehackte Kopf eines Büffels fiel mir vor die Füße, das Blut floss in Strömen, sodass ich auf dem schlüpfrigen Boden unter allgemeinem Gelächter ausglitt. Als ich zitternd und weinend wieder auf die Beine kam, waren die Schlächter dabei, die Kamele auf die Knie zu zwingen. Die Augen der gepeinigten Tiere richteten sich ahnungsvoll auf den kopflosen Körper des enthaupteten Büffels, ein Ausdruck philosophischer Ironie schien in ihren Blicken zu liegen.

Nun packte einer der Burschen das Bein des einen Kamels und zerrte es zu Boden. Die *Sakinah*, ein riesiges Messer, blitzte auf, und eine Fontäne von Blut schoss in die Höhe. Sie traf die Umherstehenden, die jedoch nicht einmal den Versuch machten, zurückzuweichen.

Unterdessen ließ das zweite Kamel keinen mehr an sich heran. »He, he«, schrien die Burschen. »Es ist vom Teufel besessen, es ist verrückt!«

Das Tier warf den Kopf hin und her, Speichel floss aus seinem Maul. Es hatte mit ansehen müssen, wie dem ersten Kamel der Kopf vom Leib getrennt wurde, und plötzlich stieß es aus Panik und Todesangst einen menschenähnlichen, herzerschütternden Schrei aus. Ein Palaver entspann sich, wie ihm beizukommen sei, da es verzweifelt versuchte, sich zu wehren, und einem der Burschen dabei in den Arm biss. Doch dieser stieß in Blitzesschnelle dem Kamel die große Sakinah von unten ins Herz. Es begann wie im Fieber, als ob es friere, zu zittern, seine Augen richteten sich flehend zur Sonne, dann sank sein Kopf auf die Brust und es stürzte tot zu Boden. Die Meute brach in ein Triumphgeheul aus.

Rückwärts gehend, ohne den Blick von dem düsteren Drama zu wenden, verließ ich die abscheuliche Szene. Dann blieb ich wie versteinert stehen, schutzlos in dieser trostlosen Landschaft des Todes, erst sechs Jahre alt, ohne Freunde.

Schüchtern erhob ich die Hände zu einer unsichtbaren Kraft, und wie auf Flügeln kam eine Erleuchtung auf mich herab, es war der unumstößliche Entschluss, eines Tages ein Heilkundiger zu werden. Der Glaube an mich selbst setzte sich in mir fest, das Serum des Christentums hatte zu wirken begonnen.

Um die Mauer des Schlachthauses führte der Weg zu einem Kanal. Hier füllten rabenschwarz gekleidete Weiber ihre Körbe mit blutgetränkter Erde und trugen sie zu ihren Eseln. Diese, bockig und gütig zugleich, warteten auf sie mit einer jahrhundertealten Geduld. Dann trippelten sie unter der schweren Last auf ausgemergelten Beinchen davon.

Unterdessen hatten sich auch hier die Geier als Herren der Verwesung in Scharen versammelt. Der Himmel war schwarz von diesen diabolischen Vögeln. Lüstern kreischend flatterten sie umher oder standen im Wasser des Kanals. Andere wiederum saßen reihenweise auf der Mauer des Deiches, voll gefressen mit Aas, ein wenig hin und her schwankend wie Betrunkene.

Plötzlich wurde über die Mauer ein seltsames Knäuel geworfen und klatschte neben mir auf den Boden. Das Zeug sah sonderbar aus, nicht wie Fleisch, sondern sehr viel heller. Heute weiß ich, dass es eine Lunge war. Die Geier fielen über sie her und kämpften wild miteinander. Um das fremdartige Organ für mich zu retten, schlug ich zornig mit einem Stock auf sie ein. Noch höre ich ihre mächtigen Flügel um mich rauschen und sehe ihre wuterfüllten Augen. Schließlich gelang es mir, sie in die Flucht zu schlagen.

Ich packte diese rosig schimmernde, schlüpfrige Masse und schleppte sie, als wäre sie ein Heiligtum, mit beiden Händen davon. Am Kanal setzte ich mich nieder, um das seltsame Organ, das noch warm war und lebendig schien, genauer zu untersuchen. Schließlich aber warf ich meinen Fund ins gerötete Wasser des Kanals und ging stromaufwärts, bis ich sauberes Wasser fand, um mich gründlich darin waschen zu können.

Was war es nur, das mich mit zwingender Beharrlichkeit immer wieder zum Schlachthaus hinzog? War es die Anziehung des Todes? War es der leidenschaftliche Drang nach Wissen oder auch nur Neugier, die meine kindliche Seele antrieb?

Jedenfalls gewöhnte ich mich eine Zeitlang daran, von Zuhause wegzulaufen, um insgeheim den Schlachtern bei ihrer Arbeit zuzusehen, wenn die Tiere ausgeweidet wurden. Ganz allmählich gewöhnte ich mich an den Ablauf dieser grauenhaften Schlachtszenen, die mir immer weniger Schrecken einjagten. Töten schien ein Teil eines höheren Systems zu sein, und obwohl es mich empörte, konnte ich an dieser ausgeklügelten Notwendigkeit nichts ändern.

Und dabei lernte ich – ohne Bücher – die Anatomie. Den Schlachtern stellte ich Fragen und wurde mit ihrem Wortschatz vertraut. Ob bei Schafen, Ochsen oder Kamelen, ich fand heraus, dass sich ihre Organe an ähnlichen Stellen des Körpers befanden. So tastete ich auch meinen Körper ab und überzeugte mich, dass ich ganz ähnlich beschaffen war, und nicht ohne eine gewisse Verwirrung stellte ich auch fest, dass zwischen Männchen und Weibchen ein Unterschied existierte.

Eines Tages entwendete ich ein kleines scharfes Seziermesser und versteckte es in meiner *Galabieh*, mein erstes Instrument! Dieser Schatz ließ mich damals Wunder entdecken. Bis zum heutigen Tag habe ich es aufgehoben.

Später wünschte ich mir oft, dass meine Kollegen ähnliche Erfahrungen gemacht hätten, wie ich im Schlachthaus, damit unsere Wissenschaft für alle weniger abstrakt wäre. Chirurgie heißt nicht in erster Linie Geld verdienen, sondern heilen, und ist eine Begabung ganz besonderer Art. Ein Messer in die Hand zu nehmen ist gleichbedeutend mit einer heiligen Handlung. Doch niemand auf dieser Welt hat so viele Fehlschläge erlebt wie wir Chirurgen. Aber unser Schutzpatron Äskulap hat einen Rücken, der breit genug ist, um unsere Sünden wie ein Herkules zu tragen.

Die Welt war für mich voller unlösbarer Geheimnisse und

in gewissem Sinne ist es auch so bis heute geblieben. Was mich am meisten wundert: Wo ist die unsichtbare Hand, die es allen Wesen dieser Welt ermöglicht, geboren zu werden und sterben zu müssen? Man erzähle mir nicht, dass nur Geist und Seele geheimnisvoll sind und nicht auch der Körper. Alles, was existiert, ob Mensch, Tier oder Pflanze, lebt im großen Atem einer einzigen Weltseele.

Von dem Schlachthaus und dem Leben eines Straßenjungen führte mich das Schicksal durch eine unerwartete Wendung in die Regierungsschule.

Einen Jungen in Ägypten zur Schule zu schicken, ist für arme Leute eine teure Angelegenheit. Eltern und Verwandte müssen oft die härtesten Opfer bringen. Die Wassifis, unsere Verwandten, rührten allerdings nie einen Finger für uns Gamalis. Keinem meiner Vettern gelang es, aus seinem Leben etwas zu machen. Der eine starb sehr früh, der andere wurde ermordet und sein Tod – wie so oft in Ägypten – nie aufgeklärt.

Das Leben unserer Familie verbesserte sich allmählich durch den Tod eines Onkels, der Baumwollhändler in Mansourah war. Er hinterließ meinem Vater eine Summe von zweihundert Pfund sowie sein gesamtes Mobiliar, und so konnte ich die Schule besuchen. Es gelang mir nicht mehr so leicht, meine geheimen Streifzüge zu unternehmen. Ein Leben ohne Aufsicht durch Eltern oder Lehrer, wie ich es bisher geführt hatte, hatte sowohl Vorteile wie auch Nachteile gehabt.

Meine Nächte durfte ich in der heißen Jahreszeit nicht mehr auf dem Flachdach unseres Hauses verbringen. Dort war mein Lieblingsplatz gewesen, auf einer Schilfmatte unter den Sternen. Es wurde mir auch verboten, im Nil zu baden. Ich musste es heimlich tun. Ich hatte Freunde gefunden unter jungen Fellachen, die vom Land kamen und mir das Schwimmen beigebracht hatten. Mit ihnen fühlte ich mehr Gemeinsamkeiten als mit den Jungen, die in der Stadt aufwuchsen.

Am Nil erfreute mich auch der Anblick der jungen Frauen, die mit ihren gefüllten *Jarahs* auf dem Kopf so graziös am Ufer dahinschritten. Von Frauen wusste ich damals sehr wenig. Sie waren für mich noch ein Buch voller Geheimnisse. Ich wusste nur, dass sie Kinder gebären und dass sie ihnen Milch geben. Würde ich derselbe Ibrahim sein, wenn ich später einmal ihre Geheimnisse enträtseln würde?

Meine Mutter war eine einfache, aber kluge und warmherzige Frau. Sie war gepflegt und duftete nach einer Mischung von Curry und Weihrauch aus dem Laden meines Vaters. Sie hielt uns Jungen nicht nur bei guter Gesundheit, sondern sie lehrte uns auch Hygiene.

Sie selber wuchs sozusagen mit uns Knaben heran und lernte sogar später mit uns lesen und schreiben. Gleichzeitig begann sie ihre kleinen Gewohnheiten zu ändern und ihr Äußeres dem der ägyptischen Ladys anzugleichen.

Unser Haus bekam mit der Zeit ein anderes Aussehen. Neue Möbel tauchten auf und sogar eine Uhr begann zu ticken, die man, um sie vor dem Zugriff von uns Kindern zu schützen, auf einen hohen Schrank postierte.

Meine Mutter ließ auch große irdene Krüge kommen, in die sie wie eine emsige Biene einen Jahresvorrat an Nahrungsmitteln füllte. Sie besprengte alles mit Olivenöl nach einem der vielen überlieferten Gebräuche aus der Zeit der Pharaonen, und sie verschloss die Krüge, indem sie sie mit trockenem Lehm abdichtete.

Mein Vater war ein sonderbarer Mann. Wie es bei den meisten Menschen der Fall ist, hat er wahrscheinlich nie versucht, sich selbst zu ergründen. Er schien bis jetzt in einem Dasein lässiger Eintönigkeit gelebt zu haben. Nun aber entwickelte auch er neue Ideen. Endlich konnte er manches in seinem Laden verbessern. Er ließ zum Beispiel zum Schutz seiner Phiolen sämtliche Regale mit Glasplatten versehen. Auch stellte er einen grünen Clubsessel vor seinen Laden, um in den Mittagsstunden schläfrig das Leben auf der kleinen Straße zu verfolgen, wie es auch unsere Ladenbesitzer taten – und natürlich fehlte auch der Fliegenwedel nicht.

Er begann auch, sich mehr um mich zu kümmern. »Ibrahim«, sagte er eines Tages, »ich habe lange nicht mehr gehört, dass du ein großer Hakim werden willst. Möchtest du das immer noch?«

»Ich werde alles dafür tun, selbst wenn ich mir als Schuhputzer das Geld dafür verdienen muss.«

Ich erwartete harte Worte und war überrascht, dass er mich milde gestimmt in die Arme nahm.

Offensichtlich hatte er neues Interesse an mir gefunden. »Ibrahim«, sagte er, »ich habe in letzter Zeit viel über dich nachgedacht. Du läufst in deiner schmutzigen *Galabieh* wie ein armer Junge umher. Ich bin kein schlechterer Vater als andere Väter. Ich werde dir ein neues Gewand kaufen, es soll nicht heißen, dass ich meinen Sohn vernachlässige.«

»Und warum werden andere Jungen zur Schule geschickt, nur ich nicht?«

»Steckst du mit deiner Mutter unter einer Decke, um mir das zu sagen? Um ein Hakim zu werden, braucht man viel Geld. Willst du am Ende ein Geldverleiher wie Chalom werden? Er hat mir genug Geld abgenommen, dieser Schurke, dieser Wucherer!«

»Wieso Geldverleiher? Ich habe kein Geld zu verleihen und du hast genug unter ihm zu leiden gehabt.«

»Keinen Piaster werde ich Chalom zurückzahlen, dieses Geld habe ich für deine Erziehung beiseite gelegt. Du wirst in die Regierungsschule gehen und später werde ich dich selbst lehren, ein Hakim zu werden. Ich kenne genug starke Pulver und Arzneien und bin mit ihren Geheimnissen vertraut. So soll es geschehen, mein Sohn Ibrahim!«

In die Regierungsschule zu gehen war nur ganz wenigen jungen Ägyptern vergönnt. Ich begann vor Freude zu weinen und konnte mein Glück kaum begreifen.

»Ich will ein Hakim werden«, sagte ich, »und dir für jedes Pfund, das du für mich ausgibst, tausend Pfund zurückbezahlen.«

Mein Versprechen habe ich gehalten. Mein Vater ist jetzt

über achtzig Jahre alt und fast blind. Er wird mich überleben, denn er ist noch bei guter Gesundheit und lebt als angesehener Bürger in Assiut.

Zu Hause gab es heftige Diskussionen, ob ich wie die Söhne von Effendis kurze Hosen, Hemd und Jacke mit einem Tarbusch tragen solle oder eine *Galabieh*. Meine Mutter hatte den geheimen Ehrgeiz, dass ich meine Schullaufbahn in Hosen beginnen solle. Regierungsbeamte trugen schließlich auch Shorts, und was konnte ein Mann mehr wünschen, als in Ägypten Regierungsbeamter zu werden.

Mein Vater war im Großen und Ganzen ein sanfter und ernster Mann. Nur ab und zu bekam er einen Anfall von Wut und Verzweiflung und behandelte in solchen Augenblicken dann jeden ungerecht. »Ich will nicht, dass einer unserer Söhne die fremden Gebräuche nachäfft, die in unserem Lande aufgekommen sind. Haben die Hosen nicht unsere ganze Regierung korrumpiert? Haben wir Ägypter überhaupt noch einen freien Willen? Oder machen die *Ingleesi*, die *Franzawi*, die Griechen, Syrer und der übrige Pöbel uns alle zu Sklaven, so wie die Fellachen?«

»Waren die Fellachen nicht immer schon versklavt«, sagte meine Mutter frei heraus.

»Hat Scheich Abdullah nicht recht, wenn er sagt, dass die Fremden unser Land mit seinem fruchtbaren Boden in Besitz genommen haben? Ich werde unseren Priester fragen, ob er euch nicht beibringen kann, was für eine große alte Rasse wir sind. Und sind wir Gamals nicht ältere und bessere Christen als diese fremdländischen Christen? Ibrahim soll eine *Galabieh* aus Assiut tragen. Ich werde ihm zwei *Galabiehs* kaufen, eine für die Schule und eine für den Sonntag. Meine Söhne sollen geachtet aufwachsen und nicht wie Laffen daherkommen!«

Meine Mutter hatte einen Dickkopf.

»Hosen!«, schrie sie laut.

»*Galabieh*!«, erwiderte mein Vater.

»Oh *Fettaya*, warum stellst du dich meinen Wünschen immer entgegen? Siehst du nicht, dass unser Sohn wie ein Zuckerrohr im Nilschlamm wächst? Man wird zu viele Hosen kaufen müssen, bis er groß ist! Er wird doch ständig aus ihnen herausplatzen, mit all dem Zeug, das man ihm in der Regierungsschule in seinen Schädel hineinstopfen wird«, fügte er hinzu.

Mein Vater hatte wahrscheinlich recht, denn erst viel später habe ich den wahren Unterschied zwischen Hosen und *Galabieh* verstanden. Hunderttausende meiner jungen Landsleute sind heutzutage dazu übergegangen, europäische Kleidung als Ausdruck von Vornehmheit zu tragen. Sie glauben dabei, dass es genügt, wie ein Effendi auszusehen, um ein wirklicher Effendi zu sein.

Auch ich habe damals den hochmütigen Stolz empfunden, als ich meine erste Hose trug. Was für ein Dummkopf ich sein konnte: Ich dachte tragischerweise tatsächlich, dass man die Fremden mit Steinen aus unserem Land vertreiben könne und dass ich den arbeitsamen, unterdrückten Fellachen überlegen sei. Wie viele Torheiten gab es, in die ich nicht verfallen bin? Und wie viele Torheiten liegen noch vor mir?

Das Problem der Erziehung unserer Kinder in Ägypten ist vergleichsweise neueren Datums. Als die Engländer in unser Land kamen, war es gewissermaßen ihre Pflicht, etwas für uns zu tun, um ihre dauernde Anwesenheit an den Ufern des Nil zu rechtfertigen. Ich kann nicht sagen, ob sie heutzutage ehrlicher sind als in der Zeit meiner Kindheit. Vielleicht sind sie es sogar. Ich will nur sagen, dass wir, wenn man es uns selbst überlassen hätte, unsere nationalen Eigenschaften zu entwickeln, heute ein freies großes Volk wären. Aber wir hatten dazu nie eine Chance. Manche glauben zwar, wir hätten Fortschritte gemacht, doch ich sage: Nein, wir haben keine gemacht. Aber damit bin ich natürlich ein Nationalist.

Ich wurde durch ein primitives Unterrichtssystem gejagt, das mit meiner Leidenschaft für Medizin wenig zu tun hatte. Die paar Wandbilder, die in der Schulhalle über die Anatomie von Schaf, Pferd und Mensch hingen, waren für mich nichts

Neues, da ich schon praktische Erfahrung damit hatte. Drei Tage lang hatte ich bereits mit eigenen Händen einen Esel seziert, bis der Geruch der Verwesung unerträglich wurde. Wenn die Gewebe des Körpers verfallen, verliert alles Leben seine Kraft, nichts als Staub bleibt übrig.

So wusste der junge Ibrahim oft mehr über die Abläufe von Leben und Tod, als der Lehrer seinen Schülern einpauken konnte. Hingegen war ich im Lauf der Jahre mit Eifer dabei, mir Englisch und Französisch anzueignen.

Unser Schulinspektor war ein Engländer, der aus Kairo kam. Am Tag, bevor er uns besuchen sollte, machte unser Direktor in der Schule die Runde:

»Es kommt eine Exzellenz zu uns. Es ist eure Pflicht, Kinder, zu dieser ehrenvollen Gelegenheit sauber zur Schule zu kommen und eure Bücher in Ordnung zu haben.«

»Aywah, Effendi!«

Am nächsten Tag standen wir in langer Reihe auf dem Schulhof und ein magerer Gentleman in einem weißen Anzug und mit einem elfenbeinfarbenen Fliegenwedel in der Hand stolzierte vor uns auf und ab, während unser Direktor ängstlich und etwas devot folgte. Heute noch höre ich unsern Direktor unterwürfig sagen: *»Yes, Excellency, yes, Excellency.«* Dabei war der Schulinspektor gar keine Exzellenz. Zum Teufel mit diesem Wort. Es hat ich weiß nicht wie viele meiner Landsleute korrumpiert, die eine Exzellenz werden wollten.

»Nun, warum geht ihr in die Schule, meine jungen Freunde?«, fragte der Engländer.

»Um erzogen zu werden, *your Excellency*!«

»Und weshalb wollt ihr erzogen werden?«

»Um Staatsdiener zu werden!«

»Was, ihr alle …?«

Peinliches Schweigen – keine Antwort.

»Ich will ein Hakim werden«, rief ich laut.

Seine Augen fielen auf mich.

»Und warum willst du ein Hakim werden?«

»Um meine Landsleute von ihren Krankheiten zu heilen.«

»Aha! Deine Landsleute …«

»Aywah!«

Hinterher bekam ich vom Direktor eine Tracht Prügel. Ich konnte mir nicht erklären, warum. Ich wurde einfach verdroschen. War es verboten, eigene Gedanken auszusprechen? Später wusste ich mehr, es war nicht nur verboten, es war sogar gefährlich. Und heute weiß ich auch, dass unsere ägyptischen Regierungsbeamten häufig Emporkömmlinge schlimmster Sorte sind, faul und korrupt. Sie sind es eigentlich, die es verdient hätten, verdroschen zu werden. Nicht ein Funken Ehre ist in ihnen und Geld zu scheffeln ist für sie das höchste der irdischen Gelüste.

Die Engländer mögen sich uns gegenüber in vielem versündigt haben, doch manches könnte man ihnen auch verzeihen – und ihnen sogar dankbar dafür sein. Eigentlich sind wir es, die die größere Sünde begangen haben, nämlich dass wir sie ohne Widerstand angenommen haben. Man sollte mehr in die Tiefen der Geschichte eintauchen. Den Ruhm und die Herrlichkeit der alten Götter haben wir gegen weniger gute Gottheiten eingetauscht. Denken wir doch nur einmal an die Pferde des Kalifen Omar oder an das Dröhnen der Stiefel von Napoleons Soldaten!

Hat Macauly nicht geschrieben, dass Politik die Wissenschaft vom menschlichen Glück sei? Wir sollten uns schämen, dass wir den Fremden die Butter dick aufs Brot schmieren, aber damit den eigenen Leuten das Brot entziehen. Wie viele Millionen von uns müssen heute um ihr Brot kämpfen, um Zwiebeln, Bohnen, Linsen und vor allem um sauberes Wasser!

Wie gut könnte alles sein, denken wir nur an den Reichtum, den der Nil uns schenkt. Wie jedes Jahr seine mächtige Brust aufs Neue anschwillt, um sich in die Wüste zu ergießen, die ihn auf beiden Ufern umsäumt. Es lächelt der Nil wie eh und je und er beschenkt uns immer wieder mit seiner Schönheit und strahlenden Pracht. Schaut auf ihn, wie er in träger Langsamkeit dahinfließt, als sei er müde geworden, gegen die Kraft der Schwere anzukämpfen. Dies alles hat euch Osiris geschenkt – und lacht nicht auch der Sonnengott täglich herunter auf unsere grüne üppige Erde? All das ist unser Reichtum, von den Sümpfen im Süden bis zum blauen Meer.

Unter allen Völkern der Welt liegt das meinige meinem Herzen am nächsten. Und mein Studium der Wissenschaften hat an meinen Gefühlen nichts geändert. Im Gegenteil, je tiefer ich die Geheimnisse des Lebens ergründet habe, desto klarer wurde mir, dass ich stets irregeführt worden bin. Meinen Ägyptern würde ich gerne sagen: die Engländer sind nicht besser als wir und ihre Anwesenheit in unserem Land und auch in Indien ist im Grunde brutaler Imperialismus, der sich aus einer falschen Art zu denken ableitet. Es gibt keine Rechtfertigung dafür, was immer sie zu ihren Gunsten sagen mögen. Es ist nutzlos, mit ihnen über Politik zu streiten. Sie sind glatte »gentlemen« und haben wenig Interesse für unsere Belange.

Ich bin nicht aufgewachsen und dazu erzogen worden, mein Land zu lieben. Als Kind wurde mir nie beigebracht – außer gelegentlich von meinem Vater –, dass ich überhaupt einer Nation angehöre. Mir und meinen Gleichaltrigen war nie bewusst, dass Ägypten ein Staat und die Ägypter so etwas wie eine Nation sind. Niemand hat uns jungen Burschen je die Kräfte eingeflößt, von denen nationaler Stolz und persönliche Würde ausgehen.

Die höhere Schule verbrachte ich mit unbestimmten Illusionen und Hoffnungen für die Zukunft. Meine Mitschüler waren meist strebsame Burschen, die Pachas, Advokaten oder Regierungsbeamte werden wollten. Unter ihnen gab es aber einen, der meine Neigungen teilte und daher mein Freund wurde. Doch gab es im Geheimen selbst zwischen uns kleine Rivalitäten. Sein Vater war Chirurg im Regierungshospital und durch ihn bekam ich von Zeit zu Zeit medizinische Literatur zu lesen. Mit meinem Freund teilte ich vor allem unsere gemeinsame Liebe zu den Tieren. Wir beide wollten versuchen, dass die Brutalität aufhöre, mit welcher Tiere umgebracht werden. Aber wir traten natürlich in ein Wespennest.

Religion, Tradition sowie höchst seltsame Gesetze, die angeblich alle von Allah kommen, türmten sich wie eine Mauer vor uns auf. Es war, wie wenn das eigene Land sich gegen unsere Ideale verschworen hätte.

In der Oberschule lernte ich zwar Englisch und Französisch sowie eine Menge medizinischer Begriffe, doch so gut wie gar nichts über unser eigenes Land und seine gewaltigen Probleme.

Irgendwann geriet mein Geist in Unordnung. In Ägypten werden Knaben früh reif, sie werden zerstreut, unruhig und widerspenstig, ihre Leistungen und ihre Arbeitskraft nehmen ab. Unsere Sonne lässt hitzige Leiber wachsen. Wir werden gefallene Engel des Feuers. Drei Jahre lang befand ich mich in einem Sturm der Sinne und ich taumelte in einen Abgrund, in dem ich mich in einer Hölle der Lust verzehrte. Man muss das resignierte Achselzucken unseres Direktors gesehen haben, der seine Jungen verständnisvoll durchschaute, er war selbst noch ein aufgeschlossener kleiner Junge.

Wanderer! Ich will dich nicht allzu lange aufhalten mit der Eintönigkeit meiner Schule. Für mich war es ähnlich, wie wenn die Büffel in einem dauernden Rundlauf um eine *Sakieh* das Wasser aus der Tiefe der Erde schöpfen müssen.

Meine Heimatstadt Assiut genießt den Ruf, eine der moralischsten Städte Ägyptens zu sein. Laster und Tugenden sind jedoch nicht anders verteilt als in anderen Städten unseres Landes. Ein Mann in gehobener Position – besonders, wenn er eine europäische Ausbildung erhalten hat – schaut mit einer gewissen Verachtung auf seine Mitbürger herab. Mit weniger Bevorzugten spricht er meist im Befehlston. Dabei bilden diese den Großteil der Bevölkerung: Schuhputzer, Gepäckträger, *Dragomans*, Fischer, *Soufragis*, Falkner, Taxichauffeure und Bettler. Er behandelt sie wie Sklaven, Diebe und Ausgestoßene. Wenn er sein Kaffeehaus betritt, schaut er mit Herablassung über alle hinweg und scheint zu sagen: Glaubt nur nicht, dass ihr mir etwas verbergen könnt. Er selbst hält sich jedoch bedeckt.

Mit siebzehn Jahren bestand ich mein Baccalauréat. Damit rückte mein Abschied von Assiut immer näher und ebenso mein Medizinstudium in Kairo. Mein Vater, zu dem ich im Lauf der Jahre ein immer vertrauensvolleres Verhältnis bekommen hatte, hatte sich dazu durchgerungen, mich gehen zu lassen. Ich muss gestehen, dass er dazu beigetragen hat, mich gegen gewisse Gifte unserer Zivilisation zu immunisieren. Melancholisch saß er in seinem Sessel und schaute nachdenklich, aber liebevoll über den Rand seiner Brille und konnte sich nicht verkneifen, mir noch einige Ratschläge und Warnungen mit auf den Weg zu geben.

»Ibrahim«, sagte er, »verrate niemals dein uraltes Fellachenblut, aber zeige auch nicht zu deutlich, dass du die Natur eines Kämpfers hast, sonst wird der *Kurbag* auf deinem Rücken tanzen. In einer Großstadt wie Kairo gibt es eine Menge Spitzbuben, nimm dich in Acht. Folge immer der Stimme deines Herzens und bedenke, dass es nur einen Herrn gibt, dem du dienen darfst, unserem Schöpfer.

Deine europäische Kleidung ist nur eine äußere Hülle. Vielleicht kommt einmal der Tag, an dem du zu deiner *Galabieh* zurückkehren wirst.«

Als meine Mutter mich in meinem neuen englischen Anzug sah, kannte ihr Stolz keine Grenzen. Sie hatte in der letzten Zeit öfters schon Tränen des Abschieds abwischen müssen. Morqos sah mich mit seinen riesigen schwarzen Augen wie ein Weltwunder an.

Am Abend vor meinem Abschied zauberte meine Mutter meine Lieblingsgerichte auf den Tisch: eine *Moulachia*-Suppe, fette gefüllte Tauben und danach einen Kuchen mit Honig und Mandeln.

Mein Freund allerdings malte mir beim Abschied in den deutlichsten Farben aus, was mich in Kairo erwarten würde. Von seinem Vater wusste er, dass es unter den praktizierenden Ärzten vernichtende Rivalitäten und Kämpfe um hohe Posten und reiche Patienten gab. Das Gros der Bevölkerung war aber viel zu arm, als dass Reichtümer von ihm zu erwarten gewesen wären. Aber auch die Ministerien hatten nichts übrig für die Armen und schoben sich nur immer gegenseitig die Verantwortung zu. *Ma-alech* und *ya-salaam* waren stets die vorherrschenden Worte!

Hatte ich überhaupt eine Zukunftschance? Mein Elan wurde jedenfalls etwas gedämpft. Und dazu kam, dass der Abschied von Zuhause mir schwerer fiel, als ich es mir vorgestellt hatte. Wenn ich bei der Humanmedizin scheitern sollte – der Homo sapiens schien mir im Augenblick die hoffnungsloseste und misslungenste Spezies der Schöpfung zu sein –, dann würde ich meine Kräfte immer noch meinen stummen Freunden widmen können. Doch auch da bliebe ich ein einsamer Rufer in der Wüste.

DER NIL UND DIE CHOLERA

Ich hatte zum ersten Mal vier Pfund in meiner Tasche. Sie waren dafür gedacht, mir in der Großstadt ein neues Leben zu ermöglichen. Um Geld für die Zugreise zu sparen, entschloss ich mich, nach einer der zahllosen *Qayassahs* Ausschau zu halten, die auf dem Nil flussauf und flussab Handel trieben. Ihre hohen stolzen Segel konnte man bis ins Innere des Landes vorbeigleiten sehen. Ich blieb an einem Staudamm stehen und beobachtete, wie die Schiffe durchfuhren, wobei ich ihren Besitzern zurief: »Ich will nach Kairo. Wer nimmt mich mit? Ich will nach Kairo.« Mancher schwarze Bug, mit einer antiken *Swastika* bemalt, fuhr vorbei. Die Bootsleute schauten auf und sahen einen Jüngling in Hosen und mit *Tarbusch* auf einer hölzernen Kiste mit zwei eisernen Handgriffen sitzen.

»Nimm den Zug, junger Effendi!«, schrie der eine. »Warum schwimmst du nicht?«, ein anderer.

Aber schließlich kam »meine« *Qayassah.* Sie war dunkel und bis zum Rande mit Goullahs und Tontöpfen beladen. Die Spitze ihres großen Segels schien sich im blauen Himmel zu verlieren, während eine mit einem Skorpion bestickte Flagge im Winde flatterte. Sie fuhr so langsam und nahe an das Ufer heran, dass ich nicht widerstehen konnte und mitsamt meiner Kiste an Bord sprang. Auf der *Qayassah* befanden sich drei Bootsleute sowie ein Boy und eine Frau. Bis der Preis für die Fahrt ausgehandelt war, hielten sie sich nahe dem Ufer. Zehn Piaster die ganze Strecke bis Kairo, Essen eingeschlossen: »Einverstanden!« Schließlich war ich nicht verwöhnt.

Eine frische Brise trug uns weiter. Doch das Schiff war schwer, sodass wir nur langsam vorwärtskamen. Aber auch mein Herz war schwer. Ich wurde melancholisch, als ich Assiut langsam verschwinden sah und mir bewusst wurde, wie stark ich noch an meinem Zuhause hing und wie sehr ich meine Mutter, meinen Vater und meinen Bruder Morqos liebte. Aber hatte mir meine Mutter nicht einen Briefblock und Umschläge gekauft, sodass wir uns jederzeit schreiben konnten? Was hatte sie nicht sonst noch alles in den Koffer mit meiner Kleidung verstaut: Bücher, eine kleine Reiseapotheke, vier Goldtaler sowie zwei Empfehlungsbriefe an den Direktor und an den Chefchirurgen des Hospitals!

Wie fröhlich waren die Leute auf dem Boot, sie sangen und redeten leichten Herzens. Ich aber versuchte, mein klassisches Arabisch zu sprechen, was sie enorm beeindruckte. Zudem rezitierte ich Suren aus dem Koran, die ich in der Schule auswendig gelernt hatte. Sie schauten mit Hochachtung auf mich, weil ich wie ein Scheich zu ihnen gesprochen hatte. Auch flunkerte ich ihnen vor, dass ich ein junger Hakim sei.

Darauf sagte einer der Männer zu mir:

»Allah hat dich auf unsere *Qayassah* geschickt. Ich habe meine Mutter mit an Bord, die sehr krank ist mit einer riesigen Geschwulst im Nacken. Hast du kein Heilmittel für sie, denn sie hat große Schmerzen und jammert um Hilfe?«

»Was ist das für eine Geschwulst, ist sie offen oder geschlossen?«

»Sie schaut aus wie der Mond, der über der Wüste aufgeht.«

Ich setzte eine bedeutungsvolle Miene auf. »Wie soll ich mir ein Urteil bilden, bei einem solchen Vergleich? Es ist Sache des Arztes, den Patienten zu untersuchen, bevor er sich für eine Behandlung entscheidet.«

»Ich werde meiner Mutter sagen, dass wir einen großen Hakim bei uns haben.«

»Allah weiß, wie groß«, dachte ich bei mir.

Er blieb längere Zeit weg. Sie weigerte sich, ihren Nacken untersuchen zu lassen von einem Hakim, der dazu noch so jung war. Frevelhaft, sich zu enthüllen! Lieber würde sie die schlimmsten Qualen aushalten.

Dies alles überhörte ich, stand auf und ging mit meiner Reiseapotheke direkt zu ihr. *»Ya, Sitti«*, sagte ich, »dein Sohn *Hofni* hat mir deine Leiden geschildert. Betrachte mich nicht als Fremdling, und auch nicht nur als Mann. Meine Absichten sind ganz aufrichtig, ich bin nur der Diener einer Wissenschaft, die Leiden heilen will.«

Sie richtete sich auf und musterte mich durch ihren schmutzigen Schleier.

»Hör doch auf den Hakim«, ermutigte sie ihr Sohn, »merkst du nicht, dass er wie ein großer Scheich spricht?«

Ich kniete neben ihr nieder und prüfte den Puls der Alten. Zögernd zog sie den Schleier von ihrem Gesicht.

»Du hast eine Geschwulst, so groß wie der Mond. Aber ich werde dich davon befreien.«

Sie krümmte sich jammernd hin und her.

»Sie muss schreckliche Schmerzen haben«, sagte ihr Sohn.

»Die Schmerzen werden sie verlassen«, erwiderte ich und sah ihr fest in die Augen.

»Wenn du den Mut hast zu sagen: heile mich!, werde ich das sofort tun und du wirst sehr wenig spüren.«

Vorsichtig versuchte ich, den Umfang der Geschwulst abzutasten, und eine Sicherheit erfasste mich, die mich mein ganzes Leben begleitet hat: ein Glücksgefühl, heilen zu wollen.

Ihr Widerstand war gebrochen. Ich öffnete mein primitives medizinisches Besteckkästchen und entnahm ihm ein steriles Messer.

Seltsamerweise hielt sie völlig still und ließ alles gottergeben mit sich geschehen. Mit einem kühnen Schnitt öffnete ich die Geschwulst und ließ deren giftig gelben Inhalt in einen Wattebausch fließen. Dann versorgte ich die Wunde mit einer Karbollösung und verband ihren Hals. Mein erster chirurgischer Eingriff war gelungen!

»Ich bin fertig und du wirst dich jetzt besser fühlen.«

Vorsichtig drehte sie ihren Kopf hin und her.

»Es tut nicht mehr weh«, sagte sie und plötzlich rief sie: »Hofni, der Hakim hat mich geheilt.«

Nach dieser kleinen Operation war ich auf der *Qayassah* natürlich der große Mann. Hofni wollte mir sogar das Fahrgeld zurückgeben.

»Niemals«, sagte ich stolz und entschlossen, »glaubst du denn, dass meine Operation mit Geld zu bezahlen ist? Oder dass ich wie die Fremden, die in unserem Land leben, Geld verlange, um Kranke zu heilen? Heilen ist ein Gottesgeschenk und wer sich dafür bezahlen lässt, ist seiner nicht würdig. Für mich ist es doch eine viel größere Freude, deine Mutter frei von Schmerzen zu sehen, als nach Kairo zu reisen, ohne dafür bezahlen zu müssen. Sie ist eine so gute Frau. Ein paar Tage soll sie nur ungewürzte Speisen bekommen, dafür aber viel frische Milch und Gerstenbrot. Damit wird ihr Blut süß und rein und sie wird keine andere Geschwulst im Nacken bekommen.«

Bevor es Nacht wurde, schaute ich nochmal nach ihr. Mit einer großen Würde, die auch den ärmsten Frauen bei uns innewohnt, machte sie eine einladende Geste:

»Setz dich, ich will mit dir sprechen.« Ihre Stimme war so sanft wie die leichte Brise, die vom Land herüberwehte.

»Du bist noch sehr jung, du wirst einmal ein großer Heilkundiger werden.« Ihre Augen bekamen einen feurigen Glanz.

»Ich kann in deinem Antlitz deine ganze Zukunft lesen«, fuhr sie fort, »du wirst berühmt werden. Um deinen Hals sehe ich eine goldene Kette, doch ein Glied ist nicht aus Gold. In diese Lücke ist eine Blume eingeflochten. Die Kette wird eines Tages brechen und du wirst sie verlieren. Doch die Blume wirst du wiederfinden und sie bis zum Ende deiner Tage behalten.«

»Was für eine Blume ist es?«

»Ich weiß es nicht. Nicht einmal die Kette von deiner Mutter noch dein Amulett können dich vor deinem Schicksal bewahren.«

Ich war bestürzt – wie konnte sie von meinem Talisman, meinem Amulett etwas wissen?

»Reichtümer werden dir zufließen durch deinen Beruf.«

»Aber ich will keine Reichtümer ernten!«

»Ich weiß, aber du wirst sie dennoch bekommen, wenn auch nicht für dich selbst, so für andere.«

»Wie alt, glaubst du, kann ich werden?«

»Alt genug, um ein Mann zu sein.«

»Und was soll die Blume bedeuten?«

»Du wirst sie pflücken, verlieren und wiederfinden.«

Sie ließ meine Hände los und zog den Schleier über ihr Gesicht.

Ich zog mich auf meine Strohmatte zurück und schaute auf die letzten Strahlen der Sonne, die hinter den Hügeln Libyens unterging. Eine große Ruhe lag in der Luft. Langsam fuhren wir an einer Gruppe hoher Palmen vorbei, die sich dunkel gegen den fahlen Himmel der Dämmerung abhoben. Und schon schimmerten die ersten Sterne am Horizont.

Hofnis *Qayassah* trieb dahin. Aus Norden blies ein starker Wind. Doch das Schiff bahnte sich gravitätisch seinen Weg, als trage es Särge mit Leichen. Der Nil war, wie seit Urzeiten, mit seinen Ufern in Dunkel gehüllt. Nur die Hunde der Fellachen bellten und hin und wieder ertönte der Schrei eines Schakals aus der Wüste. Die Luft wurde schnell kühler. Ich fühlte, wie eine Lust alle Menschen erfasste in einer solchen Nacht. Ich sehnte mich nach den Armen eines süßen Mädchens mit einem Mund, reif wie eine Dattel, duftend wie eine Mandel. Vielleicht hätte sie mich beruhigt und mich vergessen lassen, dass ich mich immer mehr und mehr von Zuhause entfernte und meinen Weg in diesem grenzenlosen Universum einsam und allein suchen musste.

Plötzlich ging ein leichter Ruck durch das Boot. Langsam drehte es sich und das Bild des Himmels über mir veränderte sich. Man hörte fluchen und ein Bootsmann griff zu einer Stange, um uns von der Sandbank frei zu machen. Die Sterne über uns drehten sich im Kreis. Es ertönten Stimmen vom Ufer, die uns aufforderten, an Land zu kommen. Doch Hofni schrie zurück, dass er nicht daran denke.

»Die Polizei redet mit euch!«

»Polizei, ausgerechnet! Gott behüte! Gauner und Halunken! Die Polizei ist das schlimmste Pack in Ägypten!«

»Willst du etwa ins Gefängnis?«, riefen sie zurück. Hofni lachte nur.

»Gefängnis? Ha! Mein Bestimmungsort ist Mansourah und ich habe dafür die nötigen Papiere von meinem Chef.«

Nun kamen Befehle von der anderen Seite.

»Stoppt diese *Qayassah*!«

Und Hofni: »Komm Wind!«, rief er. »Komm, großer Wind, und fülle mir meine Segel. Lass mich vorbeikommen an dieser verhexten Provinz von Assiut. Alle Teufel wollen mir angst machen, böse Geister sind unterwegs!«

Ich saß da und hörte nur zu. Da sah ich plötzlich ein anderes Schiff mit einem grellen Scheinwerfer auf uns zukommen. Eine behände Mannschaft tauchte gleichzeitig ihre Ruder ins Wasser, sie kamen immer näher und ich sah nur noch lauter Uniformen.

»Hundesöhne!«, rief ein Offizier, der an Bord stand. »Ich habe euch doch befohlen, an Land zu kommen. Warum gehorcht ihr nicht?«

»Oh, großer Herr! Ich dachte, der Teufel hat mich gerufen«, schrie Hofni zurück.

»Du mit deinem Teufel! Manövriere dein Schiff sofort an Land.«

»Aywah!«

Obwohl es Nacht war, sah ich Hofnis große weiße Zähne wütend aufblitzen. »Ihr seid in Quarantäne«, rief der Offizier. »Falls ihr versucht zu fliehen, werden wir schießen. Die Cholera ist ausgebrochen.«

Unsere *Qayassah* lag nun neben einer Anzahl anderer Schiffe, die ebenfalls angehalten worden waren. Gruppen von Bootsleuten hockten in Kreisen herum und tuschelten leise miteinander.

Quarantäne?

Ich ging mit meiner Kiste an Land.

»Offizier«, fragte ich, »gibt es wirklich die Cholera?«

Er schaute erstaunt, denn meine Stimme war ruhig und unerschrocken, obwohl ich innerlich völlig aufgewühlt war. Gab es etwas Schlimmeres als die Cholera?

»Was tun Sie hier?«, fragte er, indem er einen Blick auf meinen europäischen Anzug warf. »Sie kommen doch von dieser *Qayassah*?«

»Ja, *Effendi*. Ich bin Student der Medizin.«

»Und wohin wollen Sie?«

»Nach Kairo.«

»Das können Sie nicht, Sie müssen hierbleiben, bis Sie die Erlaubnis erhalten, weiterzureisen.«

»In welchem Distrikt wütet die Seuche?«

Er zuckte mit den Schultern.

»Sie begann in Mousha und hat sich rasch ausgebreitet, sie ist überall, sogar in Unterägypten.«

»Darf ich fragen, wozu die vielen Soldaten hier sind?«

»Um einen sanitären Kordon zu bilden.«

»Aber was hat das für einen Sinn, wenn die Seuche schon überall ist?«

»Befehl ist Befehl», erwiderte er resigniert.

»*El hawa el asfar*«, hatten sie gerufen. »Die gelbe Luft.« Sie kommt immer aus dem Osten, aus Indien oder China! Sie wurde überall gefürchtet, mehr noch als Löwen, Tiger oder Schlangen. Vor ihr hatte man mehr Respekt als vor den Beamten des *Khediven*, denn sie war ein unsichtbarer Feind, der die Menschen aus heiterem Himmel attackiert und niederwirft.

Oh ihr Pilger, die ihr Jahr für Jahr nach Mekka strömt, ihr seid es, die uns so oft schon die Cholera gebracht haben. Oh Ironie des Schicksals!

Erst später erfuhr ich, dass es wirklich drei Pilger gewesen waren, die auch diesmal in aller Unschuld Wasser aus den heiligen Brunnen Mekkas in ihre Heimat getragen hatten: die heiligen Wasser aus Bir-Zemzem! Sie trugen es in riesigen Beuteln aus Ziegenhaut auf ihrem Rücken, nicht nur um den

Durst ihrer Mitbürger zu stillen, sondern um deren Seelen und deren Geist zu erleuchten.

Doch sie waren Agenten der Hölle! In ihrer Unschuld trugen sie unbewusst den Tod in ihren Beuteln. Gefolgt von einer gläubigen Menge, zogen sie durch das Tor ihrer Heimatstadt – und der Scheich segnete sie.

»Allah, Allah. Was sehe ich? Dieses Wasser ist heiliger als das Wasser des Nils. Gott ist gerecht, er bevorzugt keinen – teilt das Wasser auf in alle Brunnen der Stadt!«

Die Pilger öffneten ihre Beutel und verteilten das Wasser aus Bir-Zemzem in die Brunnen, bis kaum ein Tropfen übrig blieb. Und nur ein vorüberziehender durstiger Wanderer konnte sich noch an einem Rest von Feuchtigkeit laben – und war damit gesegnet.

Als ich unentschlossen neben meiner Kiste stand, kam ein junger Mann mit einem freundlichen Aussehen, der offenbar mein Gespräch mit dem Offizier angehört hatte, auf mich zu.

»Habe ich recht gehört, Sie sind Student der Medizin?«, fragte er mit einer milden Stimme. Ich konnte schwerlich meine falsche Behauptung, Medizinstudent zu sein, zurücknehmen und nickte einfach mit dem Kopf.

»Ich bin Doktor Ahmad Gadalla aus Zagazig«, sagte er und reichte mir die Hand, »ich bin Absolvent der Medizinschule in Kairo.«

»Ich bin Ibrahim Gamal aus Assiut«, erwiderte ich.

Mich ergriff eine spontane Sympathie zu ihm. Er nahm mich bei der Hand und wir gingen ein paar Schritte landeinwärts.

»Ich bin schon zwei Tage und zwei Nächte hier und warte nur auf den Tagesanbruch in der Hoffnung, den richtigen Weg zu finden. Von der Gesundheitsbehörde habe ich ein Schreiben, das mir erlaubt, das Seuchengebiet zu betreten.«

»Und was wollen Sie dort tun?«

»Helfen, einfach helfen! Ich möchte mittendrin sein und mitkämpfen – ich will kämpfen.«

Wir blieben eine Weile stehen.

»Ahmad«, sagte ich darauf, »auch ich will kämpfen, mit Ihnen kämpfen!«

»Aber Sie sind noch Student.«

»Nun ja«, sagte ich, »es war eine Lüge, als ich das behauptet habe. Ich bin auf dem Weg nach Kairo, um dort mit dem Medizinstudium zu beginnen.«

Er lächelte nur.

»Der beste Weg, zum Ziel zu kommen, besteht darin, zu versuchen, das zu sein, was man sich zu werden wünscht«, sagte er.

»Es ist mein Lebenstraum, ein Hakim zu werden. Heute habe ich meine erste Operation durchgeführt.«

Ich schilderte ihm, wie es dazu gekommen war, und er nickte nur zustimmend. »Ich verstehe schon eine Menge von Medizin. Es ist die Gelegenheit, die ich brauche. Bitte lassen Sie mich mithelfen!«

»Hier geht nichts ohne Bürokratie«, meinte er. »Erst muss ein schriftlicher Antrag gestellt werden, der dann vom englischen Direktor der Gesundheitsbehörde genehmigt werden muss.«

»Kann ich nicht als Ihr Assistent deklariert werden?«

Ahmad machte eine resignierte Bewegung, der Gedanke an den Tod schien sichtbar in seinen Augen.

»Alles stirbt hier«, sagte er düster, »Allah behüte dich, junger Freund!«

So machten wir uns bei den ersten Zeichen der Morgenröte gemeinsam auf den Weg. Die kleinen Dörfer mit ihren Minaretten, an denen wir vorbeikamen, schienen alle zu schlafen. Man hörte die Stille, es war unheimlich. Ahmad schien den Tod geradezu zu wittern.

»Fällt dir irgendetwas auf?«, fragte er. »Schau dich um, keinerlei Spur von Leben – das ist in Ägypten ganz ungewöhnlich. Es wimmelt doch sonst von Fellachen, Kindern, Hunden, Eseln oder *Gamoussas*. Der Kommabazillus scheint sie alle weggefegt und in Geister verwandelt zu haben. Ibrahim! Arbeit bis aufs

Äußerste wartet auf uns. Aber Arbeit erhält den Menschen bei Gesundheit und verdrängt seine Ängste, sie gibt ihm Kraft. Höre mir gut zu: Wenn du dich nicht an meine Anweisungen hältst, wirst du deine Eltern nie mehr sehen!«

»Ich habe keine Angst vor dem Tod, ich habe schon mit ihm zu tun gehabt.«

»Wenn der Tod zu dir kommt, hilft dir die Natur und macht dich kraftlos. Deshalb höre wirklich auf mich: Iss und trinke nie Ungekochtes. Wasche deine Hände bei jeder Gelegenheit mit Seife und Desinfektionsmittel und berühre nie deinen Mund mit den Händen. Ich wäre sehr traurig, dich sterben zu sehen, denn ich mag dich gern.«

Wir sahen von weitem ein Dorf und in einiger Entfernung davon auf einer Wiese ein großes Zelt, auf das wir zugingen. Davor standen etliche Leute, es ging offensichtlich sehr lebhaft zu. Ein Sanitäter versperrte uns den Weg und nahm unsere Personalien auf. Ahmad stellte mich als seinen Assistenten vor und der Sanitäter gab uns zu verstehen, dass jede Hilfe willkommen sei.

Wir fanden vor dem Zelt eine Gruppe von Offizieren, Polizisten, *Tamourgis* sowie einen Inspektor. Sie alle unterhielten sich lauthals, sie stritten und lachten zugleich. Im Hintergrund stand eine matronenhafte Krankenschwester, die dem ohrenbetäubenden Palaver folgte, als stehe sie vor einer Schar von kleinen Kindern. Es war Miss Howard, eine englische Krankenschwester, die Ahmad schon aus Kairo kannte. Sie begrüßten einander mit großer Herzlichkeit. Ahmad erzählte mir später, dass sie ihren Beruf mit einer enormen Disziplin ausübte, diese aber auch von andern verlangte. Sie wurde von jedermann respektiert, aber wegen ihrer Selbstlosigkeit und Güte ebenso geliebt. Für uns Ägypter hatte sie ein großes Herz, aber vor allem war sie uns gegenüber immer gerecht.

Obwohl ich in meinem jungen Alter schon erlebt hatte, wie Menschen gebären und sterben und wie Tiere gequält werden, so war ich noch kaum gewappnet gegen die verheerende Macht, die mir hier begegnete. Das Spirillum hatte Knochenarbeit geleistet. Mit unbarmherziger Kraft führte der Kommabazillus einen Krieg gegen die Menschen, eine von Gott offenbar zugelassene völlige Zerstörung.

Wir kamen an vielen bewaffneten Polizisten vorbei, die außerhalb der Stadt patrouillierten.

»Was tun sie da?«, fragte ich meinen Freund.

»Sie wollen verhindern, dass die Leute die Stadt verlassen und verschwinden.«

»Würden sie auf die armen Teufel schießen?«

»Ich denke schon. Aber sie bewachen gleichzeitig die Felder der Landbesitzer, damit die Ernte nicht gestohlen wird.«

»Es ist wie im Krieg!«

»Es ist ein Krieg!«

Wir zogen die weißen Overalls an, die man uns ausgehändigt hatte. Sie rochen stark nach Karbollösung.

»Wo gehen wir jetzt hin, Ahmad?«

»Zu den Hospitalzelten auf der anderen Seite der Stadt.«

»Befinden sich dort die Kranken?«

»Aywah!«

Die Polizisten ließen uns vorbei. Ihre Mienen waren finster, in ihrem Ausdruck lag Verzweiflung, als ob sie sich dem Tod schon nahe fühlten.

Kurz vor der Stadt kauerte eine Menge Leute eng aneinandergeschmiegt im Schatten eines riesigen Baumes. Als sie uns kommen sahen, schrien sie:

»Hakim! Wir wollen weg von hier, wir sterben, wenn wir hierbleiben. Rette uns vor der gelben Luft!«

Es tauchten Soldaten auf, die die Leute mit *Kurbags* unter den Baum zurücktrieben. Vor lauter Angst schlugen sie fester zu als gewöhnlich. Es kam mir vor, als würden sie mich selber schlagen.

»Keinerlei Organisation!«, seufzte Ahmad, »keinerlei Gerät! Ich habe gerade nach Salzlösung, nach Adrenalin, nach Spritzen, Natriumchlorid und Kalzium gefragt, doch nichts gibt es hier, rein gar nichts, außer Permanganat. Es ist zum

Verzweifeln! Was hat es für einen Sinn, Hakim zu sein und nicht helfen zu können ... Lass uns trotzdem sehen, ob wir etwas tun können!«

Wir kamen schließlich in die Stadt. Vor nicht langer Zeit musste hier noch ein pulsierendes Leben geherrscht haben. Der Ort hatte eine Population von vier- bis fünftausend Menschen gehabt. Jetzt aber waren die Gassen nur noch voller Unrat, der einen unbeschreiblichen Gestank verbreitete. Hungrige Hunde wühlten im Müll – doch war keine Menschenseele zu entdecken. Alle Häuser waren von innen verriegelt und nur von Zeit zu Zeit drang eine dumpfe Stimme, ein Todesschrei oder das Winseln eines eingesperrten Tieres nach außen. Es herrschte eine Stille, die bedrückend war und mich quälte.

Im Weitergehen stießen wir auf ein paar Männer, die mit einem Brunnen beschäftigt waren.

»Was habt ihr hier zu tun?«, rief Ahmad.

»Man hat uns befohlen, die Brunnen zu schließen.«

»Ist schon frisches Wasser unterwegs?«

»Erst wenn die Aprikosen reifen.«

»Und wer kümmert sich dann um das Wasser?«

Keiner wusste es. Ein wütender Ausdruck kam in Ahmads Blick, er biss sich auf die Lippe:

»Verdammt! Kein frisches Wasser, keinerlei brauchbares Wasser! Der Inspektor muss erst Hürden überwinden, bis die Politik von oben alles genehmigt hat. Wir selbst haben nichts mehr zu sagen. Komm, Ibrahim! Du wirst schon sehen, wie recht ich habe. Wir wollen den Inspektor suchen, angeblich ist er zu den Zelten außerhalb der Stadt gegangen!« Wir kamen an der Post vorbei. Die Tür war offen, doch drinnen war niemand zu sehen. Als Ahmad das Telefon entdeckte, bemerkte er, dass das Kabel durchgeschnitten war. »Offenbar hat der Postbeamte geglaubt, die Cholera könne direkt durch das Telefon übertragen werden und nicht etwa durch die Berührung des Hörers«, meinte Ahmad lächelnd.

Wir setzten unseren Weg fort und begegneten einem zweirädrigen Karren, der mit größter Anstrengung von einem Esel gezogen wurde. Ein flüchtiger Blick zeigte mir, dass hinten nackte menschliche Beine herausragten. Manche bewegten sich noch, andere waren steif wie ein Stück Holz. Der Fuhrmann war von Kopf bis Fuß in Lumpen eingehüllt, aus denen er kaum herausschauen konnte.

»Wo sind die Zelte?«, fragte Ahmad. Der Fuhrmann deutete nur wortlos in die Ferne.

Schon bald befanden wir uns vor den Zelten. Wir schauten in einige hinein – immer das gleiche Bild: Ein Gewirr von eingekeilten, leidenden Menschen in allen Stadien der furchtbaren Krankheit. Manche hatten Augen wie Höhlen, die apathisch verfolgten, was um sie her geschah. Wieder andere waren völlig ausgetrocknet, ihre Haut war gelb und geschrumpft – alle hatten höllischen Durst und befanden sich bereits am Rande eines Kollapses. Sie lagen so eng nebeneinander, dass man keinen Fuß zwischen sie hätte setzen können.

»Diagnosen sind hier überflüssig«, sagte Ahmad kühl. Er besaß die Kraft eines Engels. Als er sich nach dem Inspektor erkundigte, hieß es, er sei längst auf seinem Esel davongeritten.

Wir steuerten auf das große Sanitätszelt zu. Keine Menschenseele war zu sehen, es standen nur ein paar Tische und Stühle herum, ein Eimer voller Natriumchlorid, aber vor allem ein nagelneuer Pasteur-Filter, allerdings nur groß genug, um für vier Menschen sauberes Wasser zuzubereiten. Dabei gab es ja gar kein Wasser, das man hätte filtern können.

»Jemand in Kairo macht das große Geld mit solchen Filtern«, sagte Ahmad wütend.

Als wir uns einem andern Zelt näherten, erschienen drei *Tamourgis*: »Ich bin Doktor Ahmad Gadalla und für diesen Bereich verantwortlich. Was ist hier denn eigentlich los? Hunderte von Patienten liegen hier unversorgt in den Zelten und niemand kümmert sich um sie. Wo bleibt der Inspektor? Seid ihr hier allein?«

Ahmads Ausdruck wurde streng und sein Gesicht glich einer Maske, während die Männer selbst mit verzweifelten

Gesichtern dastanden und stumm ihre Hände zum Himmel erhoben.

Ahmad setzte sich und schrieb eine kurze Nachricht an Miss Howard. Er beauftragte einen der *Tamourgis*, sie schnellstens zu überbringen. »Sie ist hier die Einzige, auf die ich mich wirklich verlassen kann«, knurrte er. »Und gerade das ist unsere ägyptische Tragödie.«

Dann ging er mit beschwertem Blick zu den andern Zelten, die mit kranken und sterbenden Ägyptern überfüllt waren.

»Am liebsten würde ich sie alle kurieren«, sagte ich naiv.

»Was heißt kurieren? Das Problem ist vorbeugen!«, wandte Ahmad sich an mich.

»Sollte ich hier je lebendig herauskommen, werde ich alles in Bewegung setzen und ihnen die Hölle heiß machen.«

Während der Mittagshitze erschien Miss Howard zusammen mit dem Gesundheitsinspektor. Sie wusste, dass sie sich ganz auf Dr. Ahmad verlassen konnte. »Und Sie haben ja auch einen Assistenten«, sagte sie, indem sie mir zulächelte.

»Aber weiß er, wie er sich zu verhalten hat und sich schützen kann?«

»Ich bin überrascht, wie viel er schon weiß«, verteidigte mich Ahmad.

Miss Howard sah sich inzwischen in den Zelten um. Als sie zurückkam, war sie sehr blass, aber gefasst.

»Es liegen hier Tote unter den Kranken, die müssen sofort begraben werden! Wir müssen alle mithelfen.«

Unterdessen war der Eselskarren angekommen. Der Esel wurde vom Kutscher ausgespannt und der Karren umgekippt. Ein Haufen Menschenleiber rutschte zu Boden. Wortlos sahen wir einander an.

»Ibrahim«, sagte Dr. Ahmad, »komm mit mir und binde dir ein Tuch vors Gesicht!«

Er selbst machte es ebenso und wir gingen hinüber zu dem Menschenhaufen. Wir zogen die Körper auseinander und legten sie Seite an Seite nebeneinander. Wider Erwarten waren alle noch am Leben.

»Jetzt holen wir die Toten aus den Zelten und bringen diese Patienten an deren Stelle unter.«

Die Sonne brannte unbarmherzig, und als wir fertig waren, spürte ich einen Ekel und mir wurde schlecht.

»Versuche dir vorzustellen, dass du mit Holz zu tun hast, nichts anderes als Holz. Lass deine Phantasie bei diesem Geschäft nicht zu sehr blühen. Sage dir, dass dies eine Realität ist, die dich nicht berühren darf. Und denke an den Tag, an dem wir beide berühmte Hakims in Kairo sein werden. Dann wird dies alles hier nur noch Erinnerung sein.« So also sagte ich laut zu mir: »Ich transportiere Holz, nur Holz.«

»Gut so«, lächelte Ahmad, »Holzklötze, Säcke voller Hirse, Ziegel, irgend so was!«

Als wir unsere Arbeit getan hatten, bekam ich für einen Moment weiche Knie. Ahmad nahm meinen Arm und führte mich zum großen Zelt zurück, wo plötzlich die *Tamourgis* wieder auftauchten. Sie hatten sich versteckt und ihre Arbeit vernachlässigt.

»Ihr Hundesöhne!«, schrie Ahmad und drängte sie wütend aus dem Zelt. »Fort mit euch! An die Arbeit, ihr Faulenzer! Und holt den Inspektor und auch den Polizeichef, ich will sie alle hier sehen.«

Sie nahmen Reißaus, während wir uns mit Karbol gründlich reinigten.

Miss Howard hatte inzwischen Wunder bewirkt. Zwei riesige Wasserwaggons waren angekommen sowie eine Feldküche, die noch von Napoleons Feldzug gestammt haben konnte, so altmodisch war sie. So konnten wir unsern Filter endlich benützen und den Patienten zu trinken geben. Auch die Polizei erschien und trieb eine Menge armer Teufel mit Kurbags vor sich her. Sie hatten Befehl, Massengräber auszuheben. Karren auf Karren kamen und gingen, eine nicht enden wollende Prozession von toten Männern, Frauen und Kindern, die in den Gräbern verscharrt werden sollten. Zunächst wurden sie sorgfältig sortiert und mit einer gewissen Scheu behutsam nebeneinander in die Gruft gelegt. Doch wurde die Luft allmählich verpestet und alles musste schneller gehen, sodass schließlich die Leiber einfach aus dem Karren in den Graben gekippt wurden, einer über den anderen.

Der Gesundheitsbeamte – der so genannte *Officer of Health* – erschien von Zeit zu Zeit auf seinem weißen Esel, mit weißen Handschuhen und einem Musselinschleier vor dem Gesicht. Er sollte sozusagen »nach dem Rechten sehen«. Aber auch die *Tamourgis* kamen in schneeweißen Kitteln und brachten Kisten voller Verbandszeug.

»Schaut nur«, bemerkte Ahmad, »in Kairo scheint man zu glauben, wir hätten es mit einer Epidemie von Beinbrüchen zu tun.«

Er bat mich, von nun an den Pasteur-Filter zu bedienen und nichts anderes sonst zu tun.

»Und trinke niemals nicht abgekochtes Wasser, irgendwie traue ich diesem Filter nicht ganz.«

»*Yes, your Excellency.* Ich werde Ihrem Rat Folge leisten!«, sagte ich schmunzelnd.

In den nächsten Tagen beschäftigte ich mich damit, gefiltertes Wasser in Eimer zu füllen und die Kranken damit zu versorgen.

»Sicher werden sie gedacht haben, dass Mohammed persönlich erschienen sei, um ihre Todesqualen zu lindern«, meinte Ahmad.

Ohne Unterlass wurde begraben, begraben, begraben. Miss Howard kam und ging. Sie redete nicht viel. Sie hatte nur ihre Augen überall und verschwand wieder. Obgleich sie uns laufend mit Hilfsgütern versorgt hatte, waren wir gezwungen, nach einigen Tagen einen neuen Zeltplatz aufzubauen, da der alte immer mehr einem Friedhof glich.

Ahmad wurde vom Chefinspektor beauftragt, eine Inspektion in der Stadt durchzuführen, da man befürchtete, dass in den Häusern viele Tote zurückgelassen wurden, die die Verwandten nicht herausgeben wollten. Auch ich nahm an Ahmads Seite daran teil. Unterwegs trafen wir Miss Howard, die sich mit Frauen und Mädchen unterhielt und uns zu verstehen gab, weiterzugehen und sie nicht zu stören.

»Sie wäre eine ideale Oberschwester für jedes Krankenhaus«, sagte Ahmad.

Die Polizisten, die durch unsere Furchtlosigkeit angesteckt waren, halfen uns, in die verriegelten Häuser einzudringen. Was wir hier vorfanden, war unsagbar. Ganze Familien kauerten eng zusammengeschmiegt in moribundem Zustand auf dem Boden. Sie hatten sich mit allen ihren Tieren, mit Eseln, *Gamoussas*, Hühnern usw. in ihren Häusern verschanzt und alle möglichen Löcher verstopft, damit keine Luft mehr hineindringen konnte. Auch die Tiere waren vor Hunger völlig apathisch.

Ich versuchte Miss Howard aufzufinden, um ihr über das Elend der Tiere zu berichten. Sie schien gedankenverloren und vollkommen erschöpft, legte mir aber beruhigend die Hand auf die Schulter:

»Ich weiß, ich weiß, *dear boy*! Es sind bereits Leute unterwegs, um die armen Tiere zu töten.«

»Aber warum töten?«

»Es ist wohl die humanste Lösung!«

Enttäuscht verließ ich sie und suchte Ahmad. Eine lähmende Unsicherheit und Verlassenheit ergriff mich. Während ich laut nach Ahmad rief, traf ich auf einen Greis, der von Sinnen zu sein schien und mit einer großen Schere die Luft um sich her zerschneiden wollte.

»Ich bin Aboubekhit, der Schneider!«, brummte er vor sich hin. »Ich schneide *El hawa el asfar* ab.«

Er hatte offensichtlich eine vorhergehende Epidemie überlebt, als man noch geglaubt hatte, man könne »die gelbe Luft« mit einer Schere zerschneiden.

Ich hatte keine Ruhe, bis ich Ahmad fand. Wir kamen dazu, als die Polizisten genötigt waren, die Türe eines Hauses mit Gewalt aufzubrechen. Dabei wehte uns ein solcher Gestank entgegen, dass wir alle wie betäubt zurückwichen.

»Man müsste alles, was noch Leben in sich hat, herausholen

und dann die ganze Stadt anzünden!«, sagte Ahmad und ich entdeckte zum ersten Mal einen Ausdruck von Angst in seinem Blick.

So ging es drei Tage lang. Am zweiten Tag erschienen unter den Polizisten neue Gesichter und einige alte fehlten. Plötzlich wurde mir schwarz vor Augen und ich hatte nur noch einen Wunsch: zu fliehen, in den Nil zu tauchen, zu schwimmen und sogar zu ertrinken. Es hatte schon Augenblicke gegeben, in denen ich völlig erschöpft im Zelt lag und wie ein Gefangener Pläne schmiedete, aus dieser von der Sonne versengten Hölle auszubrechen. Nein! Niemand auf dieser Welt, weder Jung noch Alt, würde all dies auf Dauer durchhalten können. Das ewige Waschen, Reinigen, Desinfizieren, den Sterbenden zu trinken geben – das war fast übermenschlich und brachte mein Inneres völlig in Aufruhr.

»Ahmad! Ahmad!«, rief ich. Und mein bewundernswerter Freund kam, mit Augen größer denn je und einem hingebungsvollen Ausdruck. Er untersuchte meinen Puls, meine Augen, meine Kehle.

»Du bist ganz in Ordnung«, meinte er, »aber du musst lernen, deine Phantasie zu zügeln. Denke immer nur an eines: Jede schlimme Epidemie beginnt wie ein Feuerwerk, aber sie endet auch wie ein Feuerwerk. Denke einfach nur an das Ende!«

»Ahmad, gib mir deine Hand, das gibt mir Vertrauen.«

Seine Hand war wohltuend, so wie man sich die Hand eines Engels vorstellen würde.

»Ibrahim!«, sagte er ermutigend. »Du hast erstaunliche Arbeit geleistet.«

Ich fühlte mich durch seine Worte beschämt, weil ich daran gedacht hatte, das Schlachtfeld zu verlassen.

»Du wirst sicher einmal ein großer Hakim werden, du hast die Hände eines Chirurgen.«

Dies steigerte noch meine Zuversicht und mein Selbstvertrauen.

Am sechsten Tag nach Sonnenaufgang bemerkte ich, dass

Miss Howard die Nacht in unserem Zelt verbracht hatte. Sie sah seltsam abwesend aus, in ihren blauen Augen erschien ein nachdenklicher Ausdruck. An eine Zeltstange gelehnt, bewegte sie ihre Lippen, als murmelte sie ein Gebet. Und plötzlich sank sie zu Boden. Ich schrie auf. Ahmad kam sofort zu Hilfe und legte sie auf sein eigenes Feldbett. Sie dankte ihm mit einer leichten Bewegung ihrer Hand und mit einem unvergesslichen Lächeln.

»Bitte, Ahmad«, flüsterte sie, »bringen Sie mich ins Hospitalzelt.«

»Nein, nein! Ich werde Sie hier behalten und selbst nach Ihnen schauen.«

Sie versuchte sich dagegen zu wehren, aber Ahmad legte seine Hand sanft auf ihre Stirn und sie gab nach. Sie litt in aller Stille, war noch lange bei Bewusstsein und erst, als die Schwingen des Todes sie erreichten, verließ ein Zug der Resignation ihre Lippen.

Ihr Tod hatte auf alle eine lähmende Wirkung. Wir beerdigten sie in einem Einzelgrab, ich schnitzte ein kleines Holzkreuz und legte es ihr auf die Brust. Wir alle – und sogar der Inspektor – weinten. *»Allah bless her soul!«*

Die Nacht war kühl. Ahmad und ich hatten unsere Betten im Freien aufgeschlagen. Es war Vollmond und so hell, dass wir bis zu den Hügeln der östlichen Wüste sehen konnten. Unser Zeltdach sah aus, als habe jemand Milch darüber gegossen. Ahmad saß mit untergeschlagenen Beinen auf seinem Feldbett.

»Ahmad«, sagte ich, »mir geht ein kleiner Esel nicht aus dem Sinn, den ich in einem Haus in der Stadt gesehen habe und der an einem schmutzigen Lumpen geknabbert hat. Ich muss morgen früh schauen, ob er noch am Leben ist.«

»Ein kleiner Esel? Wir alle haben unsere Grillen, aber du willst diesen Esel retten? Wahrscheinlich hat man ihn schon längst erschossen.«

Und er fuhr fort: »Ich werde noch Bakteriologie studieren und mich besonders mit dem Spirillum beschäftigen. Illusionen! Nichts als Illusionen!«, seufzte er. »Ich bin hierhergekommen, um Menschen zu retten – und nicht einen einzigen habe ich gerettet. Das schöne Mädchen, das heute Morgen eingeliefert wurde, ist heute Abend schon gestorben und ist bereits begraben. Ich habe alles versucht, sie zu retten. Warum nur musste sie sterben, sie hatte so liebe Augen … Im Grunde kam ich nur hierher, um Tote zu begraben, das ist alles! Allah! Allah! Keinerlei sanitären Einrichtungen, Ansteckung, wo man hinschaut. Die Kanäle sind nichts als Todesflüsse, es schaudert mich, wenn ich nur an Wasser denke.«

Ein Anflug von Panik lag in seiner Stimme.

»Und Miss Howard musste auch gehen, die gute Seele!«

Wir schwiegen lange … ihr zu Ehren.

»Wenn du ein guter Hakim werden willst, wirst du dich darauf vorbereiten müssen, Verständnis für menschliche Schwächen und Irrungen zu entwickeln. Viele Arten von seelischen Qualen und Defekten sind Ursache von Krankheiten und wirken auf den Organismus unheilvoll. Reine medizinische Kenntnisse genügen oft nicht.«

Dann begann Ahmad, von Miss Howard zu erzählen: Er war überzeugt, dass sie hierhergekommen war, um den Tod herauszufordern.

Sie hatte ihren Mann verloren, den sie über alles geliebt hatte. Große Schmerzen und ein gewisser Heroismus vermögen den Selbsterhaltungstrieb in einem Menschen zu vernichten – ähnlich wie auf einem Schlachtfeld: siegen oder sterben.

Miss Howard war in Kairo in der englischen Gesellschaft nicht sehr beliebt, da sie sich in einen verheirateten Engländer, den sie zu pflegen hatte, verliebt hatte. Für sie hatte er Frau und Kinder verlassen, um sie zu heiraten. Engländer haben ihre eigene Vorstellung von Moral, sie neigen dazu, großen Wert auf den äußeren Schein zu legen. Miss Howard jedoch war alles andere als scheinheilig, und durch ihre radikale Offenheit und Wahrheitsliebe fand sie wenig Anklang in der Gesellschaft – aber umso mehr bei den Kranken.

Ich stand noch vor Tagesanbruch auf, Ahmad war schon vor mir weggegangen. Ich fühlte mich flau und bedrückt. In einem Zustand von Schwäche machte ich mich auf den Weg und befand mich nach einiger Zeit in der Stadt. Beinahe unbewusst suchte ich das Haus, in dem ich den Esel gesehen hatte. Unsicher schlich ich entlang der Hauswände, als mich plötzlich eine Übelkeit überfiel. Ich trat durch eine offene Tür in eine Hütte, wo ich kopfüber auf einen Haufen Unrat fiel. Ein Versuch, aufzustehen, misslang, da ein Tonnengewicht auf mir lastete und ich sofort wieder stürzte. Von Grauen überwältigt und von einem schmerzhaften Krampf geschüttelt, hatte ich schließlich das Gefühl, mich völlig aufzulösen. Auch verlor ich jeden Zeitbegriff. Und dazu brannte die Sonne unbarmherzig auf die Hütte, in der ich in einer großen Schwäche darniederlag. Durch einen Spalt in der Wand drang ein Sonnenstrahl, in dem Myriaden von Staubpartikeln tanzten. Ich hörte, wie ein Karren draußen durch die Straße ratterte und ein Mann seinen Esel mit »ech, ech« antrieb. Danach herrschte Stille. Die Sonne kroch immer näher und ihre höllische Glut schien mein Gehirn auszubrennen. Ich war unfähig, mich zu bewegen. Dann kam die Nacht, schwarz und undurchdringlich und ich begann, in einem Bad von kaltem Schweiß zu schlottern.

Hunde kamen und schnüffelten an meinen Händen und an meinem Gesicht, und der schlechte Geruch aus ihren Mäulern bereitete mir Übelkeit. Sie bissen mich aber nicht, diese rührenden Freunde des Menschen, die bei uns immer nur mit Steinen verjagt werden. Immer mehr entfernte ich mich von meiner Umgebung und mir schien, als würde sich der Tod in kleinen Schritten nähern. Vergebens blieben meine Versuche, mich zu bewegen. So laut ich konnte, rief ich nach Ahmad, doch meine Stimme war nur noch ein schwaches Rasseln.

Allmählich kam das Tageslicht und ich hörte wieder das Rattern des Fuhrwerks. Wie große Schatten standen plötzlich Männer um mich und zogen mich aus dem Morast. Sie schleiften mich hinter sich her und warfen mich über den Rand des Karrens auf einen Haufen von Menschenleibern. Unter mir stöhnte die schwache Stimme eines Sterbenden, und eine eisige Hand griff nach meinem Bein.

Die Fahrt zu den Zelten schien wie eine Reise in die Ewigkeit. Man legte mich dort in eines der Zelte und jemand gab mir zu trinken. Obwohl das Ende wie ein Damoklesschwert über mir hing und ich die Schwingen des Todes fühlte, so blieb mir doch ein vages Bewusstsein, und eine Stimme in meinem tiefsten Innern sagte mir, dass dies unmöglich das Ende sein konnte. Es gab ein zweites Ich in mir, das mir die Kraft verlieh, mich dem Tod zu widersetzen. Und es war auch dieses zweite Ich, das in meinem Innern weinte.

Schließlich verfiel ich in eine wohltuende Apathie. Doch auf einmal gab es einen Ruck – ich wurde in ein tiefes Loch geworfen. Mit letzter Anstrengung öffnete ich die Augen. Ich sah ein blasses Dreieck über mir und Männer hoch oben, die auf mich herunterstarrten. Ich schrie laut auf.

Dann vernahm ich eine Stimme, hart und streng:

»Was habt ihr hier vor? Ihr begrabt Menschen bei lebendigem Leib!«

Es war die Stimme Ahmads, der mich aus der Grube befreite, mich in die Arme nahm und zu einem Zelt trug. Ich spürte eine Spritze in meinem Oberschenkel, mein Mund wurde gewaltsam geöffnet und man flößte mir eine Flüssigkeit ein. Sie brannte wie Feuer.

Wie ich jemals ins Leben zurückgefunden habe, daran kann ich mich nicht erinnern. Tagelang muss ich vor Erschöpfung in einem Zustand gewesen sein, in dem die Zellen meines Gehirns lahmgelegt waren. Jedoch erinnere ich mich noch lebhaft an den Schmerz, als mir mitgeteilt wurde, dass Dr. Ahmad Gadalla an der Cholera verstorben sei und schon beerdigt war.

Ahmad hat meinen Charakter fürs ganze Leben geprägt. Er war ein außergewöhnlicher Ägypter! Die Wissenschaft hat aus ihm einen guten Menschen gemacht, was nicht immer der Fall ist. Die Liebe zu seinem Volk hat ihn in den Tod geführt und er bleibt für immer einer der unbekannten Helden unserer Nation. Für Millionen von Fellachen hätten seine Ideen revolutionär gewirkt. Wo in der Welt gibt es ein ärmeres und geduldigeres Volk als das der Fellachen, die die Felder Ägyptens bestellen? Ahmad hatte sich ihnen zugehörig gefühlt – und so ergeht es mir.

Meine Holzkiste mit meiner Kleidung, meinen Büchern und der Jacke, in die meine Mutter vier Pfundnoten eingenäht hatte, war verschwunden. Es blieben mir nur die Kette mit dem Amulett um den Hals sowie ein Skarabäus, den mir Ahmad wahrscheinlich vor seinem Tod noch darangehängt hatte: ein letzter Gruß, der mir Glück bringen sollte.

Die Zelte wurden abgebaut und die wenigen Überlebenden evakuiert. Mich brachte man mit anderen auf einem Fuhrwerk in ein Dorf am Nil, um aus dem infizierten Bereich herauszukommen.

Als ich dort erschien, hielten mich die Leute für einen Geist, da ich in ein *Tamourgi*-Gewand gekleidet war und nach Desinfektionsmittel stank. Alle flohen vor mir. Nach längerem Umherirren entdeckte ich eine Hütte in der Nähe des Nils. Ich ging hinein und sank erschöpft auf eine Grasmatte am Boden. Endlich war ich den Schrecken des Hospitals mit all seinen höllischen Zuständen entkommen.

Durch eine Öffnung sah ich auf einer kleinen Wiese einen Esel, der Gras knabberte. Ein paar Hühner pickten und kratzten herum und Tauben gurrten auf dem Schilfdach. Die Sonne verbreitete am Horizont einen hellen Glanz gelber Flammen.

Ich war hungrig und durstig, jedoch zu schwach, um weitergehen zu können und entschloss mich, die Rückkehr des Besitzers der Hütte mutig abzuwarten. Als es dunkel wurde, kam der Esel zu mir herein. Er schnüffelte an mir herum und sichtlich zufrieden legte er sich an meine Seite, wo er sich bis zum Tagesanbruch kaum mehr rührte. Bei der ersten Helligkeit kam er mit einem Ruck wieder auf die Beine, trompetete los und ging hinaus, um Futter zu suchen. So gut wie er konnte ich meinen Heißhunger nicht stillen. Endlich hörte ich eine Stimme:

»Abd-El-Rahman!«

Es war die Stimme eines Mädchens.

»Hier gibt es keinen Abd-El-Rahman«, rief ich. »Ich bin Ibrahim Gamal el Assiuti.« Ich fuhr fort in klassischem Arabisch, wie der Scheich von Alhazar es mir beigebracht hatte:

»Allah!«, sagte ich, »hier erscheint ein guter Engel, wie ich an der sanften Stimme höre. Allah hat es gewollt, dass ich als armer Wanderer in diese Unglücksgegend verschlagen wurde. Ich wurde meiner Kleider und meines ganzen Geldes beraubt – und dazu bin ich hungrig und halb verdurstet. Erscheine, guter Engel, und erlöse mich von meinem Missgeschick – und Allah wird dich tausendfach belohnen!«

Nach dieser blumigen Klage erschienen im Gegenlicht der Tür die zarten Umrisse eines jungen Mädchens. Sie hielt ihren Schleier mit zwei Fingern fest und schaute auf mich wie auf ein Weltwunder.

»Lebst du hier?«, fragte ich.

Sie schüttelte verneinend den Kopf.

»Wem gehört diese Hütte?«

»Abd-El-Rahman, dem *Ghafeer*. Er ist mein Onkel, der Bruder meines Vaters.«

Dann drehte sie sich um und verschwand. Ich fühlte, wie ein warmer Strom meinen Körper durchflutete … wie ein wohltuendes Bad, so kam es mir vor.

Nach einiger Zeit stand das schöne Mädchen wieder in der Tür mit einem Korb. Scheu brachte sie mir einen Fladen Brot mit Ziegenkäse, ein Bündel Zwiebeln, auch einige Granatäpfel sowie Wasser gegen den Durst.

»Iss jetzt und trink!« Es klang fast wie ein Befehl. Ich brauchte mir nicht zweimal sagen zu lassen, dass ich essen solle. Mit unerhörtem Genuss stürzte ich mich gierig auf alles, was sie gebracht hatte, und Aziza – so war ihr Name – schaute mir zu, ohne sich zu rühren.

»Bist du verheiratet?«, fragte ich.

»Nein.«

»Wo wohnst du?«

»Im Dorf, mit meinem Vater zusammen.«

»Ist er Fellache?«

Stolz stand sie vor mir.

»Mein Vater besitzt Land von zwei *Feddan*. Er hat eine *Sakieh*, eine *Gamoussa*, einen Esel, einen Hund und eine Menge Hühner. Er verkauft Mais und Zuckerrohr.«

»Dann ist er ein reicher Mann. Warum bist du nicht verheiratet?«

Sie gab keine Antwort.

»Hat die gelbe Luft auch euer Dorf heimgesucht?«

»Nein.«

»Ihr Glücklichen. Schau mich an. Ich war mitten in dieser Hölle, ich habe die Krankheit überstanden. Sie wollten mich sogar lebendig begraben, aber man hat mich wieder aus dem Grab geholt. Mein ganzes Geld und eine Kiste mit meinen Kleidern habe ich verloren. Allah muss mich hierhergeschickt haben, um aus so gütigen Händen, wie den deinen, ernährt zu werden. Aber ich sitze hier und der Besitzer des Hauses kann jederzeit erscheinen.«

»Abd-El-Rahman wird wie ein Vater zu dir sein.«

Leise ging sie – wie sie gekommen war.

Bald erschien Abd-El-Rahman.

»Salaam aleikum!«

»Aleikum es-salaam!«

Sein Turban sowie seine indigofarbene *Galabieh* waren tadellos gepflegt. Er begrüßte mich mit großer Würde, einem König gleich, und teilte mir mit, dass er durch seine Nichte von meinem Missgeschick gehört habe. Ich erzählte ihm meine Leidensgeschichte, die er mit großem Ernst anhörte. Dann bat ich ihn um Papier und Tinte, da ich meinen Eltern in Assiut einen Brief schreiben wolle. Er ging und brachte mir bald darauf, um was ich ihn gebeten hatte. Während ich flink Zeile um Zeile schrieb, beobachtete er mich mit großem Respekt. Und als ich am Ende schließlich noch ein paar Verse aus dem Koran zitierte, die zu meiner Situation passten, sprach er zu mir wie zu einem Scheich und versprach hoch und heilig, den Brief selber zur Post zu bringen.

Es befand sich im Dorf eine kleine Moschee und in ihrer Nähe lebte ein heiliger Mann. Fünfmal am Tag begab er sich in das Gotteshaus, um den *Wadoo* zu zelebrieren. Er war der Vater des Dorfes und sozusagen nicht nur um den geistigen Zustand seiner Schäfchen besorgt. Da er ein hohes Alter erreicht hatte, machte ihm sein Amt große Mühe, Rücken und Knie waren vom Beten abgenutzt. Fünfmal am Tag musste er Waschungen an Armen, Händen und Füßen vornehmen. »Allah!«, hörte man ihn rufen, »sei gepriesen, dass du uns zur Reinigung Wasser schenkst!«

Fünfmal am Tag hörte man seine geräuschvolle rituale Waschung. Er räusperte sich, spuckte und zog Wasser in seine Nase, indem er abwechselnd ein Nasenloch nach dem anderen zuhielt. Danach ertönte ein nasaler Singsang.

»Allah! Lasse mich die Düfte des Paradieses genießen und segne mich mit all seinen Freuden! Führe mich durch die Gärten der Seligkeit, wo tausend schöne Jünglinge und Jungfrauen sich vergnügen.«

Darauf misshandelte er seine Ohren, um sie gründlich zu säubern. »Allah! Lass mich einer von denen sein, die dein Wort hören und stets das Beste tun.«

Nach einer kurzen Pause inspizierte er seine Füße, um zu sehen, ob zwischen den Zehen Schmutz zu finden war.

»Oh, Allmächtiger, begieße mich mit deiner Barmherzigkeit und deinem Segen! Ich bezeuge, dass du der Größte bist, unvergleichlich und gnadenreich – und Mohammed ist dein Diener und dein Prophet. *Ya-salaam!*« Und der Alte sank erschöpft zusammen. Das hinderte ihn aber nicht daran, in glühender Ekstase weiter Gebete zu flüstern.

Dieser heilige Mann besuchte mich eines Tages in der Hütte. Sein unschuldiges Gesicht war das eines Kindes. *Ya-salaam!* Was hätte ich wohl getan, wenn ich zur Zeit der Osmanen gelebt hätte, als die Kopten sich noch in dunkle Festungen zurückziehen mussten, um sich zu schützen. Und seitdem nannten sie uns christliche Hundesöhne. Glücklicherweise leben heute Christen und Moslems einigermaßen friedlich zusammen, und ich brauchte mich nicht zu scheuen, die Sprache des Koran zu benutzen.

Abd-El-Rahman war nicht zurückgekommen. Er hatte jenseits des Kordons als Nachtwächter Dienst getan und es sickerte die Nachricht durch, er sei von der Cholera dahingerafft worden. Da er Witwer war und seine Kinder schon vor ihm das Zeitliche gesegnet hatten, beerbte ihn der Vater Azizas. Ich konnte noch einige Zeit in der Hütte bleiben und versorgte den Esel und die Hühner.

Die Dorfbewohner staunten über meine Bildung und meine Kenntnisse des Koran und überschütteten mich mit Fragen. Inzwischen war die Cholera abgeflaut. In ihren Augen war es der Frömmigkeit des Scheichs zu verdanken, der die Hilfe Allahs angerufen hatte, dass sie vor der Epidemie bewahrt geblieben waren. Mit viel Mühe konnte ich sie über die Bedeutung des Spirillum und über die Notwendigkeit von vorbeugenden Maßnahmen aufklären. Aber ich diskutierte auch mit ihnen, dass nicht die Bitten des Scheichs die Epidemie zum Abklingen gebracht hatten, sondern allein die Tatsache, dass die Mehrzahl der Bevölkerung durch die Cholera gestorben war.

Zwei Monate verbrachte ich im Dorf am Nil. Wäre ich ein Poet, würde ich über diese Menschen eine Lobeshymne schreiben. Sie teilten alles mit mir, ihr Brot, ihre Milch, Zwiebeln, Bohnen und sogar das Fleisch, das nur selten und dürftig in ihren Kochtöpfen schmorte. Obwohl ich heute ein Mann bin, der manche Illusionen verloren hat, bleibe ich diesen Menschen treu in meinem Herzen. Wie viele auf dieser Welt werden durch gierige Mächte gehindert, teilzuhaben am menschlichen Erbe. Ihre Stimme müsste von einem Ende der Welt bis zum andern Gehör finden!

Wäre es mir nur gegeben, euch Gerechtigkeit widerfahren zu lassen. Es gibt Millionen, die ihre Stimme nie erheben können und von gierigen Mächten daran gehindert werden, teilzuhaben an der Fülle von Früchten, die unsere Erde zu bieten hat, unserem menschlichen Erbe. Eure Stimme müsste wie ein

Glockenschlag von einem Ende der Welt bis zum anderen gehört werden.

Inzwischen kam aus Assiut ein Brief meines Vaters. So hatte also Abd-El-Rahman doch sein Versprechen gehalten.

> »Oh, Du junger Teufel von einem Sohn!
>
> Was für Sorgen hast Du Deinen Eltern gemacht. Willst Du uns wirklich durch Dein gottloses Benehmen das Herz brechen? Ich würde lieber schweigen wie ein Grab wegen des Verlustes Deiner Kleider, hättest Du nicht auch noch die vier Pfund verloren, die in die Jacke eingenäht waren. Ich wäre sogar froh über den Verlust Deiner Kleider, wenn ich wüsste, dass Du von jetzt an Deine ehrenhafte *Galabieh* wieder tragen würdest. Nun also brauchst Du nicht nur die vier Pfund, sondern auch einen neuen Anzug, der wiederum ein Pfund kosten wird. Oh mein Sohn Ibrahim, würdest Du Dein Missgeschick beklagen, wenn Du wüsstest, dass zu Hause Tausende braver Menschen gestorben sind?
>
> Kein normales Geschäft ist heute noch zu machen. Doch trotz Deiner Spitzbübereien hat Allah Deine Eltern und Deinen Bruder beschützt. Keinen Tropfen Wasser haben wir getrunken, der nicht abgekocht war, und unsere Türen blieben Tag und Nacht verschlossen. Keiner der Familie unseres Cousins Wassif hat sterben müssen und das ist ein echter Kummer für mich.
>
> Oh mein Sohn, den ich mehr liebe als den Schlag meines Herzens, verfalle nicht in Wollust und Zügellosigkeit! Die vier Pfund, die ich Dir schicke, sollen schwer in Deiner Hand wiegen, denn sie sind ein echtes Opfer Deines Vaters. Und verliere Dich nicht in den Annehmlichkeiten des Dorflebens. Mache Dich auf den Weg nach Masr, sobald es Deine Gesundheit erlaubt. Du wirst dringend erwartet vom Freund des Doktors, an den Du ein Empfehlungsschreiben hattest. Vergiss nicht, dass Deine Erziehung große Opfer gekostet hat – lade Ehre auf mein altes Haupt und werde ein großer Hakim!«

Ich muss beschämt gestehen, dass ich die Ermahnungen meines Vaters auf die leichte Schulter nahm. Ich selbst hatte ganz andere »Geschäfte« im Dorf, als mein Vater sich für mich vorgestellt hatte.

Aziza war dreizehn – ich war achtzehn. Ach, wie mich ihre teuflisch schönen Augen in Bann zogen! In der ganzen Welt gab es keine schöneren mit einem solchen Ausdruck von Zartheit und noch nicht ausgebrannter afrikanischer Wollust. Bald waren wir einander verfallen. Ihre Augen waren nach alter Überlieferung mit Ruß aus verbrannten Mandeln schwarz umrandet, ihre braune Haut strahlte vor Gesundheit und duftete wie bei meiner Mutter nach Rosmarin und Weihrauch. Ihre bäuerlich-voluminösen Gewänder vermochten nicht, ihre jungen Brüste zu verbergen, und ihre Stimme war süßer als der Gesang der Vögel in den Tamarisken. Als sie spürte, dass mein Ansehen in der Bevölkerung wuchs, schwand ihre natürliche Zurückhaltung mir gegenüber immer mehr.

Leichten Herzens ging sie mit ihren Geschwistern zur Feldarbeit. Am Nachmittag aber, wenn die Luft vor Hitze zitterte, saß man im Schatten bei der *Sakieh* ihres Vaters. Einer ihrer kleinen Brüder hockte nackt auf dem Rücken der Eselin, der man die Augen verbunden hatte und die gottergeben ihre Runden drehte. Das Rad quietschte, während das Wasser sich in Strömen aus der Tiefe ergoss und bei uns in der Runde eine erfrischende Kühle verbreitete – ich sage: bei uns, denn ich saß oft dabei und bewunderte das süße Oval von Azizas Gesicht.

Sage mir niemand, wir Ägypter seien Afrikaner, Araber oder Semiten. Die Fremdherrschaft habe unserem Volk das Stigma der Überfremdung und Verwässerung aufgedrückt, Unsinn! Man schaue nur genauer auf die antiken Wandbilder der alten Ägypter und niemand wird behaupten können, dass dieser Archetyp nicht mehr existiert. Ich wage zu sagen, dass der Kopte Ibrahim und die Muslimin Aziza genau diesen Typ noch verkörpern und den Beweis liefern, dass er nicht ausgestorben ist und weiterlebt.

Aziza weckte in mir nicht nur Sinnenlust, sondern ein fast

tragisches, mysteriöses Wissen um die Vergangenheit. Seit Generationen sind wir auf verschiedenen Ebenen aufgewachsen, aus einem Urgeschlecht sozusagen und doch als Fremde zugleich. Der Islam wurde uns aufgedrängt und ist heute nichts anderes als der geistige Bodensatz einer Religion, die die arabische Kultur erschaffen hat.

Glaubst du, dass ich Unsinn rede, freundlicher Wanderer?

Von einem neunzehnjährigen Ägypter kann man kaum erwarten, dass er schon vernünftig ist, selbst wenn er die Vorteile einer nur halbwegs objektiven westlichen Erziehung genossen hat. Und obwohl dieser Junge eine große, brennende Sehnsucht in sich spürte, so war es nur natürlich, dass dies alles wie eine Tünche von ihm abfiel, als er zum ersten Mal ein Mädchen wie Aziza in seine Arme nahm und ihren weichen Mund küsste.

Von den Resten meiner Krankheit erholte ich mich rasch. Oh, Vater Gamal! Der junge Teufel von einem Sohn bekennt sich in den Nächten des Vollmonds zu seinen Missetaten, wenn die Sterne in silbernen Fäden wie von den Brüsten der lieblichen Hathor am Himmel hängen … War es nicht Gott Show, der sie in Gebs Armen überraschte und sie in höchster Ekstase von ihm trennte?

Und nun wölbte sich dieser selbe Himmel über Aziza und Ibrahim.

Um ihrer Liebe willen atmete der Erdgott schwer und Ägyptens Kinder gaben sich ihm freudig hin.

Hinter dem Haus von Azizas Vater befand sich eine kleine ummauerte Laube. Eine der Mauern hatte ein Loch, das für die Nacht mit Dornengestrüpp verstopft wurde, am Tag aber für die Kinder und Hunde offenblieb. Nun aber wurde es für die Nacht zur Pforte der Liebe. Um sie zu erreichen, musste Aziza im Schatten eines riesigen Baumes über den vom Mond beschienenen Hof huschen, um dann mit ihrem schlangenhaften Körper glühend vor Liebe durch diese Pforte zu schlüpfen und zitternd vor Erregung in meine Arme zu sinken.

Auch ich zitterte zuweilen aus Furcht, entdeckt zu werden.

Denn sollte man sie verheiraten wollen, was durchaus möglich war, obwohl sie mir immer wieder das Gegenteil versicherte, so hätte das meinen sicheren Tod bedeutet.

Glaubt nicht, dass Aziza besonders klug war. Schreiben und lesen konnte sie nicht, aber sie konnte sowohl sanfte wie auch wilde Gedanken äußern und ihre Rede hatte einen oft poetischen Hintergrund. Sie hatte das Bedürfnis, sich auszudrücken wie ich, und sie hatte auch ähnliche Träume wie ich.

Eines Abends saß sie mit gekreuzten Beinen mir gegenüber. Ihr rechter Mundwinkel hing ein wenig nach unten und ihre Nasenflügel waren leicht zusammengepresst, was ihr einen Ausdruck von aristokratischem Stolz verlieh.

»Willst du mich heiraten?«

»Ich würde dich heute noch heiraten, aber es gibt ein Hindernis, so breit wie der Nil. Ich bin Christ und du bist Muslimin!«

Immer wieder habe ich versucht, es ihr zu erklären, aber immer war ihre stoische Antwort:

»Ich bin ein Mädchen und ich gehe mit dir.«

Und sie legte ihren Kopf auf meine Brust, stumm und ergeben, ohne ein weiteres Wort über ihren Kummer zu verlieren. Eines Nachts lagen wir einander in den Armen und versanken in tiefen Schlaf. Ich träumte von Hofnis Mutter auf der *Qayassah*, die goldene Kette hing um meinen Hals, ein Glied war unecht. Darin steckte eine Rose. Ich sah, wie Azizas Hand die Blume wegnahm; die Kette brach, fiel zu Boden und ich erwachte.

Sie atmete leise und berührte mit ihren Lippen sanft meinen Hals. Ich bewegte mich nicht, da uns nur noch einige Stunden bis zur Morgendämmerung blieben. Eine große Sorge beschlich mich, eine dunkle Vorahnung unserer Zukunft. Auf dem Höhepunkt meines Glücks stellte sich der Schmerz ein, sprach das Schicksal zu mir. Ich war mir unsicher: Sollte ich meine Zukunftspläne aufgeben und für immer hier in den Armen eines Moslem-Mädchens bleiben? Ich blickte in ihr geliebtes Gesicht und mein Herz war in höchstem Maße beunruhigt. Ich presste sie an mich und küsste sie voller Verzweiflung. Dann sah ich ein blasses Licht über der östlichen Wüste aufgehen und ich versuchte, sie sanft aufzuwecken. Es war das Erwachen eines Kindes, nicht das einer Frau, und ich traf den unschuldigen Blick eines Wesens, das überrascht war, dass der Schlaf nicht ewig dauert und der Körper nicht für immer in Ruhe gelassen wird. Nein, sie wollte nicht glauben, dass es schon Zeit war zu gehen, und drehte sich noch einmal um, um weiterzuschlafen. Ich musste sie behutsam schütteln. Da verließ das Kind sie und die Frau lächelte mir zu, indem sie sagen wollte, sie habe längst gewusst, dass es Zeit sei aufzustehen – aber dass sie mir zeigen wollte, wie schwer es sei, sich von mir loszureißen. Sie warf sich auf mich, quälte mich mit wilden Küssen, dann sprang sie auf und war auch schon verschwunden.

An diesem Morgen war das ganze Dorf in festlicher Stimmung. Man erwartete den Pacha, dem das Dorf mit allem, was darin war, ob tot oder lebendig, gehörte. Er besaß in der Nähe ein großes Landhaus, in dem er sich wegen der Epidemie verschanzt hatte, und nun kam er, um die Pacht für seine Ländereien einzusammeln. In der Hoffnung, ihn günstig zu stimmen, waren alle in frisch gewaschenen Gewändern erschienen und die Männer spielten *Rababa*, *Kamangat* und *Pfeifen* und trommelten mit flinken Händen auf der *Darabukka*.

Es gab eine Fülle von Pachas, schlechte und gute. Die einen behandelten die Fellachen mit patriarchalischer Güte nach dem Motto: »Zufriedene Diener bereiten dem Herrn einen vollen Bauch.« Andere wiederum glaubten eher an die Wirkung des *Kurbag*, um ihren Willen durchzusetzen, was in Ägypten oft genug so viel wie Gerechtigkeit bedeutete. Es gab nicht nur Hunderte von Pachas und Beys, sondern auch *Omdahs*, *Mamours* und *Moudirs*, die alle reiche Landbesitzer waren. Aber über ihnen allen regierte England mit hochmütiger Indifferenz. So genießen die Fellachen bis auf den heutigen Tag nicht mehr Zivilrechte und soziale Freiheiten als die *Muschiks* im 19. Jahrhundert unter den Zaren.

Saïd Pacha hatte durchaus eine maßvolle Gesinnung. Er erschien auf einem weißen Esel in Begleitung seines Inspektors und seines Sohnes, eines grobschlächtigen dunklen Sechzehnjährigen – der Augapfel seines Vaters und der Liebling der Familie.

Die Dorfbewohner kamen und verbeugten sich vor ihrem Pacha mit gekreuzten Händen auf der Brust, während er mit seiner Fistelstimme väterlich zu ihnen sprach. Die Mädchen begannen zur Musik zu tanzen. Auch Aziza war unter ihnen und wirbelte mit ihren zarten, entzückenden Füßen den Staub auf.

Während der Pacha und sein Sohn die Tänzerinnen bewunderten, merkten sie nicht, dass sich hinter ihnen Blinde und Bilharzia-Kranke, Blutarme und Wassersüchtige befanden – und sogar ein Leprakranker. Der Pacha saß völlig gleichgültig auf seinem weißen Esel, blind für all diese Elenden.

Als der Tanz beendet war, ließ er sich mit seinem Sohn zwischen den Lehmhütten hindurch zu Hassan, dem Vater von Aziza, führen. Nach vielen Salaams fragte der Pacha:

»Wo ist deine Tochter Aziza?«

»Sie ist noch im Dorf, mein Herr und Meister.«

»Ich habe viel Gutes von ihr gehört. Meine Frau braucht eine Dienerin – schicke sie zu ihr, wir werden sie wie eine Tochter behandeln und für sie sorgen.«

Hassan verbeugte sich mit königlicher Würde.

»Mein Herr und Gebieter, was könnte mir mehr gefallen, als meine Tochter in Eurer Obhut zu wissen.«

Aus einiger Entfernung hatte ich das Gespräch mitangehört und auch das abstoßend zufriedene Lächeln auf dem Gesicht seines Sohnes bemerkt.

»Vater«, sagte er zum Pacha, »sorge aber dafür, dass er die richtige Aziza bringt und nicht irgendein anderes Mädchen.«

»Mein Sohn, es ist nicht deine Sache, so zu reden, Hassan ist ein ehrlicher Mann.« Und zu Hassan gewandt:

»Komm heute noch mit deiner Tochter zu uns, damit meine Frau sie sehen kann.«

»Allahs Wille geschehe«, sagte Hassan respektvoll.

Er war wirklich der Meinung, dass allein Allah angeordnet habe, dass Aziza in des Pachas Haus komme, und nicht der Pacha selbst. Denn Allah ordnete alles an.

Allerdings waren weder Allah noch der Pacha – wie ich später zu meinem Bedauern entdeckte – der Grund dafür, dass Aziza das Dorf verlassen musste, sondern es war jener fettsüchtige junge Mann, dessen pralle Schenkel vom Rücken des Esels herunterbaumelten. Mein liebendes Herz war hellwach und in meiner Verzweiflung saß ich unter dem großen Baum und wartete auf Aziza. Nur langsam verstrichen die Stunden der Nacht, ich blieb ohne Schlaf und war nur in düstere Gedanken über die Zukunft versunken. Endlich, als ich schon fast die Hoffnung aufgegeben hatte, sie wiederzusehen, kam sie.

Ihre Augen glänzten im Mondlicht, ich streckte ihr meine Arme entgegen, doch sie fiel vor mir auf die Knie und küsste meine Hände.

»Oh Aziza, Rose meines Lebens«, sagte ich bewegt, »mein Herz ist mit Steinen beladen. Ich war heute Morgen zugegen, als der Pacha mit deinem Vater sprach. Ach, was soll aus deinem Liebsten Ibrahim werden? Eine einsame Palme in der Wüste?«

»Auch mein Herz ist voller Ängste. Ich habe die Lady gesehen, sie hat freundlich mit mir geredet, doch in drei Tagen will sie zurück nach Masr und ich soll sie als Dienerin für ihre Töchter begleiten.«

»Als Sklavin, meinst du, mit keinerlei Rechten! Ist es nicht eine grobe Ungerechtigkeit, dass ein Landbesitzer alle Rechte hat über die Menschen, die für ihn arbeiten? Du wirst im Harem verschwinden und nie mehr das Licht des Tages erblicken, nie mehr deine Familie, dein Dorf und deinen Liebhaber Ibrahim sehen.«

»Was soll ich tun? Wenn ich meinem Vater nicht gehorche, wird er mich verprügeln.«

Wir lagen lange zusammen, liebten uns und unsere Tränen flossen in Strömen.

Schließlich hatte ich das Gefühl, ihr zeigen zu müssen, dass ich fähig sei, als Mann waghalsig zu handeln.

»Aziza, noch vor Tagesanbruch wollen wir zusammen fliehen. Ich habe Geld genug, bis Masr zu kommen. Wir werden am Nil eine *Qayassah* finden, mit der wir weiterreisen. Ich werde dein Beschützer sein und mit meinen Freunden über dich reden. Du wirst zur Schule gehen und wenn ich ein Hakim bin, wirst du meine Gehilfin. Du wirst unseren Frauen in Ägypten zeigen, was man leisten kann, und ihnen ein Vorbild sein!«

Wie ein paar meiner Vorschläge sich verwirklichten, werde ich später – so hoffe ich – noch berichten können. Aber im Augenblick lag sie mit großen Augen in meinen Armen und schaute in das Wunder des ägyptischen Sternenhimmels und ihr Atem ging schnell wie der eines Vögelchens. Vielleicht träumte sie geheimnisvolle Dinge und war gar nicht fähig, sich ein Bild zu machen von dem, was ich ihr vorschlug. Nur ganz allmählich schien sie doch zu einem Entschluss zu kommen.

»Ich werde mit dir gehen«, sagte sie und küsste mich immer wieder.

Da ich mit den Sitten meines Landes vertraut war, wundere ich mich heute noch über meinen Mut, dass ich es gewagt habe, ein Mädchen zu entführen, das jedermann im Dorf kannte, das mit der Hälfte seiner Bewohner verwandt war und von dem man alles wusste – und das alle noch für eine Jungfrau hielten.

Also flohen wir zusammen. So schnell unsere Füße uns trugen, liefen wir meilenweit entlang des Nils, bis wir in der Hitze des Tages bei einer *Sakieh* niedersanken, um uns zu erfrischen.

Eine leidenschaftliche Wollust hatte uns ergriffen, unsere Körper brannten vor Verlangen, der Erdgott hatte sich unser bemächtigt.

Wir legten einen heiligen Eid ab, uns niemals zu trennen. Und falls es Allah gefallen sollte – so sagte Aziza –, dass wir doch einmal getrennt würden, so wollten wir nie mehr essen und trinken, bis unsere Körper vertrockneten und der Tod uns zusammen durch das Tor des Paradieses führen würde.

Aziza schlug vor, bis zum nächsten Marktstädtchen zu gehen, wo die meisten Boote haltmachten. Wir hatten uns in einem lieblichen Palmenhain niedergelassen, machten Pläne über Pläne, ließen unserer Fantasie freien Lauf und liebten einander zwischen Hoffnung und Verzweiflung. Und in diesem Palmenhain ereilte uns unser Schicksal und trennte uns brutal voneinander. Vier Männer überfielen uns, darunter der Sohn des Pachas. Noch bevor wir uns erheben konnten, sprangen sie auf mich, schlugen mich mit ihren *Nabouts* zusammen und der Sohn des Pachas schmetterte mir ein Stück Leder übers Gesicht. Ich hörte noch Aziza schreien, dann verlor ich das Bewusstsein.

Als ich wieder zu mir kam, war es Nacht. Alle meine Knochen schienen gebrochen und mein Gesicht war blutüberströmt. Ein Versuch, mich zu bewegen, misslang – und wieder wurde ich bewusstlos, bis das Tageslicht und eine Stimme mich aufweckten.

»Allah! Ya-salaam! Was sehen meine Augen? Ein Jüngling, ermordet unter meinen Palmen. Ist das das friedliche Land meiner Ahnen, wo Reisende vor den Augen ehrlicher Leute erschlagen werden?« Der freundliche Samariter goss Wasser über mein Gesicht.

»Hat man dich überfallen und ausgeraubt?«, fragte er. Instinktiv griff ich nach der Stelle, wo ich mein Geld aufbewahrte. Das Geld war noch da.

»Ich wurde überfallen, aber nicht ausgeraubt, und wenn dein Herz so freundlich ist wie deine Stimme, so wirst auch du mich nicht berauben.«

Zwei Männer hoben mich auf einen Esel und brachten mich zu einem kleinen Dorf in der Nähe.

KAIRO

Das Mekka für ägyptische Medizinstudenten ist Kasr-El-Aïni. Das Hospital wurde modernisiert und dazu entstanden neue Gebäude. Das 20. Jahrhundert begann sozusagen Schmutz, Schmerzen und Elend zu besiegen. Ist es nicht seltsam, dass so viele unserer Studenten arm sind? Aber es scheint auch in Europa so zu sein, nur in Amerika findet man Millionärssöhnchen, die mit ihren Hosen die harten Bänke der Wissenschaft abwetzen.

Im zweiten Jahr meines Studiums trug ich eine geflickte Hose. Auch hatte ich schon dreimal die Ränder meiner ausgefransten Ärmel gekürzt, doch niemand schien das zu bemerken. Durch den ständigen Hunger war ich so weit abgemagert, dass kein Gramm überflüssiges Fett an mir geblieben war, ja man hätte leicht ein Beefsteak in die gähnende Leere in meinen Stiefeln stopfen können.

Meine »Residenz« lag in einer schmalen Gasse eines Armenviertels, wo man bis heute noch keine Straßenreinigung kennt. Müll und sonstiger Abfall verfault und wird ganz allmählich zu stinkendem Staub. Ratten, Hühner und Hunde voller Ungeziefer leben in enger Gemeinschaft mit den Bewohnern der Häuser. Es gibt keine Behörde, kein Gesetz, um etwas an diesen verheerenden Zuständen zu ändern. Die Europäer nennen das »Orient«.

Freundlicher Wanderer, sei nicht zu hart mit uns! Besuche andere europäische Städte und kehre dann zu uns zurück! Bettler aus Europa, würdest du lieber in eurem Land leben oder in meinem? Wir alle haben vor unserer Tür zu kehren!

Armut ist die wichtigste Schule des Lebens. Sie ist hart, unerbittlich, sie ist monströs. Jeden Tag ist sie eine Herausforderung für Millionen und Abermillionen meiner Mitmenschen. Es ist das Grundübel, mit dem ich täglich konfrontiert werde und gegen das ich kämpfe. Alle großen menschlichen Leistungen entstehen im Kampf gegen die Armut und jedermann sollte diesen Kampf zu seiner Aufgabe machen – nicht nur gegen seine eigene, sondern gegen die Armut in der ganzen Menschheit. Denn sie ist das Übel, das alle andern Übel übertrifft. Aber sie ist heilbar!

Alle Erziehung, ob privater, öffentlicher oder internationaler Art, sollte dafür eingesetzt werden, denn nur so können wir dieses Monster überwinden und unseren Nachkommen ein würdigeres Leben ermöglichen.

Ich bin zu der Überzeugung gekommen, dass die Wissenschaft eines der Instrumente ist, um die Menschheit vorwärtszubringen, doch in erster Linie fühle ich mich als Diener der Menschlichkeit und erst danach kommt die abstrakte Wissenschaft.

Ich habe einmal einen Patienten operiert, der an einem lebensgefährlichen Tumor litt. Er war ungeheuer reich und ich bin überzeugt, dass ihn Armut völlig kalt ließ und dass er auch nie einen Finger gerührt hätte, etwas dagegen zu tun. Aber ich muss auch gestehen, dass ich bei diesem Patienten nur an seinen Tumor dachte. Während der Operation, als seine inneren Organe offen vor mir lagen, hatte ich die seltsame Eingebung, dass ich etwas für die Menschheit tun würde, wenn ich ihn sterben ließe. Allein mein wissenschaftliches Gewissen sowie mein Interesse für seinen Tumor hinderten mich daran, meinen verführerischen Gedanken auszuführen. Miss Grey, meine Sekretärin, stellte ihm, ohne mein Wissen, eine saftige Rechnung von tausendzweihundert Guineas. Und er zahlte wirklich – *elhamdulillah*!

Verzweiflung überschattete mein Leben in Kasr-El-Aïni. Dieses Hospital mit seinem Hörsaal sowie der gesamte Komplex schäbiger Gebäude wurde für mich eine Art Gefängnis der Wissenschaft. Semester auf Semester lief alles im gleichen Trott. Ich war ein Mensch mit zwei Seelen in der Brust, wobei die eine um das nackte Überleben kämpfte, während die andere mich in höhere Sphären hob, in mein Schicksal, meine Zukunft und die Aufgabe meines Lebens.

Gottlob gab es »Georgi« und »Panajoti«, die griechischen Cafés, wo wir armseligen Studenten unser Kleingeld für Kaffee und Zigaretten ausgaben, Domino und Backgammon spielten und über unsere Professoren und über Politik diskutierten. Unter uns waren weitsichtige, witzige, vielversprechende Kommilitonen. Noch heute sehe ich gelegentlich einige von ihnen.

Professor K., der Direktor der Medizinischen Fakultät zu jener Zeit, war ein Freund Lord Cromers und verdankte ihm seine hohe Position. Er war halb meschugge, leberkrank und lebte wie einer, der sich in einer Flasche Whisky häuslich niedergelassen hat.

Abbas, Mansour, Aboubakr und ich waren zweifellos die ehrgeizigsten unter uns Studenten. Von den dreien war Aboubakr der auffälligste, arm wie ein Fellache trug er sein Leben mit breiten Schultern und war durchaus fähig, den Schwierigkeiten des Daseins die Stirn zu bieten. Seine Mutter war Kaukasierin, von ihr hatte er seinen Stolz und eine gewisse Aggressivität geerbt. Er war ein Kämpfer.

Der Diktator von Kasr-El-Aïni hieß Abd-El-Kadr. Er war der Oberpfleger, die passende rechte Hand seines halbverrückten Chefs. Studenten und Ärzte lebten in ständiger Furcht vor ihm. Kein Patient bekam ein Bett ohne die Zustimmung dieses wilden knurrenden Tigers. Was kümmerte sich die Regierung schon um das größte Hospital von Kairo? Und erst recht nicht um diesen Abd-El-Kadr! Eigentlich sollten arme Patienten umsonst behandelt werden. Aber er war der Chef der *Tamourgis* und damit der Führer der erpresserischen Zunft, und wehe dem Patienten, der mittellos war und keine reichen Verwandten hatte!

Alles hatte im Kasr-El-Aïni seinen Preis, Kaffee, Suppe, sogar Milch und Brot. Ich sah eines Tages, wie Abd-El-Kadr die Wunde eines Patienten versorgte, wobei die Gefahr einer Infektion ja am größten ist, während ein anderer Patient daneben den Boden fegte und eine Wolke von Staub aufwirbelte, nur um eine Portion Milch zu erhalten.

Über das Hospital zu jener Zeit kursierte ein Sprichwort:

> Gehst du hinein, bist du tot
> Kommst du heraus, bist du neugeboren!

Der Gang ins Krankenhaus erschien den meisten tatsächlich wie der Gang in den Tod – und viele wollten lieber zu Hause sterben. Der Großteil der Patienten hatte sich bei Schlägereien verletzt, und sehr oft waren es auch solche, die von Polizisten bewusstlos geschlagen worden waren. – Seltsam genug, dass aus dieser Schule der Medizin wirklich erstklassige Wissenschaftler hervorgegangen sind.

Ich hatte damals große Schwierigkeiten, zu Geld zu kommen. Mansour war der Einzige, der etwas Geld ausgeben konnte. Sein Vater besaß große Baumwoll-Ländereien im Delta. Mein Vater hingegen schickte mir nur zwanzig Pfund im Jahr, was für ihn aber ein Vermögen bedeutete. So musste ich neben meinem Studium ständig versuchen, ein wenig Geld zu verdienen. Aboubakr und ich saßen oft im »Georgi« zusammen und brüteten darüber nach, wie wir am besten zu Geld kommen könnten. Diebstahl war unter unserer Würde. Wir hielten uns den ungebildeten Landsleuten gegenüber für überlegen, selbst wenn sie reich waren oder durch Nepotismus hohe Stellungen einnahmen.

Eines Tages kam ich auf die Idee, eine Schule für Kinder zu gründen. In unserer Straße lebten nicht nur Hunde, Katzen, Ratten und Hühner, sondern genug kleine Kinder, die wild und schmutzig aufwuchsen und von denen die Hälfte mit Krankheiten zu tun hatte.

Aboubakr war zunächst nicht sehr begeistert. »*Là*«, sagte er mit seinem selbstsicheren kaukasischen Hochmut: »Willst du unser Land reformieren und erziehen, so musst du an der Spitze anfangen. Du musst die ganzen Pachas und Beys aufhängen und eine Armee von starken Jugendlichen aufstellen, du musst die Jungen unterrichten im Gebrauch von Waffen und ihnen nur einen Gedanken einimpfen: sich zu opfern für die Freiheit von Ägypten!«

Ich hatte diese Art zu denken längst aufgegeben – nein –, mein Plan war viel bescheidener und weniger brutal.

»Beginnen wir doch an der Basis mit unseren Kindern!«, sagte ich.

»Ibrahim, du bist Kopte, vergiss das nicht!«, sagte er und mit seinem Lächeln kam eine Reihe herrlicher Raubtierzähne zum Vorschein.

»Du bist Ägypter wie ich, nur bin ich es durch meine Abstammung noch unverfälschter«, antwortete ich. So etwas konnte ihn leicht in Rage bringen, da er auf sein kaukasisches Blut sehr stolz war. Ich hatte einmal erlebt, wie er im »Georgi« aus Wut einen kleinen Marmortisch mit seiner Faust zertrümmert hatte.

Während des Winters bestand unsere Ernährung aus Zuckerrohr, Bohnen, Brot und Zwiebeln. Gelegentlich verließen wir unser gemeinsames Zimmer, um eine kräftigere Mahlzeit ausfindig zu machen. Wir durchkreuzten ganz Kairo bis nach Bab-El-Bar oder einem anderen schäbigen Viertel der Stadt und Aboubakr fand dann immer irgendein kleines Restaurant, wo das einfache Volk sich aufhielt.

»Lass mich nur machen, Ibrahim«, sagte er gewöhnlich. »Nicht Geld, sondern List und Frechheit regieren die Welt.«

Dann überrumpelte er den Patron mit königlicher Miene und bestellte Lammkoteletts, Tauben, Reis, Salat, Brot und Pudding. Bald kannte uns jeder und wusste, dass wir junge, halbverhungerte Hakims waren und sie behandelten uns mit Respekt für die Wissenschaft in einem unwissenschaftlichen Land.

Was die Zeche betrifft: Wir mussten nie zahlen. Aboubakr klatschte in die Hände, um den Wirt kommen zu lassen.

»Du Bruder eines schwarzen Käfers, hör gut zu: Hier hocken ein paar Leute herum, die ihre Taschen voll mit unrechtmäßig erworbenem Geld haben, obwohl ich zugeben muss, dass sie wie schlichte ehrliche Leute aussehen. Du willst sieben Piaster, ausgeschlossen! Wir Männer der Wissenschaft verachten den schmutzigen Gewinn als das Grundübel unserer menschlichen Existenz. Mach dich auf die Socken und hol dir bei deinen Gästen das Geld für unsere Mahlzeit. Falls Kranke darunter sind – Allah allein weiß, es sind alles Krüppel und Mistkerle –, so lass sie zu mir kommen, und ich werde ihnen eine gute Medizin verschreiben. Sollten sie aber eine Eiterbeule, einen Tumor, eine Zyste oder ein Geschwür haben, so wird mein Freund Ibrahim Gamal Effendi aus Assiut, der beste Chirurg in Masr, sie ohne Honorar operieren. Ich kann dir auch versichern, dass wir einmal in der Woche wiederkommen werden, denn dein Lamm und deine Täubchen waren exzellent. Und vergiss nicht, du Kakerlake, dass wir in naher Zukunft die Herrscher Ägyptens sein werden, und Gott sei dir gnädig, wenn du nicht geneigt bist, uns sofort beizustehen.«

Durch diese Methoden gelang es uns, von Zeit zu Zeit zu einer kräftigen Mahlzeit zu kommen. Aber es war ein Aboubakr mit seinem Draufgängertum und seiner Unverfrorenheit nötig, um dies zu erreichen. Aboubakr war auch oft faul, während ich fleißig und hart, sehr hart arbeitete. Ich las viel, lernte auswendig und bildete mich weiter. Auch verbesserte ich mein Englisch und Französisch und in der Bibliothek war ich gewöhnlich der Erste und der Letzte.

Wie so viele Studenten hatte Aboubakr romantische Abenteuer und Liebesaffären.

Es gab eine Hebammenschule, die dem medizinischen Institut angeschlossen war und wo junge Ägypterinnen von einem Arzt ausgebildet wurden. Das Ganze unterstand einer englischen Oberin. Aboubakr und auch andere Studenten lungerten oft bis spät in die Nacht hinein im Spitalhof herum, um sich mit den Mädchen zu treffen, die von niederer Herkunft und Erziehung waren und sich durch die Aufmerksamkeiten der Studenten in höchstem Maße geschmeichelt fühlten. Selbst der Harem-Bezirk war nicht immun gegen die Freundlichkeiten der Studenten, noch waren es die weiblichen Besucher des Hospitals.

Ich war nur von einem Wunsch beseelt: weiterzukommen, Erfolg zu haben. Und bei alledem hatte ich eine tiefe Wunde, da ich Aziza verloren hatte. Noch immer liebte ich dieses Mädchen und konnte an kein anderes denken. Die scheußlichen Prügel, die ich ihretwegen hatte einstecken müssen, hatten ihren Wert nur noch erhöht. Ich bin noch manchmal zum Haus des Pachas in Kairo gepilgert, das hinter einer hohen Mauer lag und gut bewacht war, und habe verzweifelt hinaufgeschaut, ob ich das entzückende Fellachenmädchen entdecken könnte, Aziza, die mir ganz gehört hatte. Ich war ihr nie untreu und hatte auch nie das Verlangen nach Ausschweifungen, wie sie bei meinen Landsleuten üblich sind. Ich hatte eine süßere Liebe erlebt, als jemals bei Freudenmädchen zu finden gewesen wäre.

Eines Nachts streiften Aboubakr und ich hungrig durch die Straßen Kairos. Schließlich kamen wir zu einem Kaffeehaus und Aboubakr bestellte, wie schon öfters zuvor, ein opulentes Mahl, das ihm der Wirt aber diesmal verweigerte. Und wieder einmal wurde Aboubakr unter dem Einfluss des Alkohols aggressiv und grob gegen den Wirt und schleuderte ihm Ausdrücke wie »Sklave« und »Schwein« an den Kopf. Noch bevor es zu Tätlichkeiten kam, erschien ein Fremder auf dem Plan und legte ihm beruhigend die Hand auf die Schulter.

»*Effendi*«, sagte er diskret, »ich bin sicher, dass du dein Land liebst, aber du beschämst es mit solch bösen Worten. Es ist nicht ungefährlich, mit einem mageren Wolf zu streiten. Setzt euch zu mir und ihr könnt im Frieden Allahs euer Mahl verzehren.« Ich sah, dass er ein *Effendi* war, auch wenn seine äußere Erscheinung etwas ungepflegt wirkte. Er litt an Ptosis, das heißt, seine Augenlider hingen etwas herab. Aboubakr, der dringend ein deftiges Mahl wollte, bedankte sich bei dem

Fremden mit einer freundlichen Geste, beteuerte ihm aber, dass er nicht im Traum daran denke, in dieser kleinlichen Bruchbude zu bleiben.

So verließen wir zu dritt diesen unwirtlichen Ort. Auf der Straße stellte sich der Fremde als Dr. Abdallah vor. Zufällig stellte sich heraus, dass er seine Praxis nicht weit von unserer Wohnung hatte. Wir aßen zusammen ein üppiges Mahl und danach lud er uns bei sich zu einem Whisky ein, der erste in meinem Leben! Er schmeckte abscheulich. Dr. Abdallah rollte drei Zigaretten, die er uns anbot. Aboubakr schaute mich vielsagend an. Ich legte meine beiseite, da mich von jeher instinktiv der Speichel anderer Menschen ekelte. Schon immer war ich sehr sparsam mit Küssen gewesen. Diese weitverbreitete Gewohnheit, die eigentlich ein sublimer Akt der Zuneigung sein sollte, durch den die Liebe wie ein Funke von einem zum anderen überspringt, dieses Symbol physischer Vertrautheit ist für die Gesundheit des Menschen gefährlicher als der Umgang mit schmutzigen Münzen und Geldscheinen. Kein ungepflegter Mund dürfte jemals küssen. Doch in unserem Land hat Mohammed vorgesorgt. Unsere Bevölkerung hat schöne Zähne und spült den Mund fünfmal am Tag vor dem Gebet.

Dr. Abdallah schien meine Ablehnung der Zigarette nicht gestört zu haben.

»Freunde«, wandte er sich an uns, »auch ich habe einst in der medizinischen Fakultät gearbeitet und kenne mich aus. Ihr seid schon fortgeschritten in euren Studien, deshalb will ich euch einen Rat geben: Fangt eine kleine eigene Praxis in eurem Wohnviertel an. Ihr werdet sicher als Ärzte anerkannt. Und wenn ihr Rezepte ausgestellt habt, so schickt sie mir und ich werde sie für euch unterschreiben. Wir könnten auf der Grundlage einer Provision arbeiten, ich erhalte zwei Drittel des Geldes, das ihr verdient. Wie gefällt euch das?«

Ich schlief gewöhnlich während der Hitze des Nachmittags, stand gegen Abend auf und ging zu »Georgi«, um meine Freunde zu treffen. Dort trödelte ich herum, bis mir einer einen Kaffee anbot, dann machte ich mich wieder auf den Heimweg, zündete zu Hause die schwedische Petroleumlampe an und begann zu studieren. Auf der Straße wurde es ruhig, wenn die Kinder zu schlafen begannen und die Hunde verschwunden waren, um in einem anderen Viertel nach Nahrung zu suchen.

Oft, wenn ich zu müde oder zu hungrig war, um zu arbeiten, setzte ich mich auf den Bettrand und sann verzweifelt über meine Zukunft, meine Heimat und meine Eltern nach. Ich war absolut einsam und wäre verkommen, hätte mich nicht das heilige Feuer in meiner Seele immer wieder aufgerichtet.

Aboubakr kam gewöhnlich spät nach Hause. Ich bemerkte, dass er angefangen hatte, Haschisch zu rauchen. Er benützte Dr. Abdallahs Rezepte und hatte im Geheimen zu praktizieren begonnen. Auch nannte er sich Hakim, daher hatte er immer etwas Geld in der Tasche. Ich warnte ihn. »Sie werden dich erwischen und du wirst in ernste Schwierigkeiten geraten.«

»Ich bin doch kein Dummkopf«, sagte er, »denn solange Dr. Abdallah die Rezepte unterschreibt, wird der Apotheker niemals erfahren, dass ich sie ausgestellt habe.«

»Bald wirst du selber Dr. Abdallah unterschreiben und dann steckst du in der Tinte!«

»Natürlich tue ich das, warum auch nicht? Solange er die Unterschrift beglaubigt, ist alles in Ordnung.«

»An deiner Stelle würde ich lieber ein wenig mehr fürs Examen arbeiten!«

»Das Examen macht mir keine Sorgen.«

Dr. Abdallah war eine dubiose Erscheinung. Er hatte in der geschlossenen Abteilung des Hospitals gearbeitet und war entlassen worden, weil er Prostituierten falsche Gesundheitszeugnisse ausgestellt hatte, die ihnen ermöglichten, das Hospital frühzeitig zu verlassen. Natürlich zahlte man gut dafür. »Der Mann ist ein Krimineller – du wirst deine ganze Karriere noch ruinieren.«

Aboubakr sog den Rauch seiner Haschisch-Zigarette ein und lächelte nur.

»Mach mir keinen Vorwurf, dass ich zu etwas Geld gekommen bin. Ägypten ist ohnehin durch und durch korrupt, ein wenig mehr oder weniger, was macht das schon aus?«

»Es macht wohl etwas aus«, sagte ich, »auch ich versuche etwas Geld zu verdienen, aber auf ehrliche Weise.«

Er kicherte.

»Du hast einen Moralkomplex!«

»Ich liebe mein Land«, sagte ich.

»Ich genau so«, schrie er heftig, »obwohl es ganz und gar verdorben ist.«

»Umso mehr haben wir die Pflicht, etwas dagegen zu tun.«

Er warf sich auf das Bett.

»Wie willst du jemals zu Geld kommen?«

»Ich werde eine Schule für Kinder gründen.«

»Puh! Was für ein Unsinn! Wo und wie? Und für welche Kinder?«

»Hier, in unserem Viertel. In unserem Haus gibt es unten zwei leere Räume.«

»Die sind voller Schmutz und voller Ratten.«

»Egal, damit werde ich schon fertig werden.«

Ich kannte fast jeden in unserer Straße und hatte ein gewisses Ansehen unter den Armen des Viertels. Mehrere Kinder, die an Bilharziose oder anderen Krankheiten litten, hatte ich ins Krankenhaus überwiesen und manchen Eltern hatte ich auch gute Ratschläge erteilt, ihre Wohnungen sauber und in Ordnung zu halten und nicht allen Unrat auf die Straße zu werfen.

Vor meinem Hauseingang stellte ich eine große *Goullah* mit Trinkwasser auf, das ich täglich frisch von einem Brunnen holen musste. Da der Brunnen eine Meile weit entfernt lag, wurde ich mit der Zeit müde, sodass ich eine kräftige Sudanesin damit beauftragte. Für ihre Arbeit bekam sie Naturalien von einem Gemüsehändler, den ich wegen eines Geschwürs am Bein laufend behandelte. Er war mein spezieller Freund geworden, bei dem ich sogar manchmal etwas Geld borgte, das er aber für gewöhnlich nicht zurücknehmen wollte.

Während der langen Sommerferien richtete ich meine Schulräume ein. Ich machte die Runde in der Nachbarschaft und warb um Kinder im Alter zwischen sieben und zehn Jahren. Achtzehn dieser lieben Geschöpfe brachte ich zusammen, die einigermaßen gesund waren, viele andere musste ich aber zurückweisen, da sie aus den verschiedensten Gründen für eine Schule ungeeignet schienen. Fünf Piaster sollten monatlich für ein Kind bezahlt werden, für täglich zwei Stunden morgens und eine am späten Nachmittag. Die Kinder hatten Schiefertafeln mitzubringen, die im Klassenzimmer aufbewahrt werden sollten.

Mein Hausbesitzer war Schuhmacher, mit dem ich eine vertrauensvolle Unterredung hatte und der mir die beiden Räume im Erdgeschoss für den guten Zweck umsonst überließ. Auf die Türe schrieb ich in blauen Lettern: »Alles für Ägypten.«

In diesem Haus, das noch unfertig war, wie so viele Häuser in Ägypten, musste ich einen unsäglichen Kampf führen gegen Schmutz und Ungeziefer unvorstellbaren Ausmaßes.

Vom Hausmeister der Medizinischen Fakultät erhielt ich eine große alte Schiefertafel und Kreide. Meine Schule war damit sozusagen fertig.

Als aber die Kinder am ersten Schultag erschienen, kam mir eine Meute kleiner schmutziger Raufbolde entgegen, ungehobelt in ihrem Benehmen wie in ihren Ausdrücken. Ich saß mit gekreuzten Beinen verzweifelt vor ihnen und schaute einem nach dem anderen in die Augen, bis endlich Ruhe eintrat. Dann begann ich, ihnen ein Märchen zu erzählen, und es dauerte nicht lange und ihre Augen glühten wie im Fieber. Ich hatte sie vollkommen erobert. Nachdem meine Geschichte zu Ende war, platzierte ich die Mädchen auf die eine Seite und die Knaben auf die andere. Ich lehrte sie, im Chor zu sagen: »Wir sind ehrliche Kinder. Wir sind ägyptische Kinder!«

Immer wieder mussten sie es wiederholen, diese Worte sollten in ihr Bewusstsein und in ihre Herzen eingebrannt werden.

Schließlich entließ ich sie nach Hause. Danach klärte ich die Eltern auf, dass sie ihre Kinder sauber zur Schule schicken müssten, wie es sich für stolze Ägypter mit einer so großen Vergangenheit gehöre. Sie sollten lesen und schreiben lernen und dafür sollten die Eltern mich monatlich regelmäßig bezahlen.

Am nächsten Tag kamen erstaunlicherweise alle wieder.

Sie wollten gleich ein neues Märchen hören. Ich entsprach ihrem Wunsch, untersuchte aber danach ein Kind nach dem anderen auf seinen Gesundheitszustand, seine Haut, seine Augen und seinen Mund, und von den Knaben verlangte ich, dass sie sich die Haare scheren ließen. Darauf ließ ich sie im Chorus wiederholen:

»Ich will sauberes Wasser trinken.«

»Ich will mich immer sauber halten.«

»Ich will keine Tiere quälen. Es sind die Freunde des Menschen.«

Innerhalb einer Woche waren wir ein Herz und eine Seele. Eine Enttäuschung allerdings blieb mir nicht erspart, als die Kinder, die ich täglich sauber entlassen hatte, am nächsten Tag immer wieder schmutzig erschienen. Aber unter Millionen würde ich immerhin achtzehn Kinder auf den richtigen Weg gewiesen haben, sagte ich mir mit einer gewissen Befriedigung.

Aboubakr verbrachte die Sommerferien bei seinen Verwandten. Als er im September zurückkam, überraschte er mich beim Unterricht. Er lächelte sarkastisch und war höchst erstaunt, als die Kinder im Chor ihre auswendig gelernten Sätze vortrugen:

»Ägyptische Kinder sind nicht schlechter als fremde Kinder. Unser Land ist eines der größten in der Welt. Wir müssen stark und gesund aufwachsen. Wir sind die Zukunft unseres Landes.«

»Allah!«, sagte Aboubakr später, »was für eine Brut von Spaßvögeln hast du hier zusammengetrommelt? Du wirst nie etwas Vernünftiges aus ihnen machen können. Sie haben nicht das richtige Blut!«

»Oh Aboubakr, mein Freund, du beleidigst mit deinen Worten eine ganze Nation, der du selbst angehörst.«

Er wurde immerhin ein wenig nachdenklich.

»Ich gehe zu ›Georgi‹!«, sagte er kurz, »wir sehen uns später.«

Unterdessen versuchte ich das Schulgeld bei den Eltern einzutreiben. Ich konnte oft die paar Münzen nur mit großer Überzeugungskraft lockermachen. Es blieb meistens bei leeren Versprechungen.

Mein Liebling unter den Kindern war Hussein, ein Berberini. Sein Vater Hassan hatte die Stellung eines Oberstallmeisters und Trainers bei einem englischen Lord. Er stammte aus Wadi-Halfa, war sehr schwarz und so reinrassig wie die Araber-Pferde, die er zu betreuen hatte, ein wirklicher Aristokrat aus dem alten Stamm der Berberini, aus dem sich seltsamerweise seit Jahrhunderten die Diener für uns Ägypter rekrutierten. Sein Junge war etwa zehn Jahre alt. Er bat mich, ob er bei mir als mein Diener und mein Schüler wohnen könne. Aboubakr hatte nichts dagegen:

»Genau was wir brauchen! Ein kleiner Sklave kommt uns gerade recht!«, und er legte seine Pratze auf den kleinen wollenen Wuschelkopf des Berberini. Der Kleine kam uns darauf mit seinem Vater besuchen, mit dem wir uns lange über Pferderennen unterhielten. Er kannte alle Hintergründe über die Pferdebesitzer und Jockeys, aber auch die Namen der wichtigsten Pferde.

Eines Abends, als wir nach Hause kamen, saß Hassan auf der Treppe unseres Hauses und erklärte uns, dass am folgenden Tag in Alexandria ein Pferd im Rennen sei, von dem er ganz sicher sei, dass es gewinnen würde.

»Wir sind nur Studenten«, sagte ich, »wir haben kein Geld, um es für Wetten hinauszuwerfen.«

Aboubakr zählte sofort seine paar Münzen, es waren nur vierzig Piaster.

»Setzen Sie die auf Mataraoui, Hakim *Effendi*, und Sie werden viel Geld gewinnen«, sagte Hassan. Und mit einem melancholischen Blick zu mir gewandt: »Und Sie haben kein Geld, *Effendi*?«

»Woher soll ich Geld haben, du gehörst doch auch zu den Vätern, die kein Schulgeld bezahlen für ihren Sohn.«

»Ist nicht Hussein dein kleiner Diener? Arbeitet er nicht für seine Erziehung?«

»Ja, aber ich habe auch für seinen Unterhalt aufzukommen. Falls du aber so sicher bist, dass Mataraoui morgen gewinnen wird, so leihe mir ein Pfund und ich mach dir den Vorschlag, dass wir den Gewinn teilen, und falls er nicht gewinnt, zahle ich dir das Geld zurück.«

Ich konnte kaum meinen Augen trauen, als der Berberini-›Gentleman‹ die Brieftasche aus seiner Tweed-Jacke zog und mir ein Pfund übergab. Am nächsten Tag setzten wir im Wettbüro auf Mataraoui und tatsächlich gewann das Pferd. Ich hüpfte vor Freude und mit den Taschen voller Geld begaben wir uns zu »Georgi«, um mit unseren Freunden zu feiern.

»Ägypten ist der beste Ort auf dieser Welt!«, posaunte Aboubakr.

Mit dem Geld war es mir möglich, neue Kleidung zu kaufen, eine kleine Küche einzurichten sowie eine Notapotheke mit Augentropfen, Watte, Rhizinusöl, Scheren und Jod zu installieren. Sogar für neue Kinder-*Galabiehs* war noch Geld übrig. Ich war jedenfalls fest entschlossen, die Kinder mit den Grundregeln für Hygiene, mit Stolz auf ihr Land und mit Liebe zur Wahrheit ins Leben zu entlassen.

Bei ihnen Abscheu vor Schmutz zu entwickeln war eines meiner Hauptanliegen. Doch die Gefühle der Eltern wurden verletzt, als ihre Kinder mit der Beharrlichkeit eines Papageis durch die Häuser schrien: »Schmutz ist der Feind der ägyptischen Kinder! Schmutz bringt Krankheit und Tod! Eine gute Regierung gibt dem Volk sauberes Wasser!«

So war es verständlich, dass es zu einer kleinen Revolte kam. Zunächst aber gab es nur böse Stimmen:

»Warum lehrst du unsern Kindern nicht die Worte des Propheten?«, rief der eine. »Er ist Kopte!«, schrie ein anderer.

Ich erschien in der Tür – und die Menge verstummte.

»Leute«, sagte ich, »warum schickt ihr eure Kinder nicht in

die Schule, wo die Worte des Propheten gelehrt werden? Ich versuche nur, seine Worte in Taten umzusetzen.«

Und ich zitierte mit großem Pathos einige schöne Suren aus dem Koran, was offensichtlich ihre Zustimmung zu finden schien. »Schämt euch«, fuhr ich fort, »ist nicht einer unserer beliebtesten Minister ein Kopte? Beschwert euch bei ihm, dem großen Saad Zaghloul, geht zu seinem Haus und erzählt ihm, was eure Kinder lauthals verkündet haben! Öffnet eure Ohren für ihre Worte, sie schreien die Wahrheit, ihnen gehört die Zukunft! Ich verbitte mir eure Angriffe!«

Eine beklemmende Stille trat ein … doch ganz allmählich wurden Stimmen der Zustimmung hörbar, die schließlich zu einem wilden Aufschrei der Begeisterung anschwollen.

»Lang lebe Saad Zaghloul! Lang lebe Hakim *Effendi*!«

Gerne schaue ich auf diese Tage zurück, die Erinnerung erfüllt mich mit Freude. Meine Einwände gegen den Schmutz und den Gestank der Straße wurden endlich ernst genommen, mit Eifer machten sich die Leute daran, sie gründlich zu säubern. Am folgenden Tag saßen alle voller Stolz vor ihren Türen und staunten über ihre Leistung, als sei ein Wunder geschehen.

»Scharia Nadif« nannten sie von nun an unsere Straße, das heißt: »Saubere Straße.«

Ich habe mir oft Gedanken über Politik gemacht und ihre verschleierte undurchsichtige Kunst nie ganz verstanden. Glaube mir, freundlicher Wanderer, wir Ärzte wissen manches über den Zustand und die Folgen der Zivilisation und wie sie aussehen müsste.

Es scheint, als ob die Menschen sich oft in die Politik vernarren und dass der gesunde Menschenverstand dabei verloren geht. Wenn sich der Mensch von der Natur entfernt und eine künstliche Lebensform annimmt, glaubt er, zivilisiert zu sein, und er wird das Opfer eines politischen Dämons. Und je zivilisierter er wird, desto verrückter scheint seine Politik zu werden. Am Ende gerät nur sein eigenes Leben durcheinander und er geht daran, das Leben der anderen negativ zu beeinflussen. Besonders tragisch scheint mir, dass in unserem Land nicht die eigene Kultur, sondern die Zivilisation durch fremde Einflüsse von außen vorherrschend ist. Laster nehmen den Platz von Liebe ein, der Egoismus wächst wie ein Unkraut über die Güte des Herzens. Während Aufrichtigkeit die höchste Auszeichnung für den Menschen bedeutet, bemüht er sich heutzutage nur um den äußeren Schein. Die heutige Zivilisation könnte man pathologisch nennen und man sollte sie wie eine Geisteskrankheit behandeln. Sie ist zu sehr auf Frauen fixiert und führt zu Langeweile, Leerlauf und einer Sucht nach immer neuer Zerstreuung.

Wir Chirurgen sind oft stärker als der Tod. Ich konnte zuweilen Menschen das Leben retten, die es im Grunde kaum wert waren. Selten haben diese armen Teufel es mir gedankt und ich habe manchmal gedacht, statt Tumore und Geschwüre zu operieren, hätte ich besser ihr Gehirn operiert. Die rein physische Gesundheit ist fast ebenso wichtig wie die geistige, um das ganze Leben zu erfassen. Wenn du deinem Bruder Gutes tun willst, ist der erste Schritt, ihn nicht zu kritisieren. Versuche, dich in ihn hineinzuversetzen. Statt seine alte Kleidung abzureißen, biete ihm eine bessere Kleidung an!

Eines Abends saß ich mit Aboubakr und einem anderen Studenten in unserem Lehmhaus in der *Scharia Nadif.* Wir tranken Kaffee und unterhielten uns über die akuten Probleme unseres Studiums. Alles schien ruhig, die Kinder waren schon nach Hause gegangen. Auf einmal wurde es laut auf der Straße und es entstand ein Tumult vor unserem Haus. Wir gingen hinunter, um zu sehen, was los war. Vor uns stand ein englischer Offizier mit rosigem Gesicht in Begleitung eines *Chaouish* sowie zweier ägyptischer Polizisten, und hinter ihnen eine neugierige Menge.

Noch bevor ich etwas fragen konnte, bekam ich einen heftigen Schlag über den Kopf von einem der ägyptischen Polizisten. Die Menge begann aus Protest aufzubegehren und handgreiflich zu werden. Da erschienen weitere Polizisten und trieben die Menge brutal auseinander. Ich selbst wurde in das Schulzimmer geschleppt und sowohl von dem englischen Offizier wie auch von den Polizisten mit den schlimmsten Schimpfworten überhäuft. Sie sahen sich im Schulraum um.

»Eine schöne Schule ist das«, rief der Engländer, »seht euch das an.«

Er stand vor der Schiefertafel und las:

»Ägypten ist das größte Land auf der Welt.«

»Wir sind Ägyptens Zukunft.«

»Ägyptens Kinder sind nicht weniger wert als andere.«

»Wir sind ehrliche ägyptische Kinder.«

»Sind Sie Ibrahim Gamal El Assiuti?«, herrschte mich der Engländer an.

»Genau der bin ich.«

»Haben Sie vom Unterrichts-Ministerium eine Genehmigung als Lehrer?«

»Eine Genehmigung? Nein, ich wusste nicht, dass so etwas nötig ist, um kleine Kinder zu unterrichten.«

»Oh, Sie wussten es nicht – sind Sie nicht Student der Medizin? Warum kümmern Sie sich nicht um Ihre eigene Ausbildung? Haben Sie diese Worte auf die Tafel geschrieben?«

Ich überging den Engländer und wandte mich auf Arabisch an einen der ägyptischen Polizisten:

»Ich habe diese Sätze geschrieben – lies sie, sie sind auch für dich bestimmt. Schämt euch, dass ihr euch von einem Engländer hierher führen lasst – ihr seid Verräter an eurem eigenen Land!«

Bis zum heutigen Tag leide ich noch an den Schlägen, die mir von den eigenen Landsleuten bis zur Bewusstlosigkeit verabreicht wurden. Der englische Offizier hatte sich im Hintergrund gehalten und verhielt sich neutral. Aber ich will mich nicht beklagen, da ich nur einer unter Tausenden bin, die täglich Ähnliches in Ägypten erleiden.

Anständige Engländer wissen wenig über diese Zustände, die in ihren Zeitungen kaum erwähnt werden. Und wenn sie den Nil besuchen, leben sie in erstklassigen Schweizer Hotels oder aber in Thomas Cook's Nildampfer.

Ich durchlief all die scheußlichen Stationen unserer Gefängnisse und Gerichtshöfe. Man beschuldigte mich revolutionärer Aktivitäten sowie der Ausübung des Lehrerberufs ohne die notwendige Qualifikation. Jung und unerfahren wie ich war, und bereit, unerschrocken aufzutreten, begegnete ich den Richtern mutig und gelassen. Zu meinem Glück wurde meine lange Verteidigungsschrift nicht verlesen, da sie über das Ziel hinausschoss.

Einsam und verlassen saß ich im Dunkel meiner Zelle und traf nur auf Menschen, die besser nie hätten geboren werden sollen. Vor mir sah ich nur noch eine verpfuschte Laufbahn und die verzweifelte Empörung meines alten Vaters über meine so genannte »Schandtat«. Mein Missgeschick bewog meinen Bruder Morqos, Jura zu studieren, mit dem Ziel, Richter zu werden und die Gemischten Gerichtshöfe zugunsten ägyptischer Gerichte abzuschaffen. Er wurde später einer der angesehensten Richter unseres Landes.

Während meiner Haft waren meine Freunde von der Medizinischen Fakultät nicht untätig. Aboubakr kochte vor Wut und schlug sich auf die Brust. Er rüttelte die Kollegen zu einer explosiven Verwegenheit auf, die durch die Fremdherrschaft in Ägypten über Jahrhunderte unterdrückt worden war. Sie begannen wie die Vandalen, alles, was ihnen unter die Hände kam, zu zerstören, bis schließlich die Polizei alarmiert wurde, um Kar-El-Aïni vor der totalen Zerstörung zu retten. Die Studenten wurden von der Übermacht der Polizei auf die Straße getrieben, wo ein erbitterter Kampf weiterging. Steine wurden geschmissen, doch es kam niemand zu Tode.

Die Vertreter Seiner Britischen Majestät gaben sofort dem ägyptischen Erziehungsminister die Schuld. Sie fragten ihn, wie ein solches Spektakel möglich sei, es müsse sofort unterdrückt werden!

»Ich werde mein Bestes tun, Exzellenz.«

»Bitte tun Sie das und seien Sie streng!«

»Selbstverständlich, Exzellenz. Sie können versichert sein, dass ich rücksichtslos durchgreifen werde, Exzellenz.«

Jeder Ägypter bis zum letzten Fellachen weiß, was es heißt, wenn ein Britischer High Commissioner einen ägyptischen Minister aufsucht. Es geschieht angeblich, um sich zu informieren, in Wirklichkeit aber, um ihm den Willen des *Foreign Office* aufzunötigen. Und ist die Sache wichtig, so sei ihm Gott gnädig, wenn der Minister versuchen sollte, sich zu widersetzen. Zweifellos haben die Briten eine große Fähigkeit für Machtpolitik, aber bei ihrer Ausübung erzeugen sie auch Gegenkräfte. Diese werden in Ägypten von der Wafd-Partei vertreten, zu der fünfundneunzig Prozent der Nation gehören. An diesen Kräften wird England nicht so leicht vorbeikommen.

Meine Kommilitonen ließen sich nicht einschüchtern. Sie versammelten sich vor dem Gefängnis und machten einen solchen Krawall, dass ich ihn in meiner Zelle hören konnte. Sie schrien und tobten, um mich frei zu bekommen, sodass die Polizei, die von einem englischen Offizier auf einem weißen Araberpferd angeführt wurde, sie in alle Richtungen auseinandertrieb.

Doch die Studenten versammelten sich aufs Neue vor den Toren des Hospitals, die verschlossen waren. In lauten Sprechchören nannten sie den Chef des Hospitals einen Scharlatan, einen Quacksalber, einen Trunkenbold, ja sogar einen Mörder. Und Aboubakr war dabei der große Anführer.

Die Polizei hatte Verstärkung erhalten und ihr englischer Vorgesetzter ritt mit erhobenem Arm auf die aufsässigen Studenten zu. »Lasst ihn ruhig reden!«, schrie Aboubakr.

Er ging geradewegs auf den Polizeichef zu – ein Riese mit fahlem Gesicht und blauen wässrigen Augen, die ihn durchdringend musterten – und blieb mit gekreuzten Armen vor ihm stehen.

»Studenten«, rief der Engländer, »wenn ihr euch über etwas

zu beklagen habt, warum benehmt ihr euch wie Raufbolde? Ihr seid doch angehende Ärzte, ein ehrenvoller Beruf, der zu eurem Benehmen überhaupt nicht passt. Nehmt doch Vernunft an, ihr macht uns unnötig Schwierigkeiten.«

»Gib uns unseren Freund Ibrahim Gamal zurück, den ihr ins Gefängnis geworfen habt«, sagte Aboubakr.

»Seid Ihr hier der Rädelsführer?«, fragte der Polizeichef mit jenem teuflischen Lächeln, das wir alle kennen.

»Wir alle sind Rädelsführer«, schrien die Studenten im Chor.

»In dem Fall befehle ich euch allen, nach Hause zu gehen, oder ich lasse euch alle verhaften.«

»Wir wollen nicht viel, Sir«, sagte Aboubakr in fließendem Englisch mit rollendem R, »wir wollen nur wie ehrenhafte Menschen behandelt werden und unsere Probleme selbst lösen. Wir haben nichts gegen Engländer. Wir wollen nur die Freiheit für unseren Freund Ibrahim und unsere übrigen Kollegen.«

»Dann wendet euch mit euren Klagen an die richtige Stelle, geht zu eurem Minister! Aber nun fort mit euch, oder ich lasse euch alle festnehmen.«

Der Engländer machte kehrt mit seinem Pferd und ritt davon, während die Studenten auseinander gingen und in verschiedenen Cafés verschwanden. Nur Aboubakr und ein paar wenige, die ihre leidenschaftlichen Gefühle nicht unter Kontrolle halten konnten, suchten den ägyptischen Polizei-Sergeant auf, der mit seiner Patrouille noch in der Straße auf und ab ging. Aboubakr konnte sich nicht zurückhalten: »Oh Bruder eines Misthaufens, oh Sohn von sechzig Hunden, oh Sklave niedrigster Herkunft! Ich müsste dein Schicksal beklagen, hätte ich dich nicht schon in meiner Kindheit in Qalioub gekannt, wo jeder dich für deine Hinterlist und deine Lügenhaftigkeit durchschaut hat. Glaubst du wirklich, dass deine Uniform dir das Recht gibt, auf uns ehrliche Ägypter herunterzuschauen? Oh du erbärmlicher Niemand! Nicht einmal lesen und schreiben kannst du, hast aber gelernt, alle Tricks der englischen Offiziere nachzuäffen.«

Aboubakr wandte sich nun an die Menge, die sich um ihn versammelt hatte:

»Oh meine Brüder! Werden wir nicht künstlich in einem Zustand der Armut gehalten, nur um fremden Interessen zu dienen? Das ist unserer Nation nicht würdig. Dem letzten Schurken gibt man die Macht und überall herrscht Korruption und Ungerechtigkeit. Wollt ihr das ewig ertragen?«

Dies war Aboubakrs letzte noble Leistung. Er wurde festgenommen und zu einem Jahr Gefängnis verurteilt.

Obgleich sich dies alles vor fast zwanzig Jahren abgespielt hat, kommt es mir vor, als wenn es gestern gewesen wäre. Ich erinnere mich noch sehr gut an die Erklärung der Unabhängigkeit für Ägypten im Jahr 1922. Sie bedeutete aber für das Land rein gar nichts, waren es doch nur leere Zugeständnisse. Tatsache bleibt, dass die Engländer in unserem Land eine privilegierte Stellung einnehmen und dass die Kolonisation ein fragwürdiges Produkt aus dem 19. Jahrhundert ist. Wissenschaft und Politik sollten nicht zum Herrschen verführen, sondern allein der Humanität dienen.

Ich wurde nach drei Monaten aus dem Gefängnis entlassen. Es hieß, dass ich meine Freiheit dem neuen Erziehungsminister zu verdanken hätte. Ohne mich darum zu kümmern, ob das der Wahrheit entsprach, stahl ich mich fort zu meiner elenden Behausung in der *Scharia Nadif.* Doch was für Zustände fand ich dort vor! Ich musste mir den Weg zu meiner Eingangstür durch Unrat und Abfallhaufen bahnen. Das Haus stand offen, die unteren Schulräume waren leer und ein hässlicher Köter sprang heraus. Auch meine oberen Räume waren ausgeplündert, meine sämtlichen Habseligkeiten gestohlen. »Oh Ibrahim«, stöhnte ich, »jetzt bist du ein Bettler geworden!« Und die paar Kinder, denen ich begegnete, waren in einem schlimmeren Zustand als je zuvor. Der Schmutz hatte sie eingeholt!

Mein Herz war in Aufruhr und voller Qualen. Aber schließlich raffte ich mich auf und suchte meine Kommilitonen bei

»Panajoti« auf. Ratlos wie ich war, ohne Geld und anständige Kleidung, halb verhungert und dazu noch mit einem scheußlichen Ekzem am Körper hatte ich alles verloren, mit Ausnahme meines Stolzes und meines eisernen Willens, ein Hakim zu werden.

Als meine Kameraden mich sahen, jaulten sie vor Freude und trugen mich im Triumphzug von einem Fest zum anderen.

Ich erfuhr, dass der unbeliebte Chef des medizinischen Instituts mit einer ansehnlichen Pension entlassen worden war und sich im Whisky-Rausch auf einem Schiff nach England befand. Ein Ägypter wurde sein Nachfolger. Zunächst war ich darüber erfreut, doch später kam mir oft der Gedanke, ob man einen so hohen Posten nur aus politischem Kalkül einem Ägypter geben darf, wenn ihm die notwendige Qualifikation dazu fehlt – denn in solchen Fällen gilt oft das Motto: »Eine Hand wäscht die andere.« Da die Wissenschaft über jede Politik erhaben ist, sollte die Nationalität keinerlei Rolle spielen – und schon gar nicht im medizinischen Bereich.

Nach den Festivitäten mit meinen alten Freunden machte ich mich auf den Weg zu Dr. Herman, dem Chef des Pathologischen Instituts. Dieser wunderbare alte Professor hatte eine rosige Glatze von erstaunlichem Ausmaß, eine goldumrandete Brille, hinter der ein Paar ruhiger Augen stark vergrößert leuchteten, und sein Gesicht war von einem weißen Bart eingerahmt. Dies alles trug dazu bei, ihm eine charismatische Ausstrahlung zu geben. Er setzte sich sofort bei den Behörden für mich ein und schon zwei Wochen nach meiner Entlassung wurde ich wieder in die Fakultät aufgenommen und ich begann mit neuem Eifer von früh bis spät zu arbeiten.

Bei Abdou, meinem Freund, dem Gemüsehändler, konnte ich für einige Zeit unterkommen. Meinem Vater zu schreiben fehlte mir der Mut, und so wandte ich mich an Dr. Herman, der meinen Fall kannte. »Ibrahim«, sagte er, »Sie sind einer meiner begabtesten Schüler, aber Sie haben noch zwei Jahre bis zu Ihrem Doktor-Diplom zu studieren. Leider sind Sie nicht der einzige Student, der von mir Hilfe erwartet, aber ich werde tun, was in meinen Kräften steht. Ich könnte Ihnen zum Beispiel einen Anzug geben, den ich nicht mehr trage. Lassen Sie ihn von einem Schneider ändern, ich übernehme die Kosten.« Er wollte keinen Dank hören und sagte nur, dass er als junger Student in Heidelberg auch die alten Anzüge seines Vaters getragen und sie von innen nach außen habe ändern lassen.

»Ibrahim, merken Sie sich eines! Bleiben Sie bei Ihrer Lebensaufgabe und lassen Sie sich nicht mehr auf politische Streitereien ein! Behalten Sie Ihren Stolz für sich und denken Sie nur noch an Ihr Studium. Nur ein profundes Wissen kann Ihnen Überlegenheit geben. Ein Weiser wirkt in dieser Welt wie eine geistige Festung und nichts kann ihn erschüttern. Wenn Sie am Samstagabend zu mir kommen, werde ich Ihnen eine Methode verraten, die Sie rascher weiterbringt. Es ist mir aufgefallen, dass Sie Ihre Diagnosen zu flüchtig stellen, Sie sind zu intuitiv. Intuition ist zwar eine seltene Gabe, aber alle Ergebnisse müssen verifiziert werden und man darf sich von der Intuition nicht fortreißen lassen. Dr. Phips soll Sie mit den notwendigen Kunstfertigkeiten unseres Berufs vertraut machen. Davon versteht er mehr als ich. Aber da ich an Sie glaube, werde ich versuchen, Ihnen die soliden Fundamente unserer Wissenschaft beizubringen.«

Dr. Herman war deutscher Herkunft. Wir Ägypter empfinden für gewöhnlich Sympathie für die Deutschen, wegen ihrer kreativen Eigenschaften und nicht zuletzt wegen des Respekts und der Bewunderung für unsere alte Kultur, die sie übrigens mit den Engländern teilen.

Voller Dankbarkeit verließ ich Dr. Herman und ging mit dem Anzug zu einem kleinen Schneider. Dieser untersuchte mit flinken Fingern zuerst die Taschen und fand in der Hose ein Kuvert. Ich riss es ihm aus der Hand, es war an »Ibrahim Gamal« adressiert und es befanden sich zwei Pfundnoten darin. Ich fühlte, wie mir das Blut in den Kopf stieg.

Mit diesem kleinen Vermögen war es mir nun möglich, ein neues Quartier zu suchen. Von meinem Platz im Institut konnte ich auf Rhoda Island, eine Insel im Nil, schauen, wo wiegende Palmen und riesige Mango- und Banyan-Bäume in Gruppen in den Himmel ragten. Im Gefängnis hatte ich von diesem wunderbaren Garten geträumt und dort zu leben war für mich ein lang gehegter Traum. So ging ich über die Mohammed-Ali-Brücke und sah mich auf der Insel um. Das Glück war mir gewogen. Ich entdeckte einen etwas verwilderten Landsitz mit einem Gartenhaus. Der Gärtner – oder war es der Aufseher? – kam mir entgegen und ich erfuhr nach einem längeren Palaver mit ihm, dass sich hinter dem Gartenhaus, in dem er wohnte, eine Hütte befand. Dort würde ich mich gegen ein kleines Entgelt niederlassen dürfen, um in Ruhe meinen Studien nachzugehen. Er zeigte mir die Hütte, sie war sauber, der Erdboden war mit einer Grasmatte bedeckt – hier könnte ich mich durchaus mit meinen neuen Habseligkeiten einrichten. Der Gärtner bot mir an, mit seiner Familie das Essen zu teilen. Es stellte sich heraus, dass er ein *Saidi*, tief religiös und gastfreundlich war. So entschloss ich mich, in diesem paradiesischen Garten zu bleiben. Bald kehrte meine Vitalität und Gesundheit zurück, die ich während meines Aufenthalts im Gefängnis verloren hatte. In den frühen Morgenstunden badete ich im Nil und lag danach in der Sonne. Mit der Familie teilte ich die Eintöpfe aus Gemüse und Fleisch und die reizenden Kinder fanden bald Gefallen an mir. Ich liebte die Einfachheit meines neuen Lebens. Ein paar hölzerne Kisten dienten mir als Tisch und als Regale für meine Bücher und Schriften. Durch die offene Tür sah ich auf die herrlichen Palmen und dahinter, jenseits des Nils, auf den weißen Palast von Gizeh. Am Abend ging die Sonne in einem überirdisch schönen Spiel der Farben unter. Die Segel der *Felukkas* und der *Dahabiyas* glitten geräuschlos auf dem Wasser des Nils vorbei, und vom Dach meiner Hütte waren sogar die Pyramiden zu sehen. Am hinteren Ende des Gartens stand ein halbverfallener Palast aus der Zeit des *Khediven* Ismail. Wilde Sträucher und Schlingpflanzen überwucherten die Terrassen und ganze Schwärme von Fledermäusen flogen durch die zerbrochenen Fenster ein und aus. Man munkelte, das Haus sei voll von bösen Geistern ermordeter Menschen. Die Besitzer schienen offenbar zufrieden mit dem Ertrag aus dem riesigen Garten.

Es wimmelte darin von Schlangen und Skorpionen, die überall ihre Spuren hinterließen. Einer dieser giftigen Kreaturen verdanke ich meine Freundschaft zu Prinz Ali. Dieser war kaum älter als ich. Er stammte noch direkt vom großen Mohammed Ali ab und hatte eine Erziehung sowohl von den »Pères de l'Enfant Jésus« wie von einer englischen Nanny genossen. Schon früh hatte er auf Reisen viel von der Welt gesehen.

An einem späten Nachmittag saß ich beim Studium in meiner Hütte und hörte Stimmen im Garten. Der älteste Sohn des Gärtners schrieb draußen auf einer Schiefertafel das Alphabet.

»Abdou«, rief ich, »schau nach, was diese Leute wollen!«

Kaum war er verschwunden, als er schon wieder zurückkam und berichtete, dass der Prinz mit einer englischen Gruppe auf der Insel gelandet sei. Aus Neugier ging ich, den Stimmen folgend, in den Garten und entdeckte in einiger Entfernung lauter junge elegante Engländer, die mit dem Prinzen eine historische Führung auf der Insel zu unternehmen schienen. Sie bewegten sich nur langsam, sodass ich stehen blieb und nicht weiterzugehen wagte. Plötzlich hörte ich den furchtbaren Schrei einer Frau und danach ein aufgeregtes besorgtes Stimmengewirr. Abdou rannte auf mich zu und schrie: »Hakim! Hakim! Eine Schlange hat eine Lady gebissen.«

Natürlich wollte ich sofort meine Hilfe anbieten. Die jungen Leute schienen völlig verzweifelt, die Lady stöhnte, sie befand sich in einem Zustand panischer Angst. Jemand schlug vor, sie sofort mit dem Boot ins Hotel zu bringen und ärztliche Hilfe zu holen. Dem widersprach ich und meinte, um keine Zeit zu verlieren, solle man sie gleich ins Krankenhaus transportieren. Der Prinz starrte mich an:

»Wer in aller Welt sind Sie?«

»Ein Student der Medizin. Man muss unbedingt wissen, was für eine Schlange die Lady gebissen hat.«

»Eine giftige natürlich, verdammt noch mal!«

Die Lady war einer Ohnmacht nahe. Ohne den Prinzen zu beachten und ohne Zeit mit Palaver zu verlieren, ging ich auf sie zu und half ihr, die Wunde freizulegen. Über dem Knöchel war die klassische Bisswunde einer Kobra zu sehen. Ich nahm mein Taschentuch und band das Bein über dem Knie ab, da die Schwellung schon im Aufsteigen war. Der Gärtner hatte unterdessen auf mein Geheiß einen Karren besorgt, auf dem wir die Lady ins Kar-El-Aïni transportieren konnten. Statt sie mit dem Boot ins Hotel zu bringen und kostbare Zeit zu verlieren, geschah nun alles unter meiner Obhut in Windeseile, was ihr sicher das Leben gerettet hat. Ich sorgte auch dafür, dass sie von Dr. Phips und Dr. Tewfik mit dem notwendigen Serum behandelt wurde, sodass sie am nächsten Tag schon wieder entlassen werden konnte.

Drei Tage später, als ich vom Hospital zu meiner Hütte zurückkehrte, sah ich vor dem Haus des Gärtners eine Kutsche stehen, neben der die Lady und ein Mann sich mit dem Gärtner unterhielten. Es waren Lord und Lady H., die mich, sobald sie mich sahen, mit großer Wärme begrüßten.

»Ich bewundere Ihren Mut, Madame«, sagte ich, »nur wenige Frauen würden es wagen, wieder in diesen Garten zu kommen, nach allem, was passiert ist.«

»Oh, wir Engländerinnen können ganz schön hart sein, aber diesmal habe ich ja Stiefel an. Prinz Ali wird einen Schlangenbeschwörer aus Luxor kommen lassen.«

»Dieser *Mussah* soll Wunder vollbringen, er wird die Schlangen sicher töten. Es soll sehr viele hier geben«, meinte der Lord. »Aber *Mussah* tötet keine Schlangen«, erwiderte ich, »er beschwört sie, nimmt ihnen die Giftzähne dabei heraus und zähmt sie auf diese Weise. Falls er hier die Schlangen töten würde, hätte man bald eine echte Plage von Ratten, Mäusen und sonstigem Getier. Schlangen haben schließlich ihre Aufgabe und Berechtigung in der Natur, wie wir sie selbst auch haben.«

»Vielleicht werde ich nachts von Schlangen träumen«, sagte

Lady H., »aber ich wollte noch etwas anderes mit Ihnen besprechen.«

Ihr Mann stimmte ihr bescheiden zu und sagte:

»Wissen Sie, wir sind Ihnen unendlich dankbar, Sie haben schließlich durch Ihre Geistesgegenwart und Ihr schnelles Handeln das Leben meiner Frau gerettet. Und da Sie auf dem Weg sind, ein Doktor zu werden, so werden Sie sich sicher nicht sträuben, ein bescheidenes Geschenk von uns anzunehmen. Bitte, nehmen Sie diese Fünfpfundnote an!«

Da ich überhaupt nicht an Geld gedacht hatte, antwortete ich: »Ich weiß Ihre Dankbarkeit sehr zu schätzen, doch Ihr Honorar kann ich nicht annehmen«, und obwohl mir klar war, was die fünf Pfund im Augenblick für mich bedeuten würden, fügte ich hinzu: »Ich war glücklich, dass ich Ihnen helfen konnte.«

Und so trennten wir uns mit einem kleinen Unbehagen.

Engländer sind oft scheu und reserviert. Sie verstecken ihre wahren Gefühle behutsam in ihrem Busen und wenn sie sie zeigen, so meist auf unbeholfene Weise.

Erst Jahre später hat Lady H. ihre Dankbarkeit damit zum Ausdruck gebracht, dass sie sich in England in meine ärztlichen Hände begab. Wahrscheinlich habe ich damals ihr Leben zum zweiten Mal gerettet.

Am nächsten Tag hörte ich Prinz Ali von weitem rufen: »Hakim *Effendi*, Hakim *Effendi*!«

Ich trat aus meiner Hütte. Er kam in weißen Breeches und gewienerten Stiefeln mit Sporen auf mich zu. In heller Aufregung schob er den Kopf nach vorne und starrte mich wild an, wie ein angriffslustiges Rhinozeros. Dann blieb er stehen und wippte mit seinen Reitstiefeln auf und ab, die er zornig mit der Reitgerte traktierte.

»Wo kommen Sie denn eigentlich her?«, fragte er arrogant.

»Aus Assiut.«

»Die Stadt der Hundesöhne.«

»Und der Ägypter«, murmelte ich.

»Sie haben fünf Pfund von meinen charmanten Freunden

abgelehnt und sie damit beleidigt. Was für eine unglaubliche Arroganz, junger Mann!«

»Ihre Hoheit ist kaum älter als ich und nennt mich junger Mann.« Wir mussten tatsächlich lachen.

»Nun, wir könnten schließlich auch Freunde sein und Sie nehmen wenigstens die fünf Pfund aus meiner Hand an.«

»Ihre Hoheit ist Ägypter und mit dem großen Mohammed Ali verwandt. So will ich Ihre Hilfe mit Vergnügen annehmen. Und ehrlich gesagt, bin ich im Augenblick ziemlich arm dran.«

»Ibrahim! Ibrahim!«, jubelte er, »Sie können hierbleiben, solange Sie wollen. Seien Sie willkommen in diesem Paradies von Schlangen und Skorpionen!«

Nicht weit von meiner Hütte entdeckte ich in einem Palmenhain leere Tierkäfige in allen Größen. Möglicherweise waren die kleineren für Füchse und Schakale vorgesehen, die größeren für Tiger und Löwen und ein besonders großer war vermutlich für einen Gorilla gedacht. Sie waren alt und verrostet. Einige Afrikaner, so schwarz wie Tinte, kamen eines Tages mit einem Fuhrwerk und nahmen sie mit und nach einigen Tagen brachten sie sie auf Hochglanz poliert und desinfiziert zurück.

Prinz Ali hatte einen Cousin, Prinz Taher-Achmad, ein Gentleman und Großwildjäger, der aus dem Inneren Afrikas zurückgekommen war. In einer *Qayassah* hatte er aus Uganda und Tanganjika nilabwärts wilde Tiere mitgebracht, die er gefangen hatte. Prinz Ali, sein Cousin und andere Freunde versammelten sich, um die Tiere in Empfang zu nehmen, ich selbst beobachtete von weitem die Szenerie. Zu meiner Überraschung stellte ich fest, dass die meisten Tiere Affen waren, darunter ein besonders prachtvolles Exemplar eines Gorilla. Sechzehn Männer waren nötig, um ihn vom Schiff in den riesigen Käfig zu transportieren. Ein schmächtiges, in Weiß gekleidetes Männchen führte die Prozession an. Sein Name war Professor Larson, ein schwedischer Arzt, der in wissenschaftlichen Kreisen von Berlin bis Paris hoch angesehen schien. Dr. Herman allerdings informierte mich später, dass er den Professor dem Namen nach kannte und ihn für einen jener Abenteurer hielt, die den Fluch der Wissenschaft darstellen. Seine Theorien und Forschungen waren als so genannte »Neue Wissenschaft« in Mode gekommen: Drüsen- und Verjüngungstherapie.

Ein großes Zelt wurde im Garten aufgestellt und darin hölzerne Kisten untergebracht. Ein junger Franzose, der Sekretär Professor Larsons, beaufsichtigte das Entladen und Auspacken. Drei kleinere Zelte wurden für die Aufseher der Tiere in einiger Entfernung errichtet. Nach viel Geschrei und Getöse verließ die Gesellschaft, mit Ausnahme von Professor Larson und seinem Sekretär, den Garten.

Prinz Ali suchte mich bald darauf in meiner Hütte auf. Er trug diesmal weiße Tenniskleidung mit perfekt gebügelten Flanellhosen und hatte seinen Tennisschläger dabei. Irgendwie erschien er mir bedrückt.

»Meine Leber ist nicht in Ordnung«, sagte er unvermittelt.

»Ich kann es Ihnen ansehen.«

»Wieso können Sie es mir ansehen?«

»Oft sehe ich auf den ersten Blick, was jemandem fehlt.«

»Stimmt es, dass Lebergeschichten sehr schmerzhaft werden können? Der Arzt meines Onkels stellte eine Vergrößerung meiner Leber fest.«

»Es gibt Millionen in Ägypten, die an dieser Krankheit leiden, Hoheit, Sie müssen jedenfalls sehr vorsichtig sein mit ihrer Diät und außerdem Abstinenz üben!«

»Ich bin aber noch jung und will mein Leben genießen. Können Sie mich untersuchen?«

»Als Student bin ich noch nicht qualifiziert, Patienten zu behandeln – auch wenn ich bereits mit Dr. Herman zusammen Operationen durchgeführt habe.«

»Ibrahim, hören Sie, ich kann den Doktor meines Onkels nicht ausstehen. Ich mache Ihnen einen Vorschlag: Ich gebe Ihnen zwei Pfund pro Woche, bis Sie Ihre Studien beendet haben. Meine Bedingung ist, dass Sie besonders das Studium der Leber betreiben und mich beraten, was ich für meine Gesundheit zu tun habe, das heißt, Sie müssen Leber-Spezialist werden.«

»Kein Student könnte es sich leisten, nicht alles Wichtige über die Leber zu wissen, die ja eines unserer wichtigsten Organe ist. Ich kann Ihr großzügiges Angebot leider nicht annehmen.«

»Ich bin sicher, Sie wissen schon genug über die Leber, um mir zu helfen. Der Arzt meines Onkels ist ein absoluter Trottel – bitte nehmen Sie meine Hilfe an!«

Prinz Ali war in Erregung geraten.

»Bitte, regen Sie sich nicht auf, das ist nicht gut für Sie!«

Und als ich ihn – zum ersten Mal – mit einem so erbärmlichen Ausdruck dastehen sah, fuhr ich zögernd fort:

»Ich könnte Ihr Angebot unter einer Bedingung annehmen ...«

»Jede Ihrer Bedingungen bin ich bereit zu respektieren«, sagte er mit Zuversicht, »um was geht es?«

»Ein Freund von mir, sein Name ist Aboubakr, ein Medizinstudent mit großen Talenten, ist für ein Jahr ins Gefängnis gekommen.«

»Er muss es verdient haben, warum hätte man es sonst getan«, unterbrach er mich.

»Er hat einen Aufstand angezettelt gegen die Autorität der Regierung und dabei auch die ägyptische Polizei beleidigt.«

Der Prinz schlug mit dem Tennisschläger auf seine Schenkel und schrie vor Freude:

»Fabelhaft! Er sollte dafür den Nil-Orden bekommen!«

»Das ist genau das, was ich auch denke«, sagte ich in bescheidenerem Ton.

»Ich werde mit meinem Onkel über Ihren Freund Aboubakr sprechen, um ihn aus dem Gefängnis frei zu bekommen. Was heißt hier ägyptische Regierung? Wir Royalisten sind die Regierung. Zur Hölle mit sämtlichen Regierungen!«

In der Bibel steht: »Traue keinem Prinzen!« Obwohl Prinz Ali etwas von einem Wirrkopf hatte, so hat er mich nicht enttäuscht und seine Großzügigkeit hat mir enorm viel bedeutet. Sie war sprichwörtlich. Ich konnte von nun an mein Studium ohne die ewige Sorge um Geld fortsetzen, ja ich konnte sogar einigen weniger bemittelten Kollegen unter die Arme greifen. Zwei Pfund pro Woche waren für mich ein kleines Vermögen, ich konnte damit auch meine kleinen Schulden aus der Welt räumen. Und meine Arbeit machte mir immer mehr Freude.

Ich will hier noch erwähnen, dass Prinz Ali sich viel später in London in meine Hände begab und noch heute sehe ich den gottergebenen Ausdruck in seinem Gesicht, bevor er unter das Messer kam.

Aboubakr wurde zu meiner großen Erleichterung vorzeitig aus dem Gefängnis entlassen. »Ägypten den Ägyptern!«

Gewöhnlich verließen Professor Larson und sein Sekretär am Abend den Garten. Zurück blieben ein paar schwarze Afrikaner, gigantische Burschen, die nach ihrem Gebet ihr Mahl in einem riesigen Kessel über dem Feuer brodeln ließen. Der Gärtner brachte das Brot und setzte sich zu ihnen. Auch Bootsleute von den dunklen *Qayassahs* am Nil gesellten sich zur Runde, und ich wurde von dem verlockenden Duft, der sich im Garten verbreitet hatte, angelockt.

Die Afrikaner verhielten sich mit einer Würde, wie man sie von Männern aus den Süden kennt. Einer von ihnen, Abdel-Hai, hatte die Gabe, phantasievoll erzählen zu können. Seine Sprache öffnete weite Horizonte, weniger für das Auge als für die Seele. Für mich war sein südlicher Tonfall schöner, als ich ihn je gehört hatte.

Freundlicher Wanderer, ich werde hier nur berichten, was Abdel-Hai zu erzählen hatte über Wamba-Amba, den prächtigsten, aber auch erschreckendsten Gorilla, den Herrn des Dschungels:

»Safari, Safari! Unser Anführer trägt Speer – auf seiner Spitze steckt roter Bart von *Franzawi*, den er getötet – *softly, softly, catch monkey* – Tiere müssen ins Netz – lebend nach Hause – ich höre tack-tack – Wamba-Amba-Frau schreit wie Tier, das lebend am Rost gebraten wird, Frau von Wamba-Amba tot am Boden – ich sehe Wamba-Amba so dunkel und hoch, wie schwarzer Baumstamm – hebt Frau in die Arme – Baby-Wamba springt auf seine Schulter – er schreit wie zehn Elefantenbullen – geht auf die Knie – wie zum Gebet schaut in die aufgehende Sonne – er läuft davon – *walk on*! *walk on*! sagen die weißen Hundesöhne – schnell, schnell, dort großes Netz! *softly, softly, catch monkey*! – ich sehe Professor Larson mit Silbernadel schießen auf Rücken von Wamba-Amba – Wamba-Amba fallen in Schlaf – sechs Männer tragen Wamba-Amba in Käfig.«

Prinz Taher-Achmad, erzählte man mir, habe bei der Safari das Weibchen von Wamba-Amba töten müssen, da sie den Sekretär von Professor Larson gefährlich bedroht hatte. Das Gorilla-Baby wurde einer schwarzen Mami anvertraut, soll aber bald gestorben sein. Ich hörte Abdel-Hais Geschichten weiter bis tief in die Nacht hinein zu. Seine Augen glänzten im Schein des Feuers, dessen Flammen ein karmesinrotes Leuchten auf seine dunkle Haut warfen.

Am nächsten Nachmittag besuchte ich Professor Larson. Er empfing mich in seinem Zelt und hörte sich meinen Wunsch an, die Affen aus der Nähe sehen zu dürfen.

»Schauen Sie nur nach ihnen, aber reizen Sie sie nicht und geben Sie ihnen nichts zu fressen.«

Ich war hauptsächlich an Wamba-Amba interessiert und verbrachte längere Zeit vor seinem Käfig. Eine emaillierte Tafel war daran befestigt, auf der stand: »Höhlenbewohnender Gorilla, 1,88 m groß, fünfundzwanzig Jahre alt.«

Wamba-Amba saß nahe am eisernen Gitter, die Ellbogen auf die Knie gestützt und sein Kopf in beiden Händen. Mit den Füßen hielt er sich am Gitter fest. Im Schatten seiner vorspringenden Backenknochen und zwischen den Wülsten von fleischigen Falten leuchteten seine dunklen Augen. Sie wanderten wild und zugleich vage umher. Nie schaute er auf mich. Aber er gähnte des Öfteren und öffnete dabei sein Maul so weit, dass ich sein riesiges Gebiss sehen konnte. Vielleicht tat er das auch, um mir Angst einzujagen mit seinen Hauern, die größer waren als die eines Tigers. Wenn seine Blicke mir auch nicht gerade Zutrauen einflößten, so erfüllten seine Situation und sein verzweifelter Ausdruck mein Herz doch mit echtem Mitleid.

»Mögen Sie Tiere?«, hörte ich Professor Larsons Stimme plötzlich hinter mir.

»Ja, der arme Kerl tut mir leid«, sagte ich.

»Er braucht Ihnen nicht leidzutun, er ist gut versorgt.«

»Aber sein Weibchen und sein Kind sind tot, und er ist allein im Käfig.«

»Sie sagten, Sie seien Medizinstudent?«

»So ist es.«

»Dann wird es Sie interessieren, dass ich ein wichtiges Experiment mit diesem anthropomorphen Geschöpf mache. In ein paar Monaten werden Sie eine Veränderung an ihm feststellen.«

Ich blieb einen Moment wie gebannt stehen.

»Haben Sie diese Affen gefangen, um ihre Drüsen zu gebrauchen?«

»Einige davon werde ich benützen«, sagte Professor Larson. Er streckte seine Hand in den Käfig, um Wamba-Amba zu streicheln, doch der Gorilla richtete sich plötzlich auf, nahm eine drohende Haltung ein, dann drehte er uns den Rücken zu und schwang sich auf einen dicken Ast in seinem Käfig, und von da in sein Strohbett auf einem Regal. Professor Larson beobachtete ihn sehr genau.

»Wir werden schon sehen, welche Wirkung die Drüsen des toten Boys bei Wamba-Amba zeigen werden. Ich habe ihm eine ganze Anzahl Drüsen eingepflanzt. Er hat den Boy durch einen unglücklichen Zufall getötet, er hat ihn in den Kopf gebissen. Warum denn Tote nutzlos vergeuden? Gesunden Menschen, die durch einen Unfall sterben, sollte man immer die Drüsen entfernen, bevor man sie beerdigt, denn sie können für die Lebenden in höchstem Maße nützlich sein. Unzählige Krankheiten und Defekte können durch transplantierte Drüsen geheilt werden. In Zukunft werden eines Tages Frauen und Männer acht bis zehn Fuß groß sein und bis zu hundert Jahre leben.«

Professor Larson entfernte sich, ohne ein weiteres Wort zu sagen, ging langsam an den Käfigen entlang und war plötzlich verschwunden. Ich fühlte mich nicht wohl dabei. Litt dieses kleine Männchen mit seinen aufgeblasenen Ideen an Größenwahn? War er nicht eine lächerliche Figur mit seiner seltsamen Art, die Oberlippe bei allem verächtlich hochzuziehen? Gab er einem mit seinem fanatischen Blick nicht das Gefühl, er könne vielleicht überschnappen? Ich fragte mich ernsthaft, ob Larson als Mensch nicht gefährlicher sei als der Affe Wamba-Amba. Doch seine Ideen unterschieden sich schließlich nicht sehr von denen von Woronoff, Steinach, Lichtenstern und anderen. Sie brachten ihm allerdings auch erhebliche Gewinne. Dieser seltsame Wissenschaftler fand immer wieder eine Gefolgschaft, zumeist exaltierte und überspannte Menschen, auf die er großen Eindruck zu machen schien. Aber abgesehen davon haben Aboubakr und ich trotzdem einige von seinen Ideen übernehmen können, die uns später zugute kamen.

Die Agrikultur-Gesellschaft von Kairo lud Professor Larson zu einem Lichtbildvortrag in ihrem großen Empfangssaal ein.

Wamba-Amba, der »Herrscher des Urwalds« sollte in einem Käfig höchst persönlich in Erscheinung treten. Reihen vergoldeter Stühle, gepolstert mit rotem Plüsch, erwarteten die zahlreichen Prinzen, die Diplomaten, Minister und Staatssekretäre sowie Nobilitäten aus anderen Ländern. Aboubakr und ich hatten mit ein paar anderen Studenten das Glück, im Hintergrund geduldet zu werden.

Der Applaus war ohrenbetäubend, als zwanzig kräftige Afrikaner den Käfig mit Wamba-Amba auf das Podium brachten. Hinzu kam der schmächtige schwedische Professor Larson in tadellosem weißen Anzug und breitete etwas umständlich sein Manuskript auf dem Pult aus. Zwei Diener in Livree stellten einen Krug mit Zitronenlimonade und ein Glas auf das Tischchen daneben.

Schließlich trat Ruhe ein im Saal und Professor Larson konnte endlich über seine komplizierten Drüsen-Theorien dozieren.

Verächtlich zog er dabei seine Oberlippe nach oben, schaute wichtigtuerisch in das Publikum und begann, die gute Kairoer Gesellschaft von den Möglichkeiten, die allein seinen neueren Entdeckungen zu verdanken seien, zu überzeugen und sich selber als großen Wundertäter darzustellen. Wamba-Amba betrachtete unterdessen gelangweilt und mit einem Ausdruck von Melancholie und Unbehagen das Publikum. Ab und zu reckte er den behaarten Arm empor und drehte ihn nach hinten, um seinen Rücken ausgiebig zu kratzen. Auch gähnte er von Zeit zu Zeit in Posaunenstärke und gab schmatzende Geräusche von sich, die uns Studenten schallende Freudenschreie ausstoßen ließen. »Ich sollte mich eigentlich entschuldigen, dass ich unseren Freund, ›Seine anthromorphe Hoheit‹, in diesem Käfig eingesperrt habe«, bemerkte Professor Larson am Schluss seiner Rede. »Er könnte durchaus hier unter uns sitzen und niemand hätte Grund, ihn zu fürchten. Während seine Instinkte früher weder sozial noch menschenfreundlich waren, so haben sie sich heute durch meine Behandlung vollkommen verwandelt. Und statt durch Misstrauen immer angriffslustig zu sein, so möchte er heute nur gepäppelt und gestreichelt werden. Er hat also die elementarsten Instinkte eines Kindes entwickelt – und ich behaupte, dass dies einen unerhörten Fortschritt bedeutet.«

Nach einem schallenden Applaus folgte große Stille, die Spannung hatte ihren Höhepunkt erreicht, worauf Professor Larson noch schrie. »Und es ist ein wahrer Triumph!«

Prinz Ali applaudierte als Einziger wie ein Wahnsinniger. Die Quaste seines *Tarbuschs* schwang dabei hin und her, und er rief lauthals: »Großartig, großartig«, bis sein Onkel ihn mit seinem Elfenbeinstock dezent zurechtwies. Wir Studenten lachten so laut, dass sich die Köpfe der Leute wütend nach uns umdrehten und ihre Blicke Giftpfeile auf uns schossen.

»Ruhe, Freunde!«, murrte ein junger Mann.

»Treibt die noblen Sonntagskinder doch nicht auf die Palme!«

Die Unterbrechung war dem Professor offenbar willkommen. Und als wieder völlige Ruhe eingetreten war, betrat er den

Käfig, um seine innige Freundschaft mit dem Herrscher des Urwalds zu demonstrieren. Wamba-Amba, der sich bis dahin wie ein Musterknabe kaum gerührt hatte, hob seine massiven Arme, kam dem Gelehrten mit den unsicheren Schritten eines Trunkenboldes entgegen und schlang seine Arme liebevoll um den kleinen Wichtigtuer. Dann nahm er dem Professor sein Taschentuch aus seiner Brusttasche und schnäuzte damit seine flache Ledernase. Anschließend begann er auf beiden Füßen zu wippen.

Nachdem das Publikum zunächst den Atem angehalten hatte, brüllte es vor Begeisterung, als Professor Larson sich wieder aus der gefährlichen Umarmung befreit hatte und den Käfig verließ.

Die Kairoer Gesellschaft muss sicher tief beeindruckt und verwirrt über die Drüsen-Zauberei nach Hause gegangen sein. Aber nur wenige Stunden danach hatte sich ein neues aufsehenerregendes Ereignis wie ein Lauffeuer herumgesprochen: Wamba-Amba war entkommen … Wie hatte dies nur passieren können? Niemand wusste Genaues und erst viel später entdeckte man, dass die Tür des Käfigs nicht genügend gesichert gewesen war. Irgendjemand musste das Vorhängeschloss verlegt haben. Und wie das in Ägypten so typisch ist: wenn man kein Eisen hat, nimmt man Holz, ist kein Holz vorhanden, nimmt man Schnur und gibt es keine Schnur, so findet man immer noch einen Fetzen Stoff. Doch wer sollte schon die Tür öffnen wollen? Niemand!

Wamba-Amba entfloh aus seinem Käfig irgendwo zwischen der Kasr-El-Nil-Brücke und Ismalieh. Professor Larson, der ihn verfolgte, hüpfte aus seinem Pferdewagen und auch wir, acht Studenten, sprangen aus unserem Gefährt. Wie ein Blitz war Wamba-Amba mit einem Satz über eine kleine Mauer im Campus gelandet, wo ein paar englische Soldaten Fußball spielten. Der Professor sprang seinem geliebten Affen nach, wobei wir ihm halfen, über die Mauer zu kommen. Ein paar Sekunden später tauchte der Gorilla wieder auf und rannte in ziemlicher Geschwindigkeit über das Spielfeld. Dabei schrie er fürchterlich, sodass er die Fußballer und Zuschauer in alle Richtungen verscheuchte. Seinem Meister gelang es nicht, ihn einzuholen, er keuchte nur:

»Haltet ihn, haltet ihn!«

In wenigen Sekunden hatte sich die ganze englische Streitmacht in nichts aufgelöst. Es gab niemand, der Wamba-Amba hätte aufhalten können, der im Übermut seiner neuen Freiheit weder nach links noch nach rechts schaute, sondern schnurstracks auf das benachbarte Ägyptische Museum zusteuerte.

Er schwang seinen massiven Körper die Außentreppe des Museums hoch und versprengte ein paar Besucher, die dort standen, als ob er Allah persönlich sei. Offenbar witterte er schon eine Atmosphäre der Sicherheit hinter den Mauern des ehrwürdigen Museums. Eiligst ging er durch das offene Eingangstor, und zwar mit einem solchen Triumphgeheul, dass die letzten Besucher vor Entsetzen stehen blieben. Das Echo seiner mächtigen Urwaldstimme schien ihn zu einem wilden Freudengeheul anzuregen. Er brüllte in der Tat, wie Abdel-Hai es am Lagerfeuer genannt hatte, »wie eine ganze Herde von Elefantenbullen«.

Schließlich kletterte er auf einen Königs-Sarkophag, ließ sich auf seinen vier Buchstaben nieder und orientierte sich mit melancholischen Blicken in seiner neuen Umgebung. In tödlicher Angst hatten Besucher, Aufseher und Polizisten Reißaus genommen, im Handumdrehen war das Museum leer und die Tore von außen geschlossen.

Professor Larson erschien schweißüberströmt und völlig außer Atem.

»Wo ist er? Wo ist er?«

»Drinnen!«, sagte jemand mit amerikanischem Akzent, »ich vermute, dass er keinen Eintritt bezahlt hat.«

»Dem Himmel sei Dank«, schrie der Professor und bahnte sich seinen Weg durch die Menge.

»Ich werde ihn holen.«

Er wandte sich zum Tor, doch ein Polizeioffizier versperrte ihm den Weg. Inzwischen brüllte und dröhnte der schilddrüsen-implantierte Menschenaffe in den weitläufigen Museumshallen weiter.

Der Museums-Kurator und ein weiterer Polizeioffizier erschienen auf dem Plan, während der Mob sich zusehends vergrößerte. Der Professor gestikulierte in panischer Angst auf den obersten Stufen der Treppe.

Jemand wurde zum Telefon geschickt und nach kurzer Zeit kam ein kleiner Wagen aus den benachbarten Baracken. Ein englischer Oberst mit grimmigem Gesicht und einem schwefelfarbenen Schnurrbart stieg gewichtig aus. Er trug ein Repetiergewehr, sein Bursche sprang hinter ihm her.

»Wo ist dieser Gorilla?«, fragte er mit blutrünstiger Stimme. Professor Larson packte das Gewehr des Offiziers.

»Ich verbiete Ihnen, auf dieses Tier zu schießen!«, schrie er aufgeregt.

»Es gehört Seiner Hoheit Prinz Taher-Achmad!«

Der Oberst entriss dem wutschnaubenden Wissenschaftler wieder das Gewehr.

»Sie können doch einen wilden Gorilla nicht frei herumlaufen lassen. Das tut man nicht! Es sind die gefährlichsten Scheusale auf dieser Welt.«

»Er ist zahmer als Sie!«, schrie der Professor.

Ich drängte mich vor durch die Menge, um zu hören, was vor sich geht. Eine halbe Stunde lang diskutierten die Polizei, der Professor, der Kurator, der englische Oberst sowie ein paar andere Zuschauer, was getan werden könnte. Unterbrochen wurde das Palaver durch ein starkes Klopfzeichen, das aus dem Inneren des Museums kam. Der Oberst spannte sofort den Hahn seines Gewehrs. Aber dann kam von innen die gedämpfte Stimme einer Frau.

»Bitte lasst mich raus … irgendjemand!«

Das Tor wurde ein wenig geöffnet und heraus kam eine kleine englische Lady mittleren Alters, die Malutensilien bei sich trug.

»Du lieber Gott!«, rief der Oberst, »hat der Gorilla Sie angegriffen?«

»Warum sollte er mich angreifen? *He was a darling!*«

»Wo ist er, wo ist er? Lasst mich zu ihm: Ich nehme ihn mit«, rief der Professor außer sich. Er stürmte auf das Tor zu, wurde aber von der Polizei zurückgehalten. Inzwischen waren noch weitere Persönlichkeiten am Ort des Geschehens eingetroffen. Zunächst der Polizei-Chef von Kairo mit drei Ordonnanzen, die stark bewaffnet waren. Dann tauchte noch der Generaldirektor der Antikensammlung auf. »Was meinen Eure Excellency, was wir tun sollen?«, fragte der Polizeichef. Während sich alle durcheinander den Titel ›Excellency‹ an den Kopf warfen, erschien zu allem Überfluss noch der Minister des Innern. Er begann sofort mit tiefschürfenden Vernehmungen, während Professor Larson bekräftigte, dass der Gorilla Seiner Hoheit, dem Prinzen Taher-Achmad gehöre und als königliches Eigentum betrachtet werden müsse.

»In diesem Fall müssen wir den Generaldirektor des Königlichen Haushaltes unterrichten.«

»Nichts da!«, zischte der Oberst, »öffnet das Tor und lasst mich hinein – und mit einem Schuss ist der ganze Spuk vorbei.«

Diese Drohung brachte den Professor in helle Aufregung.

»Wenn Sie meinen Gorilla töten, bringe ich Sie um!«

»Sir, soll das eine Drohung sein?«

»Genau!«

»Oh, haltet doch einmal alle den Mund – Ruhe!«, brüllte der Polizeichef.

Ein würdevoller jüdischer Gentleman aus dem Kreis der Zuschauer, der sich von einem Polizisten nicht aufhalten ließ, gesellte sich zu der Gruppe der Exzellenzen.

»Wie viel ist so ein Gorilla wert?«, fragte er. Alle verstummten für einen Augenblick.

»Hat er denn eine Lebensversicherung?«

Niemand konnte ihm antworten.

Und in diesem Moment fuhren Prinz Taher-Achmad, Prinz Ali und seine Gefolgsleute in rasendem Tempo vor. Es gab einen allgemeinen Seufzer der Erleichterung. Langsam stieg

Prinz Taher-Achmad die Treppe zum Museum hinauf; er nickte nach rechts und nach links, erwiderte warmherzig die Begrüßungen und verlangte in aller Ruhe einen Bericht. Als er über alles informiert war, nahm er ostentativ den Professor am Arm und ging mit ihm in intensivem Gespräch ein paar Schritte beiseite. Das Resultat dieser Unterhaltung war, dass die Polizisten weggeschickt wurden, um einen Käfig zu holen. Dann nahm der Prinz den Generaldirektor der Antikensammlung zur Seite, der darauf den Befehl gab, das Tor des Museums gerade so weit zu öffnen, dass die dünne Figur von Professor Larson in das Gebäude schlüpfen konnte. Es wurde sofort danach wieder geschlossen und zwei Polizisten mit Gewehren, die noch aus Napoleons Armee hätten stammen können, wurden als Wache aufgestellt. Bald darauf wurden Polizisten auf dem Dach des Museums gesichtet und auch verschiedene Exzellenzen hatten sich dorthin begeben, um in die Hallen hinuntersehen zu können. Dies verlockte uns Studenten, ihnen zu folgen.

Als der Käfig endlich kam, stellte man ihn wie besprochen offen gegen das ebenfalls aufgemachte Portal. Dachte man wirklich, dass Wamba-Amba mit einem munteren Gruß seiner erhobenen schwarzen Pfote in den Käfig hüpfen würde?

Bevor ich weiter berichte, freundlicher Wanderer, stelle dir vor, welche Ruhe in den weiten Hallen des Museums geherrscht haben muss, in denen die gigantischen Statuen alter Götter und Könige im Dämmerlicht standen die Kolossalstatue der Sesostris von Abydos oder der Koloss des lächelnden Amenophis mit seiner bezaubernden Königin Teye. So überwältigend schön war sie, dass Wamba-Amba in Versuchung kam, ihr auf den Schoß zu springen, von wo aus er sich auf ihren Kopf schwang und von da aus auf den noch höheren Kopf des Amenophis. Vielleicht begann er dort zu meditieren und wer weiß, was ihm dabei durch den Kopf ging? Möglicherweise wunderte er sich über die Grillen seiner überlegenen Brüder, die alles, was ihnen in die Finger kam, in Sammlungen aufstapelten?

Professor Larson entdeckte seinen Liebling auf dessen

Hochsitz und wurde von oben dabei beobachtet, wie er den Affen mit verzweifelten Gesten herunterlocken wollte. Wamba-Amba zeigte nicht die geringste Lust, seinem Meister zu folgen, im Gegenteil, er schaute verächtlich auf ihn herab, als ob ihn dessen Bitten nichts angingen, und schnitt dazu noch unbotmäßige Grimassen. Professor Larson versuchte es nun mit Drohungen. Er sprang die Treppe zur Galerie hinauf, um Wamba-Amba zurechtzuweisen.

»Coco. Coco!«, brüllte der Professor in schrillen Tönen, – dies war der Kosename für den rebellischen Halunken – »Komm herunter! Spring nur, ich helfe dir dabei!«

Eine Stimme ertönte von oben aus einem der Dachfenster.

»Brauchen Sie Hilfe, Professor?«

»Ich wünschte, jemand würde mir eine Banane oder eine Kokosnuss besorgen«, rief er flehentlich.

Es hatte den Anschein, als ob der Gorilla mit seiner Meditation zu Ende gekommen sei. Offensichtlich hatte ein neuer Einfall von seinem Gehirn Besitz ergriffen. Mit größter Lässigkeit kletterte er vom Kopf des Amenophis herunter und mit einem plötzlichen Aufschrei sprang er schnurstracks die Treppe zur obersten Galerie hinauf, um in einem dunklen Gang zu verschwinden, dem Pantheon der Ägyptologie, wo die Mumien von Affen und anderen Tieren aufbewahrt waren. Niemand konnte sehen, was weiter geschah. Man hörte nur, dass Glas zersplitterte, sowie den entsetzten Aufschrei der Neugierigen. Professor Larson versuchte, seinen Patienten einzufangen. Als er die Pantheon-Galerie erreichte, kam der Gorilla sozusagen mit fliegenden Fahnen und mit senkrecht erhobenen Armen aus dem Affen-Kabinett. »Komm her, Coco, komm, lieber Coco«, ermutigte ihn der Professor und streckte die Arme einladend nach ihm aus, im Glauben, Wamba-Amba sei nun endlich bereit, zu ihm zurückzukommen. Wir sahen alle, wie der Gorilla auf den Mann zutapste und seine riesigen Arme um ihn schlang. Ein entsetzlicher menschlicher Schrei erfolgte und man hörte deutlich, dass Knochen zermalmt wurden. Der Riesenaffe hatte den Professor auch in den Hals gebissen. In einem Anfall von Wut entriss er seinem Meister einen Arm und schleifte den leblosen Körper auf der Galerie hinter sich her, als sei es ein Kinderspielzeug. Von oben ertönte plötzlich ein Schuss. Wamba-Amba stieß einen fürchterlichen Schrei aus. Ein zweiter Schuss folgte. Das Geschoss warf ihn um und der Oberst schrie triumphierend: »Ich habe ihn!«

Aber Wamba-Amba kam wieder auf die Füße und trottete wie ein Betrunkener davon. Er rollte die Treppe hinunter und hinterließ dabei eine Blutspur, stand am Fuße der Treppe aber wieder auf und ging mit leerem Blick und Schaum vor dem Maul weiter.

Inzwischen hatte ich mich wieder vor das Museum begeben, es dämmerte bereits. Der Direktor der Antikensammlung ging auf Prinz Taher-Achmad zu und sagte:

»Ich hoffe, Ihre Hoheit macht mich nicht für den Tod von Professor Larson verantwortlich.«

Da erschien der Oberst mit seinem Gewehr.

»Ich habe den Kerl zweimal getroffen, aber er ist nur verwundet. Niemand hat das Recht, mich daran zu hindern, ihm den Gnadenschuss zu geben. Verdammt nochmal! Er muss erledigt werden.«

Prinz Taher-Achmad sah betroffen aus:

»Aber das ist Mord!«, sagte er, »doch sollte man vielleicht doch in diesem Fall den Gorilla von seinem Leiden erlösen. Gehen Sie ans Werk, Oberst, aber versprechen Sie mir, ihm nicht in den Kopf zu schießen, ich würde ihn gerne für meine Kollektion ausstopfen lassen.«

»Verdammt nochmal, Sir! Er hat schließlich einen Freund von Ihnen getötet.«

»Durchaus nicht«, erwiderte Taher-Achmad, »er hat seinen eigenen Freund getötet … *ma-alech*!«

Der Oberst ging nun mit einer Handvoll verängstigt aussehender Polizisten in das Museum und nach einiger Zeit hörten wir einen Schuss, nur einen, es folgte kein zweiter. Dann kam der Oberst wieder aus dem Gebäude und stopfte sich lässig seine Pfeife.

»Man kann wieder aufatmen, der Bursche ist mausetot!«

Der Leichnam des Professors wurde in die Pathologie des Spitals gebracht. Professor Herman und Dr. Phips machten eine Autopsie, um das Schwedische Konsulat zufriedenzustellen, und am nächsten Morgen wurde Professor Larson auf dem englischen Friedhof begraben.

Für lange Zeit hatte Kairo ein sensationelleres Tagesgespräch, als immer nur über die abgedroschene Politik zu diskutieren.

KASR-EL-AÏNI

Mit vierundzwanzig Jahren bestand ich mein Examen und erhielt, allerdings ohne Auszeichnung, mein Diplom. Ich hätte noch nach Europa gehen müssen, um meine Studien zu vervollständigen, wie es manchen meiner begüterten Kollegen vergönnt war, die durch ihre Erfahrungen in Europa viel profitieren konnten. Doch dieses Glück hatte ich leider nicht. Ich war froh genug, den Posten eines zweiten Assistenten in der Frauen-Abteilung des Regierungshospitals zu erhalten. Mein Antrag als Chirurgie-Assistent lag noch auf unbestimmte Zeit beim Gesundheitsministerium. Inzwischen verdiente ich zehn Pfund im Monat, was mir damals wie ein Vermögen vorkam.

Während der heißen Sommermonate besuchte ich meine Eltern in Assiut. Sie lebten jetzt wie wohlhabende Bürger in einem stattlichen Haus. Mein Bruder Morqos war Student der Jurisprudenz und hatte mich begleitet. Unser Vater platzte vor Stolz. Er war gewiefter, als ich gedacht hatte, denn er war durch seinen Handel mit Baumwolle und Zucker zu einem ansehnlichen Vermögen gekommen. Also ließ ich die Katze aus dem Sack:

»Oh mein Vater, ich habe als Student in größter Armut gelebt und nur dank der Großzügigkeit von Prinz Ali, von dem ich Euch geschrieben habe, bin ich nicht verhungert.«

Er durchschaute den Vorwurf und antwortete:

»Oh mein Sohn, hat nicht der Mangel an Geld dich zu einem großen Mann gemacht? Hätte ich dich unterstützt, wärest du nicht der Freund des Prinzen geworden. Hättest du nicht deine Wünsche unterdrücken müssen, mein Sohn, wärest du vielleicht auf die schiefe Bahn gekommen. Glaube mir, es gibt eine tiefe Weisheit im Herzen eines guten Vaters.«

Als Ersatz für sein Versäumnis schenkte er mir zwanzig Pfund in Gold, nicht ohne die üblichen Ermahnungen, vorsichtig damit umzugehen.

Ich nahm sein Geschenk mit seinen Ratschlägen entgegen, gab aber die Hälfte des Geldes für kleine Kostbarkeiten für meine bescheidene Mutter aus. Sie nahm mein Gesicht in beide Hände und küsste mich zärtlich. Auch ich liebte sie unverändert, wie eh und je.

Für meine Zukunft hatte ich eine Menge hochfliegender Pläne. Ich sah mich schon als Chef eines großen Krankenhauses – doch wie viel Flausen hat man in der Jugend nicht im Kopf!

Als zweiter Assistent in der Frauenabteilung von Kasr-El-Aïni begann ich gewöhnlich um sechs Uhr früh meinen Dienst. Um sieben Uhr begannen die Operationen, bei denen ich täglich assistierte. Dr. Phips, unser englischer Chirurg, hatte großes Vertrauen zu mir, Dr. Tewfik äußerte öfters, ich sei ein Idiot, während Dr. Herman die höchste Meinung von mir hatte. Mehr als einmal drückte man mir die Instrumente in die Hand, wenn es sich um Tumore handelte, denn dies wurde bald meine Spezialität.

Wie oft kamen Frauen erst im allerletzten Augenblick und in einem erbärmlichen Zustand auf unsere Abteilung!

Unsere Oberschwester, die Nachfolgerin von Miss Howard, hatte mit starker Hand das korrupte System des Oberpflegers Abd El Kader ausgemerzt. Mit eiserner Energie sorgte sie dafür, dass die Gesetze des Hospitals beachtet wurden. Ihr quadratisches Gesicht mit dem vorspringenden Kinn zeugte von Tatkraft und Entschlossenheit, und wenn nötig konnte sie auch Ohrfeigen austeilen, sei es an Schwestern oder Patienten. Wir waren die besten Freunde. An freien Abenden spielten wir oft mit Schwestern und Studenten bei ihr Domino oder Karten. Sie brachte mir auch bei, Pfeife zu rauchen, und wie für alle guten Engländer war Whisky das Elixier ihres Lebens.

Eines Morgens, als ich auf meine Station kam, um Visite zu machen, trafen meine Augen auf die einer jungen Frau, die, von Kissen gestützt, aufrecht in ihrem Bett saß. Neben ihr in einer Wiege lag ein Neugeborenes mit schwarzem gekräuseltem Haar. Ich sah sofort wieder weg, denn ich hatte es mir zur Regel gemacht, keinerlei besondere Neugier für die Frauen auf meiner Station zu zeigen. Ich besuchte ein Bett nach dem anderen, vier Babys waren in der Nacht zur Welt gekommen. Ihre Hautfarbe war ganz verschieden, mal heller, mal dunkler, was bei einer so kunterbunten Bevölkerung, wie sie die riesige Stadt Kairo aufwies, nicht verwunderlich war. Während ich meine Runde machte, war mir stets bewusst, dass das im Bett sitzende Geschöpf mich mit Blicken verfolgte. Doch ich widerstand der Versuchung, in ihre Richtung zu sehen, bis sie an die Reihe kam. Dann endlich tastete ich ihren Puls. Die Oberschwester wurde durch eine andere Patientin am anderen Ende des Saales abberufen. Ich begann, die junge Frau zu untersuchen. Sie lächelte mit einem undurchschaubaren, vagen Blick, ihre sensiblen Nasenflügel bebten leicht, während ihre Mundwinkel etwas hochmütig nach oben gezogen waren – da, auf einmal erkannte ich sie und mein Herz begann zu rasen.

»Aziza!«

»Saida, ya Hakim Pacha!« Es war ihre zarte schöne Stimme.

Mit dem Finger auf den Lippen bedeutete ich ihr, zu schweigen. Sie nickte nur und ich setzte meine Untersuchung fort, wohl spürend, dass ich von den anderen Frauen offen oder auch im Geheimen beobachtet wurde. Mit leiser unterdrückter Stimme stellte ich ihr nur Fragen, die sie mit einem kurzen Wort oder mit Ja oder Nein beantworten konnte.

»Wer ist der Vater deines Kindes?«

»Abbas.«

Ich sah sofort, dass sie anämisch war.

»Ich werde dir ein Zeugnis ausstellen, dass du drei Wochen hierbleiben musst.« Ich sagte das, weil ich wusste, dass die Mütter normalerweise nach wenigen Tagen entlassen wurden, um anderen Platz zu machen. Ihre Augen strahlten, Mitleid übermannte mich – da erschien die Oberschwester wieder.

»Diese Mutter ist jung«, sagte ich so beiläufig wie möglich,

»sehr jung sogar, und sie ist anämisch, ich denke, sie sollte hier behandelt werden.«

Ich konnte die Gedanken der Oberin lesen – vor Oberinnen sei gewarnt. Nein, es war doch nicht klug, Aziza drei Wochen hierzubehalten, man könnte vielleicht Verdacht schöpfen – ich musste eine bessere Lösung finden. Ich verschwand, um ihr Krankenblatt auszufüllen.

Tagelang lebte ich nur in Erinnerungen. Meine Gedanken wanderten immer wieder zurück zu jenem kleinen Dorf, wo meine erste große Liebe ihren Anfang nahm, jene Liebe, die mich seitdem nie mehr verlassen hatte. Wie oft hatte ich wach oder in meinen Träumen an Aziza gedacht, und immer mit den gleichen tiefen Gefühlen. Dass sie jetzt eine junge Mutter geworden war, fügte meinen Empfindungen noch eine besondere Note von Zärtlichkeit hinzu. Und seltsamerweise konnte ich sogar an Abbas, den fetten Sohn des Pachas, ohne wirklichen Hass denken. So oft hatte ich mir geschworen, eines Tages Rache zu nehmen, doch jetzt fühlte ich nur noch Unbehagen, wenn ich daran dachte, wie er und seine Leute mich malträtiert hatten. Es überraschte mich indes schon, denn die Sensibilität früherer Jahre schien offenbar in mir abgestorben zu sein. Vielleicht lag der Grund darin, dass ich inzwischen ein Mann geworden war? Ich erschrak beinahe bei dem Gedanken, dass ich nichts mehr ohne Verantwortungsgefühl tun konnte und dass das Leben, das ich gewählt habe, ein Leben der Pflicht und der Opferbereitschaft war und ich auf jeden Genuss verzichtete.

Inzwischen lebte ich wieder zusammen mit Aboubakr in einer anderen Wohnung, die kaum schöner war als die erste. Wir hatten uns aneinander gewöhnt, es war ein natürlicher Zustand geworden, auch wenn wir manchen Streit auszufechten hatten. Den ersten gab es schon kurz nach seiner Entlassung aus dem Gefängnis, als ich ihn bat, sich bei Prinz Ali zu bedanken, der seine Freilassung bewirkt hatte. Aboubakr geriet außer sich bei diesem Vorschlag. »Was, ich soll mich bei einem Prinzen bedanken, der nicht mehr als seine Pflicht getan hat?

Ihr alle hättet streiken müssen, die ganze Nation! Ihr hättet die Tore des Gefängnisses für mich aufreißen müssen! Ich habe nur Verachtung für euch! Ihr seid lauter eingeschüchterte Dummköpfe mit dem Blut von Sklaven in euren Adern! Ich habe überhaupt keinen Grund, irgendwem in unserer Regierung dankbar zu sein. Diese ganzen Prinzen und Pachas sind doch nur Marionetten in den Händen der Engländer, die unser Land aussaugen. Ich warte nur auf den Tag der Freiheit, den Tag, an dem Ägypten von allen Fremden befreit sein wird und allen jenen Ägyptern, die ihren Interessen gedient haben, die Kehle durchgeschnitten wird. Allah! Gib mir zehntausend Tscherkessen und ich würde mit ihnen diesem versklavten Land beibringen, wie man zu leben hat und was echte Männlichkeit bedeutet.«

»Freiheit mit durchschnittenen Kehlen und Tscherkessen, das wäre gerade das Richtige für mich!«, sagte ich sarkastisch.

»Warum nicht, du braver Kopte!«, schrie er, »du warst immer schon ein Schwächling!«

Mit diesen Worten versetzte er mir einen Schlag und verließ das Haus. Er blieb mehrere Tage und Nächte lang weg, ließ sich auch im medizinischen Institut nicht blicken. Aber schließlich erschien er wieder in einem Zustand dumpfer Unterwerfung, nachdem er sich wahrscheinlich mit Frauen aus den ärmsten Vierteln und seinen verkommenen Freunden ausgetobt hatte. Ich war fertig mit ihm. Nun war ich an der Reihe, auf die Pauke zu hauen. »Du Schuft!«, sagte ich zu ihm, »warum brüstest du dich ständig mit deinem Tscherkessen-Blut? Ist das so ein wunderbarer Saft? Glaubst du, ich sei zu schwach, um mich gegen deine ungerechten Angriffe zur Wehr zu setzen? Tausende Ägypter, Kopten und Moslems könnten Hackfleisch aus dir machen, sowohl physisch wie moralisch. Du solltest dich entschuldigen bei mir!«

Er saß still auf dem Teppich und brütete vor sich hin. Nach einer Weile sagte er:

»Ich habe Hunger, Ibrahim, und ich habe kein Geld.«

Seine Stimme klang so kläglich, dass ich nicht anders konnte, als ihn in die Arme zu nehmen. Und dann kamen aus tiefster Seele seine Worte, die ich nie mehr vergessen werde:

»Wir, das ägyptische Volk, gehören zu den schwächsten und ärmsten auf dieser Welt – *ma-alech*!«

Obwohl der aufbrausende Aboubakr und ich kameradschaftlich verbunden waren und wir jede Einzelheit im Charakter des anderen kannten, so gab es zwischen uns doch immer einen Abstand, eine Art Niemandsland sozusagen. Ein grundsätzlicher Unterschied zwischen uns bestand zum Beispiel in unserer Einstellung Frauen gegenüber. Für Aboubakr war eine Frau so etwas wie ein Tier, sie war wie Sand in den Händen des Mannes und nur zum Vergnügen und zur Befriedigung männlicher Begierde da. Für mich aber war eine Frau ein Geheimnis, ein unerforschtes Kapitel des Lebens. Ich hatte zwar nur ein paar wenige Abenteuer hinter mir, doch plagte mich danach oft wochenlang mein schlechtes Gewissen und ich fühlte mich wie für immer verloren in einer unzivilisierten Wildnis. Und – seltsam genug – in den Momenten der Versuchung stand mir immer das Bild meiner Mutter vor Augen, jener einfachen Frau, die nur gerade lesen und schreiben konnte, aber von den Versuchungen der Welt kaum eine Ahnung hatte. Es war mein Glaube an sie, der sich immer wieder zwischen mir und der Verführung einstellte. Je mehr ich das Leben und die Menschen kennenlernte und je weiter meine Fortschritte in den endlosen Bereichen der Wissenschaft gediehen, desto deutlicher erkannte ich, dass sich ein Leben im Genuss nicht mit meinen Vorstellungen vereinbaren ließ. Leicht ist es, seinen Körper zu waschen, aber schwierig, die Seele rein zu halten.

Als ich Aziza wieder traf, war mir ganz klar, dass es in erster Linie mein Wunsch war, ihr zu helfen; die Frage war nur, wie dies zu bewerkstelligen sei. Im Krankenhaus konnte ich sie nicht länger behalten, als die Oberin es genehmigte. Eine Anämie war jedenfalls kein Grund, denn die Hälfte der ägyptischen Frauen litt an Anämie. So fragte ich schließlich Aboubakr, ob er einverstanden sei, sie in unserer Wohnung aufzunehmen, bis ich einen besseren Platz für sie gefunden hätte. Er hockte am Boden mit einem Buch auf dem Schoß. Sein Zimmer roch nach Haschisch. Nicht, dass er von der Droge direkt abhängig gewesen wäre, doch er rauchte, wenn er den Stoff von seinem Freund Dr. Abdullah bekam, auf dessen Namen er immer noch Rezepte ausstellte.

»Aboubakr«, sagte ich, »im Hospital liegt ein Mädchen, das ein Baby bekommen hat. Sie ist sehr jung, heißt Aziza und kommt aus einem Dorf in Oberägypten. Sie ist wirklich in größter Not. Wärest du einverstanden, wenn wir sie bei uns aufnehmen, bis sie ein neues Zuhause findet?«

Aboubakr inhalierte den Rauch seiner Haschisch-Zigarette und sagte nach kurzem Überlegen:

»Ich dachte, wir seien feierlich übereingekommen, niemals ein weibliches Wesen bei uns aufzunehmen, solange wir zwei hier zusammen hausen?«

»Ich weiß, ich weiß, aber dies ist ein außergewöhnlicher Fall, das arme Mädchen ist vollkommen schutzlos. Wenn ich sie aus den Augen verliere, könnte ihr allerlei zustoßen. Wir könnten sie doch für ein bis zwei Wochen zu uns nehmen.«

»Ist sie Muslimin?«

»Ja.«

»Bist du der Vater des Kindes?«

»Nein!«

»Warum hast du dann so viel Interesse an ihr?«

Ich schilderte ihm nun meine Begegnung mit Aziza vor Jahren.

»Warum hast du mir das nie erzählt? Nennst du das Freundschaft?«

Er war verletzt. Sarkastisch meinte er:

»Ich hätte Abbas schon im Voraus den Garaus gemacht, dann hätte sie das Baby nie bekommen. Was stellst du dir nun vor? Was werden wir tun, wenn sie erscheint?«

»Wenn wir beide, wie damals, ein Zimmer teilen, kann sie mit ihrem Baby mein Zimmer bekommen.«

»Und werden wir sie selbst auch unter uns teilen?«

Ich versetzte dem Buch in seinem Schoß einen Fußtritt.

»Ich habe nicht so verkorkste Ideen wie du. Ich werde diesem unglücklichen Mädchen helfen und habe keine Hintergedanken, sondern will ihr nur eine solide Existenz verschaffen.«

»Idealist. Einem Fellachen-Mädchen eine solide Existenz verschaffen. Sie hatte doch nie eine – wahrscheinlich auch nicht, als du sie kennengelernt hast. Mein Zimmer werde ich nicht für sie aufgeben, selbst wenn das Kind von mir wäre. Eine Fellacha! Eine Sklavin!«

Ich war tief getroffen.

»Behalte dein Zimmer! Deine Freiheit! Ich werde ein zweites Bett in meinem Zimmer hinter einem Vorhang aufstellen. Stell dir nur vor, was Aziza allein mit ihrem Baby in Kairo passieren kann.«

»Was allen Frauen passieren kann! Und wenn schon! Ist sie wenigstens hübsch?«

»Mehr als das, sie ist eine Schönheit!«

»Aha!«, sagte er, »in dem Fall sieht die Sache anders aus. Gegen Schönheit bin ich nicht gefeit und du darfst mich nicht für mögliche Konsequenzen verantwortlich machen, denn da werde ich einfach schwach.«

»Ich werde sie vor dir schon zu schützen wissen.«

In diesen Tagen begann ich, sehr gemischte Gefühle für Aboubakr zu empfinden. War er ein wirklicher Freund? Echte Freundschaft bedeutet gegenseitige Loyalität und ein kameradschaftliches Gefühl, für die gemeinsamen Überzeugungen zu kämpfen und zu leiden. Die Möglichkeit, diesen kraftvollen, wenn auch gefährdeten Weggenossen zu verlieren, hing wie eine dunkle Wolke über mir. Seinen Sarkasmus konnte ich gerade noch ertragen, doch nicht seine Überheblichkeit und seine Verachtung. Und eine Eifersucht, die mit Frauen zusammenhing, durfte schon gar nicht aufkommen.

Wir hatten die weise Abmachung, keine Frauen bei uns aufzunehmen, die nur Verwirrung bringen würden, denn es sind die Frauen, die oft durch zügellose Leidenschaft und Wollust unseren ägyptischen Männern die Willenskraft schwächen und ihre besten Vorsätze zunichte machen.

Bei Aziza lagen die Dinge anders. Wenn ich sie irgendwo unterbrachte, wo ich nicht ständig ein Auge auf sie haben konnte, brauchte ich mich ihrer gar nicht erst anzunehmen. Keine Frau in Kairo ist sicher, es sei denn, man bringt sie hinter Schloss und Riegel. Es wäre Unsinn, wenn man ihnen erlauben würde, ihren Schleier abzulegen und wie die europäischen Frauen auf die Straße zu gehen. Die meisten wären völlig schutzlos gegen einen Großteil der Männer, die sich weigern, ihre Meinung aufzugeben, dass Frauen nichts anderes als Tiere sind, die zu ihrer Verfügung stehen. Allein neue gesellschaftliche Bedingungen, mehr Rücksicht, Liebe und Gerechtigkeit könnten ihnen ein besseres Leben ermöglichen. Wie sehr wünschte ich mir dies, doch es wäre nur möglich, wenn die Männer den Pfad der Selbsterkenntnis und Einsicht beschreiten und so zu einem höheren Grad menschlicher Kultur gelangen würden.

Wir alle müssten als Erstes dazu beitragen, bessere Lebensbedingungen für Millionen von Fellachen zu schaffen. Und wir müssten in den Dörfern damit anfangen.

Von Zeit zu Zeit kehrte ich zurück zum paradiesischen Garten von Rhoda Island, um wie schon damals auf einem flachen Stein unter einem Mangobaum nahe des Nils zu meditieren. Durch die Lektüre über indische Religion und Philosophie war ich mit Yoga vertraut. Am heutigen Tag konnte ich aber keine Ruhe finden. Ich hatte mich mit Aziza auf der Mohammed-Ali-Brücke verabredet. Obwohl ich im Yoga-Sitz mit aufrechtem Rücken und mit nach oben gerichteten Händen im Schoß dasaß, war es mir nicht gelungen, die sonst erlebte Leichtigkeit zu finden, die mich immer wieder in andere Regionen geführt hatte. Dieser Zustand der Weltabgewandtheit wollte sich nicht einstellen.

Als ich mich auf der Mohammed-Ali-Brücke einfand, kam mir Aziza von weitem entgegen. Ich kann das zärtliche Gefühl schwer beschreiben, das ich empfand, als sie groß und schlank, in einen schwarzen Schleier gehüllt und mit dem Kind auf dem Arm plötzlich als Frau vor mir stand. Ihre Kleidung hatte noch einen schwachen Geruch von Desinfektionsmitteln. Wie anders war sie geworden als das Mädchen, das ich vor Jahren gekannt hatte, und wie sehr wurde mir bewusst, dass die Zeit wie im Flug vergangen war seit unserer ersten Begegnung.

»Wohin fahren wir?«, fragte sie.

Ich zeigte auf die Kutsche, die uns zu meinem Quartier bringen sollte. »Ich bringe euch zu meiner Wohnung, nicht weit von Sharia Sheikl-Selim.«

»So nahe bei El Hilmieh?«

»Hab keine Angst, ich weiß, dass Medani Pachas Haus nicht weit davon entfernt ist, aber du wirst Abbas nicht begegnen.«

Als wir in unserer Wohnung ankamen, erklärte ich ihr, dass ich mit einem Freund die Räume teilte, was eine unangenehme Überraschung bei ihr auslöste.

»Keine Angst«, sagte ich, »er ist ein Hakim wie ich.«

Ich sah ihr die Enttäuschung in ihrem so geliebten Gesicht an, als sie sich in der Wohnung umschaute.

»Natürlich sind wir keine Pachas, Luxus gibt es keinen hier«, sagte ich. Und als sie ihre Unzufriedenheit noch deutlicher zum Ausdruck brachte, wurde ich etwas kühler und äußerte ihr gegenüber, sie solle dankbar sein für das, was ich ihr im Augenblick anzubieten hatte. »Hier ist dein Bett, ich habe sogar einen Vorhang angebracht, um den Raum zu teilen. Aboubakr schläft im Nebenzimmer und dahinter ist eine kleine Küche und ein Badezimmer.«

Sie entdeckte gleich unsere primitive Dusche, die aus einer durchlöcherten Eisendose gebastelt war und an der Decke hing.

Plötzlich fragte sie mich:

»Willst du mich heiraten?«

»Nein, Aziza, ich will dich nicht heiraten, ich möchte nur für dich und dein Baby sorgen, bis du eine passende Möglichkeit findest zu einem menschenwürdigen Leben.«

»Ich will Tänzerin werden.«

»Tänzerin?« Ich war wie versteinert. Sie aber lächelte mir zu, legte das Kind auf mein Bett und begann, tänzelnde Bewegungen zu machen. Dazu sang sie ein kleines türkisches Liedchen und klatschte dabei in die Hände.

»Wer hat dich tanzen gelehrt?«, fragte ich.

»Mamounah, eine Tochter von Medani Pacha.«

»Die Schwester von Abbas?«

»Aywah.«

»Du wirst doch nicht Tänzerin werden wollen, schlag dir das aus dem Kopf!«

Mit einem feindseligen Blick drehte sie sich zu ihrem Kind.

Aboubakr trat in die Wohnung und ging ostentativ in sein Zimmer. Ich rief nach ihm und er kam auch, während Aziza sich in ihren Schleier hüllte. Stolz und kokett stellte sie sich mit einem prüfenden Blick, gerade wie ein Schilfrohr, vor ihn.

»Hier ist sie«, sagte ich, »wir drei werden gut miteinander auskommen.«

»Und wie ist es mit dem Essen?«, fragte Aboubakr, »wo gedenkt sie zu essen? In unsere Restaurants können wir sie nicht mitnehmen. Kann sie überhaupt kochen? Sie muss jedenfalls für sich selbst kochen!«

»Ich kann auch für alle kochen«, erwiderte sie.

»Ein schönes Gemansche vermutlich.«

»Probiert es doch!«, meinte sie.

Unsere Küche war nur sehr primitiv ausgerüstet, und wenn wir zu Hause blieben, aßen wir gewöhnlich aus einer Schüssel.

Aboubakr lachte nun plötzlich schallend.

»Ich werde etwas zu essen holen, heute wollen wir ein wenig feiern …« Und schon war er verschwunden.

Ich fühlte mich unbehaglich. Um die Situation aufzulockern, bat ich Aziza hinter den Vorhang zu gehen, nahm das Baby und legte es auf ihr Bett. Die Kleine war dunkel, mit negroiden Lippen und wenig Kinn. Aziza nahm den Schleier ab, kauerte sich auf den Teppich und schaute mich erwartungsvoll an. Ihre begehrlichen Augen schienen Fragen stellen zu wollen, die aber von mir nicht beantwortet werden konnten. Doch ihre Gedanken konnte ich lesen.

»Wir sind heute andere Menschen, als wir früher waren!«, sagte ich mit sanfter Stimme. »Die ganzen Jahre über hat jeder von uns sein eigenes Leben gelebt. Allah hat sich gnädig gezeigt, dass wir uns wiederbegegnet sind. Ich will wie ein Bruder zu dir sein, kann dir das nicht genügen? Ich glaube, anders geht es nicht.«

Sie blickte geistesabwesend ins Leere.

»Hast du dein Gedächtnis ganz verloren? Du weißt doch, für mich gibt es nur einen Geliebten«, sagte sie leise.

»Und was ist mit Abbas? Dieses Baby ist doch immerhin sein Kind.«

»*Aywah!* – Aber ich war ohne Schuld, Abbas hat brutalste Gewalt angewendet.«

Wir blieben für einige Minuten sprachlos … Dann begann sie mit tränenreicher Stimme, aber graziösen Gesten von ihrem Leben zu erzählen, seit wir getrennt worden waren. Es war die gleiche alte Geschichte, die schönen Fellachenmädchen immer wieder zustößt, wenn sie in den Häusern von Neureichen unterkommen.

»Bitte erzähl mir genau«, bat ich Aziza, »was dir alles zugestoßen ist und was du in den letzten Jahren durchmachen musstest – ich bin immer noch dein bester Freund.«

»Aber du bist nicht mehr mein Geliebter«, sagte sie traurig. Dann fuhr sie fort mit ihrem Bericht: Offensichtlich war der Haushalt des Said Medani besonders turbulent. Man zählte im großen Palast in Hilmieh mehr als vierzig Dienstboten aller Art. Die Herrin des Hauses war Türkin, und ihre Laune wechselte »wie der Himmel während des *Khamsins*, mal blau, mal schwarz«. Ihr privates Leben gestaltete sie nach ihren türkischen Ideen und je nachdem, wie sich die Gebräuche änderten. Sie hatte zwei Töchter, Neila und Mamouna, aber Abbas war das Kind, das sie am meisten verwöhnte. Die Mutter des Pachas kam aus dem Sudan, der fette Junge Abbas war daher besonders schwarz. Er lebte im Frauentrakt des Palastes wie ein junger Prinz und es wäre gefährlich gewesen, das Geringste an ihm auszusetzen.

Von Anfang an hatte er seine lüsternen Blicke auf Aziza gerichtet, seit er sie im Dorf entdeckt hatte. Monatelang war Aziza seinen lästigen Verfolgungen ausgesetzt gewesen und nun lauerte er ihr immer wieder in den dunklen Gängen des Palastes auf. Er drohte ihr, ja, er terrorisierte sie förmlich. Doch Aziza hatte ihren Ibrahim nie vergessen. Abbas kämpfte gegen eine Mauer des Widerstandes.

Eines Tages fand er einen günstigen Augenblick, während seine Mutter mit seinen Schwestern und der französischen Erzieherin in die Oper gegangen war. Er setzte seine ganze List ein, um schließlich einen unwürdigen Sieg zu erringen. Er überraschte Aziza, die sich allein im Frauentrakt aufhielt, warf ein Gewand über ihren Kopf und fesselte sie an die Pfosten einer eisernen Bettstatt. Dann riss er ihr die Kleider vom Leib. Doch Azizas Schreie waren vom alten Diener Anwar gehört worden. Er und der Pacha waren gerade noch zur rechten Zeit hinzugeeilt, um das Mädchen zu retten. So blieb Aziza glücklicherweise das Schlimmste erspart.

Der Pacha, der tief religiös und von großer Würde war, beklagte den unziemlichen Vorfall. Es war ihm bewusst, dass der Prophet solche Untaten der Gewalt aufs Strengste verboten hatte. Er beschwor den treuen alten Anwar, über das Geschehene Stillschweigen zu bewahren. Und er beriet sich auch mit seinem großen Freund, dem Sheikh von Alhazar, der ein weiser, philosophisch gebildeter und mit den Gesetzen des Propheten vertrauter und trotzdem modern gesinnter Mann war. Da er den Ehrgeiz hatte, seinen Sohn eines Tages als Kabinettsminister – wie er selbst es war – zu sehen, nahm er ihn aus dem Schussfeld und schickte ihn auf eine Schule nach England.

Abbas hatte sich nie über fehlende väterliche Zuwendungen zu beklagen, aber er kümmerte sich auch nicht darum, aus welchen Quellen sie kamen, nämlich von der chronisch unterbezahlten Arbeit der Fellachen, die sich mühselig auf dem Boden Ägyptens abplagten. Der junge Bey konnte also alle Vergnügungen und Belustigungen genießen, die das großzügige England seinen Besuchern zu bieten hat. Und Abbas spielte alles durch; er bewegte sich in der Halbwelt der englischen Gesellschaft wie ein schwarzer Salamander in einem Goldfischteich. Seine Körperfülle schmolz dahin und seine Manieren verbesserten sich auf eine bemerkenswerte Weise. Er schämte sich auch nicht, seinen englischen Freunden zu verstehen zu geben, dass sie Ägypten zu Recht regierten, ein Land, über das er nur in der abschätzigsten Weise reden konnte. Der Emporkömmling verbrachte seine Ferien mit Vorliebe in Biarritz, Cannes, Deauville und anderen europäischen Kurorten, statt seine Familie in Ägypten zu besuchen. Daher entschlossen sich die Said Medanis nach zwei Jahren, ihre Sommerferien ebenfalls in Europa zu verbringen. Sie nahmen Aziza mit, die inzwischen das persönliche Zimmermädchen der Lady und die Begleiterin der Töchter geworden war. Aziza hatte auch im Geheimen etwas lesen und schreiben gelernt bei der französischen Gouvernante, Mademoiselle Perrin, die Naila und Mamouna unterrichtete.

Bei einer dieser Reisen landeten sie mit Aziza in einem Palast-Hotel in den Bergen, das eine Fülle von Luxus anzubieten hatte.

Ich vermute, freundlicher Wanderer, dass es Aziza sicher schwerfiel, mit der freien europäischen Art zu denken zurechtzukommen und zwischen Gut und Böse zu unterscheiden. Und sie wurde zudem mit der erstaunlichen Veränderung von Abbas konfrontiert. Sie tanzten zusammen und er wollte ihr beibringen, dass Alkohol gut für sie sei. Als ordentliche *Saida*, die zu Enthaltsamkeit und zu einem strengen Leben erzogen war, musste sie zu ihrem späteren großen Bedauern selbst herausfinden, dass Mohammed eine weise Regel für Allahs Kinder gefunden hatte, indem er sie lehrte, keinen Alkohol anzurühren. Naila und Mamouna, die in alle möglichen Abenteuer verwickelt waren und sich um die guten Ratschläge von Mademoiselle Perrin wenig kümmerten, waren kein gutes Beispiel für sie. Und dazu kam noch, dass das nächtliche Tanzvergnügen eine gewisse Intimität zuließ.

Eines Abends, als der Pacha mit seiner Frau und seinen Töchtern ausgegangen war und sie Aziza zurückgelassen hatten, erschien Abbas und setzte sich in der großen Hotelhalle zu ihr. Er begann sie mit Komplimenten zu umschmeicheln und brachte dabei auch zum Ausdruck, dass er hoffe, ihrer Familie gehe es in ihrem hübschen kleinen Lehmhaus am Nil gut und alle seien wohlauf. Dazu bestellte er eine Flasche Champagner, und Aziza bemerkte nicht, dass er eine kleine Pille in ihr Glas fallen ließ.

Wie Feuer schoss der Alkohol in ihren Kopf. In kürzester Zeit war ihr Wille eingeschläfert und die klaren Gedanken verschwanden im Nebel. Abbas empfahl ihr, zu Bett zu gehen, und begleitete sie ritterlich zum Lift. Aber der Lift hielt nicht auf ihrem Stockwerk, sondern auf seinem ... und unversehens befand sie sich in seinem Zimmer. In einem Anfall von Brutalität presste er ihr ein Taschentuch in den Mund und hätte sie beinahe umgebracht. Ihr Widerstand wurde gebrochen, er hatte sein Ziel erreicht.

Um ihre Wut und Empörung zu besänftigen, versprach er ihr, sie zu heiraten, wohl wissend, dass ein Versprechen ohne Zeugen nichts zu bedeuten hatte. – Aziza wusste, dass sie verloren war.

Unsere ägyptischen Männer haben es gut verstanden, die Gesetze des Korans zu ihren Gunsten zu verdrehen ...

Aziza schien zu glauben, dass sie von nun an einem Mann angehöre, den sie zutiefst hasste. In ihrem Elend tröstete sie der Gedanke etwas, dass Abbas – so sehr sie ihn verachtete – sie zu einer großen Lady in Ägypten machen würde. In der Zwischenzeit hielt sie alles geheim, wie er es ihr befohlen hatte. Doch im Stillen sann sie auf Rache. Abbas versuchte sie glauben zu lassen, dass seine Absichten ernst seien, und kehrte nach London zurück. Sie selbst reiste mit der Familie nach Kairo, wo sie ihr gewohntes Leben in der antiquierten Atmosphäre des Palastes weiterführte.

Die scharfen Augen von Madame Medani verfolgten sie

misstrauisch, da sie für Abbas bereits ganz andere Hochzeitspläne schmiedete. Mit der Zeit war ihr Zustand nicht mehr zu verheimlichen und in einem Augenblick der Verzweiflung beichtete sie der französischen Gouvernante, Mademoiselle Perrin, in welcher Lage sie sich befand.

»Oh, mein armes Kind – was hast du getan – wie kann ich dir helfen?«

Und auch dem alten Anwar, ihrem Freund, öffnete sie ihr Herz.

»Wer war es, Aziza? Ist es am Ende der Pacha selbst?«

»Nein, lieber Anwar, Abbas ist der Vater meines Kindes, er hat mich mit aller List überwältigt, aber mir versprochen, mich zu heiraten. Und nun sehe ich, dass für Abbas eine Hochzeit mit einem anderen Mädchen vorbereitet wird. Wehe mir! Mein Kind wird ohne Vater sein und mein eigener Vater wird mich töten!«

Man beschimpfte sie als Lügnerin und als Hure und überschüttete sie mit Gemeinheiten. Von nun an musste sie die niedrigsten Arbeiten im Haus verrichten und als sie schließlich aufbegehrte und mit den Fäusten gegen die Türe des Pachas hämmerte und nach Gerechtigkeit schrie, wurde sie vom Eunuchen gepackt und kurzerhand auf die Straße gesetzt.

Stolz und Wut waren stärker als ihr Schmerz, und während sie sich an die eisernen Gitterstäbe des Zaunes klammerte, schleuderte sie die schlimmsten Verwünschungen gegen den Palast der Medanis. Daraufhin irrte sie völlig verzweifelt und mittellos durch die Straßen.

Freundlicher Wanderer, ich will dir die entehrenden Einzelheiten ihrer schweren Tage ersparen, bis sie kurz vor ihrer Niederkunft von der Polizei aufgegriffen und in Kasr-El-Aïni eingeliefert wurde.

Meine neuen Abmachungen mit Aboubakr und Aziza trugen wohl schon von Anfang an den Keim des Misserfolgs in sich.

Zu jener Zeit arbeitete ich sehr hart und wenn ich hundert Hände gehabt hätte, so hätte es für alle genug Arbeit in Kasr-

El-Aïni gegeben. Aber ich sammelte Kenntnisse und Erfahrung in meinem Fachgebiet. Eines Tages wurde ich zu einem dringenden Notfall in den Operationssaal gerufen. Es stellte sich heraus, dass ich als Einziger schon qualifizierter Chirurg zur Verfügung stand und ich mit meiner ersten großen Operation konfrontiert war. Nach eineinhalb Stunden intensivster Konzentration begab ich mich zurück in mein Zimmer, um etwas auszuruhen. Und noch am gleichen Morgen wurde ich zu meinem Chef, Professor Phips, gerufen. Er fragte mich, ob ich glaubte, dass meine Patientin überleben werde.

»Ihr Leben ist in Gottes Händen«, sagte ich.

Er grinste überlegen und stellte mir einige technische Fragen in Bezug auf die Operation, die ich beantwortete. Als einen seiner früheren Schüler machte er mich darauf aufmerksam, dass ich nicht dem üblichen traditionellen Verfahren gefolgt sei und dafür die volle Verantwortung zu tragen habe. Ich, jung wie ich war, machte ihm klar, dass ich ein fertig ausgebildeter Chirurg sei und nach bestem Wissen und Gewissen gehandelt hätte. Ich selbst wusste, dass ich alles gegeben hatte und dass es sich ohnehin um einen verzweifelten, fast hoffnungslosen Fall handelte.

»Gut, wir werden sehen, wir werden sehen! Sie sind verantwortlich.«

Ich war bestürzt und klemmte mich gleich hinter meine Bücher. Zu meinem Entsetzen entdeckte ich, dass ich tatsächlich nicht den einschlägigen Gesetzen der Chirurgie gefolgt war. Heute kann ich meine Gefühle von damals gar nicht mehr beschreiben. Die Welt war wie ausgelöscht, meine Seele in höchster Verzweiflung. Hatte ich womöglich eine Frau umgebracht? Doch als ich an diesem Abend nach Hause ging, sagte mir plötzlich eine innere Stimme, dass ich richtig gehandelt hatte. Ich erinnerte mich an meinen ersten Schnitt, einen sicheren und entschiedenen Eingriff, von einem starken Instinkt geführt, bei dem ich keinen Moment gezögert hatte. Ich erinnerte mich auch, dass ich ein wichtiges Instrument weggelegt und meinem Assistenten gesagt hatte, dass ich es nicht brauchte. Aber trotz allem befiel mich eine tödliche Unsicherheit und ich zweifelte an mir selbst.

In der Gesellschaft von Aziza und Aboubakr versuchte ich mich abzulenken, gab aber bald vor, müde zu sein und zu Bett zu gehen. Indessen gelang es mir weder zu ruhen, noch zu schlafen. Stundenlang lag ich wach und hörte, wie meine Freunde sich unterhielten. Dann sah ich Azizas Schatten durch den Vorhang, wie sie zu Bett ging, und hörte eine Türe – Aboubakr war ins Café gegangen.

»Sie sind verantwortlich«, hörte ich immer wieder Professor Phips sagen. Ich war von inneren Zweifeln zermartert.

Schließlich schoss ich förmlich aus meinem Bett, als habe eine höhere Macht mich getrieben. Ich zog mich rasch an, sah noch nach Aziza, die fest schlief, verließ das Haus und rannte in größter Eile ins Hospital. Kurz darauf stand ich in der Frauenstation am Bett meiner Patientin. Sie war noch am Leben und schaute mich im Dämmerlicht mit hohlen Augen an. Eine halbe Stunde blieb ich bei ihr, gab der Nachtschwester noch einige Anweisungen und ging dann nach Hause. Unterwegs wurde ich ruhiger, meine Angst verflog. Irgendetwas sagte mir, dass ich – selbst wenn die Patientin sterben sollte – richtig gehandelt hatte.

Zu meiner großen Erleichterung starb die Patientin nicht. Zwei, drei Tage vergingen und meine erfahrenen Kollegen begannen zu tuscheln. Prof. Phips' ironisches Lächeln war verebbt, er wollte plötzlich genauer wissen, wie ich vorgegangen war. Und nach einigen Tagen war die Patientin ganz außer Gefahr. Die Oberschwester verriet mir, Dr. Herman habe gesagt, dass ich womöglich ein Wunder vollbracht hätte. Ich ging zu ihm.

»Ibrahim«, sagte er, »Sie sind sehr emotional, mäßigen Sie Ihre Gefühle und berichten Sie mir von Anfang bis zum Ende genau, was Sie gemacht haben.«

Ich beschrieb ihm meine Methode im Detail, worauf er aufstand und mir väterlich auf die Schulter klopfte.

»Wie viel Erfolg Sie auch immer haben mögen, bleiben Sie bescheiden!«, sagte er vertrauensvoll. Und nach einer Pause:

»Lassen Sie sich nie durch den beruflichen Neid Ihrer Kollegen beeinflussen. Im Übrigen muss ich Ihnen gratulieren, Sie haben eine neue Methode entwickelt, und zwar eine bessere, als wir sie bisher kannten. Lassen Sie sich aber nicht den Kopf verdrehen, sondern bleiben Sie bescheiden.«

Ich blieb eine halbe Stunde bei ihm und er riet mir, gleich ein Protokoll für das Chirurgische Journal aufzusetzen.

Man möge mir meine Freude über diesen ersten Triumph verzeihen! Ich empfand tiefe Dankbarkeit gegen meinen Schöpfer und gelobte hoch und heilig, bescheiden zu bleiben und meiner Wissenschaft nach besten Kräften zu dienen. Und doch – bei allen guten Vorsätzen – war ich stolz und ermutigt durch diesen ersten Erfolg, der mir die Anerkennung meiner Kollegen verschaffte und mich sozusagen an die vorderste Front gestellt hatte. Ich schrieb für den »Lancet« einen Artikel, bei dem mir Dr. Herman freundlicherweise sehr kenntnisreich beistand.

Der Artikel wurde veröffentlicht und von da an wurde ich auch etwas ehrgeiziger und nahm mir vor, meine zum Teil nicht alltäglichen Erfahrungen in der Form weiterer Artikel in der medizinischen Literatur zu veröffentlichen. Diese Gewohnheit, die ich viele Jahre aufrechterhielt, brachte mich schließlich auch dazu, mich auf andern Feldern zu versuchen – und meine privaten Aufzeichnungen sind vielleicht eine letzte Bemühung in dieser Richtung.

Unser Trio mit dem Baby hatte sich in typisch ägyptischer Sorglosigkeit mit einem ziemlich ungemütlichen Leben abgefunden. Bei Aziza hatte ich immer den Eindruck, dass es ihr völlig gleichgültig sei, was der nächste Tag bringen würde. Sie arbeitete und sie kochte für uns, und ich bemühte mich beständig, sie bei der Stange zu halten. Aboubakr führte sein eigenes privates Leben; wenn er Lust hatte, teilte er es mit uns – hielt sich aber ansonsten auf Distanz.

Was mit Aziza und ihrem Kind werden sollte, war mir nicht klar. Ihre Gesellschaft jedenfalls machte mir nach wie vor Freude. Meine zärtliche Zuneigung zu ihr wuchs sogar noch mit der

Verantwortung, die ich für sie empfand. Sie strahlte außerdem eine verführerische Sinnlichkeit aus, die mich zuweilen völlig aus dem Gleichgewicht brachte. Aber ich wusste auch, dass ich, wenn ich ihren Reizen erliegen würde, die selbstlosen Impulse verlieren könnte, die mich zu ihrem Beschützer machten. Ihr war meine Anhänglichkeit durchaus bewusst. Das Animalische in ihrer Natur ließ sie mich des Öfteren allzu deutlich spüren. Mit all ihren Sinnen war sie fordernd. Ich versuchte, sie in Schach zu halten, und sprach mit ihr über ihre Zukunft. Aber was konnte ich schon vorbringen? Es war schwer, etwas vorzuschlagen, sie hatte weder ein Gefühl für das Kommende, noch schien die Vergangenheit sie zu quälen. Für sie gab es nur die Gegenwart, den Tag oder die Nacht.

Sie war völlig zufrieden, einfach am Leben zu sein, darin ganz und gar Ägypterin.

Schließlich begann sie, meine Nächte zu stören. Sie verließ ihr Kind, schob den Vorhang zur Seite und legte sich an mein Bettende auf den Teppich. Kein Laut war in der Dunkelheit zu hören, doch stieß sie mit sanften kleinen Fußtritten gegen mein Bett und riss mich damit aus dem Schlaf. Kaum hatte ich eine Kerze angezündet, da gab sie schon vor, zu schlafen. Und wenn ich die Kerze wieder ausgeblasen hatte, fing das ganze Spiel wieder von vorne an. Dieses ganze hingebungsvolle Spiel wiederholte sich Nacht für Nacht. Als ich ihr bei Tag Vorhaltungen machte, gab sie vor, nichts davon zu wissen, oder sie behauptete mit der größten Unbekümmertheit, dass meine Nähe sie daran hindere, in ihrem Bett zu schlafen.

Aboubakr hatte alles mitangehört und sagte mir später:

»Du bist ein komischer Bursche, siehst du denn nicht, was sie sich wünscht? Ich glaube, du quälst sie mit Absicht.«

»Was würdest du an meiner Stelle tun?«, fragte ich ihn.

»Ich würde sie glücklich machen – warum auch nicht? Ich hätte dabei den Spaß meines Lebens, und wenn ich genug davon hätte, würde ich sie davonjagen.«

Zum ersten Mal trübte echter Hass meine Freundschaft zu ihm, doch ich schluckte meinen Groll hinunter, während er nur höhnisch lachte. In meiner einfachen Art glaubte ich immer noch an Wahrhaftigkeit und Moral. Und so hielt ich mich weiter an meine ursprüngliche Absicht, ihr zu helfen, sie zu beschützen und nichts anderes von ihr zu erwarten als echte Zuneigung und Freundschaft.

Eines Nachts, als sie ihre bisherige Zurückhaltung offensichtlich verloren hatte, kroch sie in mein Bett und ich sagte zu ihr:

»Ich habe dich nicht aus deinem Elend gerettet, Aziza, um dein Liebhaber zu werden. Du machst es mir wirklich schwer. Es ist kein Mangel an Liebe, der mich zurückhält, deine Wünsche zu erwidern, sondern ich habe mich entschlossen, wie ein Bruder zu dir zu sein. Es ist mein Wunsch, dich zu einem besseren Leben und heraus aus der momentanen hoffnungslosen Lage zu führen. Ich werde bei dir immer nur den ganzen Menschen suchen und nicht deine Wollust.« *Yasalaam*, es war schwer genug so zu sprechen, da sie so hautnah bei mir lag. Sie jedoch wurde unsicher wie ein Kind.

»Was empfiehlst du mir zu tun?«, fragte sie.

Wir hörten Aboubakr nebenan in seinem Zimmer husten und hielten den Atem an. Er schien noch wach zu sein. Nach einer kleinen Pause legte sie ihren Kopf auf meine Schulter und wiederholte flüsternd ihre Frage. Blitzartig fiel mir ein, ihr vorzuschlagen, was mir schon lange auf dem Herzen lag.

»Morgen schon möchte ich anfangen, dich als Kinderschwester ausbilden zu lassen. Keinesfalls solltest du in europäischen Nachtclubs als Tänzerin auftreten! Du kämest mit Sicherheit auf die schiefe Bahn. Wenn du einen anständigen Beruf hast, wirst du das Leben nie mehr fürchten und in Armut und Unwissenheit leben müssen. Und wenn du als *Saida* in dein Dorf zurückkehrst, wird man dich wie eine Königin respektieren. Sex ist schließlich nicht die Hauptsache im Leben. Für einen Mann ist es ein Leichtes, mit dir ein Kind zu zeugen, doch ungleich schwerer ist es, in dir Gedanken zu wecken, die dich sicher gehindert hätten, Abbas zum Opfer zu fallen. Wissen bedeutet Macht. Wenn unser Volk mehr Wissen besäße, würden wir nicht von fremden Mächten beherrscht werden – sie haben die Macht, weil sie mehr wissen als wir.«

»*Aywah*, mein Bruder«, flüsterte sie. Ich spürte, dass ich sie ganz in meiner Hand hatte, wusste aber nicht, ob sie alles verstanden hatte.

Nach einem langen Schweigen sagte ich:

»Geh jetzt zurück in dein Bett und bleibe dort, wir werden morgen weiterreden.«

Mit gleichgültiger Miene, die mir wehtat, verließ sie mich. Der Entschluss, Aziza als Kinderschwester ausbilden zu lassen, nahm ein Gewicht von meinem Herzen. Ich wusste, ich musste mein Leben ändern und konnte es nicht mehr mit Aziza und Aboubakr wie bisher teilen – ich musste mich von meinen Fesseln befreien. Kann man von einem Adler verlangen, die Freiheit grenzenloser Regionen zu empfinden, wenn er noch fest an die Erde gebunden ist?

Jetzt, freundlicher Wanderer, wirst du vielleicht verstehen, warum das Schicksal der jungen Aziza mich so bewegte und mir solche Probleme bereitete. Jedes flüchtige Nachgeben hätte genügt und mich meine ganzen guten Vorsätze vergessen lassen. Es hätte mich auch auf eine niedrigere Stufe zurückgeworfen, die zu überwinden ich doch im Begriffe war.

Meine Aufgabe war zu heilen, Krankheiten auszuschalten und den Wurzeln des Übels auf den Grund zu gehen. Ich mag viel Staub an meinem Grab aufgewirbelt haben, aber aus diesem Staub sollen dich, freundlicher Wanderer, Worte erreichen, die dich vielleicht zu großen Taten anspornen können. *Ma-alech* oder nicht *ma-alech*!

Bis das Schicksal mich im Alter von dreißig Jahren materiell zu begünstigen begann, waren meine Taschen fast immer leer. Für meine Arbeit im Hospital hatte ich zwar mein Gehalt, doch durfte ich für die Behandlungen und die Operationen bei meinen Patienten keine gesonderten Rechnungen stellen. Und es wäre mir auch nicht eingefallen, die Regeln – wie es manch anderer tat – zu missachten. Meine Zeit war von Sonnenaufgang bis Sonnenuntergang voll ausgefüllt.

Und nun lud ich mir auch noch die Bürde auf, in Azizas reizendes Köpfchen allerlei notwendige und wissenswerte Dinge zu stopfen, dazu die elementarsten Grundbegriffe der Kinderbetreuung. Glücklicherweise hatte sie eine schnelle Auffassungsgabe, sodass ich nach zwei Monaten Miss Wilcox, die Oberin des Hospitals, bitten konnte, ihr eine Anfänger-Arbeit zu geben. Miss Wilcox schaute mit einem gewissen Respekt, ja mit Zuneigung zu mir auf, doch manchmal bevormundete sie mich auch in ihrer etwas irritierenden englischen Art. Sie prüfte Aziza und ich glaube, sie mochte sie sogar. Ich selbst erzählte ihr, welche Erlebnisse ich mit Aziza gehabt hatte, und da sie eine eifrige Leserin von Romanen war, war sie natürlich sehr interessiert. Sie stimmte mit mir überein, dass Aziza eine flinke Auffassungsgabe hatte und alle Voraussetzungen besaß, eine gute Kinderschwester zu werden.

So kam es, dass Aziza wieder nach Kasr-El-Aïni kam, nur dass sie diesmal eine andere Rolle dabei spielte. Und sie und ich waren nun tagtäglich im »Haus der Schmerzen« beisammen und verrichteten – jeder nach seinen Fähigkeiten – unsere Arbeit.

Bald war ich nicht mehr Herr über meine Zeit. Zwangsweise wurde ich in einen ganzen Strudel von Leiden gerissen und war dabei geteilt in ein halbes Dutzend verschiedener Fachrichtungen. Ich konnte mich über meine nachlässigen Kollegen nur wundern, die halbe Tage zu ihrer Verfügung hatten und die mehr verdienten als ich, obgleich sie weniger arbeiteten. Aber sie waren eben als Ärzte nur für eine bestimmte Menge Arbeit an einem bestimmten Platz engagiert, während ich überall gebraucht wurde.

Wenn ich an all die Jahre meiner Tätigkeit zurückdenke, so erinnere ich mich auch an eine schmerzliche Erfahrung, die ich immer wieder machen musste. Ich musste bei Operationen zusehen, bei denen oft nicht wiedergutzumachende Fehler begangen wurden, die für die Patienten verhängnisvolle Folgen hatten und die durch mehr Phantasie oder einen spontanen Geistesblitz hätten vermieden werden können.

In den kurzen Ferien verbrachte ich meine Zeit meist mit Lesen und Studieren. Ich bin erstaunt, dass ich trotz alledem so manche Theateraufführung und manches Konzert hören konnte und dazu noch die Zeit fand, die besten Schriftsteller, Philosophen und Dichter aus Frankreich, England und Deutschland zu lesen. Es ist wahrhaft erstaunlich, was ein menschlicher Körper im Vollbesitz seiner geistigen Kräfte ertragen und an Energie aufbringen kann.

Nun aber muss ich auf Aziza zurückkommen. Ich bin beinahe versucht, alles von Anfang bis Ende aufzuschreiben, was ich von ihr weiß. Ihr Leben ist eine wahre Legende buntester und abenteuerlichster Art.

Ich will hier nur erzählen, wie mein Versuch, Ordnung in ihr Leben zu bringen, zu meinem großen Kummer völlig misslang. Schon nach einem Monat seit ihrer Anstellung im Hospital bemerkte ich eine gewisse Veränderung an ihr. Ich war natürlich sehr aufmerksam für alles, was sie sagte oder tat. Sie sah aus wie ein Engel in Weiß und schwebte auch so durch die Station. Ich war ihr damals so zugetan, wie ich es in dieser Zeit bei einer andern Frau nie vermocht hätte. Ich nannte sie *Malakka*, mein Engel. Außerdem aber war ich wahrscheinlich blind für ihren Charakter und manche Tugenden, die sie vermutlich nie besessen hat. Für mich war sie das Symbol echter ägyptischer Weiblichkeit und für alles, was unsere Frauen so bezaubernd und attraktiv macht. Ich liebte sie – natürlich! –, aber meine Liebe beschränkte sich nicht auf ein persönliches Begehren, nein, es war vielmehr eine Art kindlicher Verehrung, eine überirdische Naturkraft.

Ich nahm es als selbstverständlich an, dass sie verstand, dass meine Liebe zu ihr gewisse unvermeidliche Vorbehalte haben musste. Doch dies war ein Fehler. Sie fühlte sich von mir kontrolliert und ich musste bald einsehen, dass ich zu viel von ihr verlangte.

Auch Miss Wilcox bemerkte allmählich, wie Aziza in ihrer Arbeit nachließ.

»Disziplin«, sagte sie, »ist nicht ihre Sache. Sie denkt zu viel an andere Dinge. Ich glaube, wir haben uns getäuscht, sie ist nicht wirklich geeignet, eine gute Kinderschwester zu werden. Sie hat zu sehr ihren eigenen Kopf, und wenn sie auch ein nettes Geschöpf ist, so würde es mich nicht wundern, wenn sie uns eines Tages Nüsse zu knacken gibt.«

Im Geheimen bewunderte ich Miss Wilcox' Menschenkenntnis.

Für Aziza war die Reise in Europa das Wichtigste in ihrer Gedankenwelt. Sie begann, mit ihrem eigenen Land unzufrieden zu sein, das im Vergleich zu Europa für sie als Frau unfrei und rückständig war. »Ich möchte frei sein, ich habe kein hässliches Gesicht, wozu sollte ich es hinter einem Schleier verbergen, bin ich eine ungebildete Fellachin oder bin ich modern wie Naila und Mamouna?«

Sie sprach viel von ihren Reisen, von luxuriösen Hotels und riesigen Städten, wobei sie sich an die bizarrsten Details erinnerte. Leider hatte auch ich meinen Teil zu ihrer Veränderung beigetragen, indem ich ihr schöne europäische Kleider gekauft hatte. Falls dies zu echter Freiheit geführt hätte, wäre es nicht falsch gewesen. Doch wie viel mehr war nötig, um mit Freiheit umzugehen!

Sie hatte die Gewohnheit, ihr Baby tagsüber bei einer Nachbarin unterzubringen und es abends wieder abzuholen. Doch als sie sich daran gewöhnt hatte, in europäischen Kleidern auszugehen, brachte sie auch ihr Baby am Abend nicht mehr nach Hause, da sie keinen Schleier mehr trug, um es verstecken zu können. Und als ich ihr deswegen Vorwürfe machte, klatschte sie in die Hände, als wolle sie Staub abschütteln. »Schluss! Ich habe genug! Du machst dir nichts aus dem Kind und ich auch nicht. Es gehört Abbas. Es geht ihm doch gut, wo es jetzt ist – ich will es hier nicht mehr sehen!«

Dann begann sie, sich über unsere Wohnung zu beklagen – wie lange ich erwarte, dass sie ein Zimmer mit mir teile und hinter einem Vorhang lebe? Und warum ich Aboubakr nicht aufforderte, sich etwas anderes zu suchen, und warum ich nicht lebe, wie es sich für einen Arzt gehört? Ich solle eine eigene Praxis anfangen, mehr Geld verdienen und komfortabel leben, wie andere auch. Ihre Augen blitzten mich wütend an. Dann aber wechselte sie ihren Ton:

»Ibrahim, willst du mich nicht lieben? Dann würde ich von dir ein Kind bekommen.«

Ich war bestürzt und verlegen und gab keine Antwort, worauf sie mich mit einer unbeschreiblichen Verachtung verließ.

Bald darauf stellte ich auch bei Aboubakr ein verändertes Benehmen fest. Während er früher viel unterwegs gewesen war und sich mit seinen Kumpanen in den Cafés verlustiert hatte, zog er es jetzt vor, mehr zu Hause zu bleiben. Natürlich hatte er eifrig für sein Examen zu arbeiten.

»Ich bin zwar zwei Jahre hinter dir, werde dich aber überholen«, meinte er stolz.

Am Abend pflegten wir oft auf unserem kleinen Balkon zu sitzen und auf unsere ärmliche Straße hinunterzuschauen. Einmal stellten wir dabei witzelnd fest, unter welch ungewöhnlichen Bedingungen wir komischerweise immer noch zu dritt zusammenlebten, zwei Männer und eine Frau. Aboubakr wurde immer schweigsamer und nachdenklicher und ich hatte den Eindruck, dass er überarbeitet war.

Bald darauf musste ich zum Nachtdienst im Hospital aufbrechen.

Da meine Arbeit in letzter Zeit stark zugenommen hatte, vereinbarte ich mit Miss Wilcox, ein Zimmer in einem Anbau des Hospitals zu nehmen, und bat sie auch, Aziza im Schwesternhaus unterzubringen. Ich war entschlossen, unserem Leben eine neue Gestalt zu geben. Aboubakr würde sicher verstehen, dass dies nicht ein Mangel an Freundschaft war, sondern dass diese Lösung ihm für seine Examensarbeit zugute käme. Was Aziza betraf, so würde sie sich unter ihresgleichen sicher wohler fühlen und andererseits würden ihr die Schrauben einer strengen Disziplin nicht schaden. Wie meine Pläne durchkreuzt wurden, wird man bald sehen.

Als ich eines Tages im Ärztezimmer des Hospitals saß, besuchte mich ein Kollege, der wie ich aus Assiut kam und ein erfahrener, hochbegabter Arzt war. Bis heute verbindet uns nicht nur Sympathie, sondern eine kollegiale Wertschätzung. Dr. William Boctor sagte mir, er müsse nach zwei schwierigen Operationen seine Patienten bis zum nächsten Tag betreuen und würde mich daher für die Nacht ablösen. Er sehe, wie erschöpft und überlastet ich sei. Also fuhr ich nach Hause.

Schon von weitem sah ich in der düsteren Fassade unseres Hauses Licht in Aboubakrs Zimmer. Ich stieg die Treppe zu unserer Wohnung empor und versuchte vergebens, die Tür aufzuschließen, doch sie war von innen zugesperrt. Ich war daher gezwungen, mich durch lautes Klopfen bemerkbar zu machen. Aber niemand schien mich zu hören. Nach einiger Zeit hörte ich, wie eine Tür innen geöffnet wurde und bei der allgemeinen Stille, die im Haus herrschte, konnte ich Azizas Stimme erkennen. Ich rief nach ihr und vernahm leise trippelnde Schritte. Nach einer Ewigkeit öffnete Aboubakr endlich die Wohnungstür. Ein Blick in seine Augen genügte … Ich ging direkt in mein Zimmer. Aziza war dabei, den Vorhang zuzuziehen. Sie hatte nur noch einen spöttischen Blick für mich übrig, der alles verriet – mir war plötzlich alles klar.

Ich war versucht, sie auf der Stelle umzubringen, doch eine innere Kraft half mir, mich zu beherrschen, und zudem trennte uns der Vorhang. Ich hörte ihren schweren keuchenden Atem, dies war ihre Art zu leiden. Ihre Erniedrigung noch zu vergrößern war mir nicht möglich.

»Ibrahim«, wisperte sie, »du wolltest mich nicht lieben.«

»Im Augenblick wäre es nicht zu verantworten!«

Plötzlich stand Aboubakr in herausfordernder Haltung vor mir.

»Ach«, sagte er, »wozu viele Worte verlieren? Frauen sind doch wie Katzen, sie schnurren um dich herum und erwarten nur, gekrault zu werden.«

Was er sagte, empörte mich. Er lebte wirklich in einer anderen Welt. Armer Aboubakr!

»Jedenfalls bist du jetzt für sie verantwortlich«, sagte ich.

»*Ma-alech*! Was ist schon dabei, ein bisschen Liebe ist das unschuldigste Ding der Welt. Es kann dir doch nicht wehtun, du wolltest sie ja nicht. Wärest du ein richtiger Mann gewesen, wäre nichts passiert. Ich wollte euch glücklich sehen, aber du wolltest ihrer Natur einen Zwang antun und hast etwas Widernatürliches von ihr erwartet.«

»Aber du liebst sie nicht einmal!«

»Doch, aber es macht mir nichts aus, wenn du sie auch lieben willst.« Und zu Aziza gewandt, fragte ich: »Und was sagst du dazu?«

»Aboubakr ist ein Mann.«

»Ich habe dich mehr geliebt, als Aboubakr es jemals könnte. Wenn du glaubst, er sei besonders männlich gewesen, so lass dir sagen, dass mein Verhalten männlicher ist.«

»Ich besitze nicht deinen Altruismus, deine Fähigkeit zur Abstinenz und philosophische Grausamkeit, du bist ein kaltschnäuziger Wissenschaftler. Hast du sie nicht geradezu in meine Arme getrieben? Wenn du ein wirklicher Freund bist, so mach hier keinen unnötigen Wirbel!«

Aziza saß auf ihrem Bett mit hochgezogenen Knien und einem undurchschaubaren Gesichtsausdruck, ihre glänzenden schwarzen Haare fielen ihr über die Schultern. Ich konnte mir nur schwer eingestehen, wie sehr ich sie noch liebte, aber ich wollte ihr auch nicht zeigen, wie nahe mir alles ging und was sie mir bedeutete; mit einem Schlag hatte sie mein innerstes Glück zerstört, sie hatte mich verraten. »Ich überlasse sie dir«, rief ich schließlich, »ich muss hier raus.«

Mit Tränen der Enttäuschung stolperte ich die dunkle Treppe hinab ins Freie.

»Er wird sie zugrunde richten, er wird meine ganzen Mühen zunichte machen.« Ich war völlig aufgewühlt.

Als ich automatisch durch die Straßen irrte, hörte ich das Klagen einer Frauenstimme. Es war jene gespenstische Bettlerin, die die Ruhe in unserer Gegend neuerdings so störte. Sie saß unter einer Straßenlaterne mit einem Baby im Schoß, ein Bündel Lumpen mit ausgestreckter Hand. Mit tiefer gequälter Stimme sang sie Verse aus dem Koran.

»Im Namen Allahs, des Allmächtigen und Weisen, habt Mitleid mit den Blinden und den Armen! Wer gibt, wird in Ewigkeit belohnt – Allah sei gepriesen!« Sie war blind, ihr Singsang hatte oft meinen Schlaf gestört und in meiner Müdigkeit hatte ich sie wie eine räudige Katze zur Hölle gewünscht. Doch jetzt ergriff mich ihre Stimme bis ins Mark. Es hörte sich an wie das Wimmern von Millionen Unberührbarer, die sich wie lebende Leichname durchs Leben quälen, sich aber nur dunkel ihres unwürdigen Daseins bewusst sind. Als das Weib mich kommen hörte, erhob sie ihre Stimme noch deutlicher. Hunger und Verzweiflung steigerten ihre Klage zu einer geradezu ergreifenden Erhabenheit. Ich legte ein Geldstück in ihre Hand und als ich weiterging, wusste ich, dass mein Kampf um Azizas Glück verloren war. Wieder hatte mich das Schicksal eingeholt. Nun wusste ich alles – diese Verräter! »Ibrahim, willst du mich lieben? Ich werde ein neues Kind von dir bekommen …« Ihre Worte lagen mir noch in den Ohren.

Plötzlich ragte das hohe Minarett der Sultan-Hassan-Moschee vor mir in den Himmel. Ich hörte die Stimme des Muezzins. Ich begriff, wie tief der Graben war, der mich von Menschen wie Aboubakr trennte. Ich achtete das Leben im Gegensatz zu ihm als ein heiliges Gut. Wie klein und gebrechlich stand ich am Fuße der gigantischen Mauern der Moschee, die mich mit ihren Wölbungen und Pfeilern überragten und aus den gleichen alten Steinen erbaut waren, wie meine antiken Vorfahren sie für die Pyramiden benutzt hatten. Stolz kam in mir auf und ich wurde ruhiger, während ich weiterging. Es zog mich zum Hospital, wo ich die Nacht verbrachte. Erst am Vormittag hatte ich wieder Dienst. Miss Wilcox fragte mich, warum Aziza nicht erschienen sei.

»Haben Sie gemerkt, wie sehr Aziza sich in letzter Zeit verändert hat?«

»Ich habe meinen Einfluss auf sie verloren. Es würde mich nicht wundern, wenn sie überhaupt nicht mehr käme.«

»Genau das habe ich erwartet«, erwiderte Miss Wilcox, »es hat keinen Sinn, diesen Fellachenmädchen mit achtzehn oder neunzehn Jahren Disziplin beibringen zu wollen. Man muss sie ihnen von der Wiege auf anerziehen, um erfolgreich zu sein. Ich hatte viele Mädchen wie Aziza und nehme an, dass sie mit einem jungen Mann weggelaufen ist, um zu heiraten.«

»Schon möglich, wer weiß?«

Ich hatte genug zu tun an diesem Tag, fürchtete aber schon den Augenblick, an dem ich nach Hause würde zurückkehren müssen. Was würde ich Aziza sagen können? Als ich aber nach Hause kam, entdeckte ich, dass sie die Wohnung mit allem, was sie besaß, verlassen hatte. Auch Aboubakrs Zimmer war leer geräumt. Ich hatte keinen weiteren Beweis nötig, um einzusehen, dass ich nun ein einsamer Tor geworden war. Sie hatten mich beide kläglich fallen lassen. Aboubakr hatte einen kleinen Brief zurückgelassen, der meinen Schmerz noch verschlimmerte.

Wenn du ein Mann wärest, wäre das nicht passiert.
Ich habe mich in Aziza schon beim ersten Mal, als ich sie sah, verliebt; und ich habe gelitten, als ich sah, dass sie Dich liebte. Nur aus Freundschaft zu Dir habe ich mich zurückgehalten. Ich wollte Euch beide glücklich sehen. Auch Du wolltest, dass sie glücklich wird, aber nicht, wie sie es sich vorgestellt hatte. Ich habe nichts mehr hinzuzufügen und werde in Zukunft mein eigenes Leben führen

Dein Freund
Aboubakr

»So viel Geschwätz um echte und unechte Liebe!«, schrieb ich auf einen Zettel und ließ ihn in einem Kuvert – adressiert an Aboubakr – vom Hausburschen zum »Café Panajotis« überbringen.

Von nun an lebte ich im Hospital unter meinen Kollegen.

Eine innere Stimme sagte mir, dass ich über kurz oder lang Aziza wieder begegnen würde – doch im Augenblick versuchte ich, sie zu vergessen. Wenn ich aber an sie dachte, was ich nicht verhindern konnte, war es nicht ohne Bedauern und bittere Selbstvorwürfe. Aber ich misstraute von nun an auch meinen Gefühlen Frauen gegenüber, die, wie es schien, größere Teufel sein konnten, als es Männer zu sein vermögen.

DAMNOURAH

Als Dr. Herman starb, wurde mir bewusst, dass ich die Wachstumsschmerzen eines angehenden Chirurgen hinter mir hatte, und ich begrüßte meine Versetzung nach Damnourah, an einen Ort, wo ich mehr Verantwortung übernehmen und möglicherweise manchen im Geheimen geschmiedeten Sanierungsplan verwirklichen konnte. Und darüber hinaus hoffte ich auch, dass meine Arbeit etwas weniger anstrengend sein würde, denn ich war wahrlich überarbeitet und manchmal so übermüdet, dass ich in jedem Augenblick in Schlaf fallen konnte. Eine eben überstandene Lungenentzündung, die mich sehr mitgenommen hatte, mochte das ihre dazu beigetragen haben.

Man erinnert sich vielleicht an den kleine Hussein, den Sohn eines Stallmeisters, der vor Jahren am Unterricht in meiner kleinen Schule teilgenommen hatte. Er war sechzehn, als er seinen Vater, der von einem Rennpferd einen Hufschlag in den Bauch bekommen hatte, zu mir in das Krankenhaus Kasr-El-Aïni brachte. Hussein hatte mich nicht vergessen, obgleich er schon abenteuerliche Dinge erlebt und die verschiedensten Erfahrungen hinter sich hatte. Sein Vater, der Stallmeister, war wirklich ein Gentleman. Nachdem ich ihn zwei Monate behandelt hatte und die üblen Folgen des Huftritts geheilt waren, bot er mir zwei Pfund an. Ich nahm das Geld und steckte es wieder zurück in seine Tasche, worauf er auf einer Seite meine Hand und auf der andern Seite die seines Sohnes ergriff.

»Oh mein Sohn!«, sagte er feierlich, »es war Allahs Wille, mich von dem gewaltigen Tritt, den mir ›Frenchy Bride‹ in den Bauch versetzt hat, zu erholen. Und es ist auch sein Wille, dass Hakim Pacha ein Mann ist mit einem großen Herzen.

Nicht einmal zwei Pfund will er nehmen von seinem dankbaren Abdel Ibrahim. Wo gibt es so einen Mann in ganz Masr? Pass auf, mein Sohn! Du hast manchem Herrn gedient, seit Hakim Pacha dich in seine Schule aufnahm – Allah beschütze ihn dafür! Hier ist dein großer neuer Herr und Meister, der Hakim Pacha, und ihm will ich dich nun anvertrauen. Du wirst sein treuer Diener sein und nach ihm schauen, als wäre er dein eigener Vater. Lass mich von deinem neuen Herrn nur Gutes hören über dich, denn sonst werde ich dir einen Tritt versetzen, der kräftiger sein wird als der von den Hufen eines guten Rassehengstes.«

Der junge Bursche schien mehr als erfreut, auf diese Weise von seinem Vater mir übergeben worden zu sein. Er küsste meine Hand, sein dunkles Gesicht strahlte vor Freude, und er beteuerte mir in einem Atemzug, er könne kochen, bügeln, Schuhe putzen, reiten und Rad fahren; er könne auch lesen und schreiben, handeln und kaufen und wenn nötig sogar für mich stehlen. Da der Junge schon im Kindergarten unter meiner Obhut gewesen war, empfand ich ganz spontan für ihn die alte Zuneigung. Ich übernahm ihn.

»Hussein«, sagte ich, »glaube nicht, dass ich ein reicher Mann bin. Ich kann dir keine großen Versprechungen machen, aber ich werde für deine Ernährung und Kleidung sorgen und nach deiner Gesundheit sehen. Und wenn du es verdienen solltest, dich auch bestrafen. Falls du lügst oder stiehlst, wird die Strafe hart sein, aber wenn ich in dir einen zuverlässigen Freund finde, wirst du es gut bei mir haben.«

Irgendwann kaufte ich Hussein eine neue *Galabieh* mit roter Schärpe und dem roten *Tarbusch* dazu und von dem Moment an war er mein *Soufragi* und folgte mir auf Schritt und Tritt. Er arbeitete und kochte für mich, schlief vor meiner Tür und betrachtete sich – ohne jedes Aufsehen – als mein Eigentum. Und mit ganz wenigen Ausnahmen hat er seine Meinung, dass ich in allem für ihn verantwortlich sei, nie geändert.

In der Zeit, als ich nach Damnourah versetzt wurde, war Hussein schon perfekt ausgebildet. Ich war töricht genug zu glauben, dass ich eine Klasse über ihm stehe und dass es richtig sei, wenn ich im Zug zweiter Klasse fuhr, während er in einem Dritter-Klasse-Abteil untergebracht war. Aber kaum hatte der Zug den Bahnhof verlassen, kam er zu meinem Abteil und setzte sich im Gang vor die Tür auf die Holzkiste, in der meine Kleider und Schuhe untergebracht waren. Ich war froh, dass er in meiner Nähe war, denn – um die Wahrheit zu sagen – ich fühlte mich sehr einsam in dieser Welt.

Mein erster Eindruck vom Hospital in Damnourah war vernichtend. Man stelle sich ein Konglomerat von einstöckigen, barackenartigen Gebäuden vor, die in der Nähe des Nils, inmitten von Feldern liegen, die monatelang überschwemmt sind. Mit eisernen Gittern vor den Fenstern und einem schmutzigen Innenhof glichen die Gebäude mehr einem Gefängnis als einer Stätte des Samaritertums. Alle Stationen waren mit leidenden Menschen überfüllt, die jammerten, schimpften oder schrien, und nicht nur der Lärm war kaum zu ertragen, sondern mehr noch der Gestank, auch wenn versucht wurde, das Ganze mit Desinfektionsmittel zu übertünchen. Und außerdem die Moskitoschwärme und Fliegenkolonien, gegen die in Wolken von Staub angekämpft werden musste! In der düsteren Leichenhalle fehlte es nie an stummen Bewohnern.

Dieses Regierungshospital war ein richtiger Schandfleck für diese wichtige Hauptstadt des Deltas mit annähernd hunderttausend Einwohnern und ein Beweis für die Unfähigkeit der Regierung, sozusagen ein Denkmal für offizielle Nachlässigkeit und politische Trägheit. Was aber vielleicht noch schlimmer war: Dieses Hospital war wahrscheinlich noch ein Palast im Vergleich zu manchen anderen Krankenhäusern in unserem Land.

Hier begann für mich nun also ein neuer Abschnitt meines Lebens, der mehr als bedrückend zu werden drohte.

Meinem neuen Chef, Dr. Kolali, wurde ich durch meinen Kollegen Dr. Maksoud vorgestellt, den ich vom Medizinstudium her kannte. Dr. Maksoud sah noch unverändert jung aus, doch sein Benehmen hatte sich deutlich verändert, seit ich ihn zuletzt gesehen hatte. »Es ist nämlich in Damnourah absolut nichts los«, erklärte er mir. »Es gibt nur das Kasino, das Kino oder Frauen, falls man überhaupt eine findet, die nicht krank ist.«

Er zögerte und hielt sich zurück, als er mich Dr. Kolali vorstellte, drängte mich nach vorne und hielt sich selbst im Hintergrund. Dies geschah kurz vor Mittag im Café des Kasinos, wo Dr. Kolali mit Freunden Karten spielte. Meinen zukünftigen Chef unter solchen Umständen kennenzulernen machte nicht gerade den besten Eindruck auf mich. Es beschlich mich das Gefühl, dass dies ein schlechtes Omen war.

Als Dr. Maksoud und ich uns dem Hospital näherten, sahen wir einen Haufen Leute – an die zweihundert, und zwar meist Frauen –, die im Staub hockten und geduldig auf Einlass warteten.

»Ist da nichts zu ändern, Maksoud? Mein Gott, schauen Sie sich das an!«

Schweigend betraten wir das Hospital, wo mir mein Zimmer angewiesen wurde, ein Barackenraum mit Gittern vor dem Fenster, einem Tisch, einem Stuhl und einem Bettgestell. Man hatte mir, noch bevor ich Kairo verließ, schon von den fürchterlichen Zuständen in Damnourah berichtet ... aber dies hier? Der Lärm aus der Prostituierten-Station nebenan, das Kläffen der scheußlichen Köter im Hof, die missmutigen Gesichter der *Tamourgis* in ihren schmutzigen Overalls, der Staub, der Gestank – dies alles trug dazu bei, meinen Anfang so entmutigend und trostlos wie möglich zu machen.

Dr. Maksoud führte mich durch die verschiedenen Gebäude, zuckte nur immer wieder mit der Schulter, hilflos und beschämt. In der Männerstation war jedes Bett belegt, während die Frauenstation fast leer war, da offenbar selbst die ärmsten Frauen vor diesem Hospital Angst hatten. Als ich zum ersten Mal durch die Station ging, richteten sich viele Frauen im Bett auf. Es fiel mir auf, dass ihre Augen mehr Angst als Schmerz ausdrückten und dass sie mich sehr genau beobachteten, um zu prüfen, ob sie durch meine Erscheinung auf meinen Charakter schließen könnten.

Die Türen zum Operationssaal standen weit offen, dunkle Blutflecken waren auf dem Steinboden zu sehen, die Glasschränke waren voller Staub, und die zum Teil rostigen Instrumente lagen überall herum.

»Wie können Sie denn hier operieren?«, fragte ich Dr. Maksoud.

»Der Inspektor war letzten Monat hier und fand, alles sei in Ordnung.«

»Welcher Inspektor? Etwa Dr. Bernard?«

Maksoud steckte sich eine Zigarette an, was mir alles sagte: Korruption!

Mein Chef, Dr. Kolali, war der Sohn eines Regierungsbeamten und gehörte einer Generation an, in der Unehrlichkeit eine Selbstverständlichkeit war. Von ihrem schäbigen Thron aus beherrschte sie ganz Ägypten. Unredlichkeit, Falschheit, Schurkerei und Gaunerei gedeihen immer noch in den juwelengeschmückten Brüsten einiger unserer berühmtesten Männer wie Wanzen in den Schlupfwinkeln eines schmutzigen Bettes. Ich brauchte nur ein paar Tage, um zu durchschauen, was um mich her alles geschah. Abourizk war der Aufseher der *Tamourgis*, ein mächtiger Bursche mit einem schwarzen Gesicht und einer messerscharfen Adlernase, wie der Schnabel eines Raubvogels. Er benahm sich in jeder Hinsicht wie der Chef des Krankenhauses. Schon von Anfang an vermutete ich, dass ich trotz meiner Autorität bei ihm nicht viel ausrichten würde. Ich befahl ihm, sofort den Schmutz in den Stationen entfernen zu lassen, und nach zwei Stunden wiederholte ich meinen Befehl, denn nichts war geschehen. Später ging ich persönlich auf die Station; ich war durch das wilde Geschrei einer Rauferei angezogen worden. Als ich dazukam, prügelte Abourizk gerade kräftig auf einen Patienten ein, und als er mich kommen sah, hörte er sofort damit auf und half dem Kranken wieder in sein Bett, als sei nichts passiert. Es wäre sinnlos gewesen, ihn zu fragen, was los war, er hätte mich doch belogen.

Eines Morgens assistierte ich Dr. Maksoud in dem Bereich für auswärtige Patienten und traf auf eine Frau, die eine sofortige Operation benötigte. Ich bat eine der Schwestern, sie im Operationssaal für mich vorzubereiten. Etwa zehn Minuten später ging ich hinüber zum OP, um die ärztlichen Vorbereitungen zu treffen, und entdeckte zu meiner großen Überraschung, dass er besetzt war. Auf dem Operationstisch lag ein Mann mit einem komplizierten Schenkelbruch. Der Knochen ragte einige Zentimeter aus dem Fleisch, und Abourizk war gerade im Begriff, ihn abzusägen. Vier Leute, angeblich Verwandte des Patienten, standen neugierig dabei und machten ihre Bemerkungen zur Operation. Ich ging sofort auf sie zu und schmiss sie wutentbrannt hinaus. Doch ich kam zu spät, um das Bein des armen Teufels zu retten.

Ich suchte Dr. Kolali, fand ihn aber nicht in seinem Arbeitszimmer. Unser Sekretär, ein seriös aussehender Mann von vielleicht fünfzig Jahren, der mit allen Wegen seines Chefs vertraut war, schickte einen Boy los, um den Doktor zu verständigen. Er kam mit der Botschaft aus dem Kasino zurück, dass der Chef um vier Uhr nachmittags zurückkommen würde. Dr. Kolali tauchte pünktlich zur versprochenen Zeit auf. Wir tranken Kaffee, das einzige Getränk im Hospital, das immer gut und frisch war. Zum ersten Mal konnte ich meinen neuen Chef genauer in Augenschein nehmen. Er war ein gutaussehender Mann mittleren Alters mit markanten, intelligenten Gesichtszügen, welligem grauen Haar und elegant gekleidet, mit perfekt polierten handgemachten Schuhen.

Eine ganze Weile saß ich in einem Sessel, während er einen Stapel Dokumente unterschrieb, die ihm der Sekretär der Reihe nach vorlegte. Er unterschrieb sie beiläufig und in aller Eile, für den Inhalt schien er sich nicht im Geringsten zu interessieren. Erst nachträglich wurde mir klar, dass er die Papiere mit kindischer Absicht so gleichgültig unterschrieb, um mit seiner Kompetenz anzugeben, wenn jemand zugegen war. Seine Eitelkeit schien allgemein bekannt. Sie war ein Symptom seines krankhaften Charakters. Schließlich fand ich auch heraus, dass es seine Gewohnheit war, mit feierlichen, riesigen Schritten vor dem Kasino auf und ab zu schreiten, in der Hoffnung, von allen bewundert zu werden. Und wenn er dann das Gefühl hatte, von jedermann gesehen worden zu sein, sprang er mit äußerster Selbstzufriedenheit die Stufen zum Kasino hinauf zu seinem reservierten Ecktisch.

Während er die unzähligen Formulare unterschrieb, die das Ministerium für Gesundheit in vielen Variationen druckt, um die riesige Bürokratie in Schwung zu halten, begann Dr. Kolali sein Gespräch mit mir. »Natürlich werde ich meine Stellung hier nicht mehr sehr lange beibehalten. Vielleicht wissen Sie, dass ich in London studiert habe? Ich bin ein Freund von Gilbert und Hollander und ich wäre nicht erstaunt, wenn das Ministerium mich gelegentlich nach Alexandria versetzen würde. Das hiesige Hospital kann leicht von einem weniger erfahrenen Kollegen geführt werden. Meine Freunde – er erwähnte zwei oder drei Pachas – wissen sehr wohl, dass es lächerlich ist, einen Mann meines Kalibers auf so einem Posten am Ende der Welt zu belassen. Meine eigene Privatklinik werde ich für zwei- oder dreihundert Pfund verkaufen. Vielleicht werde ich mich aber auch in Kairo niederlassen, wo es nur wenig gute Ärzte gibt.« So schwatzte er drauflos, bis der Sekretär die Akten zu sich nahm und damit verschwand.

»Dieser Verwaltungskram langweilt mich zu Tode«, fuhr er fort, indem er sich mir zuwandte.

»Was denken Sie übrigens über Damnourah? Nach Kasr-El-Aïni, vermute ich, werden Sie es etwas primitiv finden. Ich war vor fünfzehn Jahren selber in Kasr-El-Aïni, mein Gott!«

»Natürlich würde man in einer großen Stadt wie Damnourah ein anständiges Krankenhaus erwarten. Ich denke, dass meine Anwesenheit hier mehr als notwendig ist. Ein *Tamourgi* wie Abourizk ist untragbar!«

»Ihr Aufgabenbereich ist bereits festgelegt. Sie überschätzen Ihre Kompetenzen, Dr. Ibrahim!«

Ich beschrieb ihm im weiteren Verlauf des Gesprächs meine ersten Eindrücke im Hospital. Er hörte mir selbstgefällig zu. Ich schloss meine Kritik mit dem Vorschlag, dass eine sofortige Reorganisation notwendig sei. Er schaute mich stumpf und phlegmatisch an.

»*Cave canem!*«, dachte ich im Stillen.

»Nun, natürlich, Sie sind jung und idealistisch«, sagte er, »ich war in meiner Jugend wie Sie. Tatsächlich bewegt sich die Regierung auf eingefahrenen Gleisen und findet keinen Weg heraus. Ich habe mit allen Mitteln versucht, die Verwaltung dazu zu bewegen, die Zustände hier zu verbessern, aber – mein lieber Freund – es war unmöglich! Solange die Engländer im Lande sind, wird nichts geschehen. Abourizk«, fuhr er fort, indem er auf meine Klagen zurückkam, »ist übrigens ein sehr tüchtiger *Tamourgi*. Er kennt die Leute und ihre Wesensart und behandelt sie nach ihren Bedürfnissen. Ich wäre an Ihrer Stelle nicht so empfindlich, Dr. Ibrahim. Nehmen Sie die Dinge leichter und regen Sie sich nicht so schnell auf! Sie sollten doch inzwischen wissen, dass unsere Fellachen nicht die gleichen Empfindlichkeiten haben wie unsere gebildeten Klassen. Sie sind nicht so zimperlich, aber wie alle Primitiven übertreiben sie auch ihre Schwierigkeiten. Fragen Sie Dr. Maksoud, ob er nicht mit mir übereinstimmt. Er ist noch jung und hat dies alles in weniger als einem Jahr durch die Hospitalerfahrung gelernt.«

Dr. Kolali spielte mit dem Freimaurer-Anhänger an seiner Uhrkette und schaute dabei in einen Spiegel über dem Waschbecken, der tief genug hing, dass er sich selbst vom Stuhl an seinem Schreibtisch sehen konnte.

Mein Herz war schwer wie Blei. Mit einer Entschuldigung erhob ich mich und verließ das Zimmer, und obgleich ich nicht zurückschaute, fühlte ich, wie Dr. Kolalis Augen mich von hinten durchbohrten. Ich wusste, dass das Leben mich mit einem Mann zusammengebracht hatte, mit dem ich niemals in Einklang würde zusammenarbeiten können.

Dr. Kolali war ein typisches Beispiel für einen Beamten aus

unserer zentralistischen Kairoer Verwaltung. Statt seine Begabung, seine Kraft und Zeit der Erfüllung seiner Aufgaben zu widmen, war er hauptsächlich mit sich selbst beschäftigt und träumte nur von einem immer höheren Posten in der Verwaltung des medizinischen Dienstes, da dort die großen Brocken verteilt wurden.

Ich versuche nicht, meine eigene Qualifikation als Wissenschaftler in ein besseres Licht zu setzen, wenn ich behaupte, dass er ein schlechter Arzt und ein schlechter Chirurg war. Eitelkeit spielte eine so schwerwiegende Rolle bei ihm, dass sie alle seine Handlungen beherrschte. Er schritt in makelloses Weiß gekleidet durch die Stationen, mit dem überlegenen Ausdruck eines allwissenden Meisters. Und während ich mir beim Diagnostizieren eines Falles die größte Mühe gab, ging er mit einer vorgefassten Meinung auf den Patienten zu, hoheitsvoll, als sei er unfehlbar. Dabei brachte er es selten fertig, sich im Geiste ein Bild von einer Krankheit zu machen. Und wenn, dann waren seine klinischen Vorstellungen meist verschwommen und verwirrend. Er studierte zum Beispiel nie das Gesicht eines Patienten und schaute ihm auch nie in die Augen. Im OP operierte er nur die, welche ihn dafür bezahlten. Als ich versuchte, das ganze Drum und Dran neu zu organisieren und vor allem für bessere hygienische Verhältnisse zu sorgen, machte er meine Bemühungen durch sein eigenwilliges Vorgehen zunichte. Er operierte wie ein Metzger. Respekt für das menschliche Leben war ihm fremd. Ich erinnere mich an eine arme Frau, die zwei Tage nach der Operation eine akute Peritonitis bekam. Ich rief nach Dr. Kolali, da ich nicht befugt war, für seine Fälle Verantwortung zu übernehmen. Das arme Wesen verzog das Gesicht vor Angst und Schmerzen. Ihre Ohrläppchen waren cyanotisch verfärbt, und sie war auffallend kurzatmig. Am nächsten Morgen wurde die Frau – wie zu erwarten war – auf der Station tot aufgefunden, weil Kolali zu spät kam.

Mit einem solchen Mann als Leiter einer Klinik war es nur natürlich, dass die Korruption im Krankenhaus blühte. Regierungsvorräte wurden in mysteriöse Schachteln verpackt und durch die Fenster an einen Apotheker aus der Stadt verschachert. Auswärtige Patienten, selbst die elendesten und ärmsten Teufel, mussten bei Abourizk einen Obolus entrichten, bevor sie aufgenommen wurden, und für Medikamente mussten sie zusätzlich zahlen. Der Koch war der Handlanger der Verschwörer. Manchmal mussten die Kranken so lange hungern, bis sie dem *Tamourgi* einen Batzen Geld für ein Stück Brot, eine Schale Milch oder etwas Hühnersuppe bezahlt hatten. Abourizk hatte System in seiner Grausamkeit; für Bettlaken, Verbandsmaterial, Besuch von Verwandten, ja selbst für Trinkwasser musste bezahlt werden, und er benützte sogar die Gefängniszellen für jene Patienten, die sich laut beklagten oder ihm gar drohten.

Die Prostituierten-Station war eine wahre Goldmine. Dr. Kolali besuchte das Prostituierten-Milieu in der Stadt fast jede Woche und veranlasste die Polizei, gelegentlich ein paar der unglücklichen Geschöpfe ins Hospital zu bringen. Es hat mir fast den Magen umgedreht, mitansehen zu müssen, wie diese armen Wesen gnadenlos unter lautem Geschrei durch das Tor des Hospitals getrieben wurden und sich dabei wie wilde Tiere aufführten. Ich sah, wie eine von ihnen einem Polizisten beinahe die Nase abgebissen hätte. Die meisten von ihnen waren krank, aber natürlich hatten sie auch Geld. Dr. Kolali hielt sie in Quarantäne, und wenn auch er kein besonders intimes Interesse an ihnen zeigte, so waren die *Tamourgis* und oft auch die männlichen Patienten nur zu begierig, sich bei diesen ansteckenden »Engeln« ein kostenloses Vergnügen zu verschaffen. Dr. Kolali hatte für sie einen festgesetzten Preis. Für zwei Guineas konnten sich die Mädchen ihre Freiheit wieder erkaufen. Sie bekamen ein Gesundheitszeugnis, genossen ein paar Wochen ihrer Freiheit, nur um dann wieder von der Polizei geschnappt zu werden.

Mein Kollege Dr. Maksoud war bereits mit diesem Sündenpfuhl vertraut, als ich im Hospital ankam. Ich will es mir nicht unbedingt zu meinen Gunsten anrechnen, dass es mir gelungen ist, ihn zu retten, indem ich ein wachsames Auge auf ihn hatte und seinen Stolz aufrütteln konnte. Ich sah voraus, dass die Karriere unseres Chefs eines Tages ein schmähliches Ende nehmen würde, und meine Prophezeiung hat sich später als richtig erwiesen. Da Dr. Kolali mit Narkotika Schwarzhandel getrieben hat, kam er ins Gefängnis und verbüßt eine längere Strafe.

Dr. Kolali war nun einmal mein Vorgesetzter, an den ich mich mit meinen Beschwerden zu wenden hatte, und ich musste natürlich seine Anordnungen respektieren. Eine seiner hassenswertesten Gewohnheiten bestand darin, sich jede Nacht mit Whisky zu betrinken. Mit seinen Freunden, dem jungen Gesindel aus der Stadt, saß er meist bis zwei oder drei Uhr in der Nacht zusammen und spielte Poker in einem privaten Zimmer im Keller des Kasinos. Wenn er oder seine Freunde gelegentlich pleite waren, ließen sie die Karten liegen und verlustierten sich mit Mädchen, die durch eine Seitentür von ein paar Polizisten ins Kasino geschmuggelt worden waren.

Die Hitze war ungeheuer; während des Tages brannte die Sonne gnadenlos, und nachts konnte man kaum atmen, denn das ganze Gebiet war klamm und feucht. Wegen der Hitze sollten die Operationen schon früh um sechs Uhr beginnen, doch erst nach acht Uhr pflegte unser großer Held, Dr. Kolali, mit rot umränderten Augen und zittrigen Händen zu erscheinen. Kühl und wortlos empfing ich ihn, aber meine Verachtung schien ihn nicht zu kümmern, und er war auch nicht etwa aufgebracht, wenn ich ihn daran erinnerte, sich vor einer Operation die Hände zu waschen. Er schaute mich leichtfertig an und sagte nur:

»Warum haben Sie nicht ohne mich angefangen? Abourizk ist doch da und kann Ihnen assistieren. Wovor fürchten Sie sich?«

Ein Junge namens Omar, Stiefelputzer von Beruf, war mir in den Straßen öfters aufgefallen. Er schien sein armseliges Gewerbe mit Inbrunst auszuüben. Ich ließ ihn gern meine Schuhe putzen und war immer wieder gerührt über seine kindliche Ergebenheit. Seine Arbeit verrichtete er in einer Art priesterlicher Versunkenheit. Wenn er von Zeit zu Zeit zu mir aufschaute, war sein Blick merkwürdig traurig, als wenn mein unglückliches Volk mich durch seine Augen anblickte, ohne jede Hoffnung auf Besserung.

Dieser Junge war mir eines Tages mit der Ambulanz in die Klinik gebracht worden. Er hatte offenbar im Bahnhof nach Kunden Ausschau gehalten und war bei einem abfahrenden Zug zwischen die Räder zweier Waggons geraten.

Es ist mir nicht gegeben, abgebrüht wie manche meiner Kollegen zu werden. Im Gegenteil, je mehr Not und Jammer ich bei meiner Arbeit erleben musste, desto dünnhäutiger wurde ich, auch wenn ich meine Gefühle – wie ich glaube – unter einer Maske zu verbergen verstand. Als ich Omars Beine sah, wollte mir das Herz stehen bleiben, aber ich riss mich zusammen, ließ ihn in den Operationssaal tragen, und da nichts anderes mehr zu machen war, nahm ich sofort eine doppelte Amputation in Angriff.

Der Gedanke, dass dieses Kind von nun an ohne Beine leben musste, hat mich so erschüttert, dass ich tagelang an nichts anderes denken konnte. Omar wäre beinahe durch Wundschock gestorben, und als er sich schließlich erholte, war er ein physisches Wrack. Mit der Zeit aber entwickelte er ungeahnte Lebensgeister. Auf der Station war er den anderen Kranken geistig überlegen. Das Leben auf der Straße unter seinesgleichen hatte ihn mit einer unerschütterlichen Verachtung jeglicher Autorität ausgestattet. Er, der Tausende Schuhe von vornehmen und reichen Leuten der Stadt geputzt hatte, schnippte nur mit den Fingern über jene Männer, die von der Bevölkerung zu offenkundig verehrt wurden.

Er besaß die Schlauheit eines Fuchses, die Kühnheit des Wüstenschakals und die Skurrilität eines herrenlosen Hundes, dessen Paradies der Müllhaufen ist. Immer schon hatte er von einem Tag auf den andern gelebt, heimatlos und doch überall zu Hause; und er hatte den festen Glauben eines mohammedanischen Kindes: »Allah hat es gewollt, dass ich meine Beine verliere, und Allah ist groß und weise!«

Ich hatte es zu einer meiner Aufgaben gemacht, ein strenges Auge auf die Stationen zu haben. Mit Abourizk sprach ich nie, außer im Befehlston, und beobachtete ihn so genau wie möglich, um ihn daran zu hindern, die Patienten zu misshandeln. Ich fragte die Patienten immer wieder, ob sie irgendwelche Klagen hätten, aber da sie nie welche vorbrachten, wurde ich neugierig und wollte herausfinden, was während meiner Abwesenheit auf der Station wirklich geschah. Mich bei Dr. Kolali zu beschweren, hatte ich längst aufgegeben. Er wurde von Abourizk immer wieder an dessen Einnahmen beteiligt, und selbst kleine Summen verachtete er nicht, denn sie halfen, die Poker-Kasse im Kasino aufzufüllen.

Eines Abends ging ich durch die Stationen und fand Omar unter der bis zum Kinn hochgezogenen Bettdecke. Alle Augen folgten mir wie üblich, alles blieb aber auffallend still.

Ich merkte sofort, dass etwas nicht stimmte. Als ich zu Omars Bett kam, sah ich, dass der Junge weinte. Ich stellte ihm ein paar Fragen, erhielt aber keine Antwort; offensichtlich hatte er starke Schmerzen. Ich war überrascht, untersuchte ihn und sah, dass sein Körper mit Blutergüssen übersät war.

»Hakim Pacha«, kam eine tiefe Stimme vom Bett nebenan, »Abourizk, der Sohn von sechzig Hunden, hat den kleinen Krüppel geschlagen.«

Es erhoben sich nun auch Stimmen von den anderen Betten. Ich hatte mit der Untersuchung begonnen, als Abourizk auf der Station erschien. Ich schickte ihn hinaus, und bevor er verschwand, warf er noch jedem einen herrischen, drohenden Blick zu. Es folgte tiefe Stille im Saal. Ich ging bis an sein Ende und wieder zurück zu Omars Bett.

»Ich bin wie ein Vater zu euch allen«, sagte ich zu ihnen, »wenn es in meiner Macht stünde, würdet ihr in einem besseren Krankenhaus liegen, doch solange wir in Ägypten eine schlechte Regierung haben, werden wir auch schlechte Krankenhäuser haben.«

Ein Raunen allgemeiner Zustimmung ging durch den Saal.

»Sagt mir die Wahrheit!«, sagte ich. Zunächst war alles still, dann kam eine Stimme aus Omars Nachbarbett.

»Gibt es ein scheußlicheres Verbrechen, als einen Krüppel zu berauben und einen Jungen zu schlagen, der nicht einmal Beine hat, um davonzulaufen?« Omar setzte sich auf:

»Sie lügen«, schrie er, »glaub ihnen nicht, Hakim Pacha! Abourizk hat mich nicht geschlagen!«

Ich wusste, der Kleine sagte nicht die Wahrheit, er hatte Angst vor den Folgen; Abourizk hatte ihn natürlich geschlagen und ihn bedroht, er hatte ja Dienst auf der Station gehabt. Seine Autorität öffentlich zu untergraben war mir nicht möglich, da es nicht in meiner Macht lag, ihn zu entlassen. Ich setzte mich daher an Omars Bett, nahm ihn in die Arme und versuchte mit sanfter Stimme, ihm Mut zu machen, die Wahrheit zu sagen. Zunächst war er bockig, doch da ich geduldig darauf bestand, gab er schließlich nach und erzählte mir, dass ihn am Morgen ein Freund besucht und ihm fünfundvierzig Piaster gebracht habe, die von anderen Schuhputzern in der Stadt für ihn gesammelt worden waren. Er hatte das Geld in Stoff eingewickelt zwischen den Stümpfen seiner Schenkel versteckt, doch Abourizk hatte das beobachtet und es ihm sofort weggenommen. Ich sagte Omar, falls er wieder etwas geschenkt bekäme, solle er es mir geben, und versprach ihm, es für ihn aufzubewahren. Danach verließ ich die Abteilung und suchte Dr. Kolali auf. Ich fand ihn im Kasino und sagte, ich müsse dringend dienstlich mit ihm sprechen. Er stand unwillig auf, sichtlich irritiert durch die Störung, und ich bat ihn an einen kleinen Nebentisch.

»Effendi«, begann ich, »ich bin Ihr Kollege, und als solcher will ich mit Ihnen reden.«

»Sie sind so aufgebracht«, sagte er, »wollen Sie nicht einen Drink und sich erst einmal etwas beruhigen?«

»Ich bin in der richtigen Verfassung, ernstlich mit Ihnen zu sprechen«, fuhr ich fort, »ich brauche dazu keine weitere Beruhigung und keinen weiteren Mut. Ich verlange von Ihnen als Chef und Kollege, unseren Chef-*Tamourgi*, der untauglich ist, nicht auch nur einen Tag länger im Hospital zu belassen. Ich verlange von Ihnen seine sofortige Entlassung!« Kolali setzte sich ein wenig zurück, wie wenn er etwas Abstand gewinnen wolle, und lächelte auf seine überhebliche Art.

»Dies ist kaum der Ort, um dienstliche Angelegenheiten zu besprechen«, gab er mir mit einer überlegenen Geste zu verstehen.

»Es ist der einzige Platz, wo ich Sie mit Sicherheit finden kann.« Er warf mir einen eisigen Blick zu.

»Es gibt nichts einzuwenden gegen Abourizk, aber es scheint mit Ihnen etwas nicht zu stimmen. Noch nie ist mir ein jüngerer Kollege begegnet, der so schwierig ist wie Sie. Aber Sie wissen ja, ich bin jederzeit bereit, mir die Vorschläge eines Jüngeren anzuhören. Wir können uns morgen nochmals darüber unterhalten.«

Dann stand er auf und ging zurück zu seinem Freund, der uns so diskret wie möglich beobachtet hatte. Voller Wut verließ ich das Kasino. Ich holte aus meiner Wohnung die Peitsche aus Rhinozeroshaut, die meinem Diener Hussein gehörte, und ging damit zurück ins Hospital. Dort traf ich auf Abourizk und bestellte ihn in den OP. Ich sagte ihm, er solle mir das Geld zurückgeben, das er Omar weggenommen habe, doch er leugnete, jemals Geld gestohlen zu haben.

»Allah weiß, dass ich nie etwas gestohlen habe!«

»Du verwechselst nur anderer Leute Eigentum mit deinem eigenen.«

Ich verlor nicht meine Fassung, fühlte aber ein Vorgefühl von Wollust, das mich innerlich vibrieren ließ. Abourizk machte mir auf schmeichlerische Art Vorwürfe, ich verbringe mehr Zeit auf der Frauenabteilung als auf der Männerstation. Ich ließ ihn reden – und da er mein Schweigen offenbar als Angst auslegte, begann er schließlich, mich lauthals zu beleidigen. Nun zog ich blitzschnell den gesündesten Schweif, den je ein

Rhinozeros getragen hat, hervor, und der Zorn verlieh meinen nicht allzu starken Armen die notwendige Kraft. Ich gab dem Mann einen solchen Hieb auf den Kopf, dass er auf den Steinboden fiel. Im gleichen Raum, in dem dieser Teufel so viele Patienten gepeinigt hatte, ließ ich ihn nun die ganze Qual körperlicher Züchtigung spüren. Mit jedem Schlag erinnerte ich ihn an eine seiner Missetaten und erleichterte mein Gewissen.

Ich schlug so lange zu, bis er blutete und mich um Gnade bat. Dann hörte ich auf, blieb aber mit erhobenem Arm über ihm stehen: »Abourizk«, sagte ich, »du hast viele Wunden behandelt, jetzt geh und sieh einmal nach deinen eigenen. Dir wird noch viel Schlimmeres passieren, wenn du weiter Patienten schlägst, hungern lässt oder bestiehlst. Und jetzt steh auf! Und heraus mit dem Geld, das du dem Krüppel Omar gestohlen hast!«

Er richtete sich mühsam auf.

»*Aywah*, Doktor!«, sagte er schniefend.

»Sagen wir ein Pfund! Du gibst heute noch Omar ein Pfund zurück!«

In seinem Blick sah ich leisen Widerspruch lauern und nahm die Rhinozerospeitsche fester in meine Hand. Darauf ließ er seine Schulter in stiller Unterwerfung fallen und schluchzte:

»*Aywah*, Doktor, *aywah*!«

Ich wusch meine Hände und trocknete sie mit einem schmutzigen Handtuch. Danach befahl ich ihm, frische Handtücher zu beschaffen, den Steinboden scheuern zu lassen und dafür zu sorgen, dass am nächsten Morgen alle Stationen makellos sauber seien. Und nach alledem überließ ich es ihm, zu erwägen, ob es nicht doch besser für ihn sei, meine Befehle in Zukunft zu befolgen.

Der Zustand des kleinen *Mikassa* Omar begann sich zu stabilisieren. Er setzte sich schon auf und suchte mit seinen Beinstümpfen die Balance zu halten. Aber er hatte sich verändert. Er sah dünn und erschöpft aus, seine Augen waren groß und hohl, sein Leiden verlieh ihm einen ätherischen Ausdruck von Noblesse. Keine Verwandten, keine Seele kümmerte sich um ihn und die Zeit rückte näher, da er entlassen werden sollte. Künstliche Beine kamen für ihn nicht in Frage, sie hätten mehr gekostet, als sowohl er als auch ich hätten bezahlen können. Aber der Gedanke, dass er seinen Körper auf der Straße herumwälzen müsste, war mir unerträglich. Zunächst ließ ich ihn noch auf der Station, aber die Mitarbeiter waren dagegen – und dann kam der Tag, an dem Dr. Kolali befahl, ihn hinauszuschmeißen. Als ich mich dagegen wehrte, machte er nur seine typische, großspurige, verächtliche Handbewegung.

»Sie scheinen vergessen zu haben, dass dies ein Regierungshospital und kein Heim für Krüppel ist. Dieser Knabe ist vollkommen gesund. Er kann an jeder Straßenecke sitzen und seinen Lebensunterhalt durch Betteln verdienen. Er wird sicher einen Partner finden und mit ihm mehr Geld verdienen als mit Schuheputzen. Morgen wird er entlassen!«

Aber Omar verließ noch am gleichen Abend das Hospital. Ich ließ ihn zu einem Wagen tragen, und Hussein nahm ihn mit zu mir nach Hause. Ich hatte beschlossen, ihn eine Zeitlang bei mir zu behalten, und war bald sehr froh darüber. Ich hatte mehr Freude mit ihm, als ich mir vorgestellt hatte; er zerstreute vor allem meine melancholischen Gedanken.

Von diesem Tag an gab es in der Stadt keinen Stiefelputzer, der Geld von mir annehmen wollte. Wenn ich durch die Straßen ging, verfolgten mich diese jungen Teufel, trommelten auf ihren hölzernen Kisten, und sobald ich mich unter einem Baum niedergelassen hatte, umschwärmten sie mich und kämpften um die Ehre, mir die Schuhe putzen zu dürfen, ob sie staubig waren oder sauber. So hatte ich die glänzendsten Schuhe von ganz Damnourah.

Ich machte mir Sorgen um Omars Zukunft und beschloss, ihn im Lesen und Schreiben zu unterrichten. Hussein sollte mich während meiner Abwesenheit vertreten. Ich kaufte Papier und Farbstifte, und Omar begann mit kleinen Zeichnungen: Vögelchen, die auf Palmwedeln saßen, Pyramiden, die kreuz und quer im Wasser standen und zu stürzen drohten, weiße Segel gegen einen schwarzen Himmel, eine Familie fünf- oder sechsbeiniger Hunde, Fische mit bunten Flügeln und Esel, die auf ihren Knien rutschten.

Fünfmal am Tag ließ er sich nach vorne fallen, so mächtig war sein Glaube an Allah. Er und Hussein lasen gemeinsam den Koran, wobei Hussein nur murmelte, während Omar mit seiner hellen Knabenstimme die Verse sang – es war ergreifend.

Eines Tages fiel mir ein Sport-Magazin in die Hände. Ich blätterte darin und stieß auf das Bild eines Rollschuh-Champions. Da hatte ich einen Geistesblitz: Warum sollte sich Omar nicht auf einer kleinen Plattform fortbewegen, unter der Rollschuhe festgemacht werden? Ich bestellte in Kairo ein Paar Rollschuhe und machte in Damnourah einen Zimmermann ausfindig, der nach meinen Plänen eine kleine Plattform anfertigen sollte. Nach ein paar Tagen schon war das Gefährt fertig. Mit einem winzigen Schub raste es von einem Ende des Raumes zum anderen. Ich nahm es mit nach Hause und zeigte es Omar. Mit Husseins Hilfe setzten wir ihn auf das Ding. Dazu gab ich ihm zwei Stöckchen, mit denen er sich am Boden abstoßen konnte, und zu meiner großen Freude konnte er sich wirklich damit bewegen.

Doch nach ein paar Tagen fiel er herunter und blickte mich verzweifelt an. Ich musste ihm klarmachen, dass es einige Zeit dauern würde, bis er gelernt habe, sich auf diese neue Art zu bewegen. Tagelang übte Omar nun auf seinem Roller, bis er schließlich sein Gleichgewicht perfekt beherrschte. Nur um eine Ecke zu biegen machte ihm noch Schwierigkeiten. Um Kurven zu fahren, musste er das ganze Gewicht seines Körpers auf eine Seite verlagern, und ohne fremde Unterstützung fiel er jedes Mal herunter. Lange zerbrach ich mir den Kopf, wie ich meine Erfindung verbessern könnte. Schließlich hatte Omar selbst eine Idee. Eines Morgens drehte er das Ding um und sagte:

»Nur ein Rollschuh, Hakim Pacha! Einer genügt!«

Wir versuchten es. Ich ließ den Roller ändern und nur einen Rollschuh genau in der Mitte befestigen. Dann übergab ich das Gefährt wieder dem Jungen. Er hatte inzwischen auch gelernt, ohne Hilfe auf die Plattform zu kommen, und schon nach wenigen Minuten segelte er auf dem Steinboden meiner Wohnung mit Triumphgeheul umher. Mit dicken Seilschlingen konnte er sich am Brett festhalten.

Von diesem Augenblick an war er für mich verloren. Wie ein junges Vögelchen, dessen Flügel gewachsen waren, sich nach Freiheit in den Lüften sehnt, so strebte Omar nun auf die Straße. Schließlich gab ich nach, trug ihn hinunter und ließ ihn selber ausprobieren, ob sein kleines Fahrzeug auch hier funktionierte. Doch die Straßen waren uneben, voller Löcher, Staub und Unrat, sodass er nur schwer vorwärtskam und von der Anstrengung bald erschöpft war. Seine Hilflosigkeit schien ihm Angst zu machen, und er war erleichtert, als ich ihn wieder hinauftrug. Indessen erlaubte ich ihm aber, jeden Morgen vor Sonnenaufgang in den Straßen zu üben. Die Muskeln seiner Arme, seines Brustkorbs begannen sich zu kräftigen; ich ernährte ihn mit Fleisch, Bohnen und Zwiebeln, gab ihm Milch und Rahm, sodass sein Körper nach wenigen Wochen athletische Ausmaße annahm. Manchmal konnte man sogar fast vergessen, dass er keine Beine hatte.

Ich lebte in drei großen Räumen. Im Wohnzimmer standen ein paar Stühle, die mit gelbem, geblümtem Baumwollstoff überzogen waren. Die Teppiche waren ziemlich schäbig, mein großer Schreibtisch mit einem Durcheinander von Büchern und Papieren übersät. Ich schrieb damals Sentimentalitäten, die mir aber auf dem Weg zum Staub vorangegangen sind.

Von meinem wackeligen Balkon aus sah ich auf den Nil, auf dem die dunklen Boote mit vollen Segeln dahinglitten. Ich konnte das rege Leben am Rande des Wassers beobachten, wo die Jungen badeten, Pferde, Esel und *Gamoussas* tranken und Frauen ihr Wasser in Tontöpfen holten, die sie mit Grazie nach Hause trugen. Ein dichtes Feld roter Tomaten wuchs auf den dunklen Böschungen. Auf diesem Balkon verbrachte ich halbe Nächte mit geblähten Nüstern, um frische Luft zu schnappen. Wenn es Sommer wurde, begann der Nil anzuschwellen und rascher zu fließen, bis er die Böschungen überflutete und Straßenhöhe erreichte. Die Stadt wurde eine feuchte Backstube, und man hörte Tag und Nacht die Züge über die eiserne Brücke von Shirhin-El-Koum rollen, ein dumpfes, donnerndes Grollen.

Ich saß oft mit Freunden zusammen in einem schattigen Café unter den Bäumen am Nil. Sie waren Patrioten, wie ich, wir dürsteten nach Freiheit und lebten in der Hoffnung, eines Tages die Kontrolle über unser Land zu erhalten und dann die Dinge besser zu machen. Bei mir saß oft Mahmoud, der Direktor der höheren Schule, ein Mann von fünfundvierzig Jahren, eine ehrliche Haut mit den Händen eines Pyramidenerbauers; auch junge gebildete Leute, die von der Universität oder der technischen Hochschule kamen, lauter weltoffene Menschen, für die aber mein Land keinen Bedarf zu haben schien, denn sie fanden keine Arbeit. Auch *Omdahs* mit finsteren, harten Gesichtern und Notable aus der Provinz gesellten sich zu uns, glühende und tiefreligiöse Moslems. Nur gelegentlich sprachen sie ein paar Worte – und die waren dann meist voller Bitterkeit.

Aber oft vergaßen wir auch unsere ganzen Probleme, und ein Geist der Heiterkeit belebte uns wie eine kühle Brise aus dem Norden. Dann lachten wir von ganzem Herzen. Nirgends auf der Welt lacht man so dröhnend und herzhaft wie in Ägypten. Sorgen werden dabei überspielt. Meine Melancholie jedoch wuchs von Tag zu Tag.

Wenn ich an all dies zurückdenke, fühle ich einen schmerzlichen Aufruhr in meiner Seele. Ich ging damals durch eine Periode geistiger und physischer Einsamkeit. Möglicherweise war das physische Alleinsein am schlimmsten. Niemand, der dir Zuneigung schenkt, der für dich einen Platz in seinem Herzen hat oder der dich mit zärtlicher Hand berührt! Der Wunsch, Glück weiterzugeben, bleibt in dir aufgestaut. War wirklich niemand in dieser Welt, der bereit war, für mich die Arme auszubreiten?

Ich hatte einmal sehr intensiv von Aziza geträumt, und als ich erwachte, liebte ich sie mehr denn je. Meine Gedanken flogen zurück zu ihr in die Vergangenheit. Ich wurde von Bedauern gequält. Warum hatte ich sie meinen Händen entgleiten lassen? Weshalb war ich so töricht gewesen? Eine Sehnsucht nach ihr ergriff mich, ähnlich dem Durst eines Pilgers in der Wüste, der kein Wasser findet. Meine Sinne waren entbrannt. Aziza begleitete mich wie ein Schatten, Tag und Nacht. Zuweilen wollte ich meine Arbeit am liebsten hinwerfen, in den Zug nach Kairo steigen und sie dort suchen. Ich würde sie zurückholen, sie würde mit mir hier leben und arbeiten – und meine Frau werden! Doch ich wusste, ich musste allein bleiben, mich nur meiner Arbeit widmen! Hier brauchte man mich. Ich musste Aziza vergessen!

Eines Abends – wie könnte ich das je vergessen – saß ich mit meinen Freunden unter den Bäumen am Nil, als ich Omar auf mich zukommen sah. Er bewegte seine Arme wie ein kräftiger junger Ruderer und jauchzte jedes Mal, wenn er den Boden berührte, um sich voranzustoßen. Hinter ihm kam eine ganze Meute von Männern, Frauen und Kindern. Seine jungen Kollegen standen zunächst verblüfft da und brachen dann in wilden Jubel aus. Einer von ihnen packte Omar an den Schultern und stieß ihn in scharfem Tempo in meine Richtung. Schnell sammelten sich die Leute um ihn und bestaunten das Wunder: Omar, der *Mikassah*, der Boy, der sich so schnell wie alle andern bewegen konnte – und doch keine Beine hatte.

Nicht ohne mich zu freuen stellte ich fest, dass ich gar nicht so einsam war, wie ich mir in meinen düstersten Stunden eingeredet hatte. Alle diese Menschen kannten mich nicht nur dem Namen nach, sondern auch durch tiefere Einblicke in den Zusammenhalt, der mich mit den Ärmsten der Armen verband.

Omar nahm seinen früheren Beruf wieder auf. Sein Kästchen mit dem Schuhputzzeug platzierte er vor sich auf sein Rollwägelchen. Das Straßenleben hatte ihn bald wieder verschlungen. Sein Lieblingsplatz war vor dem Kasino, und jedes Mal, wenn ich dort vorbeikam, kam er mit kräftigen Stößen auf mich zu, legte seine Arme um meine Beine und bestand darauf, meinen Schuhen neuen Glanz zu geben.

Ein älterer griechischer Gentleman, den ich gelegentlich schon an der Nilpromenade mit einer schönen jungen Frau gesehen hatte, sprach mich eines Tages auf der Straße an.

»Entschuldigen Sie, wenn ich Sie, ohne mich vorzustellen, anspreche«, sagte er. »Darf ich Ihnen meine Karte überreichen? Jeder hier kennt meine Adresse. Ich wäre Ihnen dankbar, wenn Sie mich so bald wie möglich besuchen könnten, ich würde Sie gerne beruflich konsultieren.«

Ich hatte einen kleinen Mann vor mir mit einem großen Kopf, einer Adlernase und runden Augen hinter einer Brille. Er hieß Pierri Michaelides. Da ich auf dem Heimweg war, sagte ich ihm, wenn der Fall dringend sei, könne ich ihm sofort zur Verfügung stehen, fügte aber gleich hinzu, dass ich ein Arzt im Dienste der Regierung sei und keine Privatpraxis hätte. Er hielt ein vorbeifahrendes Taxi an und fuhr mich zu sich nach Hause, einem herrschaftlichen, von einem Garten umgebenen Gebäude im Ostteil der Stadt, wo die wohlhabenden Griechen wohnten. Mit einer liebenswürdigen Geste bat er mich einzutreten, und wir kamen in ein luxuriös eingerichtetes Zimmer. Wir nahmen Platz, doch bevor wir noch unsere Unterhaltung begannen, kam die junge Frau herein, mit der ich ihn gesehen hatte. Mr. Michaelides stellte sie mir als seine Frau vor. Sie war sicher noch keine dreißig Jahre alt. »Ich kenne Sie nur durch Empfehlungen, Dr. Ibrahim«, sagte er, »ich hörte, dass Sie im Hospital Wunder vollbringen.« Seine Worte brachten mich in Verlegenheit.

»Ich muss Ihnen gestehen, dass mein Glaube an Ärzte in letzter Zeit stark erschüttert worden ist«, fuhr er fort. »Ich habe einen Zwillingsbruder, Michaeli, er war jahrelang Mitglied an der Baumwoll-Börse; wir haben gemeinsame Besitzungen im Delta. Unser ganzes Leben haben wir zusammen verbracht und hängen sehr aneinander. Ich glaube kaum, dass es Zwillinge gibt, die sich mehr lieben als wir.«

Tränen traten in seine Augen, und er fuhr fort:

»Der arme Michaeli hat seit langem Schwierigkeiten mit seinem Kehlkopf. Zunächst schien nichts Ernstes dahinterzustecken, aber seit letztem Jahr ist es viel schlimmer geworden. Wir wären nach Europa gefahren, um den Rat eines Spezialisten einzuholen, wenn wir nicht durch einen Prozess hier aufgehalten worden wären. Ich brachte ihn deshalb zu einem Spezialisten nach Alexandria, der ihn etwa zwei Monate bei sich behandelte, doch seine Kehle wurde nicht besser. Nach ein paar Wochen begann Michaelis Hals außen anzuschwellen. Es sah wie eine böse Wucherung aus, und er verlor fast seine Stimme. Ich kann zwar nichts gegen Doktor X. sagen, aber manchmal dachten wir beide, dass vielleicht doch die Unsummen, die wir ihm für die Behandlung bezahlt haben, etwas damit zu tun haben könnten, dass Michaeli nicht gesund wird. Ich will nicht zu viel gegen Ihren Beruf sagen …«

»Es kümmert mich nicht, was Sie gegen meinen Beruf vorbringen«, sagte ich, »aber sagen Sie mir, was Dr. X. von den Beschwerden Ihres Bruders hielt.«

»Zuerst sagte er, es sei eine Geschwulst, dann schlug er vor, Dr. Kolali zuzuziehen, der einen sehr guten Ruf als Chirurg hat.« Ich lehnte mich zurück und machte mich darauf gefasst, eine bemerkenswerte Geschichte zu hören.

»Sie können sich sicher vorstellen, wie entsetzt wir waren, als man uns mitteilte, Michaeli leide an einem echten Tumor.« Und dann schrie er fast: »Die beiden werden den armen Michaeli noch umbringen!« Danach trat tiefe Stille ein.

»Ich wünsche eine Konsultation mit Ihnen, ich bin verzweifelt.«

»Haben Sie bei Dr. Kolali und Dr. X. erwähnt, dass Sie mich zu einer Konsultation bitten wollen?«

»Ja, etwa vor einer Woche.«

»Und was haben die beiden gesagt?«

»Sie waren wütend.«

»Und warum?«

»Weil ich eine neue Meinung hören wollte.«

»Aber ich fürchte, ohne die Zustimmung meiner Kollegen kann ich gar nichts tun.«

Mr. Michaelides stand auf.

»Oh, warum habe ich nur erlaubt, dass mein Bruder in die Klinik kam, um operiert zu werden? Warum nur? Er wird sterben! Er hat schreckliche Krampfanfälle, ich kann das nicht länger mitansehen. Wenn Michaeli stirbt, will ich auch sterben.«

»In welcher Klinik ist Ihr Bruder?«

»In Dr. Kolalis Privatklinik.«

»Wann wurde er operiert?«

»Vor zehn Tagen, und es geht ihm jeden Tag schlechter! Dabei habe ich Dr. Kolali dreißig Pfund bezahlt.«

Ich empfahl Mr. Michaelides, einen Spezialisten aus Kairo oder Alexandria zuzuziehen, doch er wollte nichts davon hören.

»Wir waren ja schon bei allen Spezialisten.«

»Bitte lassen Sie uns nicht noch mehr Zeit verlieren«, unterbrach ihn Mrs. Michaelides mit melodiöser Stimme, »Michaeli wird sterben, wenn nicht bald etwas geschieht. Ich werde selber mit Dr. Ibrahim zu Dr. Kolali gehen und mit ihm sprechen.«

»Falls Sie es wünschen, werde ich allein mit ihm reden und ihm sagen, es sei Ihr dringender Wunsch, dass ich hinzugezogen werde. Aber Sie dürfen nicht erstaunt sein, wenn er es ablehnt.«

Als ich etwas später das Haus verließ, kam Mrs. Michaelides mit mir hinaus:

»Ich muss Sie begleiten, Doktor«, sagte sie hastig, »ich kann diese Ungewissheit nicht mehr ertragen. Wir wünschen, dass Sie den Fall übernehmen. Mein Schwager liegt im Sterben, was kümmern mich da die Konventionen der Ärzte! Ich werde alles versuchen und veranlassen, dass Sie den Fall gleich übernehmen!«

Wir fuhren los und suchten Dr. Kolali in ganz Damnourah, und wir fanden ihn da, wo ich es am wenigsten erwartet hätte: in seinem Büro im Hospital. Mrs. Michaelides ließ sich dazu überreden, zunächst draußen im Wagen zu warten, während ich zu ihm hineinging. Zuerst ignorierte er meine Anwesenheit vollkommen, aber als er den Namen Michaelides hörte, richtete er sich auf und blickte mich starr an. Ich berichtete ihm, was geschehen war, er aber lachte nur verächtlich.

»Und was haben Sie nun vor?«

»Ich habe nicht den geringsten Wunsch, mich in Ihre Fälle einzumischen, aber diese Leute haben mir derart zugesetzt, dass ich ihnen schließlich versprochen habe, mit Ihnen zu reden.«

Ich bemerkte, dass er schrecklich nervös war.

»Verdammt nochmal!«, schrie er und schlug mit der Faust auf den Tisch, »der Mann hatte einen Tumor, wir haben seine Schilddrüse entfernt.« Bevor er weiterreden konnte, kam Mrs. Michaelides herein. Dr. Kolali stand auf und begrüßte sie mit einem höflichen Lächeln.

»Ich weiß, Sie sind gekommen, um Neuigkeiten zu erfahren«, sagte er. Dann hielt er inne und gab mir zu verstehen, dass ich mich zurückziehen sollte. Ich war schon halb draußen, als mich Mrs. Michaelides am Arm festhielt. »Bitte, Dr. Ibrahim, bleiben Sie, ich will das gleich in Ordnung bringen«, sagte sie und zog mich in das Zimmer zurück.

»Dr. Kolali«, sagte sie mit energischer Stimme, »mein Mann und ich sind in der Tat sehr besorgt, und wir haben beschlossen, darauf zu bestehen, dass wir Dr. Ibrahim noch zu einer Konsultation hinzuziehen, um eine dritte Stimme zu hören. Wollen Sie sich bitte damit einverstanden erklären?«

Kolali zögerte. Er schien die Sache zu überdenken. Schließlich zuckte er mit der Schulter und sagte in überheblichem Ton:

»Wenn Sie darauf bestehen, nun, der Patient liegt in meiner Klinik, und Sie haben ihn mir anvertraut. Ich habe keine Einwände, Dr. Ibrahim hinzuzuziehen, aber unter einer Bedingung: Falls es dazu kommt, muss er den Fall ganz übernehmen. Ich bin für nichts verantwortlich, wenn ein anderer sich in meine Behandlung einmischt – mein guter Ruf …«

Ich unterbrach ihn: »Mrs. Michaelides, es tut mir leid, aber ich kann Ihren Schwager nicht gegen den Wunsch von Dr. Kolali behandeln.« Sie beugte sich ein wenig über seinen Schreibtisch und schaute Dr. Kolali streng in die Augen:

»Sie haben keinen Grund, unsere Forderung abzuweisen«, sagte sie im Befehlston, »es sei denn, Sie haben Angst. Wenn mein Schwager stirbt, wird mein Mann vor Gericht Schadenersatz fordern.«

Kolali warf seinen Zigarettenstummel in den Aschenbecher. »Madam, Ängstlichkeit muss Ihren Mann aus dem Gleichgewicht gebracht haben. Wenn Sie sich beide so aufregen, werden Sie bald selbst eine Behandlung nötig haben. Betrachten wir den Fall doch einmal in Ruhe.«

»Werden Sie also zustimmen, dass wir Dr. Ibrahim dazubitten, oder nicht?«, fragte sie drohend.

»Sie haben ja gerade Dr. Ibrahims Ablehnung gehört«, antwortete Dr. Kolali trocken. Mrs. Michaelides wandte sich mir zu:

»Werden Sie ablehnen, wenn Dr. Kolali Sie bittet?«

»Madam«, sagte Kolali, »wollen Sie mir erlauben, mit Dr. Ibrahim allein zu sprechen?«

Ich schäme mich fast, zu erklären, was sich zwischen Kolali und mir abspielte. Zunächst setzte er sich erst einmal gewichtig nieder. »Ich weiß nicht, warum ich den Fall überhaupt angenommen habe. Diese Griechen sind gerissene Leute – ein Pack allesamt!«, sagte er und betrachtete sich dabei im Spiegel. »Dr. X. hat den Tumor diagnostiziert. Er ist ein Landsmann von Michaelides, der Familienarzt, und angeblich ein guter Diagnostiker. Ich habe den Patienten nur in seinem Auftrag operiert. Was glauben Sie, was Sie tun könnten, wenn nicht einmal ich weiß, was zu tun ist, ich habe immerhin zwanzig Jahre mehr Erfahrung als Sie. Sie würden nicht einmal wissen, welches Honorar Sie von diesen reichen Griechen verlangen können – das Ganze ist wirklich lächerlich!« Seine hochmütige, unverschämte Überheblichkeit brachte mein Blut zum Kochen, aber ich verlor meine Selbstbeherrschung nicht.

»Er hat doch Krampfanfälle?«, fragte ich mit Nachdruck.

»Sagt Ihnen das irgendetwas?«, gab Kolali zurück. Er schien auf einmal überrascht, wie ein Hund hob er den Kopf und spitzte die Ohren.

»Natürlich!«, antwortete ich, »die sind wahrscheinlich das Resultat eines Irrtums.«

Dr. Kolali sprang auf.

»Verdammt nochmal, junger Mann! Was wollen Sie damit zum Ausdruck bringen?«

»Ich werde Ihnen gar nichts Definitives sagen, bevor ich den Patienten nicht gesehen habe.«

Dr. Kolali musste nun begriffen haben, dass ich kein Dummkopf war, auch wenn er sich mir in seiner Eitelkeit haushoch überlegen vorkam.

»Was mich betrifft«, sagte ich, »so werde ich mich nicht von Ihnen aushorchen lassen. Ich wurde gegen meinen Willen hierher geschleppt, und wenn ich überhaupt hierbleibe, dann nur aus Respekt vor unserem Beruf und aus Pflichtbewusstsein. Wenn ich Ihnen bisher aus dem Weg gegangen bin und mich strikt an meine eigenen Aufgaben gehalten habe, so geschah dies nicht aus Angst vor Ihnen, sondern nur, weil ich vermeiden wollte, mit Ihnen streiten zu müssen. Jetzt aber nutze ich die Gelegenheit, Ihnen einige Wahrheiten an den Kopf zu werfen …

Sie mögen in der Krankenhaushierarchie mein Chef sein, doch Sie sind mir sonst in keiner Weise überlegen. Ich habe Sie schon aus manchen Schwierigkeiten herausgeholt. Wagen Sie nicht, das zu leugnen! Wenn Sie mich in Zukunft nicht anständiger und kollegialer behandeln und die Zustände im Hospital nicht bald verbessern, werde ich Schritte unternehmen, die Ihre Unfähigkeit unter Beweis stellen.

Wenn die Michaelides vor Gericht einen Zeugen brauchen, um zu beweisen, dass Sie der schlimmste Gauner sind, der je

Chef eines Hospitals wurde, so können sie auf mich zählen, um genügend Beweise dafür vorzubringen. Ich habe alles schriftlich aufgezeichnet, jeden Fall. Und ich habe auch lebende Zeugen. Sollte ich vorgeladen werden, so werde ich es für meine Pflicht halten, unseren Berufsstand und unser Volk von Ihnen zu befreien, selbst wenn es meinen eigenen Untergang bedeuten sollte. Ich warne Sie, Dr. Kolali!«

Ich sah, wie das Blut aus seinen Wangen wich – aus war es mit der sonst so aalglatten Eleganz! Ich machte eine Bewegung zur Tür hin. »Halt!«, sagte er – ich wartete –, und nach einer längeren Pause fuhr er fort:

»Wären Sie damit einverstanden, ein Honorar von zwei Pfund für die Konsultation von mir anzunehmen?«

Die Verworfenheit dieses Menschen schien bodenlos. Ein Glück, dass ich meine Rhinozerospeitsche nicht dabeihatte.

»Ich werde Ihnen sagen, was ich tun werde. Sollten Sie mich zu dem Fall hinzuziehen, werde ich alles versuchen, um dem Patienten zu helfen. Ich würde auch das Möglichste tun, damit Sie Ihr Gesicht wahren können, denn sonst müsste ich ja zugeben, dass ich mich schäme, Ihr Untergebener zu sein, und vor allem, weil Sie Ägypter sind.«

Ich öffnete die Tür und bat Mrs. Michaelides herein. Kolali saß auf der Tischkante, spielte mit seiner goldenen Uhrkette und sagte mit gespielter Überlegenheit:

»Wir haben uns geeinigt, Madam, Dr. Ibrahim wird Ihren Schwager untersuchen, und ich werde Dr. X. bitten, bei der Konsultation dabei zu sein.«

Eine Stunde später befand ich mich in Dr. Kolalis Privatklinik, im ersten Stockwerk eines neuen Gebäudes in der Nähe des Bahnhofs. Ich warf einen Blick in den Operationssaal, wo sämtliche Instrumente bereitlagen, die wir im Hospital vermissten.

Ich untersuchte den Patienten, der seinem Bruder erstaunlich ähnlich sah. Meine ehrenwerten Kollegen ließen mich mit dem Kranken nicht allein, aber ich hatte mit seinem Bruder und seiner Schwägerin danach ein langes Gespräch in einem Nebenzimmer. Dr. X. hatte ich beiseitegenommen und ihm mehrere Fragen gestellt, die er aber nicht beantworten konnte. Kein Wunder, denn ich hatte von Dr. Maksoud erfahren, dass Dr. X., der Hausarzt der Michaelides, lediglich mit dem Diplom seines Bruders und ein paar medizinischen Büchern im Koffer nach Ägypten gekommen war. Von der Nebenschilddrüse und ihrer Funktion hatte er keine Ahnung.

Schließlich sprach ich mit den beiden Ärzten und teilte ihnen mit, dass ein gutartiges Adenom in nekrotischem Zustand die Symptome bewirken könne, die der Patient habe. Noch während wir uns unterhielten, bekam Mr. Michaelides einen Krampfanfall, und Dr. Kolali wollte ihm sofort ein Brom-Präparat verabreichen. Ich hielt ihn zurück mit der Begründung, dass solche Mittel keine Wirkung hätten, da die Krämpfe eine Folge der von ihnen durchgeführten Entfernung der Nebenschilddrüse seien. Endlich begannen die beiden »großen Wissenschaftler« einzusehen, dass sie mit ihren Kenntnissen am Ende waren. An einem toten Punkt angelangt, konnten sie sich nun nicht mehr zur Wehr setzen. Ich ging mit ihnen in den OP, gab ihnen ganz privat eine Lektion und schlug ihnen vor, mir den Patienten für eine kleinere Operation zu überlassen, die ihre Behandlung – gemeint war das Honorar – nicht im Geringsten beeinträchtigen würde. Bei dieser Operation wollte ich dem Kranken eine ähnliche kleine Drüse einsetzen wie die, die ihm durch einen unglücklichen Irrtum entfernt worden war.

Nach einigem Palaver stimmten die beiden Doktoren zu, allerdings nicht ohne darauf zu bestehen, dass ich keine Rechnung für die Operation stellte. Sie würden mir fünf Pfund in bar aus ihrem Honorar bezahlen, falls die Operation erfolgreich sei. Wenn nicht, würde ich zwei Pfund bekommen. Zum Glück hatte ich die Rhinozerospeitsche nicht dabei!

Um weitere Diskussionen zu vermeiden und in der Hoffnung, das Leben des Griechen vielleicht retten zu können, stimmte ich ihrem verächtlichen Vorschlag zu. Sie waren sichtlich erleichtert, und wir unterrichteten alle drei Mr. und Mrs.

Michaelides von unserer Absicht. Sie waren bereit, mir eine Chance zu geben.

Wir vereinbarten einen neuen Termin, und ich jagte durch ganz Damnourah, um einen gesunden jungen Bullen ausfindig zu machen. Ich fand einen, ließ ihn von einem Metzger töten, entnahm ihm die Drüse, die ich brauchte, legte sie in warme Salzlösung und brachte sie in Dr. Kolalis Klinik. Eine Lokalanästhesie und ein paar Schnitte, ein paar Nähte mit Catgut – und damit war alles erledigt.

Innerhalb von zwei Wochen hatte sich Michaelides' Zustand gebessert. Sein Bruder wollte ihn so schnell wie möglich aus Kolalis Klinik abholen, aber erst, als ich ihm mitteilen konnte, dass kein Risiko mehr bestehe, brachte er ihn zu sich nach Hause. Der Arme war natürlich noch ein Wrack, sodass ich eine englische Krankenschwester für ihn aus Alexandria kommen ließ. Auch erklärte ich der Familie, dass, obwohl die Operation glücklicherweise gelungen sei, ihre Wirkung erst dann gänzlich eintreten könne, wenn die Drüse vom Körper vollkommen absorbiert worden sei, und dass der Patient auch danach unter ständiger ärztlicher Aufsicht bleiben müsse.

Ich erwartete, dass Kolali nun mein offener Feind sein würde, aber zu meiner Überraschung änderte sich sein Benehmen mir gegenüber zum Besseren. Er grüßte mich zuvorkommend, ließ von Zeit zu Zeit sogar ein kleines Kompliment fallen und behandelte mich nie mehr von oben herab. Als besondere Anerkennung bot er mir sogar zehn Pfund an als meinen Anteil am Honorar von Michaelides. Mein Misstrauen war deshalb nicht geringer.

Die Familie überschüttete mich mit Dankbarkeit. Als ich ihnen sagte, dass mein Honorar in dem von Dr. Kolali enthalten sei, waren sie außer sich, und da ich jede weitere Belohnung ablehnte, schickte mir Mr. Michaelides zum Dank ein goldenes Zigarettenetui, mit meinen Initialen in Diamanten.

Ein paar Worte muss ich schon sagen über den Auswurf an Medizinern, den Europa in Ägypten abgeladen hat – und Damnourah hatten sie besonders im Griff. Ich kannte zum Beispiel einen österreichischen »Gentleman«, der mit dem geklauten Diplom eines toten Doktors eine offizielle Bewilligung zur Führung einer Praxis bekam. An so manchen Häusern findet man Schilder mit ausländischen Namen, die die verschiedensten Fachgebiete anzeigen. Diesen so genannten »Doktoren« würde ich nicht einmal meinen kranken Hund anvertrauen. Die schlimmsten fremden Scharlatane, insbesondere griechische, toben sich mit ihren teuflischen Künsten auf dem Land unter den Fellachen aus. Und es gibt viele, die mit den Bauern in den Dörfern wohnen, sich als Doktoren ausgeben, sich in Wahrheit aber als Geldverleiher betätigen. Die ungebildeten Bauern lassen sich von diesen Blutsaugern dazu verführen, ihre Ernte gegen medizinische Behandlung einzutauschen; und sollten sie sich diesem Tauschhandel verweigern, zieht man sie vor den »Gemischten Gerichtshof«, und sie werden durch Gerichtsbeschluss enteignet.

Auf diese Weise ist eine Menge Land in fremde Hände geraten. Wenn die Bauern gelegentlich einmal revoltierten, zogen sich die Fremden unter die Fittiche ihrer Konsulate zurück, die es selten versäumten, sich auf die Kapitulationsverträge zu berufen. Und unsere feige Regierung gab gewöhnlich nach.

Die ägyptischen Richter, gelehrte und aufgeklärte Männer, werden nicht für fähig gehalten, diese ausländischen Verbrechen zu untersuchen und zu verurteilen. Ein Beschluss muss immer durch den Konsul jenes Landes ausgeführt werden, aus dem der Fremde jeweils stammt. Ich habe unsere Nöte einmal einer amerikanischen Freundin zu erklären versucht, wobei ihr gutes amerikanisches Herz vor Empörung in ziemlichen Aufruhr geriet – und ihr Kommentar war nur:

»Oh, Ägypten ist ein herrliches Land für schlechte Menschen, die darin zu gedeihen scheinen? Aber – so frage ich mich – ist Amerika so viel besser?«

Ich hatte am Vormittag sieben große Operationen hinter mir, zwei davon waren sozusagen »heroisch«, Operationen, wie sie ein Chirurg in Ägypten nur pochenden Herzens versuchen kann, in dem Wissen, dass er alles auf eine Karte setzen muss.

Völlig ausgelaugt ließ ich mich auf mein Bett im Krankenhaus fallen. Ich musste mich fragen, ob das Leben wirklich lebenswert ist und es nicht besser wäre, sanft und für immer einzuschlafen, statt gegen solche Missstände und gegen die eigenen Vorgesetzten anzukämpfen – zum allgemeinen Wohle zwar, aber mit so wenig Hoffnung auf Erfolg.

Plötzlich fühlte ich an meiner Seite eine eigenartige Bewegung unter der Baumwolldecke meines Bettes. Trotz meiner großen Müdigkeit sprang ich sofort auf – und gerade noch zur rechten Zeit. Eine Schlange von der giftigsten Sorte, eine Cerastes, schlängelte aus der Decke heraus und rollte sich zusammen, bereit zuzubeißen. Geistesgegenwärtig warf ich meinen Papierkorb über sie, beschwerte ihn mit ein paar Büchern und lief, so schnell ich konnte, um Chloroform zu holen. Als ich wieder in mein Zimmer kam, rüttelte das Biest den Papierkorb bedenklich hin und her. Ich hob den Korb ein wenig an und schob mit einem Stock einen mit Chloroform getränkten riesigen Wattebausch hinein. Bald ließen die Bewegungen der Schlange nach, und als ich schließlich den Korb wegnahm, war das Tier betäubt und ohne Bewusstsein. Ich wickelte es fest in ein Tuch, sodass es sich nicht mehr bewegen konnte. Ich überlegte, was ich tun konnte – sollte ich zur Polizei gehen? – Der Bürgermeister war einer der besten Freunde von Dr. Kolali – selbst wenn ich ihn hätte überzeugen können, dass jemand mir die Schlange mit Absicht auf den Diwan gelegt hatte, wen hätte ich anklagen können? Gegen niemand hatte ich irgendwelche Beweise. Abourizk hätte mir noch eher die Schlange auf den Diwan legen können als Dr. Kolali, da er vermutlich leichter an eine Schlange hätte gelangen können. Schließlich ging ich in eine Apotheke und steckte die Schlange in einen Behälter voller Alkohol. Ich stellte das Exponat auf meinen Tisch, sodass jeder, der wollte, es bewundern konnte. Als Abourizk das Reptil sah, warf er die Arme in die Luft:

»Allah hat Sie beschützt!«, rief er frömmlerisch. Ich sagte

ihm, die Schlange habe in meinen Armen auf dem Diwan geschlafen.

»Aber Allah hat mir den Namen des Mannes verraten, der mich ermorden wollte, und gesagt, es liege in meiner Macht, die Schlange jederzeit ins Leben zurückzurufen. Eines Tages wird sie den Mann töten, der sie auf mein Bett gelegt hat.«

Abourizk, der von einem finsteren Aberglauben durchdrungen war, begann vor Angst zu zittern.

»Ich war es nicht!«, schrie er ununterbrochen.

»Ich habe doch nie gesagt, das du es warst!«, sagte ich so sanft wie möglich, »aber eines Tages wird ebendiese Schlange den töten, der mich töten wollte.«

»So es Allahs Wille ist«, sagte er mit blasser Stimme.

»*Aywah*, wenn es Allah so will!«, wiederholte ich. Er schlich davon. Der Himmel hatte mich aufs Neue beschenkt.

Vor dem Tod habe ich nie Angst gehabt. Ich bin so fatalistisch wie die Moslems, und durch einen Schlangenbiss zu sterben ist kein unangenehmer Tod. Im Gegenteil, es ist der Tod einer schnellen Vergiftung. Und doch war ich froh, dass diese Hornviper mich nicht gebissen hatte, selbst wenn mir als Nachgedanke klar wurde, dass ich mein Leben vermutlich mit der Injektion eines Schlangenserums, das im Hospital immer bereitstand, hätte retten können. Ich war meinem Schöpfer dankbar, und es wurde mir bewusst, dass ich weiterleben musste, um meinen Mitmenschen, und besonders den Ärmsten, helfen zu können.

»*Galli-galli-galli!*«, intoniert der Zauberer beschwörend, wenn er Taler aus seinen Ohren zaubert, Hühner unter seinen Armen hervorzieht und Eier in die Luft wirft, die nie mehr zur Erde zurückkehren.

Eines Tages war Dr. Kolali der Zauberer: Ohne jede Vorwarnung stellte er das gesamte Hospital auf den Kopf. Ich konnte meinen Augen nicht trauen. Die Betten wurden mit frischen Laken bezogen, die Böden geschrubbt, die Wege im Hof von Unrat befreit – es gab Wolken von Staub, und die *Ta-*

mourgis sausten hin und her und besprengten alles mit Wasser. Ich erhielt den Auftrag, den Bereich der auswärtigen Patienten aufzuräumen, was ich aber ablehnte, da ich alles ohnehin immer so weit wie möglich in Ordnung hielt. Die armen kranken Prostituierten wurden von einer Polizei-Eskorte zurück in ihr schmutziges Stadtviertel getrieben, und das abgesperrte Abteil mit Wasser und Desinfektionsmitteln ausgespült. Sogar Fahnenstangen wurden in den Boden gerammt, um daran Wimpel und Fahnen aufzuhängen.

Abourizk schleppte aus Dr. Kolalis Privatklinik ein ganzes Paket »geliehener« Instrumente herbei, die ich zu meiner Überraschung entdeckte, als ich mit Dr. Maksoud um sieben Uhr in der Früh operierte. *»Galli-galli-galli!«*, dachte ich. Zum Teufel!

Wenn du wissen willst, freundlicher Wanderer, was dies alles zu bedeuten hatte, so musst du wissen, dass sich ein Kabinettsminister mit großem Stab, den Generaldirektor der Hospitäler mit eingeschlossen, zum Besuch in Damnourah angemeldet hatte, um die öffentlichen Anstalten zu inspizieren.

Die Stadt war zum Bersten voll mit grünen Fahnen. Die Hauptstraße wurde mit Wasser besprengt, der angehäufte Unrat in die Seitenstraßen geschoben und vor den Türen der Ärmsten angehäuft, von denen man sogar noch Dank erwartete. Die alten englischen Feuerwehrgeräte wurden blank poliert. Die Polizei erschien in ihren besten Uniformen, und eine Militärkapelle marschierte auf und ab, um mit ohrenbetäubender Musik die Ankunft der »Großen« zu feiern. Das offizielle Damnourah machte sich auf den Weg zum Bahnhof. Ich selbst fuhr mit meinem Kollegen Dr. Maksoud in einem Wagen, und fast der ganze Stab des Hospitals folgte uns. Die Bahnhofstraße wimmelte von Leuten.

Alle waren sie gekommen: der *Moudir*, der *Sub-Moudir*, der *Mamour*, die Offiziere, die Ärzte, Schulmeister und Schüler, Bahnbeamte, uralte *Omdahs* aus den benachbarten Dörfern, *Scheichs* in Hülle und Fülle sowie Gäste berühmter Notabler.

Aber auch der kleine Omar war da und verrichtete mit seinen Schuhputz-Kollegen sein flinkes Geschäft.

Zudem sah ich eine ungezählte Menge, Mitglieder einer achtbaren Kumpanei von Gaunern und Taschendieben, die die ganzen Raffinessen ihrer Obrigkeit besaßen, doch ohne deren Möglichkeiten zu haben.

Langsam dampfte der Zug in den Bahnhof. Die riesige grüne Lokomotive aus Birmingham schien die gewichtige Majestät zu besitzen, die dem Anlass entsprach; dahinter folgten drei Waggons, der erste ein Salonwagen, der ursprünglich aus Lincoln kam. Hunderte begannen in die Hände zu klatschen und klatschten auch immer weiter, während die Tür des Salonwagens geöffnet wurde und ein gütig wirkender Pacha ausstieg, gefolgt von andern Gentlemen, die zu einem speziellen Teppich schritten, auf dem sie mit ausgesuchter Höflichkeit von den versammelten Würdenträgern begrüßt wurden. Die Menge wich zurück und machte dem Minister und seinem Anhang Platz, die jetzt langsam dem dekorierten Warteraum zustrebten. Dort wurde ihnen sofort Kaffee angeboten, der von den Dienern des *Moudirs* auf silbernen Tabletts gereicht wurde. Es gab manchen, der nach vorne drängte, in der Hoffnung, dem Minister vorgestellt zu werden, und nichts weiter wollte, als die Mächtigen mit *Salaams* zu begrüßen. In meinem Land bedeutet es alles, einen Mächtigen persönlich zu kennen.

Ich wurde von Dr. Kolali als »Dr. Ibrahim, unser Chirurgie-Assistent« vorgestellt. Ich wechselte mit dem Minister ein paar Worte, gab dem Generaldirektor und einem Engländer vom Gesundheitsministerium die Hand, der wahrscheinlich der Einflussreichste war, obwohl er mit seiner Bedeutung nicht wichtig tat.

Mit wie viel falscher Freundlichkeit sich dieser Gentleman gegen mich benahm, wird man bei einer späteren Gelegenheit, als ich in näheren Kontakt zu ihm kam, noch erfahren.

Der Minister und seine Freunde wurden alle mit lächelnden Mienen fotografiert, und so mancher versuchte sich in die Reihen hinter ihnen zu quetschen, in der Hoffnung, sein strahlendes Gesicht mit auf das Bild zu bekommen. Schließlich schritten die staatlichen Würdenträger durch eine Kohorte von Polizeiwachen mit antiken Flinten aus Napoleons Zeiten zu den wartenden Autos und Kutschen, um in ihnen zum Regierungsgebäude zu verduften.

Ich fuhr mit Dr. Maksoud zurück zum Krankenhaus, der sich in Ekstase befand, nur weil er dem Minister die Hand hatte geben dürfen.

»Was nun, Freund Maksoud?«, sagte ich, »angenommen, wir würden die Gelegenheit beim Schopf packen, vor den Minister oder den Generalinspektor treten und ihnen erklären, was für eine schmutzige, korrupte Bude unser Hospital in Wirklichkeit ist? Früher oder später werden wir unseren Berufsstand ohnehin von dieser Pest Kolali befreien müssen. Warum tun wir es nicht gleich heute? Wir sind doch beide mutig und wünschen das Beste für unser Land?«

»Du bist verrückt, Ibrahim!«, war die Antwort, »Kolali ist mit dem Minister in einem Auto gefahren; er kennt auch den *Moudir* sehr gut. Wir wollen unsern Job doch nicht umsonst verlieren.«

Ich konnte nicht umhin, über das zögerliche Herz meines Freundes ironisch zu lächeln, doch als wir zum Hospital kamen, wurde ich wütend. Ich erwog schon in Gedanken, was ich dem Generaldirektor und dem Engländer alles sagen würde. Es kam natürlich nicht dazu …

Jeder war an diesem Tag voll beschäftigt. Die Patienten bekamen Hühnerbrühe – alles wieder *galli-galli-galli* – und noch dazu, ohne dafür bezahlen zu müssen. Oh, was für ein guter Mensch dieser Minister doch sein musste, der sie so unerwartet verwöhnte! Hühnerbrühe! Auf dem Papier gab es das ja jeden Tag – die Abrechnungen waren alle da zum Vorzeigen –, und falls zufällig ein Patient, der durch Abourizk nicht genug eingeschüchtert war, sich veranlasst sehen sollte, etwa dem Inspektor zu verraten, dass sie auf Hungerration gesetzt waren, so würde man ihn ein lügenhaftes Schwein nennen. Alle Fellachen sind Lügner, das ist doch sprichwörtlich!

Ich blieb den ganzen Nachmittag im Krankenhaus und wartete auf die Inspektion. Der Abend kam, es kam die Nacht, aber weder ein Minister noch ein Generalinspektor, noch ein Engländer erschien. Warum sollten sie auch das Hospital aufsuchen? Hatte Kolali ihnen nicht versichert, alles sei in Ordnung? Wenn man sich nicht auf den obersten Chef des Hospitals verlassen kann, auf wen denn sonst? Ich ging schließlich auf die Straße, die zum Nilufer führte, und sah, dass sich eine Menge Leute vor dem Palast eines reichen Notablen versammelt hatte. Die Polizei war auf Wachposten. Ich fragte, was hier los wäre, und man sagte mir, dass der Minister im Palast sei und dass es ein Fest gäbe. Ein Fest ist immer anziehend, *Moulachia*, Reis, Lammbraten, Truthahn, Tauben, Ochsenfleisch, Berge von frischem Gemüse, Früchte und Saisonprodukte aller Art! *Elhamdulillah!* Eine richtige, ehrenwerte ministerielle Hühner-Bouillon! Die Versammlung, sagten sie, habe politische Bedeutung. Aha, Politik! Jetzt wusste ich es! Die Wissenschaft vom menschlichen Glück!

Ich erleichterte mir das Herz bei meinen Freunden unter den Bäumen und setzte mich zu ihnen. Das Nilufer war illuminiert. Aufregung lag in der Luft.

Am nächsten Morgen, als ich aus dem OP kam, erfuhr ich, dass der Generalinspektor Dr. Kolali besucht hatte. Sie hatten Kaffee getrunken und zusammen Zigaretten geraucht, bis der Generalinspektor zum offiziellen Mittagessen im Rathaus aufbrach. Inspektion zu Ende! Keine sauberen Laken, keine Hühnerbrühe mehr! Die Zaubervorstellung – *galli-galli-galli* – verpufft!

Wir begaben uns wieder zum Bahnhof. Die gleiche Volksmenge, nur mit ein paar Polizisten mehr, da der Minister offenbar der großen Ruhe nicht traute. Er wusste, dass er sich in einem Nest nationalistischer Patrioten aufhielt. Wieder gab es genug Händeschütteln, Händeklatschen und *Salaams*. Und am nächsten Tag wurden die Prostituierten wieder zurück ins Hospital getrieben, der größte Teil der chirurgischen Instrumente verschwand wieder in Kolalis Privatklinik, das Sprengen von Wasser hörte auf, und die Abendzeitungen berichteten vom erfolgreichen Besuch seiner Exzellenz in Damnourah. Es hatte keinen Aufstand gegeben, keinerlei Schwierigkeiten; alles war in bester Ordnung verlaufen, und der Regierung war wieder einmal Sand in die Augen gestreut worden. Lasst den anwesenden Minister ruhig Lamm, Truthahn und Tauben genießen. Lasst die Regierenden lustig sein und Paläste für sich bauen. Es wird der Tag kommen, wo Lamm, Truthahn und Tauben für alle in Fülle da sein werden, so sicher, wie Gott kleine Äpfel erfunden hat.

An einem Sonntagnachmittag, als ich mich nach einer der guten Mahlzeiten von Hassan in meiner *Galabieh* auf meinem Diwan ausruhte, klingelte es an der Haustür. Ich hörte von weitem Mrs. Michaelides' Stimme in der Halle. Während ich rasch in meine Kleider schlüpfte, führte Hussein sie in mein Wohnzimmer. Sie saß in einer etwas statuarischen Haltung in einem meiner wackeligen Sessel mit den Händen über den Knien gefaltet. Sie war Iphigenie, genau wie ich sie mir vorstellte!

Ich entschuldigte mich für die Einfachheit meiner Behausung und für die Unordnung auf meinem Schreibtisch.

»Machen Sie sich nichts daraus, Dr. Ibrahim«, sagte sie, »der Luxus mit allem Drum und Dran, in dem ich lebe, bedeutet mir sehr wenig; ich liebe nur mein Klavier und meine Bücher, das ist mir genug!«

Hussein brachte uns Kaffee, und wir setzten uns auf den Balkon.

»Oh, Doktor Ibrahim, wie sehr liebe ich dieses Ägypten!« Sie begann über den schönen Blick auf den Nil zu schwärmen:

»Was gäbe ich dafür, einen solchen Blick von unserem Haus aus zu haben! Ich hoffe, es macht Ihnen nichts aus, dass ich Sie so überfalle?«

»Natürlich nicht, Madam.«

»Ich wollte Ihnen nochmal sagen, wie dankbar wir sind, dass Sie Michaelis' Leben gerettet haben.«

»Es ist mir nur gelungen, sein Leben ein wenig zu verlängern; alles Weitere liegt in den Händen des Schicksals.«

»Sie meinen in den Händen Gottes?«

»Mag sein, wer weiß …?«

»Ich hoffe, Sie werden mir nicht böse sein, wenn ich mit einer neuen Bitte, die mir sehr am Herzen liegt, zu Ihnen komme. Meine beste Freundin, Madame Nikidaides, hat einen kleinen Jungen, den wir alle sehr lieben. Wir sind ziemlich sicher, dass der Arzt, der ihn seit Monaten behandelt, sein Blut ganz allmählich mit den falschen Injektionen vergiftet. Wir wären Ihnen besonders dankbar, wenn Sie einen Blick auf das arme Kerlchen werfen würden.«

»Es tut mir leid, Madame, Ihre Bitte nicht erfüllen zu können, aber Sie wissen ja, dass meine Hände durch den Dienst bei der Regierung gebunden sind. Ich habe keine eigene Privatpraxis und kann unmöglich wieder einen Fall übernehmen, der von einem anderen Kollegen betreut wird.«

»Wenn Sie den Regierungsdienst aufgeben würden, könnten Sie eine eigene Praxis aufmachen. Mein Mann würde Ihnen nur zu gerne behilflich sein, er würde Ihnen unter die Arme greifen; sprechen Sie doch einmal mit ihm darüber!«

»Leider muss ich Ihnen sagen, selbst wenn ich geneigt wäre, den Dienst aufzugeben, was für eine Chance hätte ich denn in dieser Stadt, wo schon zahlreiche andere Ärzte sich gegenseitig den Hals abschneiden?«

»Mein Mann glaubt, dass Sie zu viel Ihrer kostbaren Zeit dem Mob von der Straße widmen.«

»Madame, unter denen, die Sie Mob nennen, findet man auch arme Teufel, die das Salz der Erde sind.«

»Sie reden wie ein Christ!«

»Ich bin Kopte, Madame; das heißt natürlich nicht, dass ich keine Toleranz für andere Religionen aufbringe, Gandhi, zum Beispiel, liebe ich besonders und bewundere ihn.«

»Ich wurde im Kloster erzogen«, sagte Heleni Michaelides, »als ich zehn Jahre alt war, starben meine Eltern, Pierri wurde mein Vormund und hielt es für richtig, mich einem Kloster anzuvertrauen. Ich fühlte mich dort wie lebendig begraben. Als ich zwanzig war, hat er mich geheiratet, ließ mich aber später trotzdem weiter Musik und Literatur studieren.«

Als Heleni Michaelides weitersprach, hatte ich Muße genug, ihre schön geschwungenen Lippen und beim Lachen ihre blitzend weißen Zähne in ihrem frischen Mund zu bewundern. Ihr prachtvolles schwarzes Haar trug sie auf antike griechische Art. Wie erfrischend war es, ihre weibliche Präsenz zu fühlen und in ein Paar glutvoller Augen zu schauen, die nicht vom Fieber einer Krankheit glänzten. Ich erinnerte mich – etwas widerstrebend –, dass ihr Mann mehr als dreißig Jahre älter war als sie und dass ich nicht umhinkonnte, sie zu bedauern.

Bevor sie ging, bat sie mich, möglichst bald zum Diner in ihr Haus zu kommen.

»Bitte, schauen Sie einmal nach dem Jungen von Madame Nikidaides. Wenn ich krank wäre, würden Sie doch auch zu mir kommen.«

»Aber natürlich, doch zum Glück scheinen Sie bei Ihrer blühenden Gesundheit keinen Doktor nötig zu haben.«

Schließlich sagte ich doch zu, mir den Jungen anzusehen, wenn Madame Nikidaides mit ihrem Liebling auch beim Diner sein würde. Es waren Helenis flehende Augen gewesen, die sich mit meinen Augen trafen und die bewirkt hatten, ihr nachzugeben, trotz einer warnenden Stimme in meinem Unterbewusstsein, auf die ich aber nicht hörte.

Nachdem sie mich verlassen hatte, war die Luft in meinen Räumen von einem köstlichen Duft erfüllt, der mich erregte. So verbrachte ich die ganzen nächsten Tage in ständiger Erwartung des Abendessens, und als es dann so weit war, war ich überrascht, wie stark mein Herz in höchst unprofessioneller Weise pochte.

Man bereitete mir einen warmen Empfang, als ich in diesem imponierenden, fast zu eleganten Haus erschien. Einige Gäste standen schon mit einem Glas Ouzo in der Hand herum. Die beiden Damen Michaelides und Nikidaides kamen auf mich zu und drängten mich gleich die Treppe hinauf; der kleine Junge sei bereits oben und warte auf mich. Er saß träumend zwischen seinen Spielsachen, und als er mich sah, erhob er sich und kam mir mit scheuen Schritten in einem schwarzen Samtanzug und weißem Spitzenkragen entgegen. Sofort fielen mir der zarte Hals, die schweren Augenlider, der große Kopf, die rachitischen dünnen Beinchen sowie die gelbliche Hautfarbe des Kindes auf. Velazques hätte möglicherweise seine Freude an ihm gehabt.

Ich setzte mich zu ihm und nahm behutsam seine kleine Hand:

»Wie heißt du denn?«

»Plato«, antwortete er mit flüsternder Stimme.

Madame Nikidaides nannte mir den Namen der Injektionen, die man ihm gegeben hatte. Ich war entsetzt, empfahl, sofort damit aufzuhören, und so fingen auch schon die Komplikationen an. Wer sollte es dem behandelnden Arzt beibringen, war die Frage.

»Oh, Dr. Ibrahim, können Sie es ihm nicht sagen?«

»Ich kann das leider nicht, Madame, ich sage Ihnen hier nur meine persönliche Meinung, vielleicht habe ich unrecht, und Ihr Doktor hat recht.«

»Ich bin sicher, er hat nicht recht!«, insistierte Madame Nikidaides.

Ich ließ den Kleinen sich hinlegen und seine magere Brust entblößen, an die ich an verschiedenen Stellen mein Ohr zum Abhorchen legte. Er begann zu husten – ein hässlicher kleiner Husten! – und ich schaute ebenfalls in seinen Hals und auf seine Zunge. Meine Diagnose stand fest.

»Bringen Sie das kleine Kerlchen in die Schweizer Berge! Er wird mit rosigen Backen – so rot wie kleine Äpfelchen – zurückkommen.«

Dies schien die Dame mit all ihren Plänen aus der Fassung zu bringen. Sie müsse sich mit ihrem Mann beraten, mit Plato senior, und sie ging, um ihn zu holen. Sein Urteil lautete, der Junge sei vollkommen gesund, lediglich seine Vitalität sei gemindert durch ein Übermaß an Zuwendung und Ängstlichkeit. Ich erwiderte:

»Mein Rat ist der einzige, den man geben kann: Es gibt in Ägypten eine Menge Schwindsucht. Selbst wenn die Schweizer Ärzte – und es gibt dort viele hervorragende Ärzte – sagen sollten, dass die Krankheit noch nicht ganz ausgebrochen ist, so kann Prophylaxe immerhin nicht schaden. Er ist jedenfalls schwach auf der Brust. Ich kann Ihnen gute Adressen für die Schweiz geben – und Sie können sich die Reise ja glücklicherweise leisten.«

Zu ihrem späteren Bedauern haben sie meinen Rat nicht befolgt.

Plato senior schien sich zu wundern, dass ein Doktor den Rat gab, einen Patienten nach Europa zu verlegen, anstatt ihn an Ort und Stelle zu behalten und sich eine Einnahmequelle zu sichern. Die Griechen sind harte Geschäftsleute; sie haben große Reichtümer in unserem Land angehäuft und sind zu einer festen Gemeinschaft in unserer Mitte geworden. Sie sind fleißige Arbeiter, ausdauernd und zuweilen auch rücksichtsloser als wir.

Der kleine Plato wurde schließlich von einem Diener in einer Kutsche nach Hause gebracht, während wir zum Diner nach unten gingen.

Unsere Gastgeber boten uns ein köstliches Mahl, sowohl das Essen wie die Getränke waren auserlesen, besonders der Wein aus Cypern. Ein Stuhl blieb unbesetzt. Herr Michaelides erklärte uns, dass dieser für seinen Bruder gedacht sei, damit er im Geiste anwesend sein könne. Er lasse sehr grüßen, es ginge ihm, dank Dr. Ibrahim, täglich besser. Es wurde hauptsächlich französisch und griechisch gesprochen und natürlich besonders viel über Geschäfte. Dabei herrschte eine lebhafte Atmosphäre.

Nach dem Abendessen ging Madame Michaelides zum Klavier, und wir hörten ihr mit großer Aufmerksamkeit zu. Der Applaus war außerordentlich herzlich. Mein Gastgeber hatte sich neben mich gesetzt.

»Ich muss gestehen, dass ich bisher wenig Gelegenheit hatte, mir große Kenntnisse über Musik und Kunst anzueignen, doch ich finde, das Spiel Ihrer Frau war vollendet.«

»Ist Heleni nicht eine außergewöhnliche Frau?«, antwortete er, »sie spricht vier Sprachen und als fünfte die Musik. Ich wünschte, ich wäre dreißig Jahre jünger. Mein Zwillingsbruder Michaeli war seinerzeit ebenfalls in sie verliebt und konnte später nie mehr eine Frau finden, die mit Heleni vergleichbar gewesen wäre. Wir hatten das Los entscheiden lassen, und ich war der glückliche Gewinner. Seitdem fühle ich mich ihm gegenüber immer ein bisschen schuldig.«

Heleni kam herüber und unterbrach unsere Unterhaltung.

»Pierri«, sagte sie, indem sie den kahlen Fleck auf seinem Hinterkopf küsste, »ich möchte Dr. Ibrahim durch das Haus führen.«

Zu meiner Freude kamen wir in eine große Bibliothek, die hauptsächlich aus Werken der klassischen Literatur auf Englisch und Französisch bestand. Sie nannte ihre Bibliothek »mein Heiligtum«.

»Aber als ich einem Priester einmal unsere Bibliothek zeigte, meinte er, diese Bücher wären Satanswerke. Ich fühle mich sehr einsam unter den Menschen hier. Gewöhnlich sind die meisten ungebildet und haben nie ein Buch gelesen. Selbst mein Mann hat kein Interesse an Kunst und Literatur und verbringt den größten Teil seiner Zeit in seinem Büro. Früher hat ihm sein Bruder geholfen, doch jetzt muss er doppelt so viel arbeiten.«

Ich selbst hatte oft den Wunsch gehabt, einen geistigen Kontakt mit jemandem zu haben, dessen Leben nicht nur aus Essen und Schlafen bestand, aus dem ewigen Philosophieren über Politik oder auch geringeren Fragen der Existenz. So war ich jedenfalls froh, auf jemanden zu treffen, der in der Literatur zu Hause war.

Madame Michaelides bot mir an, mir Bücher auszuleihen. Sie rezitierte ein paar Gedichte von Byron, Verlaine und Victor Hugo mit dem Pathos eines Geistlichen, der einen feierlichen

Text aus der Liturgie deklamiert; mit einer Hand hielt sie das jeweilige Buch, mit der anderen gestikulierte sie in der Luft. Plötzlich hörte sie jedoch abrupt auf und klappte das Buch zu.

»Wir sind nicht in Stimmung, es ist nicht der richtige Augenblick!«

Dann nahm sie aus einem der Regale einen kleinen grünen Band. »Nehmen Sie das erst mal«, sagte sie, »es ist Boccaccio. Ich werde Ihnen gelegentlich andere Bücher in Ihre Wohnung bringen. Sie können davon behalten, was Sie wollen – ich habe mindestens dreitausend Bände.«

Bevor ich ging, teilten mir meine Gastgeber zu meiner Freude mit, dass ihr Haus für mich immer offenstehe.

Während der nächsten Tage fühlte ich mich völlig aufgewühlt. Ein unbestimmtes Gefühl hatte von mir Besitz ergriffen, als ginge ich auf Flugsand.

In kürzester Zeit wurde ich ein echter Bücherwurm. Ich verschlang alles, was mir von Heleni Michaelides empfohlen wurde, und die Bücher waren außerdem ein Vorwand, sie so oft wie möglich zu treffen. Ich versuchte, die schönsten von den Gedichten zu verstehen und mir anzueignen, und fing auch an, Freude an französischer Literatur zu entwickeln.

Manchmal war leider Pierri Michaelides bei meinen Besuchen anwesend, die dadurch einen Dämpfer erhielten. Öfters allerdings machte er auch ein Nickerchen während unserer Unterhaltung.

Bis dahin hatte er seine freundliche Haltung mir gegenüber nie geändert. Doch nun entdeckte ich ein misstrauisches Stirnrunzeln, das ich zuvor nie bemerkt hatte. Seine junge Frau fand es richtiger, mich einzuladen, wenn er außer Haus in seinem Büro arbeitete. Doch an einem bestimmten Tag schien er nicht geneigt, uns allein zu lassen, und er blieb trödelnd im Haus zurück. Wir fühlten uns beobachtet und gehemmt.

Heleni beklagte sich über das moderne Griechenland, das nichts mehr mit dem Griechenland der Antike gemeinsam habe. Ich erwiderte, es sei mit Ägypten nicht anders. Der

Materialismus habe in vielerlei Hinsicht die wirkliche Kultur ersetzt und die übertriebene Bedeutung des Geldes käme noch dazu. Nationen und Zivilisationen sind wie Individuen; sterben sie aus, so bringt ihre Asche eine neue Blüte des Lebens. Die Wege des Schicksals können sehr unbarmherzig sein. War nicht die Kultur Griechenlands aus der ägyptischen entstanden?

Endlich zog sich der kleine graue Ehemann in das Krankenzimmer seines Bruders zurück, den ich auch immer noch von Zeit zu Zeit besuchte. Im Haus herrschte Stille. Wenn Pierri nicht anwesend war, verwandelte sich Heleni vollkommen. Sie blühte auf wie ein junges Mädchen. Ein heftiges Verlangen erwachte in uns, das durch Freundschaft und unsere poetischen Eskapaden allein nicht gestillt werden konnte.

Ihre zarten Lippen waren nicht nur für so prosaische Dinge wie essen und sprechen geschaffen. Darüber hinaus schien mir ihr schöner Mund wie die Pforte zu ihrer eloquenten Sprache, die den Werken der großen Dichter so überschäumend huldigten. Ihre dunklen Augen, von langen Wimpern überschattet, waren von Leben erfüllt. Ich konnte mein eigenes Ich darin erkennen, doch nicht in der Art eines Narzissus, sondern mehr wie Goethes »Fischer«: »bald zog sie ihn, bald sank er hin …«

An diesem Nachmittag befand sich das Zimmer, zum Schutz gegen die Sonne, im Dämmerlicht. Ein elektrischer Ventilator blies leichte Luftströme gegen die elfenbeinernen Statuetten von Venus und Hermes, die als kleine Reproduktionen auf dem Mahagoniregal thronten.

Wehe dem, der versucht, eine Hürde zu errichten zwischen den mächtigen Strömen gegenseitigen Begehrens! Ebenso könnte er versuchen, die Wellen eines wilden Meeres zum Stehen zu bringen, wie Alexander der Große es angeblich konnte. Heleni und ich haben an diesem Tag nicht auf dem Altar der Dichter geopfert – und auch Beethoven und Schubert hatten keinen Anteil an unseren sonstigen Huldigungen.

Plötzlich fanden wir uns in einer stürmischen Umarmung und küssten uns feurig und ungestüm.

Freundlicher Wanderer, du kannst dir sicher ausmalen, wie uns zumute war, als wir aus diesem Zustand plötzlich in Kontakt mit der Realität kamen, in Form eines verlegenen, näselnden Hustens, der von der offenen Türe kam und uns aus unserer Leidenschaft riss. Es war Pierri, der ganz ruhig und würdig, aber doch missbilligend auf uns schaute.

»Heleni«, sagte er, »ich komme nur, um dir zu sagen, dass sich Michaeli heute Nachmittag viel besser fühlt und sich freuen würde, wenn du ihm eine halbe Stunde vorlesen würdest.« Dann wandte er sich an mich: »Oh, Dr. Ibrahim! Ich schulde Ihnen eigentlich große Dankbarkeit für alles, was Sie für uns getan haben, aber da Sie selbst nun alles bezahlt haben, was ich Ihnen schuldig war, so glaube ich, unsere Rechnung ist ausgeglichen.«

Glaube nicht, freundlicher Wanderer, dass mein »literarischer Ehrgeiz« nun plötzlich zu Ende war. Zunächst verbrachte ich ein paar melancholische Stunden auf meinem Balkon, verfluchte den eifersüchtigen kleinen Ehemann und dachte darüber nach, wie ich einen Weg finden konnte, Heleni wiederzusehen. Wer würde sich jetzt um Michaelis Gesundheit kümmern? Ich konnte es kaum erwarten, ein Lebenszeichen von ihr zu bekommen …

Ein paar Tage später schickte mir der Himmel eine Botschaft in Gestalt des kleinen Omar. Auf einem seiner Schuhputz-Zickzack-Wege kam er bei mir vorbei und klopfte auf seine Werkzeugbüchse, um meine Aufmerksamkeit auf sich zu lenken. Er beschwor den Segen Allahs und erkundigte sich nach meiner Gesundheit. Ich ging zu ihm hinunter, und da ich sicher war, dass er sich in den Nil stürzen würde, wenn ich ihn darum bitten würde, so beschloss ich, ihn zu meinem Boten zu machen. Dafür aber musste ich ihm anvertrauen, dass ich den Kontakt zu einer bestimmten Lady in der Stadt aufnehmen wollte. Ich beschrieb ihm das Haus und ihre Erscheinung, aber während ich noch sprach, konnte ich bereits in seinen Augen sehen, dass er sie kannte und schon über alles Bescheid wusste. Er schwor bei seinem Augenlicht, selbst wenn er seine Arme verlieren würde, wie ehedem seine Beine, dass er so verschwiegen sei wie der Tod. Stolz richtete er sich auf, voller Freude, mir einen so wichtigen Dienst erweisen zu können. Ich schrieb eine kurze Nachricht, faltete das Blatt sorgfältig und beschwor Omar, es sicherer als alle Münzen in seinem Besitz aufzubewahren und es bei der ersten Gelegenheit auszuhändigen. Ein stolzes Lächeln flog über sein selbstzufriedenes Gesichtchen – und er sauste auf seinem Roller in übermütiger Verfassung davon.

Seine Findigkeit war meisterhaft. Als ich tags darauf nach Hause kam, saß er auf meiner Treppe. Sein Gesicht war ohne jeden Ausdruck, als er sich erhob und unter seinen Stümpfen einen Brief herauszog, so warm wie eine frische Semmel.

»Ich warte«, sagte er, tonlos wie ein Roboter, und deutete mir mit einer Handbewegung an, nach oben zu gehen. Sein Ausdruck verriet: »Lies es, und du wirst mit mir zufrieden sein!«

Der Brief sagte nur:

»Heute Abend um sieben Uhr an der Eisenbahnbrücke. Ich komme in einer Kutsche.« Keine Unterschrift.

Dort wartete ich, während die Züge über mich hinwegdonnerten. Als die Kutsche ankam, schlüpfte ich rasch hinein und fand Heleni in lauter Schleier gehüllt, wie eine ägyptische Lady. Sie warf mir einen kecken, sehr zweideutigen Blick zu, nahm meine Hand, und im nächsten Augenblick fielen wir einander in die Arme und entschädigten uns für die verlorene Zeit und die verpassten Gelegenheiten.

»Dies ist der reine Boccaccio«, sagte ich schmunzelnd.

»Nicht nur Boccaccio – höre, was Omar Khayan sagt:

Komm, füll den Becher – und in den Feuern des Frühlings,
wirf in den Wind das winterliche Kleid der Reue!«

»Das winterliche Kleid der Reue?«, fragte ich. »Wir Ägypter kennen das Wort Reue nur aus dem Wörterbuch. Lass uns den Becher füllen und uns im Feuer verbrennen!«

»Und wie steht es mit Byron?«, sagte sie, »der Griechenland und die Freiheit so sehr liebte?«

»Er ist der giftigste aller Poeten und scheint aus dir eine

Göttin der Lüste gemacht zu haben«, antwortete ich in bester Laune.

Wir beschlossen, uns in Zukunft in meiner Wohnung zu treffen – so primitiv sie auch war –, und wochenlang spendeten wir Weihrauch auf Liebesaltären, und die Außenwelt schien jede Bedeutung verloren zu haben. Dabei waren wir nicht nur damit beschäftigt, unser Seelenleben zu kultivieren, nein, die »Feuer des Frühlings« brannten in unverminderter Stärke, und das Geheimnis unseres Abenteuers spornte uns mehr und mehr dazu an, im leidenschaftlichen Zwielicht des Vergessens zu versinken.

Wir verfielen in einen Taumel des Entzückens: Es war, als ob zwei Kulturen dazu bestimmt seien, nur eine einzige zu werden. Die Wollust Afrikas sowie die Wollust Griechenlands schienen sich gefunden zu haben.

Hussein war bei diesen Anlässen immer abwesend und saß mit seinen Freunden im Café. Ein guter Ägypter missgönnt niemals einem anderen Ägypter sein Glück in der Liebe. Beinahe täglich brachte sich Omar unter meinem Balkon in Erinnerung, klopfte auf seine hölzerne Kiste und spielte Cupido und Hermes in einer Person. Zwei altersschwache Zivilisationen erlebten eine ungestüme Verjüngung während eines Frühlings der Liebe in einem unscheinbaren Haus am Nil. Öfters erschien eine tiefverschleierte Lady in einer Kutsche, huschte wie ein Schatten durch meine Türe und verschwand geräuschlos in meinem Zimmer, in dem ich ungeduldig wartete.

Ich muss gestehen, dass es Augenblicke gab, in denen mich eine seltsame Atemlosigkeit überfiel und eine geheime Stimme mir zuflüsterte: »Wie soll alles weitergehen?« Am liebsten hätte ich diese Stimme erstickt – diese Stimme der Gedemütigten, der Blutenden, der von Krankheit befallenen, der armen Teufel eben, denen ich die Treue geschworen hatte. Jeden Tag ging ich in einer Art Verzweiflung zu meiner Arbeit, ich hasste den Anblick von Blut, ich verabscheute das Stöhnen und schreckte zurück vor dem Anblick des Schmerzes. All diese Übel sind dem gesunden Menschen fremd. Instrumente und Behälter mit Desinfektionsmittel wurden mir verhasst. Und wie schwierig war es, mich meines blutigen ärztlichen Overalls täglich zu entledigen! War der seidene Morgenrock des Liebhabers nicht so viel angenehmer? Im Innersten wusste ich, dass ich meine Pflichten vernachlässigte. War die Rolle, die ich spielte, nicht unwürdig? Heleni hatte mir erzählt, wie gutherzig die Zwillingsbrüder seien und dass sie sie wie ein Kind verwöhnten. Zwar hatte sie für ihre Unabhängigkeit kämpfen müssen, aber sie respektierte sie und behielt ihr Geheimnis für sich, weil die beiden Alten ihr leidtaten und sie ihnen nicht wehtun wollte. Andererseits schien es ihr leichtzufallen, sich zu verstellen. Sie fand sich darin weit besser zurecht als ich. Ägypten hatte an so manchen Überzeugungen, wenn nicht sogar an Tugenden geknabbert, die man ihr in der Klosterschule von Alexandria beigebracht hatte. War nicht der Nimbus, der mit leuchtender Kraft die Heiligen auszeichnet, um Helenis Haupt ziemlich glanzlos? Und was hatte sie mir nicht alles über die emanzipierten jungen Mädchen in Alexandria von heute erzählt? Lieber ziehe ich einen Schleier darüber.

Die Geschichten von Boccaccio sind so wahr und modern wie in allen vergangenen Jahrhunderten. Die Welt verändert sich nur an der Oberfläche, ein paar hundert Jahre zählen kaum in der ewigen Einförmigkeit menschlicher Leidenschaften. Die besten Männer können zuweilen Narren und Dummköpfe sein. Auch das wird in alle Ewigkeit so bleiben. Eine spezielle Schwäche liegt in der Widersprüchlichkeit des Fleisches. Die Maschine, die wir Körper nennen und in der wir durch unser irdisches Leben reisen, ist fähig und bereit, aus den Schienen zu springen, Signale zu übersehen und mit anderen Körpern aufeinanderzuprallen – mit allen verheerenden Folgen.

Ich kannte einen gewissen Mohammed Assar. Als Sohn eines wohlhabenden, geachteten *Omdahs* eines großen Nachbardorfes war er ein getreuer Anhänger unserer National-Partei. Er kam zu mir ins Hospital mit den schlimmsten Kopfschmerzen, die zeitweise so heftig waren, dass der Mann beinahe verrückt wurde und sich dementsprechend benahm. Ich ließ ihn zur Ader, und da ich das Schlimmste befürchtete, schickte ich sein Blut zur Analyse in ein Laboratorium nach Kairo. Danach sah ich ihn nicht mehr und fragte auch nicht mehr nach ihm. Gibt es einen stärkeren Beweis für meine damalige törichte Verblendung? Unseligerweise war in diesem Fall meine Nachlässigkeit die Ursache von bösen Folgen.

An einem frühen Samstagmorgen, als ich mit Dr. Kolali im OP war, öffnete sich plötzlich die Tür, und einer der *Tamourgis* verkündete, dass sich vor dem Hospital eine Meute von Dorfbewohnern versammelt hätte, die die Entlassung eines Patienten verlangte. Dr. Kolali verließ sofort den OP und überließ mir den weiteren Teil der Operation.

Man konnte den Lärm von draußen hören, der mehr als bedrohlich klang. Ich traf auf einen jungen Pfleger, der mir sagte, dass die Leute die Entlassung von Mohammed Assar forderten. Man kann sich sicher mein Erstaunen vorstellen. Auf meine weiteren Fragen berichtete mir der Pfleger, dass Mohammed Assar von Abourizk in einer der dunklen Gefängniskammern eingesperrt worden war, gleich nachdem er ins Hospital gekommen sei, und keinerlei Pflege erhalten habe. Sein Vater, der *Omdah*, sei öfters gekommen, hätte Abourizk immer wieder Geld bezahlt, doch es sei ihm bis heute verwehrt worden, seinen Sohn zu besuchen.

Nun waren die Leute vom Dorf gekommen, um den Sohn des *Omdahs* zu befreien. Manche von ihnen glaubten, dass der junge Mohammed im Hospital umgekommen sei und die Ärzte Angst hätten, das zuzugeben.

So schnell ich konnte, eilte ich zur ehemaligen Gefängnis-Station. Sie war verriegelt. Ich versuchte durch die eisernen Gitterstäbe zu schauen, doch drinnen war es so finster, dass ich nichts sehen konnte. Daraufhin ging ich sofort zu Kolali. Das Rumoren der Menge wurde immer lauter. Bewaffnete Polizisten und Offiziere zu Pferd standen am Eingangstor. In Kolalis Büro befanden sich bereits Abourizk und der *Omdah*, und unmittelbar nach mir kamen vier Dorfbewohner, Brüder von Mohammed Assar, die wild gestikulierten und mit aggressiven Worten um sich warfen. Ein Polizeioffizier versuchte vergebens, sie zu beruhigen, und schließlich befahl ihnen ihr Vater mit großer Würde, Ruhe zu bewahren. Die vier nahmen auf Kolalis Sofa Platz. Auf den vornehmen Gesichtszügen des alten *Omdahs* war ein solcher Schmerz zu sehen, dass man nicht umhinkonnte, gerührt zu sein.

»Meine Söhne sind Zeugen!«, klagte er, »sie haben ihren Bruder selbst in dieses Krankenhaus gebracht und ihn hier abgeliefert, damit er von den Ärzten behandelt wird. Helfe Allah meinem armen Sohn, den ich liebe! Sein Magen ist seit Tagen leer und seine Zunge schwarz vor Durst. Was muss er alles erdulden!«

Tränen flossen in seinen grauen Bart, und seine Söhne sprangen auf, um den fast zusammenbrechenden Vater zu stützen. Dr. Kolali drehte seinen Kopf in Richtung eines Patienten, der fast unsichtbar hinter Abourizk stand.

»Hast du nicht behauptet, du habest vorgestern etwas gesehen?«

Der Patient trat vor und zeigte auf Abourizk.

»Ich habe ihn gesehen. Ich sah ihn in der dunklen Zelle des Gefängnisses, wo er Mohammed Assar gefangen hält. Ich hörte Schreie, öffnete die Tür der Zelle und schaute hinein. Dabei sah ich, wie Abourizk den armen Mohammed mit einem Stock geschlagen hat – und deshalb habe ich seinem Vater eine Nachricht geschickt.«

»Nie mehr will ich das Licht erblicken – er ist ein Lügner! Mohammed hat mich geschlagen! Sohn eines Hundes!«, schrie Abourizk.

Dr. Kolali hatte Mohammeds Aufnahmepapiere vor sich auf dem Tisch liegen. Er lächelte gelangweilt, als ob dies alles ein hoffnungsloses Missverständnis sei. Dann zeigte er plötzlich auf mich: »Hier, Dr. Ibrahim hat den Fall übernommen. Er hat angeordnet, dass Mohammed auf die alte Gefängnis-Station kommt.«

»Das ist reine Erfindung!«, beteuerte ich. Ich merkte, dass die Familie mir glaubte, und berichtete, dass ich Mohammed zwar im Hospital aufgenommen, aber niemals befohlen habe, ihn auf die Gefängnis-Station zu legen. Im Gegenteil, ich hatte sein Blut sofort zu einem Test ins Labor geschickt und angeordnet, ihn wieder in sein Dorf zu entlassen, bis der Befund da sei. Kolali fragte mich kaltblütig nach dem Resultat des Bluttests. Ich hätte es noch nicht bekommen, antwortete ich.

Er lächelte zynisch.

»Der *Omdah* klagt mich an – aber ich habe nie mit dem Fall zu tun gehabt. Sie haben den Patienten übernommen, nicht wahr?«

»Es ist deine Schuld, Abourizk!«, sagte ich und verlor beinahe meine Beherrschung, »du hast Mohammed in diese ehemalige Gefängniszelle gesperrt.« Abourizk schrie zurück:

»Sie haben es befohlen, Sie haben es befohlen!«

»Oh, hab ich das wirklich?« Ich bat Dr. Kolali, mir die Aufnahme-Unterlagen zu zeigen. Da er sie mir nicht geben wollte, machte ich ein paar Schritte nach vorne und schnappte sie ihm weg. Ich erinnerte mich, dass ich darauf geschrieben hatte. »Zu entlassen – Wiederaufnahme nach Erhalt des Blut-Tests.« Nun musste ich entdecken, dass »zu entlassen« ausradiert war und dafür »überstellen in die ehemalige Gefängnis-Station« geschrieben stand.

Ich zeigte dem *Omdah*, dem anwesenden Polizeioffizier sowie den Söhnen des *Omdah* die Unterlagen und beschuldigte Abourizk, meinen Eintrag gefälscht zu haben. Den Polizeioffizier forderte ich auf, Abourizk zu verhaften. Dieser bewegte sich jedoch nicht von der Stelle, und Kolali, der sich erhob und einen verstohlenen Blick von Selbstbewunderung in seinen Spiegel warf, sagte zu mir:

»Seit wann – darf ich fragen – haben Sie sich die Stellung des obersten Chefs des Hospitals angeeignet?« Einen Augenblick herrschte Stille. Die Menge vor dem Tor heulte vor Wut. Plötzlich drängte sich die aufgebrachte Meute durch das Tor in den Hof. Der *Omdah* verließ mit seinen Söhnen das Büro und rief von der Treppe aus seinen Dörflern zu, sie sollten das Hospital verlassen, Ruhe bewahren und auf der Straße auf ihn warten. Aber ihr Zorn war nicht mehr zu bremsen. Agenten politischer Parteien, Gift speiende Feinde des Volkes, hatten ihre Leidenschaften aufgestachelt. Sie begannen zu randalieren und warfen Steine auf die Polizisten. Die Menge war außer sich und ohne jede Kontrolle. Plötzlich hörte man Schüsse in der Straße. Polizisten hoch zu Ross kamen. Auch Polizei zu Fuß drang herein, schlug erbarmungslos um sich und jagte die Leute wieder hinaus. Die Menge zerstreute sich in alle Richtungen.

Inzwischen kam eine neue Welle von Randalierern aus der Stadt, die an dem Spektakel teilnehmen wollten, sie wurden aber von einem Polizeikordon in Schach gehalten. Indessen trat Seine Exzellenz, der Moudir, auf den Plan, schritt ohne Angst auf die Menge zu und befahl ihr, sich zu zerstreuen:

»Was ist denn los hier? Geht nach Hause! Ich werde dafür sorgen, dass Gerechtigkeit geschieht. Ich bin doch euer Vater!«

Allmählich beruhigten sich die Menschen und gehorchten den Befehlen des Moudirs, und über kurz oder lang boten das Hospital sowie die Straßen wieder das übliche Bild. Zwei Männer, die getötet worden waren, und eine Menge Verwundeter wurden ins Hospital gebracht, sodass wir voll damit beschäftigt waren, sie zu versorgen. Unterdessen begannen der Pacha, der Mamour sowie der Staatsanwalt, die alle plötzlich aufgetaucht waren, mit der offiziellen Untersuchung.

Die Särge der toten Fellachen wurden in ihr Dorf gebracht und den Verwandten übergeben. Diese Unschuldigen hatten nur die Absicht gehabt, ihren *Omdah* zu unterstützen.

Inzwischen schienen manche Polizisten zu spüren, dass sie auf der falschen Seite gekämpft hatten, und sympathisierten bereits mit den Dorfbewohnern. Einer der Offiziere versuchte sogar, mit Tränen in den Augen, die untröstlichen, aber wütenden Verwandten zu ermutigen. Die ganze Situation war ein trauriges Zeugnis des allgemeinen Zustandes unseres Landes.

Am Tor wurde ich vom diensthabenden Offizier davon unterrichtet, dass ich im Regierungssitz erwartet würde. Ich fuhr sofort hin und war nicht wenig überrascht, dass ich nur als Zeuge aufgerufen wurde. Es war offensichtlich, dass die Regierungssachverständigen die Verantwortung für die Toten und Verwundeten allein den Dorfbewohnern zuschieben wollten. Der *Omdah* und seine Söhne waren festgenommen worden – so sagte man mir, da sie allein die Rädelsführer seien. Ich bezeugte zu ihren Gunsten, dass sie vergeblich versucht hatten, den wütenden Mob zu beruhigen. Doch es gab andere Zeugen, die sie beschuldigten, den Aufruhr angezettelt und die Polizei angegriffen zu haben. Offensichtlich wollte man diese Gegner der Regierung aus dem Wege schaffen. Der maßgebliche Beamte, der in scheinbarer Unparteilichkeit die Untersuchung führte, behauptete, es gäbe keinen Zweifel, dass der *Omdah* seine Dorfbewohner mitgebracht habe, um seinen Sohn mit Gewalt aus dem Hospital zu befreien – und dies sei ein echtes Verbrechen.

»Es ist nicht unsere Aufgabe, zu untersuchen, was vorher im Hospital passiert ist«, sagte er zu mir, als ich versuchte, ihm zu erklären, was auf der ehemaligen Gefängnis-Station vorgefallen war.

»Für diese Sache ist eine andere Abteilung zuständig. Dr. Kolali wird diese Angelegenheit untersuchen.«

Ich versuchte, dem Mann klarzumachen, dass der Fall ernst genug war, um von Anfang an wieder aufgerollt zu werden, damit das Gericht nach Möglichkeit eine umfassende Kenntnis der Gründe erhielt, die zu dem Aufstand geführt hatten. Er blieb absolut halsstarrig.

»Angenommen, jemand wäre im Hospital ermordet worden?«

»Dr. Kolali würde uns sicher davon unterrichten und wir würden dann eine Untersuchung einleiten und den Mörder inhaftieren.«

Kochend vor Wut verließ ich den Regierungssitz.

Ich machte mich auf den Weg zu meinen Freunden unter

den Bäumen am Nil. Sie waren empört und entrüstet über die Niedertracht von Abourizk, der das wichtige Dokument gefälscht hatte.

Polizisten patrouillierten um das Café; sie wussten genau, dass wir zu den Patrioten gehörten, die im Grunde ihres Herzens friedlich waren. Auch wir fürchteten die Fanatiker und Lügner, die den Dolch im Gewand trugen. Wir sehnten uns nicht nach Bürgerkrieg, nicht nach Gewalt und Blutvergießen.

Es sind immer nur wenige Tyrannen in der Geschichte, die das Leben von Millionen, die nach Freiheit dürsten, erschweren. Freundlicher Wanderer, ich würde gerne mehr Gutes über mein Land schreiben, da ich nicht zu denen gehöre, die nur moralisieren und demoralisieren wollen. In unserem Zeitalter sind die antiken Götter in Staub und Asche versunken, der Teufel jagt in Luxuslimousinen um die Welt und trinkt Champagner aus goldenen Bechern. Allzu viele glauben, mit Gewalt ihre Ziele erreichen zu können statt – wie uns Gandhi lehrt – mit gewaltlosem Widerstand. Auch sollte man seine Worte beherzigen, dass Wahrheit sogar noch wichtiger ist als Freiheit.

Ich ging schließlich zurück ins Hospital, um mit Dr. Maksoud nach den Verwundeten zu sehen und mich um die allgemeinen Zustände zu kümmern. Ich fragte, wo Abourizk sei, und man eröffnete mir, dass Dr. Kolali ihn entlassen habe; er sei seitdem verschwunden.

Auf den Stationen sorgten Hühnerbrühe und eine doppelte Portion Brot für Jubel und Erleichterung … *Yasalaam!*

Als ich nach Hause kam, saß Omar gegen die Hauswand gelehnt und wartete auf mich. Er überreichte mir ein Kuvert mit einem Brief.

Lieber Dr. Ibrahim,
wir sind sehr besorgt um Sie wegen der Unruhen vor dem Hospital.
Sie werden Verständnis haben für die Reaktion eines Man-

nes, der seine Frau in einer kompromittierenden Situation überrascht. Ich war damals außer mir, aber ich glaube, ich bin zu hart mit Ihnen gewesen. Dazu möchte ich Ihnen Folgendes sagen: Sie haben das Leben meines Bruders gerettet, und unsere Dankbarkeit bleibt bestehen. Ich bin bereit, zu vergessen, was ich gesehen habe. Ich hörte von Heleni, dass Sie sehr in sie verliebt seien – sie hingegen will nur Freundschaft.
Ich bitte Sie daher, weiter nach Michaeli zu schauen, er möchte Sie unbedingt wiedersehen. Heleni und ich werden nicht da sein, wenn Sie Michaeli besuchen.
Geben Sie uns bitte ein Lebenszeichen.

Ihr getreuer Freund
Pierri Michaelides

In meinem Innern herrschten Dunkelheit und Zweifel. Ich versuchte, in möglichst großer Klarheit über alles nachzudenken, was in der letzten Zeit geschehen war. An Schlaf war nicht zu denken, da meine innerste Stimme sich mit unbarmherziger Härte gemeldet hatte. Ein vollkommener Bruch mit Heleni schien unvermeidlich, falls ich sie überhaupt jemals wiedersehen sollte.

Aber was konnte ich Pierri antworten? Ich entschloss mich schließlich, ihm durch Hussein einen Brief überbringen zu lassen. Darin versicherte ich ihm meine Dankbarkeit für die freundlichen Worte, die er mir geschrieben hatte. Ich berichtete, dass mir glücklicherweise bei dem Aufruhr nichts passiert sei, ich aber durch die Betreuung der vielen Verwundeten im Hospital völlig überarbeitet sei. Wenn er es wünsche, würde ich selbstverständlich jederzeit nach seinem Bruder Michaeli schauen. Ich hoffe sehr, dass es ihm noch so gut gehe wie das letzte Mal, als ich ihn besucht hatte.

Mir aber wurde auch meine Unfähigkeit bewusst, in meiner unbedeutenden Position das Geringste ändern zu können. Meine Widerstandskraft ließ langsam nach, und es wurde für mich immer schwieriger, meine mir selbst auferlegte Disziplin aufrechtzuerhalten.

Ich entschloss mich daher, einen Bericht an den Innenminister zu schreiben. Ich hatte wenig oder so gut wie keinen Kontakt zu einflussreichen Persönlichkeiten. Meine Vorgesetzten im Gesundheitsministerium kannte ich kaum. Wie konnte ich es also ganz allein fertigbringen, Kolali aus dem medizinischen Dienst entfernen zu lassen? Eine medizinische Gesellschaft oder ein sonstiges Gremium gab es nicht, es gibt so etwas bis zum heutigen Tag nicht! Es blieb also eine Sache zwischen mir allein und der Behörde. Die Tatsache, dass Abourizk verschwunden war, hieß nicht, dass er nicht auf Rache sann und nicht mehr gefährlich war.

Ich schrieb über die Erpressung von Patienten und die Art, wie man ihnen Geld abnötigte. Ich klagte an, dass Morphine, Kokain und andere Drogen an Agenten in der Stadt verschoben wurden, dass Unterlagen und Dokumente gefälscht worden waren, und berichtete über mehrere kriminelle Fälle, bei denen Patienten durch Unwissenheit und mangelndes Können von Ärzten sterben mussten oder durch Stockschläge beinahe zu Tode kamen. Die Liste wurde so umfangreich, dass ich meine Notizen, die ich mir täglich gewissenhaft gemacht hatte, dazu benötigte. Aber ich musste mit Entsetzen feststellen, dass die Schublade meines Schreibtischs aufgebrochen worden war. Alles, was mir sehr geholfen hätte, war verschwunden! So musste ich ohne meine Aufzeichnungen auskommen. Ich vermied im Allgemeinen Namen in meiner Klage – außer Abourizk und Kolali –, hielt mich aber sonst strikt an die Tatsachen.

Mit Dr. Maksoud hatte ich eine Besprechung, bei der ich ihm meinen Bericht vorlas. Er bestätigte, dass jedes Wort darin wahr war, doch als ich ihn bat, seine Unterschrift darunter zu setzen, änderte sich seine Gesichtsfarbe, und er sagte:

»Ibrahim, Sie riskieren Ihre Stellung!«

»Und wenn schon! Ich lebe lieber unter Fellachen als unter diesen Bedingungen hier.«

»Kolali war über dreißig Jahre im Regierungsdienst und kennt alle Leute von der Spitze bis zur Basis.«

»Umso mehr ein Grund, ihn loszuwerden.«

»Er ist ein alter Freund des Generaldirektors.«

»Dann wollen wir den und alle Übrigen, die damit zu tun haben, auch loswerden.«

»Dann können Sie ja gleich die ganze Regierung zum Teufel jagen.«

»Ich wäre auch dazu bereit, wenn es sein müsste. Setzen Sie Ihren Namen darunter, Maksoud! Es geht auch um unser Volk.«

»Ibrahim«, sagte er, »ich habe schwer gekämpft, um Arzt zu werden, und war noch ärmer als Sie, als ich damit anfing. Bis hierher zu kommen, war harte Arbeit für mich, und ich hoffe, noch weiter zu kommen. Wie kann ich denn unserem Volk von Nutzen sein, wenn ich in diesem Stadium meiner Karriere aus dem Dienst entlassen werde? Wir beide können mehr erreichen, wenn wir bleiben und auf der Leiter höher steigen.«

Ich klopfte Maksoud leicht auf die Schulter und steckte meinen Bericht wieder in die Tasche.

»Falls es eine offizielle Untersuchung geben sollte, werde ich natürlich die Wahrheit sagen. Ich werde jede Frage beantworten.«

Seine letzten Worte habe ich kaum noch gehört – er wollte also nicht unterschreiben!

Ich adressierte den Bericht in einem offiziellen Briefumschlag an »Seine Exzellenz, den Minister des Inneren« und brachte ihn persönlich zur Post. Da ich keine Ahnung von komplizierten Verwaltungsangelegenheiten hatte, war ich sehr zufrieden mit meiner Beschwerde. Ich glaubte, alles richtig gemacht zu haben, und war erleichtert. Doch ich irrte mich: Die Dinge entwickelten sich im Gegensatz zu meinen Erwartungen völlig anders. Ich wartete ein paar Tage ab, doch nichts Aufsehenerregendes geschah!

Dann reiste Dr. Kolali eines Tages nach Kairo. Bevor er abfuhr, trafen wir aufeinander, und er durchbohrte mich mit seinen Blicken. Dann grinste er höhnisch, zuckte nur mit den Schultern und ging, ohne ein Wort zu sagen.

Während Kolalis Abwesenheit hatte ich die Leitung des Hospitals zu übernehmen. Waheebah, die Oberschwester, war beinahe zu Tränen gerührt, als sie mich im Chefbüro sitzen sah. Mir tat es gut, endlich einmal Verantwortung zu haben.

»*Inschallah!* Mögen Sie für immer hier sitzen!«, sagte sie.

Doch Kolalis Abwesenheit war nur von kurzer Dauer. Ich war auf der Männerstation beschäftigt, als er in seinem makellosen weißen Overall wieder auftauchte, um mich davon in Kenntnis zu setzen, dass am nächsten Tag ein Inspektor kommen würde.

Der Inspektor erschien pünktlich in Gestalt von Dr. Bernhard, dem Engländer, den ich beim Empfang des Ministers am Bahnhof zuvor schon kennengelernt hatte. Ich war, wie üblich, auf einer Krankenstation beschäftigt, als er mit seinem pflaumenfarbenen, jovialen Gesicht an mir vorbeischlüpfte. Er befand sich in Kolalis Gesellschaft und machte offenbar mit ihm einen »offiziellen« Rundgang. Dann kam er lächelnd auf mich zu.

»Hallo, Dr. Ibrahim! Wir sind uns doch schon einmal begegnet, nicht wahr?«

»Hallo, Dr. Bernhard. So ist es!«

Wir gaben uns die Hand, und er legte eine Hand auf meine Schulter – etwas zu schwer für meinen Geschmack. Kolali verzog verächtlich seinen Mund. Eine Konversation fand zunächst nicht statt – die beiden Herren gingen einfach weiter. Ich kam mir machtlos vor. Nicht aus Angst vor Dr. Bernhard oder jedem anderen Engländer, sondern weil seine Anwesenheit eine Demütigung für mich war. Ich hasse die Engländer ja nicht, persönlich schätze ich sie sogar. Ich missbillige nur ihre dominierende Stellung in unserem Land. Eine ägyptische Regierung schickte mir als Antwort auf meine Klageschrift über ägyptische Verhältnisse einen Engländer! Zugegeben: Dr. Bernhard war als Person durchaus umgänglich – doch änderte dies nichts an der Situation.

Sein Benehmen war herablassend und seine Ausdrucksweise nicht gerade von der alten Schule.

»Oh, Sie sind noch beschäftigt! Ein interessanter Fall, wie?« So plapperte er etwa eine Minute lang.

»Wollen wir nicht in mein Zimmer gehen?«, bat ich ihn. Ich ging voraus, bestellte Kaffee und bot ihm Zigaretten an. Er zog aus seiner Tasche eine Flasche Brandy.

»Picheln ist billig, heutzutage! Mein lieber Freund! Was haben Sie für einen Mist gemacht, als Sie Ihren Bericht an den Innenminister adressiert haben? Da hätten Sie ja gleich zum Premierminister gehen können!«

»Ich wollte sicher sein, dass er am richtigen Ort landet.«

Dr. Bernhard lächelte.

»Zufällig ist er am richtigen Ort gelandet – nämlich bei mir. Er wurde mir vom Minister selbst übergeben, mit dem Vermerk: *non reçu*. Das will sagen, offiziell hat er ihn nie erhalten. Nun habe ich damit zu tun.«

»Gut, dann wollen wir wie Freunde darüber reden. Ich werde Ihnen alle Informationen geben, die Sie benötigen. Und ich werde Ihnen sehr dankbar sein für jede kleine Hilfe, die ich von Ihnen bekommen kann.«

»*Well, well*«, sagte er, indem er boshaft mit den Augen rollte, »wir wollen ganz offen reden. Mir scheint, Sie legen sich eine Bedeutung zu, die durch Ihre Stellung keineswegs gerechtfertigt ist.« Da er keine Antwort von mir erhielt, fuhr er fort:

»Was hat Sie zu solchen Anschuldigungen gegen Ihren Chef und Ihre Kollegen veranlasst?«

»Um das gleich von vornherein klarzustellen: ich weigere mich, Kolali als meinen Chef und Kollegen anzuerkennen. Wenn ich ihm diese Ehre erweisen würde, hätte ich niemals solche Vorwürfe gegen ihn vorbringen können. Aber meine ganzen Anschuldigungen beruhen auf Tatsachen, und was ich getan habe, geschah aus Verantwortungsgefühl für unsern medizinischen Dienst und für die Ehre unseres Berufs!«

»Aber, mein guter Mann, Sie können doch nicht in dieser Weise die Zügel schießen lassen über alle unsere Regeln und Vorschriften«, sagte Dr. Bernhard, offensichtlich außer Fassung. »Wenn jeder mit derartigen Klagen ins Haus fallen würde wie Sie, lieber Gott, was hätten wir da für eine Unordnung! Wussten Sie denn nicht, dass Sie sich mit Klagen an das Gesundheitsministerium zu wenden haben?«

»Oh ja, das wusste ich. Aber meine ganz speziellen Klagen sollten eigentlich eher direkt einem öffentlichen Richter vorgelegt werden, meine ich.«

»Sind Sie übergeschnappt, alter Knabe? Vergessen Sie nicht, dass Sie doch nur ein Doktor sind!«

»Ja, das bin ich, ein ägyptischer Doktor, einer der unzähligen ägyptischen Ärzte, die vergeblich auf Gerechtigkeit warten!«

Dr. Bernhard schien einigermaßen verdutzt und schüttelte nur den Kopf. »Sie sind einer von der jungen Generation, nicht wahr? Weshalb mischen Sie sich unter diese Fanatiker in der Stadt? Sie sind doch Wissenschaftler. Sie wissen doch genau, dass wenn man diese Ihre so genannten Freunde sich selbst überließe, sich alles zum Schlimmeren wenden würde. Ich war zwanzig Jahre in Fernost, und ich weiß, wovon ich rede. Wenn Sie in England studiert hätten, würden Sie mir sicher zustimmen können.«

Er holte tief Luft.

»Guter Mann, ich muss Ihnen schon auch sagen, dass ich Ihr Vorgesetzter bin. Und ebenso Dr. Kolali! Sie wissen vielleicht nicht, dass er einen hohen Rang im Regierungsdienst innehat. Ich kann keine Gründe erkennen, weshalb Sie ihn loswerden wollen.«

»Man könnte denken, Sie hätten meinen Bericht nicht gelesen! Kolali ist unwürdig, Chef von irgendeinem Hospital zu sein. Ich halte jede Anklage gegen ihn aufrecht, gegen ihn und Abourizk, den Chef der *Tamourgis*, der mit ihm unter einer Decke steckt. Kolali weiß ganz genau, dass nicht eine Spur von Recht auf seiner Seite ist. Er mag zwar überzeugend wirken, klug wie er auf seine schändliche Art ist, aber ich hatte mir doch vorgestellt, dass Sie ihn durchschauen würden. Wenn das Ministerium nicht ohne ihn auskommt, so ist es Ihre Sache.

Aber ich will nicht für Dr. Kolali oder andere den Kopf hinhalten.«

»Quatsch! Alter Knabe, Sie haben unrecht und sind unerfahren … Wenn Sie mit Dr. Kolali ein offenes freies Gespräch über den *Tamargi* geführt hätten, so hätte er Ihnen sicher manches erklären können, von dem Sie glauben, dass es nicht in Ordnung ist. Und Sie wissen ja selbst, wie schwierig es ist, gute männliche Krankenpfleger zu bekommen – man muss ihnen eine ziemlich lange Leine lassen.«

»Sie scheinen nur den Worten Kolalis glauben zu wollen.«

»Ich erwarte nicht, dass Sie meinen Standpunkt verstehen, und Sie sind auch nicht in der Lage dazu, da wir zu zwei verschiedenen Denkschulen gehören. Sie sind nicht der erste widerspenstige Doktor, mit dem ich im Dienst zu tun habe. Aber trotzdem, ich werde fair mit Ihnen sein. Ich mache Ihnen nur zum Vorwurf, dass Sie die Regeln des Dienstes nicht beachtet haben. Ob Ihre sonstigen Klagen richtig oder falsch sind, hat damit nichts zu tun. Darum kümmern wir uns zu gegebener Zeit. Für den Augenblick lenke ich Ihre Aufmerksamkeit lediglich auf die Tatsache, dass es Ihre persönliche Verantwortung ist, gegen die Regel verstoßen zu haben. Und das ist ein Disziplinarvergehen.«

Einen Augenblick lang schien Dr. Bernhard zu grübeln. Vielleicht glaubte er, seinen Pflichten nicht genügend nachgekommen zu sein. Er war in ein System verstrickt, das ihn nichtsahnend in seinen Klauen hielt. Jedenfalls wollte er seinen Job nicht verlieren.

Dr. Bernhard stand auf.

»Auf Wiedersehen, Kollege! Einer von uns beiden muss in aller Ruhe nachdenken. Lassen Sie sich einen kleinen Rat geben: An Ihrer Stelle wäre ich ein wenig vorsichtiger!«

Er setzte seinen Sonnenhelm auf und ging zur Türe.

»Well, ich denke, ich muss nun wirklich meiner Arbeit nachgehen. Mühsames, verdammtes Geschäft! Ich sehe Sie später wieder … diese lausige Hitze.«

Einen Augenblick sah ich ihn noch in der Türöffnung; er

schwankte, als ob er von der giftigen Sonne überfallen worden sei, riss sich aber dann zusammen und ging die Treppe hinunter. Wir haben uns nie wieder getroffen.

Drei Tage nach diesem Vorfall erhielt ich einen eingeschriebenen Brief in einem offiziellen Umschlag. Nach kurzem Zögern öffnete ich das Kuvert. Es war vom Staatssekretär unterschrieben und befahl meine sofortige Versetzung zum *Markhaz* von Edfou. Ich wurde also nilaufwärts in das dunkle Nubien verschickt ... exiliert nach Edfou! *Yasalaam!* Edfou von allen Orten am Ende der Welt – zwischen Luxor und Assuan – das war es also: Entlassen vom Krankenhaus-Departement – und zum Gesundheitsoffizier befördert! Welcher Absturz!

Ich suchte meine Freunde unter den Palmen auf und erzählte ihnen, dass ich nach Edfou versetzt sei. Sie waren keineswegs überrascht. Was mit mir passierte, war schon mit einigen unserer Freunde geschehen. Mamoud, der Pyramiden-Erbauer, war auf der geheimen schwarzen Liste der Regierung und erwartete täglich seine Abberufung. Ein Lehrer der Ingenieursschule mit einem Doktorat der Technischen Hochschule von Zürich war versetzt worden in eine Kunst- und Handwerksschule im Süden, außerhalb der Welt. Ein junger Polizei-Leutnant war in ein Dorf am Rand der Wüste geschickt worden, um mit sich selbst über das Problem nationaler Freiheit zu philosophieren. Er war daher entschlossen, lieber die Engländer willkommen zu heißen, sollten sie eines Tages die völlige Verantwortung über das Land übernehmen. Sicher gab es Männer genug, die für ihr Land hätten nützlich sein können, die aber von oben sinnlos von Ort zu Ort geschoben wurden.

»Freunde«, sagte ich, »mein Los ist nicht schlimmer als das vieler anderer. Warum sollte ich mich also beklagen? Ich werde in Edfou vielleicht mehr gebraucht werden als hier.«

Ihre Augen waren voller Traurigkeit.

Ich ging nach Hause und sagte meinem Boy Hussein, dass ich mich nach Edfou auf den Weg machen müsse. Er schlug die Hände zusammen und war begeistert.

»*Elhamdulillah!*«, schrie er.

»Wieso?«, fragte ich überrascht.

»Allah hat seinen eigenen Willen.«

Er war entzückt, zu seinem eigenen Stamm zurückzukehren.

»Aber was wird aus Omar?«, platzte er heraus.

»Richtig, was wird aus Omar?« Ich wusste sehr wohl, dass er zwar in den Straßen von Damnourah wohnte, sein eigentliches Zuhause aber war in meinem Herzen.

»Nehmen wir den *Mikassa* doch mit!«, empfahl Hussein.

»Wie stellst du dir das nur vor?«

»Der *Mikassa* wird sich in den Nil stürzen!«, rief Hussein, ging stirnrunzelnd in die Küche und klapperte mit den Pfannen. Danach aber begann er gleich zu packen und sang dabei näselnd vom Land seiner Väter.

Als ich mich von Waheeba verabschiedete, bat ich sie, Omar im Auge zu behalten. Ich hatte vor, ihr von Zeit zu Zeit Geld zu schicken, das sie ihm wie eine Mutter in kleinen Beträgen geben sollte. Sie vergoss Ströme von Tränen, als ich das Hospital traurig verließ. Zu Hause angekommen, um zu packen, fand ich Omar in bester Laune und mit Hussein scherzend.

Ich zog mich auf den Balkon zurück, um Heleni einen Brief zu schreiben, Omar sollte ihn noch an diesem Abend der Lady überbringen; für ihn war es das letzte Mal, dass er die Rolle des Hermes übernahm, Cupido hatte die Szene bereits verlassen.

Liebe Heleni,
wenn Du diesen Brief erhältst, der in größter Eile geschrieben wird, werde ich schon auf dem Weg nach Edfou sein.
Die Regierung hat mich an diesen Ort am Ende der Welt versetzt, und ich muss morgen schon abreisen.
Wir waren wie ein Wald in Flammen, und nun ist eine Menge Wasser nötig, um das Feuer zu löschen …
Wie hätte ich je die großzügigen Angebote Deines Mannes annehmen können, nachdem wir beide ihn hintergangen haben – und ganz besonders nach seinem letzten Brief.
Du wirst es vielleicht nie verstehen, dass ich nicht mir

allein gehöre, sondern den Ärmsten der Armen. Die Leidenschaft, die ich für meine Arbeit empfinde, übertrifft jedes andere leidenschaftliche Gefühl in mir, und es hat mich – nach allem, was inzwischen im Hospital geschehen ist – wieder überwältigt. Instinktiv weiß ich, dass es nicht Deine Bestimmung ist, mir auf meinem Weg zu folgen. Wir müssen beide die Kraft finden, zu dem zurückzufinden, was vom Schicksal für unser eigenes Leben bestimmt ist.
Mein Hospital-Kollege und Freund, Dr. Maksoud, hat den ganzen Fall Michaeli damals mit mir verfolgt und ist über die Vorkommnisse im Krankenhaus bestens orientiert. Er ist ein erstklassiger Arzt und ein integerer Mensch und ist gerne bereit, falls das gewünscht wird, Michaeli weiter zu betreuen.
Ich hoffe sehr, dass ich Dich mit diesem Brief nicht in Verzweiflung bringe und zu sehr verletze. Du musst versuchen, mich zu vergessen! Das Schicksal hat es so entschieden.
Ibrahim

Noch bevor ich die Stadt verließ, brachte Omar mir ihre Antwort:

Lieber Ibrahim,
ich werde Dich niemals vergessen.
Der letzte Vers dieses Gedichts von Alfred de Musset wird Dir alles sagen, was ich empfinde …
Heleni

Oui, sans doute, tout meurt: ce monde est un grand rêve.
Et le peu de bonheur qui nous vient en chemin,
Nous n'avons pas plutôt ce roseau dans la main
Que le vent nous l'enlève.

Ohne Zweifel, alles stirbt – diese Welt ein großer Traum
Das bisschen Glück auf unseren Wegen
Ist nur ein Halm in unseren Händen
Und kaum gefasst, entreißt es uns der Wind.

Ich ging zum Bahnhof, um den ersten Zug nach Kairo zu erreichen. Hussein war mit dem Gepäck bereits zur Stelle. Auch Omar war gekommen. Er schien durch meine Abreise gar nicht so sehr aus der Fassung gebracht zu sein – im Gegenteil! Er überschüttete mich mit allen Segenswünschen, die ihm zur Verfügung standen, und seine Augen waren voller Heiterkeit. Auch eine Menge anderer Leute war erschienen, um mir Adieu zu sagen; darunter auch meine guten alten Freunde. Insgesamt ein ärmlicher Haufen, dessen Anwesenheit mich aber mit großem Stolz erfüllte. Es waren schließlich ja meine eigentlichen Freunde. Ich hatte sie fast vergessen, doch an diesem Tag fielen mir alle wieder ein, und ihre Tränen waren ein großer Trost …

EDFOU

Ich lebte nun im Lande des fliegenden Falken, des Horus, Sohn von Isis und Osiris. Die Götter waren verflogen – doch sie hatten einen gigantischen rötlichen Tempel inmitten eines großen Dorfes von primitiven Lehmhütten in gleicher Farbe hinterlassen.

Ein Krankenhaus gab es nicht, sondern nur eine Gesundheitsstation. Dies war der Name meines Arbeitsbereichs, wie er auf einer Plakette zu lesen war. Das Haus war in einem miserablen Zustand. Ich bezog ein Zimmer im ersten Stock mit einer großen Terrasse, im Schatten eines riesigen Bugnion-Baumes und einem herrlichen Blick auf den Nil und die östlichen Hügel der Wüste.

Im unteren Stock lag mein Büro mit einem Nebenzimmer für die Arzneimittel, die für eine Bevölkerung von nahezu zweitausend Seelen reichen sollten. Es gab aber immerhin einen Eisschrank, ein Sterilisiergerät sowie einen rohen Tisch, auf dem ein Gummituch ausgebreitet war. Die dunklen Flecken darauf ließen vermuten, dass es sich um den Operationstisch handelte. An der Wand hing das Bild eines koptischen Klosters. Dahinter befand sich noch ein Raum mit vier leeren Krankenbetten.

Mein Sekretär hieß Ismael, ein unscheinbarer Mann mit einer goldumränderten Brille. Um die Ecke hatte ein Armenier namens Madjoubian ein Hotel, das einzige am Platz und ebenso heruntergekommen wie meine Gesundheitsstation. Nebenbei praktizierte der Armenier auch als Dentist. Er war sehr geschickt darin, denen, die es sich leisten konnten, in ihre gesunden Zähne Löcher zu bohren und Goldzähne einzusetzen, sodass sie voller Stolz ein »goldenes« Lächeln zeigen konnten. Einige von ihnen glaubten, dass Gold in ihrem Mund besser aufgehoben sei als in einer Bank – und vielleicht hatten sie sogar recht.

Der Inspektor der Altertümer, offizieller Wächter des Horustempels, hieß Mansour. Es war ihm sicher nicht bewusst, dass er den schönsten Tempelschrein Ägyptens in seiner Obhut hatte, sonst hätte er sich nicht darum bemüht, an einen zivilisierteren Ort versetzt zu werden.

Der *Mamour* lebte mit seinem Anhang im schönsten Haus am Platz. Er und sein Polizeiaufgebot führten ein verschlafenes Dasein, denn die Leute von Edfou waren friedfertige Menschen. Nur ab und zu gab es einen Mord, meist aus Eifersucht, und den Mörder zu finden war nicht schwieriger, als eine Fliege zu fangen.

In der Stadt kannte jeder von Bedeutung alle anderen von Bedeutung – und alle Niemande kannten die anderen Niemande. Die Händler und Wirte versuchten einander den Hals abzuschneiden, wie in der ganzen Welt. Und wie beinahe überall im Lande der Pharaonen waren die Straßen staubig und überfüllt mit Abfällen, und in Seide gekleidete *Dragomans* führten die gaffenden Touristen herum, verkauften ihnen ihren Kitsch und machten sie – die sich so gerne betrügen ließen – lächerlich. Die kleinen Eselstreiber lieferten sich Schlachten um Kunden und Trinkgelder.

In der Schule gab es nur Knaben – Mädchen waren nicht zugelassen –, und es gehörte zu meinen Aufgaben, diese wilden, meist gesunden Buben medizinisch zu betreuen. Ebenso musste ich die Prostituierten überwachen.

Von den wenigen Cafés gehörte das beliebteste unserem Hotel-Dentisten, und dort konnte man die Oberschicht der Stadt des Horus treffen.

Die Hygiene ließ, wie in so vielen Städten Ägyptens, viel zu wünschen übrig. Als Gesundheitsoffizier machte ich es mir zur Aufgabe, dem Gesundheitsdezernat Dampf zu machen. Der Kampf um die Reinheit des Wassers war wie immer das größte Problem.

Es war mir klar, dass es nun an mir lag, ein wenig Fortschritt in dieses Dorf am oberen Nil zu bringen, Hunderte Meilen vom Delta entfernt. Ich beschloss, dies mit aller Energie zu versuchen, doch hatte ich oft Bedenken, ob dies für einen Einzelnen nicht eine zu schwierige Aufgabe sei. Es wurde mir dabei bewusst, dass Kultur – überall auf der Welt – immer aus dem Nichts entstanden war ... ein Rätsel für den Menschen!

Was mir hier aber in erster Linie bevorstand, war vor allem, Schmutz und Krankheit zu bekämpfen. Ich begann, mich umzusehen und zunächst die lokalen Verhältnisse zu studieren. Ich brachte alle wichtigen Leute zusammen und bat sie inständig, mich bei meinem Vorhaben zu unterstützen. Sie stimmten mir zu wie eine Gruppe aufgeweckter Schuljungen und bemühten sich auch sichtlich, doch fehlte es ihnen an der nötigen Energie und an Durchhaltevermögen.

Mein Chef im Dezernat hieß Salib Bey. Er war beleibt und faul. Aber wie alle faulen Typen seiner Art machte er ständig Pläne, und von seinen Versprechungen blieb wenig übrig. Trotz seiner Korpulenz agierte er mit erstaunlicher Behändigkeit, vor allem, wenn es darum ging, sein Augenmerk darauf zu richten, mit seinem ballonartigen Hinterteil eines Tages den breiten Sessel des Generalsekretärs in Kairo zu erobern. Ohne Papiere und einen Berg von Dokumenten, die sein Sekretär für ihn auszufüllen hatte, war er verloren. Salib Bey war ein Arzt, der Ruhe und Luxus über alles liebte. Ich selbst war entschlossen, mich wegen meiner Versetzung und Degradierung am Gesundheitsdezernat zu rächen. Doch die Früchte meiner Rache sollten meinem Volk und meinem Land zugutekommen.

Salib ließ zwar jeden kleinsten Bericht, den ich schrieb, minutiös beantworten, es hieß aber immer nur, der Regierung fehle das Geld. Ich bombardierte ihn mit Bitten, doch hätte man eher einen Elefanten mit einer Pfauenfeder wecken können, als diesen Fettwanst zu etwas zu bewegen. Geduld, Geduld, mein Lieber, sagte ich mir.

In Oberägypten gab es weniger Krankheiten als im Delta. Ich lebte hier in einer Bevölkerung, die eine strenge Moral besaß und hart arbeiten musste. Das Agrarland war zwischen zwei Wüsten nur ein paar Meilen breit, und seine Fruchtbarkeit wurde bis zum Äußersten nutzbar gemacht.

Mein Name wurde durch meinen Boy Hussein bald weit und breit bekannt. Über seine Propagandamethoden hatte ich leider keine Kontrolle – er erzählte die tollsten Märchen über mich, die Erwartungen weckten, die ich nie erfüllen konnte. Noch bevor ich geboren war, hatte es einen Plan gegeben, in Edfou ein Krankenhaus zu bauen, aber das Hospital blieb eine Fata Morgana. Es gelang mir dennoch nach einigen Monaten und mit lokaler Hilfe, aus meinem Wohnhaus mit einem kleinen Anbau ein winziges Hospital zu machen. Zwar war es primitiv, dafür aber makellos sauber. Mein Sekretär, der aus Komombo stammte, hatte etwas Erfahrung, konnte bei Operationen assistieren und wusste auch, wie man eine Narkose mit Chloroform verabreicht. Ich lieh mir bei meinen Kollegen in Luxor und Assuan ein paar Instrumente aus und führte damit – sozusagen mit Gottes Hilfe – nur Operationen durch, die absolut notwendig waren und Aussicht auf Erfolg versprachen. Auch ein Register für Geburten und Todesfälle wurde angelegt, und außerdem machte ich Impfungen und behandelte Hunderte von Augenkranken. Ich veranlasste den *Mamour*, die Straßen sauber zu halten und mit Wasser zu besprengen – und vielerlei Dinge mehr … Doch wohl etwas zu viel für einen voll ausgebildeten Chirurgen!

Zuweilen saß ich nachdenklich – nein, traurig – auf meinem Balkon und hatte das Gefühl, dass mich meine ganze Energie und Schaffenskraft langsam verließ, als fließe Blut aus einer offenen Vene. *Ma-alech!* Schließlich war ich nur einer unter Millionen; das Schlimmste, was mir passieren konnte, war, dass man mich völlig aus den Augen verlieren würde. Dann wäre ich hier in der Stadt des Horus für immer begraben.

Und es war heiß! Richtige oberägyptische Hitze, trocken und beißend. Die Sonne brannte nicht nur auf der Haut, sondern bis auf die Knochen, als schmorte man in der Hölle. Kaffee, Schlaf, Zigaretten … an andere Freizeitbeschäftigung war nicht zu denken. Monatelang lebte man in verdunkelten Räumen! Wäre man tagsüber auf die Straße gegangen, wäre man nicht einmal einem Hund begegnet. Schlangenbisse hier und da, Skorpionenstiche zur Genüge – dies waren während des Sommers die hauptsächlichen Beschwerden, die zu behandeln waren.

Im Haus gab es Gesellschaft genug, Hussein war immer fröhlich, da er seinen Bruder und einen Vetter in der Stadt aufgetrieben hatte. Und – die größte Überraschung – Omar, der *Mikassa*, war plötzlich aufgetaucht. Natürlich war er nicht von Damnourah angerollt gekommen. Nein, wie ein Prinz erschien er eines Tages auf einer *Felukka*, die nilaufwärts fuhr, und er hatte sogar für seine Fahrt voll bezahlt. Schnurstracks fand er zu mir, gefolgt vom halben Dorf, das nicht genug staunen konnte, wie schnell er sich ohne Beine fortbewegte. Seine frühere Beschäftigung als Schuhputzer musste er aufgeben, denn außer mir und einigen Effendis liefen in Edfou alle nur barfuß herum. Meine Schuhe und die von Hussein putzte er natürlich weiter, denn dies war der Preis dafür, dass er in der Küche ein und aus gehen durfte, für die Brosamen, die vom Tische des Herrn fielen. Brosamen? Nein! In meinem Haus aßen alle wie Pachas.

Omar trug jetzt einen weißen Turban, der beinlose Schelm, und anstelle seiner Schuhputz-Schachtel rollte er nun mit einem Koran herum, aus dem er bei allen möglichen Gelegenheiten mit melodiöser Stimme die weisen Worte des Propheten Mohammed verkündete. Und Omars Stolz war grenzenlos, als mein Freund, der Schuldirektor, ihn als Vorleser für seine jüngste Klasse engagierte. Stundenlang saßen die Kleinen um Omar geschart und sangen das Lob des Allmächtigen.

Wir hatten auch ein Mädchen im Haus. Sie war zu Fuß aus der Wüste gekommen, niemand konnte genau sagen, woher. Eine *Badawiyah*, ein Beduinenmädchen – ein Mysterium. Niemandem verriet sie, welchem Stamm sie angehörte. Sie blickte ziemlich wild, hatte aber einen seltsamen Charme und war so dünn, dass sie im Schatten eines Telegraphenmastes hätte schlafen können. Da sie halb verhungert war, nahm ich sie auf, und bald wurde sie im Haushalt eine tüchtige Hilfe, gescheit, flink und stolz. Da sie sich fürchtete, das Haus zu verlassen, bat ich den *Mamour*, Erkundigungen über sie einzuholen und auf alle umherwandernden Beduinen ein scharfes Auge zu haben.

Ich lebte so dahin und verlor jegliches Zeitgefühl. Tage vergingen wie Stunden, Woche wie Tage und Monate wie Wochen – bis allmählich die Nächte kühler wurden und die große Tageshitze nachließ. Danach fühlte ich mich, wie wenn ich zu neuem Leben zurückgekehrt sei, und begann wieder aufzuatmen, wie ein Wanderer, der nach einer Reise durch eine ausgedörrte Wüste in einen kühlen Garten zurückkehrt.

Ein freundlicher indischer Wanderer, der nach Edfou kam, wurde mir von Omar zugeführt.

»Hier kommt ein Mann aus Indien, der meinen Herrn sucht, den Hakim-Pacha«, verkündete er stolz.

Der Besucher sah gut aus, hatte einen kurzen gescheitelten Bart, war auf indische Manier in einen gelblichen, etwas zerknitterten Anzug gekleidet, und auf dem Kopf trug er einen weißen Turban. Sein Blick durchdrang mich mit der sanften Heiterkeit eines Heiligen. Er begrüßte mich mit einer tiefen Verbeugung und legte ein kleines geheimnisvolles Bündel vor sich auf den Boden. Sein pockennarbiges Gesicht war das eines Asketen. Diese Verunstaltung lenkte jedoch nicht im Geringsten von seiner adeligen Aura ab.

Er zog aus seiner Brusttasche eine dicke lederne Brieftasche und überreichte mir eine englische Visitenkarte:

»Mirzah Shingh, Indischer Astrologe.«

Englisch sprach er wie ich, und so konnten wir uns gut unterhalten.

»Mein Meister und Herr hat mir aufgetragen, Sie zu besuchen«, sagte er. »Er ist mir im Geiste erschienen und hat mir geboten, wenn ich durch das Land Ägypten reise, die Stadt des Horus aufzusuchen. Dort wirst du einen Mann der Wissenschaft treffen. Wohne bei ihm, doch nicht länger als von einem Mond zum anderen.«

»Willkommen«, sagte ich, konnte mich aber eines Lächelns über so viel heilige Durchtriebenheit nicht enthalten.

»Und wie konnten Sie wissen, dass ich der Mann der Wissenschaft bin?«

»Ich habe eine Nacht im Tempel meditiert, und eine Stimme sagte mir: Geh zum Gesundheitsoffizier, er ist der Mann, der von deinem Herrn beschützt wird. Ich komme nun zu Ihnen, geführt von diesem Jungen, dessen Leben Sie durch Ihr Können gerettet haben.«

Wir wissen alle, dass Mönche aus aller Welt und allen Religionen sich immer wieder die Gastfreundschaft ihrer Mitmenschen erobern. Indessen erinnerte ich mich auch dunkel an einen Inder, den ich vor einiger Zeit behandelt hatte.

»Mein Haus ist Ihr Haus«, sagte ich, »bitte.«

Auf meine einladende Handbewegung kam er, ging aber nur zur offenen Wölbung unter der Treppe, setzte sich mit gekreuzten Beinen nieder und verfiel mit geistesabwesendem Blick in eine Art von Traumzustand. Ich verließ ihn und wies jeden im Haus an, meinen indischen Gast keinesfalls zu stören und ihn in Ruhe zu lassen. Dann ging ich meinen kleinen Pflichten nach, musste dabei aber immerzu ein wenig lächeln, denn ich glaubte wirklich, mit dem würdevollsten Bettler dieser Welt in Kontakt gekommen zu sein.

Mehrere Stunden nach seinem Erscheinen saß der Inder immer noch in absoluter Versunkenheit unter der Wölbung der Treppe. Ich versuchte, ihn nicht zu beachten, doch als der Tag fortgeschritten war, ergriff mich plötzlich eine starke psychische Unruhe, die ich mir nicht erklären konnte. Auf dem Weg zum Café des Armeniers, wo ich den Schuldirektor auf eine Partie Domino treffen wollte, fühlte ich einen unwiderstehlichen Zwang, auf der Stelle umzukehren und nach Hause zu gehen. Der Inder war im Begriff, aus seinem Bündel ein Stück Brot herauszunehmen, das er in kleine Stücke brach.

»Die Sonne hat dieses Brot mit der Kraft der Strahlen gesegnet«, sagte er. »Es ist durchdrungen von der Perfektion, die das Universum beherrscht.«

Die *Badawiyah* schlich sich wie ein Schatten heran – ihre Augen glänzten wie schwarze Juwelen – und stellte einen Krug mit frischem Wasser auf den Boden neben den Inder.

»Er hat nach Wasser gefragt«, flüsterte sie mir zu. Und wie ein Schatten verschwand sie wieder nach oben.

»Achte darauf, dass dieses Mädchen bis einen Monat nach meiner Abreise das Haus nicht verlässt«, sagte der Inder. »Gefahr umgibt sie. Männer der Wüste suchen sie und wollen sie töten. Wenn sie euch aber nach dieser vorgeschriebenen Zeit verlässt, wird sie außer Gefahr sein, und ein Mann wird sie holen, der sehr behutsam mit ihr umgehen wird.«

Langsam begann er, sein Brot zu verzehren. Ich suchte die *Badawiyah*, um sie zu fragen, ob sie mit dem Inder gesprochen habe. Sie sagte nein, schien geradezu entsetzt.

»Aber er hat dich doch gebeten, Wasser zu holen?«

»Kein Wort hat er mit mir gesprochen.«

»Weshalb hast du es dann geholt?«

Sie schaute vage und gab keine Antwort. Ich selbst war einigermaßen verwirrt, doch in keiner Weise unangenehm berührt. Im Gegenteil, bei alledem fühlte ich mich zu dem sanften Inder mit einem geradezu vertrauensvollen Gefühl hingezogen. Natürlich war ich Wissenschaftler genug, um mir seine Kräfte als Telepathie erklären zu können. Und außerdem war ich ohnehin in Regionen zu Hause, die jenseits meiner fünf Sinne lagen und für die der Verstand keine Erklärung findet. Ich empfand die Anziehungskraft, die von dem Inder ausging, sehr stark, hatte aber gleichzeitig das wohltuende Gefühl, selbst durch einen guten Geist beschützt zu sein.

Ich überließ meinen Gast vollständig sich selbst, und er fiel mir nie im Geringsten zur Last. Er lebte unter dem Treppenbogen, ging zuweilen aus, und wenn er zurückkam, versenkte er sich wieder in seine Meditation. Gelegentlich schlief er auch auf einer Grasmatte, die ihm Hussein ehrerbietig zur Verfügung gestellt hatte. Ich hatte Hussein verboten, unseren Gast auf irgendeine Weise zu belästigen oder im Dorf über ihn zu klatschen. Dieser Befehl war indessen kaum nötig, denn er rollte jedes Mal vor Ehrfurcht die Augen, wenn er in die Nähe des heiligen Mannes kam, und setzte sich gleich vor der Tür nieder zum Gebet, damit der Inder sehen konnte, dass auch er ein gottesfürchtiger Wanderer auf diesem Erdenrund sei.

Nachdem Mirzah Shingh etwa zehn Tage seine Yoga-Übungen gemacht hatte, wechselte er seinen Lebensstil; oft kam er nun zu mir auf meinen Balkon, sprach aber nur wenig und weigerte sich, etwas anderes zu essen als Datteln, Linsen und manchmal auch eine Zwiebel. Er wusch sich nur selten, aber da er nur aus Geist bestand und körperlich kaum vorhanden schien, störte mich das nicht. Ich blieb zurückhaltend und fragte ihn nie nach seinen religiösen Praktiken. Nachts saß er oft mit gekreuzten Beinen auf meinem Balkon, schaute in die Sterne, und von meinem Bett aus konnte ich seinen Turban sehen, der vom milchig-weißen ägyptischen Mondlicht eingerahmt war. Wenn ich in der Früh erwachte, befand er sich bereits in einer »höheren Welt«. Bei mir selbst musste ich eine seltsame Veränderung feststellen: Ich aß viel weniger, rauchte nicht mehr und unterließ das viele Kaffeetrinken.

Ich fühlte eine Leichtigkeit in meinem Körper, ein Wohlgefühl, das mich an meine Zeit im Garten von Rhoda Island erinnerte. Mit der Zeit wurde Mirzah Shingh etwas gesprächiger:

»Haben Sie sich jemals außerhalb Ihrer selbst befunden?«, fragte er, wobei er mich mit einem gütigen Ausdruck anschaute.

»Wo – außerhalb?«

»Verbunden mit dem ewigen All – so wie eine Frau sich dem Mann, den sie liebt, mit ihrem ganzen Wesen hingibt.«

»Ich habe von Zeit zu Zeit seltsame Absencen«, musste ich gestehen, »aber als ein Mann der Wissenschaft kann ich nicht sagen, dass ich je außerhalb oder jenseits von mir war.«

»Genug. Was Sie sagen, spricht Bände – ohne viel Worte.« Er versank in ein langes meditierendes Schweigen.

»Können Sie mir sagen, was die Sterne über mich wissen?«, fragte ich. Er schüttelte den Kopf, und ich drang nicht weiter in ihn, da ich spürte, dass er es mir nicht sagen wollte.

»Aber ich kann in Ihrer Hand lesen.«

Ich legte meine Handflächen nach oben auf seine Knie; er drehte und bog sie, studierte ihre Linien und verriet mir mit ganz erstaunlicher Genauigkeit Ereignisse aus meiner Vergangenheit. Auch eröffnete er mir Dinge für die Zukunft, von denen die meisten eintraten. Ich erinnere mich, als ich in Europa war, mehrmals versucht zu haben, die Prophezeiungen des Inders durch meinen eigenen Willen zu umgehen, aber ohne jeden Erfolg. Auf eine vage, undeutliche Art hatte er mir gesagt, dass etwas Drohendes über mir hänge. Ich bat ihn, dies etwas näher zu erläutern, doch er weigerte sich. Ich bohrte weiter, ob ich dem entgehen könne, er aber lächelte nur:

»Lass alles hinter dir und versuche nur, den Meister zu finden, nur so würdest du deinem Schicksal entkommen; aber du kannst ihm nicht entkommen, weil du dich deinem eigenen Willen nicht entsagen kannst.«

Schließlich nahm er meine Hände von seinen Knien.

»Eine gute Hand – die Hand eines Meisters. Dein Name wird leuchten in der Öffentlichkeit.« Er lüftete ein wenig seinen Turban und lächelte: »Im November wird eine Lady hierherkommen, und Ihr beide werdet große Freunde werden.«

»Eine ägyptische Lady?«

»Nein, eine Engländerin, und dein Leben wird sich durch sie verändern.«

»Werden wir heiraten?«

»Nein, sie ist schon mit einem angesehenen englischen Gentleman verheiratet.«

Er streichelte sanft meine Hand.

»Keine körperliche Liebe für dich. Du wirst deine Kräfte bewahren, um für andere Gutes zu tun.«

Ich konnte nicht sagen, ob er mich analysierte, mich beriet oder mir Vorschriften machte.

»Sag mir mehr über die Lady.«

»Nein, das wäre nicht gut.« Und indem er mit seinem Zeigefinger auf seine Schläfe deutete, sagte er:

»Du hast einen sehr starken Willen und hast vor Menschen

und Konventionen keine Angst – aber du musst dich in Acht nehmen. Wenn du Ägypten verlässt, musst du deine Lunge schonen.«

Er erhob sich aus seiner hockenden Stellung mit einer so schwungvollen Leichtigkeit, als ob eine unsichtbare Macht ihm Flügel verliehen hätte. Er lachte, rieb sich die Hände, verbeugte sich – und fort war er. Mit seinem kleinen Bündel in der Hand sah ich ihn mitten in der Straße davoneilen, ohne nach links und rechts zu schauen.

Ein echtes Bedauern befiel mich, denn ich wusste, dass er nicht zu mir zurückkommen würde. Und tatsächlich – ich sah ihn nie wieder.

Aber war er wirklich verschwunden? Wie oft in meinem Leben habe ich an ihn denken müssen. Selbst jetzt, da ich darüber schreibe, brauche ich nur aufzuschauen – und da sitzt er, sieht mich an, und ich muss nur meine Augen schließen und fühle, wie er auf seine sanfte Art meine Hand berührt. Und wenn ich zuweilen in der Nacht gegen meine schlimme Krankheit kämpfe, sehe ich seine leuchtende Gestalt, und seine Nähe scheint mir Kraft und Mut einzuflößen. Ich weiß, er lebt noch irgendwo auf der Welt und überträgt seine Kraft und Sympathie auf mich. Ewig werde ich ihm dankbar sein.

Der ganze Monat November war schon beinahe vergangen und die prophezeite englische Lady war immer noch nicht aufgetaucht. Ich hielt immer wieder bei den Touristen Ausschau, die gelegentlich auf Eseln vorbeiritten, um den Tempel zu besuchen, in der Hoffnung, sie könne vielleicht dabei sein und sich bemerkbar machen.

Indessen brachte mir die Polizei einen verwundeten Beduinen aus der Wüste. Sie hatten ihn bei einer Patrouille aufgegriffen. Er war noch jung, groß und besaß die wortkarge Gleichgültigkeit eines Aristokraten der Wüste. Der Polizei wollte er keinerlei Auskünfte geben, und so überließen sie ihn meiner Obhut. Ich behandelte seine Wunde, die nicht gefährlich aussah, und da er von robuster Natur war, erholte er sich bald und überreichte mir seinen mit Gold und Juwelen geschmückten silbernen Dolch mit den Worten, er schulde mir großen Dank, aber nicht so sehr, weil ich seine Wunde geheilt habe, sondern weil ich mich wie ein Vater um seine eigene Schwester gekümmert habe. Man kann sich mein Erstaunen vorstellen. Mit wenigen Worten klärte er mich auf; seine Schwester sei von einem Mann aus dem Nachbarstamm entführt worden, mit dem seine Familie von jeher in Fehde lebte. Die *Badawiyah* stand neben ihm, und ihr Bruder legte ihr schützend einen Kamelhaar-Burnus um die Schultern.

»Ich nehme sie mit«, sagte er schließlich, »mein Vater wird Ihnen einmal seine Dankbarkeit beweisen.«

Ich war traurig, meinen kleinen schwarzen Wuschelkopf zu verlieren. Sie hatte mir nicht mehr Mühe gemacht als ein etwas kratzbürstiges Kätzchen, und andererseits war sie auf ihre eigenwillige unordentliche Art immer gut zu haben gewesen. Ich hatte mich genau an die Worte des Inders gehalten und daher nichts einzuwenden. Ich ließ sie – und zwar genau einen Monat nach seinem Abschied – mit ihrem Bruder ziehen.

Nun gab es nur noch fünf Tage im November. Ich fühlte mich nicht behaglich. Eine der Vorhersagen des Inders war eingetroffen, aber wo blieb die Lady? Am neunundzwanzigsten November saß ich träumend auf meinem Balkon und schlief schließlich ein. Hussein rüttelte mich wach und brachte mir wie gewöhnlich ein Glas frisches Wasser. Ich zog mich an und ging hinunter in mein Büro, um die Geschäfte des Tages zu erledigen. Plötzlich hörte ich draußen die Stimme eines Engländers.

»Ist das hier der Ort? Ist dies das Regierungsbüro?«

»Ja, mein Herr, es ist das Büro des Regierungsarztes«, hörte ich eine Stimme sagen, die nur von einem Ägypter sein konnte.

Meine Türe unten war bei Tag immer offen. Ein eleganter *Dragoman* spazierte herein:

»Guten Abend, sind Sie der Hakim *Markhaz*?«

»Ja, was wünschen Sie?«

»Ein englischer Gentleman von der *Dahabiyah* wünscht Sie zu sprechen.«

»Führen Sie ihn herein und warten Sie draußen.« (Ich konnte mit unseren überheblichen *Dragomans* nie viel anfangen.) Er ging zur Türe: »Bitte, Sir!«

Er trat zur Seite, und herein kam ein magerer Engländer, der einen gutmütigen Eindruck machte. Seine Haut war ledern, ich schätzte ihn auf zirka sechzig Jahre. Insgesamt ähnelte er einem Pferd, soweit dies bei einem Menschen, der kein Pferd ist, möglich ist.

»How do you do, Sir?«, sagte er. »Ich vermute, Sie sind hier der zuständige Arzt, oder?«

Seine Stimme klang rau, vermutlich vom zu vielen Rauchen.

»How do you do?«, sagte ich in meinem besten Englisch, das aber keineswegs perfekt war. »Ich bin Doktor Ibrahim.«

»Sie sind der Regierungsarzt, vermute ich?« Er schaute sich neugierig im Zimmer um. (Auch Pferde sind neugierig.)

»Das bin ich, Sir. Wie kann ich Ihnen helfen?«

Er kam näher, und obwohl ich ihm einen Stuhl anbot, setzte er sich auf den Rand meines Tisches und ließ ein Bein baumeln.

»Ich bin Doktor Lister!«

»Es ist mir eine Ehre, Ihre Bekanntschaft zu machen, Doktor Lister.« Wir gaben uns die Hand.

»Ich reise auf einer *Dahabiyah* mit ein paar englischen Freunden. Ich brauche etwas Morphium oder Pantopon und wollte fragen, ob Sie mir welches überlassen können, bis ich Nachschub aus Kairo erhalte.«

»Da Sie selbst Arzt sind, Sir, wissen Sie so gut wie ich, dass die Narkotika, die Sie verlangen, Gifte sind, die ohne ein spezielles Rezept nicht ausgehändigt werden dürfen. Pantopon habe ich ohnehin nicht – solchen Luxus können wir uns hier nicht leisten.« Ich hielt es für durchaus möglich, dass einer seiner Freunde auf der *Dahabiyah* Morphinist sein könnte.

»Ich habe mir sagen lassen, dass Sie eine Apotheke haben.«

»Ja und nein. Es gibt hier in der Straße eine Art Apotheke,

und aus Gründen der öffentlichen Gesundheit kontrolliere ich das Giftbuch.«

»Gut, in dem Fall nehme ich an, dass Sie mir als Arzt das geben können, worum ich Sie bitte.«

»Ja, Sir, nur möchte ich zuerst sichergehen, dass Sie Arzt sind.« Er rutschte vom Tisch herunter und schaute mich erstaunt an.

»Sie wollen doch nicht sagen, dass Sie es wagen, das Wort eines Engländers anzuzweifeln?«

»Ich zweifle oft auch an den Worten meiner eigenen Landsleute.«

»Das bezweifle ich keinen Augenblick – aber am Wort eines Engländers?«

»Oder eines Chinesen, soweit es für mich von Belang ist.«

Ich konnte nicht umhin zu lachen, und auch er lächelte und zeigte dabei sein riesiges graues Pferdegebiss.

»Versetzen Sie sich doch einfach in meine Lage, Dr. Lister. Ich kann Ihnen kein Morphium geben, bevor ich nicht sicher bin, dass Sie Arzt sind. Angenommen, ich käme auf einem Schiff die Themse hoch, um Sie um Morphium und Pantopon zu bitten …«

»Richtig! Richtig!«, rief er gutmütig, »ich würde wahrscheinlich ähnlich reagieren.«

Er zog ein rotes ledernes Notizbuch heraus und warf seine Visitenkarte auf den Tisch. Höflich nahm ich sie an mich.

»Danke, Dr. Lister«, sagte ich entschuldigend. »Aber jetzt brauche ich ein Rezept, das von Ihnen auf einem Ihrer Formulare persönlich ausgestellt ist.«

»Nichts leichter als das.«

Er nahm einen Block aus der Tasche und schrieb sein Rezept.

»Ich bin übrigens einer jener vielen Ägypter, die unseren englischen Kollegen sehr dankbar sind, wenn sie uns helfen, unsere nationale Plage, den Missbrauch von Gift und Drogen, auszumerzen. Und eines Tages – wer weiß – werden wir vielleicht in der Lage sein, uns zu revanchieren, indem wir Ihnen helfen, Ihren nationalen Missbrauch giftiger Getränke zu überwinden.«

Dies brachte ihn zum Lachen, nein – er wieherte wie ein Pferd, und es endete mit einem schlimmen Hustenanfall.

»Wenn Sie wollen, gebe ich Ihnen eine Medizin, die Ihren Husten in einem Monat kurieren wird.«

»Oh, bitte tun Sie das. Es ist eine absolute Katastrophe.«

»Ich werde sie Ihnen auf die *Dahabiyah* bringen lassen. Aber natürlich müssen Sie auch das Rauchen einschränken. Wir rauchen alle viel zu viel.«

»Ich weiß. Ist das nicht idiotisch? Wir raten unseren Patienten, nicht zu rauchen, und rauchen selbst wie die Schlote.«

Hussein brachte Eiswasser, Kaffee und Zigaretten. Dr. Lister schlürfte etwas Kaffee und bemerkte:

»Was für ein köstlicher Kaffee!«

»Ich werde Ihnen etwas davon mit auf das Boot schicken.«

»Oh nein, vielen Dank, bemühen Sie sich nicht, wir haben einen ganz ordentlichen Kaffee auf der *Dahabiyah*.«

Er schob seine Tasse zur Seite und runzelte die Stirn.

»Es wäre nett, wenn Sie heute Abend auf die *Dahabiyah* kämen und einen Cocktail mit mir nehmen würden. Wir könnten ein paar berufliche Erfahrungen austauschen – oder einander ein paar gute Witze erzählen, die uns zum Lachen bringen, ich habe nämlich einen krankhaften Hang zu Witzen. Männergesellschaft muss ich seit Wochen entbehren. Ich habe nur Damengesellschaft an Bord, und Sie wissen, was das heißt – so charmant sie auch sein mögen.«

Auf diese Weise erfuhr ich, dass es sich bei seinem Patienten um eine Lady handelte – und ich wurde hellhörig.

»Ist Ihre Patientin eine englische Lady?«

»In der Tat – ich habe sie wegen der Wärme und des trockenen Klimas hergebracht, sie wird von mir wegen ihres Rheumatismus und ihrer Ischiasbeschwerden behandelt. Wollen Sie nicht mit mir zur *Dahabiyah* kommen? Wir liegen gleich da drüben vor Anker. Ich habe wirklich Glück gehabt mit dem Morphium«, fügte er hinzu, »reiner Zufall!«

»Ich bin nur zu froh, dass ich Ihnen helfen kann. Wollen Sie bitte einen Augenblick warten, ich hole die Ampullen.«

Fünf Minuten später ging ich mit Dr. Lister zum Nil hinüber. Eine prachtvolle *Dahabiyah*, die »Osiris«, lag hier vor Anker, durch einen Laufsteg mit dem Ufer verbunden.

Die Bediensteten bauten sich zu ihrem eigenen Gebrauch am sandigen Ufer ein Zelt auf. Dr. Lister bat mich, auf dem Oberdeck auf ihn zu warten, während er nach unten verschwand. Ich stieg hinauf und betrachtete allein und in aller Ruhe den Luxus, der hier herrschte. Das Deck, das über den Kabinen lag, war mit Geschmack eingerichtet. Kleine Tische, auf denen Bücher, Silberdöschen und andere Kostbarkeiten verstreut lagen, standen auf dicken orientalischen Teppichen. Auch ein großer Schreibtisch war vorhanden mit einer Schreibmappe und einem silbernen Tintenfass. Zwei Fotografien, in silberne Rahmen eingefasst, stellten einen robusten, etwa fünfzigjährigen Engländer mit verwegenem Gesichtsausdruck dar, sowie einen jüngeren Offizier in Gardeuniform. Überall standen Vasen mit den schönsten Blumen. Für mich war es die Atmosphäre von erlesener englischer Hauskultur, und während ich dies alles, bescheiden auf der Lehne eines Sessels sitzend, bewunderte, kam eine schmächtige Dame die Treppe herauf. Anscheinend überrascht, zeigte sie deutlich ihre Verwunderung. Hellgrün gekleidet und mit goldenen Sandalen an ihren winzigen Füßen, kam sie langsam auf mich zu.

»*How do you do?*«, grüßte sie mich, »wollen Sie jemanden besuchen?« Ein wenig eingeschüchtert erklärte ich ihr, dass ich von Dr. Lister hierhergebracht worden sei.

»Oh!«

Sie nahm eine Zigarette aus einer silbernen Dose und setzte sich.

»Sind Sie etwa *Mansour Effendi*?«

»Sie meinen *Mansour*, den Inspektor der Altertümer?«

»Ja, der Generalinspektor in Kairo hat ihm freundlicherweise geschrieben, er solle uns aufsuchen.«

»Mansour ist ein freundlicher Mensch«, sagte ich, »er wird

sicher alles unternehmen, um Ihnen einen Gefallen zu tun, da bin ich ganz sicher.«

»Zur Zeit bin ich jedenfalls nicht auf Sehenswürdigkeiten erpicht – ich habe eine Freundin an Bord, die sehr krank ist.«

»Dr. Lister hat es mir angedeutet, es tut mir sehr leid.«

»Er hat es Ihnen erzählt?«

»Ja, Madam, er kam, um eine Medizin von mir auszuleihen, und lud mich ein, mitzukommen.«

»Dann sind Sie der lokale Doktor hier?«

»Ja, das bin ich.«

»Darf ich nach Ihrem Namen fragen?«

»Ibrahim El Assiuti.«

»Was heißt das?«

»Es bedeutet Ibrahim aus Assiut, es gibt hier so viele Ibrahims.«

»Ich weiß. Ist das nicht langweilig? Wie bei uns in England, die Johns und Bills.« Sie lehnte sich zurück:

»Oh, wenn nur Lady Avon nicht so viel leiden müsste, würde ich diese Reise so genießen! Es gibt wirklich nichts Schöneres als den Nil und Ägypten. Und diese Ruhe! Das Klima! Die Leute! Die Kinder, diese kleinen Knirpse! Alles ist so entzückend! Sie müssen glücklich sein, zu einem solchen Land zu gehören.«

Man wird vielleicht nicht erstaunt sein, wenn ich zugebe, dass ich von Herzen erfreut war. Eine englische Lady, die mein Land wirklich liebte! War sie es vielleicht, die mir der Inder prophezeit hatte? Ein Jammer, dass Dr. Lister gerade jetzt erscheinen musste, bevor unsere Unterhaltung zu Ende war.

Er sah bekümmert aus.

»Ich weiß nicht, was mit Lady Avon heute los ist. Ich habe Angst und hoffe, dass ihr Zustand sich nicht verschlechtert. Wir sind meilenweit von jeder Zivilisation entfernt.« Er hielt inne und stellte uns vor:

»Doktor Ibrahim – Mrs. Ronald Cole.«

»Doktor Ibrahim! Ja, ich weiß. Wir haben gerade kurz miteinander gesprochen. Ich bin sehr froh, dass wir sicher sein können, in dieser Wildnis nicht ganz verloren zu sein, wenn wir für Emilie etwas brauchen.«

»Kann ich Ihnen sonst irgendwie behilflich sein?«, fragte ich. »Meine Apotheke steht Ihnen zur Verfügung.«

»Ich denke, wir sollten eine Krankenschwester engagieren, auch wenn Lady Avon dagegen ist. Aber wo eine finden?«

»Ich könnte Ihnen eine aus Kairo besorgen.«

»Eine englische *Nurse*?«, fragte Mrs. Cole.

»Beinahe«, sagte ich, »sie ist Irin, eine hervorragende kleine Person, voller Humor und tüchtig, wie britische Schwestern im Allgemeinen sind.«

»Dann, um Gottes willen, wollen wir doch versuchen, sie herzubekommen«, sagte Dr. Lister. »Ich muss wirklich bei Lady Avon darauf bestehen, eine *Nurse* zu nehmen. Bitte, Doktor, versuchen Sie Ihr Möglichstes, ich verlasse mich ganz auf Ihre Empfehlung.«

»Falls sie frei ist, wird sie sich sicher freuen, zu so netten Menschen zu kommen. Und ich bin sicher, dass auch Sie mit ihr zufrieden sein werden.«

»Das klingt sehr gut«, sagte Mrs. Cole, »ich brauche sicher nicht meine Kabine für sie aufzugeben, oder?«

»Oh nein, sie kann auf einem Stuhl oder einem Sofa schlafen, sogar auf dem Boden – sie ist eine alte Camperin.«

»Sie scheint ja in jeder Hinsicht vorbildlich zu sein«, sagte Doktor Lister, »wir wollen sie so schnell wie möglich herholen.«

»Ich werde noch heute Abend die Oberschwester des Kasr-El-Aïni-Hospitals anrufen«, sagte ich.

Dr. Lister schaute auf seine Uhr.

»Ich glaube, die Spritze hat lange genug gekocht, ich werde wieder hinuntergehen«, sagte er zu sich selbst. Ich habe oft festgestellt, dass Engländer laut vor sich hinreden und erzählen, was sie tun wollen, auch schon, wenn sie im Begriff sind, es zu tun. Dr. Lister fuhr fort, mit sich selbst zu sprechen, während er die Treppe zum unteren Deck hinunterging.

Als er verschwunden war, zog Mrs. Cole mich ins Vertrauen:

»Glauben Sie an Knocheneinrenker?«, fragte sie, »oder Osteopathen, wie sie sich nennen? Oder Naprapathen? Sie glauben, dass alle Übel von der Wirbelsäule kommen. Die arme Lady Avon war letzten Sommer in Paris zwei Monate lang in einer solchen Behandlung.«

»Hat Lady Avon irgendwelche Lähmungen?«, wagte ich zu fragen.

»Sie ist jetzt praktisch an beiden Beinen gelähmt.«

»War der Naprapath ein Amerikaner?«

»Warum fragen Sie, kennen Sie ihn womöglich?«

Ich schüttelte den Kopf.

»Wie und womit hat er sie behandelt?«, insistierte ich.

»Er ließ Emilie mit freiem Rücken niederknien und rieb ihre Wirbelsäule sanft auf und ab. Dann gab er ihr völlig unerwartet mit seinen Fingerknöcheln einen Schlag auf den unteren Teil ihres Rückgrats; ein richtiger Hieb, kann ich Ihnen sagen! Sie biss die Zähne zusammen, um nicht aufzuschreien. Ich hätte dem Mann ins Gesicht schlagen können!«

»Und warum ist sie zu ihm gegangen?«

»Nun, er wurde ihr von einem Freund empfohlen, von Prinz Hubertus, einem Österreicher, und anderen bekannten Persönlichkeiten – auch Königliche Hoheiten gehen immer wieder zu ihm.«

»Wie alt ist Lady Avon, wenn ich fragen darf?«

»Einundvierzig. Ich bete zu Gott, dass sich jemand findet, der ihr helfen kann. Ich kann es kaum mehr ertragen, sie so leiden zu sehen.«

»Gewiss!«, sagte ich, »aber glücklicherweise hat sie einen guten Doktor bei sich.«

Mrs. Cole verzog den Mund.

»Dr. Lister ist ein sehr guter Bridge-Spieler, und er tippt wie kein Zweiter auf das richtige Pferd.«

»Auch Doktoren brauchen offenbar ihren Zeitvertreib«, sagte ich.

Mrs. Cole schaute mich forschend an.

Eine Zofe kam die Treppe herauf.

»Willst du etwas von mir, Sloane?«

»Ja, Ma'am, Mylady würde Sie gern sprechen.«

Mrs. Cole stand auf, entschuldigte sich und ging nach unten. Ein paar Minuten blieb ich allein, dann wandte ich mich zur Treppe, in der Absicht, mich still davonzumachen. Doch da kam Dr. Lister wieder herauf.

»Ich sage Ihnen«, er sprach wie ein genervter, mutloser Mann, »obwohl es ihr so schlecht geht, verweigert sie entschieden jede Injektion.«

Als er oben war, klatschte er in die Hände, und es erschien ein Diener. »Bring Whisky und Soda, Abdou!«

Dann nahm er mich am Arm:

»Von Arzt zu Arzt«, sagte er, »ich bin wirklich aufs höchste beunruhigt. Es lastet eine große Verantwortung auf mir – und so weit weg von allem …«

In diesem Augenblick kam Mrs. Cole die Treppe heraufgesprungen.

»Schnell, schnell, Dr. Lister, Emilie ist ohnmächtig geworden.«

Dr. Lister zog sein Taschentuch heraus und wischte sich die Stirn ab. Ich sah sofort, dass er mit seiner Weisheit am Ende war.

»Wenn ich nur wüsste, was ich machen soll«, hörte ich ihn noch zu sich selbst sagen, als er hinunterging. Ich selbst hatte vor, nach Hause zu gehen, ich konnte hier als Außenseiter nichts mehr tun. Aber bevor ich aufbrach, erschien Dr. Lister wieder.

»Dr. Ibrahim, ich muss gestehen, ich bin auf all das in keiner Weise vorbereitet, Lady Avons Zustand ist wirklich alarmierend. Bitte kommen Sie mit mir, um nach ihr zu sehen, vier Augen sehen besser als zwei. Würde es Ihnen etwas ausmachen? Vielleicht hat sie hier draußen einen Bazillus aufgeschnappt, mit dem ich keine Erfahrung habe?«

Er wischte sich immer wieder seine Stirn ab. Einen Moment zögerte ich, dann ging ich mit ihm.

In einer geräumigen Kabine am Ende des Korridors lag eine

blasse Frau gegen einen Berg weißer Kissen aus erlesenem Leinen gelehnt – absolut ruhig und mit geschlossenen Augen. Ich hatte den Eindruck, eine Sterbende vor mir zu haben. Mrs. Cole streichelte ihre Hand, und Sloane, die Zofe, stand weinend am Bettende.

»Könnten Sie eventuell …?«, fragte ich die beiden mit einer Bewegung zur Tür, und als die Zofe an mir vorbeiging, flüsterte sie:

»Oh Doktor, bitte tun Sie etwas für sie.«

»Haben Sie etwas dagegen, sie anders zu legen?«, fragte ich Dr. Lister.

»Sie behauptet immer, so sei es am bequemsten.«

»Ich schlage vor, sie ganz flach hinzulegen.«

»Gut, wenn Sie meinen, ich habe nichts dagegen.«

Zusammen legten wir Lady Avon in die horizontale Lage. Kurz danach öffnete sie die Augen. Ich schnappte nur ein kurzes Flackern zweier verzweifelter blauer Augen auf, und schon schloss sie wieder die Augen, biss die Zähne zusammen und drehte das Gesicht zur Seite. In den Beinen bekam sie Krämpfe.

»Ich würde ihr kein Morphium geben«, sagte ich zu Dr. Lister. »Ich würde es mit ein wenig Äther versuchen.«

»Ich habe aber nichts dergleichen.«

»Dann werde ich etwas holen lassen.« Ich schrieb rasch eine Nachricht an Ismail, die ich durch einen Schiffsjungen überbringen ließ. Inzwischen hatte ich im unteren Salon eine Unterredung mit Dr. Lister. Er war sehr offen und entgegenkommend und offensichtlich froh, einen Kollegen hier draußen am Ende der Welt getroffen zu haben. Er sagte, er sei nur als Privatarzt mit Lady Avon hierhergekommen. Sie war auf Rat ihres Londoner Arztes, Sir Robert Milbourne, eines bekannten Spezialisten, nach Ägypten gereist, und er hatte ihr Dr. Lister als begleitenden Arzt empfohlen.

Fünf Jahre schon habe sie ein Martyrium erlitten, mit Schmerzen im Lendenbereich, mit Ischialgie und Rheumatismus. Und seit einem Jahr habe sie beinahe alle Muskelfunktionen der Region der Lendenwirbelsäule verloren, habe sich aber nach einer speziellen Behandlung wieder etwas erholt. Ich fragte Dr. Lister, ob es irgendwelche Veränderungen am Isthmus der Aorta gebe. Er schüttelte den Kopf in einer Art, die mir zeigte, dass er davon nichts verstand. Auf meine Frage nach der Wassermann-Kahn-Probe schaute er ganz entsetzt.

»Wie? Lady Avon? Eine von Englands großen Ladys!«

»Hat Sir Robert eine besondere Behandlung verordnet?«

»Sir Robert war absolut sicher, Lady Avon würde bei bester Gesundheit aus Ägypten zurückkommen.«

»Nun«, sagte ich, da mein Sekretär Ismail mit einem kleinen Päckchen zurückkam, »wir wollen Sir Robert nicht auf Lady Avons Kosten enttäuschen.«

Wir gingen zurück ins Krankenzimmer. Da ich Patienten auf meine eigene Weise zu untersuchen pflege, fragte ich Dr. Lister, ob er etwas dagegen habe. Er willigte ein, und ich untersuchte Lady Avon, ohne zunächst eine Meinung zu äußern. Dann verabfolgte ich ihr etwas Äther, und sie erholte sich ein wenig. Über eine Stunde blieb ich mit Dr. Lister bei ihr. In dieser Zeit kam ich zu einigen bestimmten Überlegungen, blieb aber noch ohne eine definitive Überzeugung hinsichtlich der wirklichen Ursache ihrer Beschwerden. Schließlich gingen wir wieder auf Deck. Dr. Lister bot mir Whisky an, ich aber bat um eine Tasse Kaffee. Mrs. Cole saß zitternd vor Angst in einem tiefen Lehnstuhl.

»Was glauben Sie, was ihr fehlt? Ich denke, niemand weiß es wirklich«, sagte sie zu mir. »Das Bett unten ist jedenfalls eine Tortur, eine echte Folter für Lady Avon.«

»Wenn Sie erlauben, besorge ich ihr ein Spezialbett, in dem sie sich in der richtigen Lage ausruhen kann.«

»Ich denke, wir sollten Emilie mit dem nächsten Zug nach Kairo bringen«, sagte Mrs. Cole.

»Wenn Sie Ihre Freundin lieben, tun Sie das bitte nicht.«

»Und warum nicht? Wir könnten ihr doch einen speziellen Schlafwagen besorgen.«

Ich blickte auf Dr. Lister.

»Schließlich ist er Lady Avons Doktor.«

Dr. Lister hustete und goss etwas Sodawasser in seinen Whisky.

»Vermutlich sollten wir sie nach Kairo verlegen ...«

»Ich habe das starke Gefühl, Lady Avon hätte England nie verlassen dürfen – ich würde ihre Familie benachrichtigen, dass ihr Zustand sehr ernst ist«, sagte ich.

Mrs. Cole stand auf.

»Wir sollten sie fragen, meine ich, ob sie nach Kairo verlegt werden will oder nicht!«

Sie ging hinunter, während Dr. Lister mich dazu bewegen wollte, meine ehrliche Meinung zu äußern.

»Sagen Sie mir, was Sie wirklich über den Fall denken!«

»Es ist eine komische Art von Rheumatismus«, sagte ich.

»Sir Robert Milbourne sollte es eigentlich wissen – aber wie dem auch sei – ich würde gern Ihre Meinung erfahren.«

»Noch habe ich keine, ich habe Lady Avon noch nicht gründlich genug untersuchen können, um klar zu sehen. Aber eines weiß ich: wenn das Ischias oder Rheuma ist, dann bin ich kein Arzt!«

»Auch ich hatte manchmal schon meine Zweifel ...«

»Ich mache mir nicht zu viel Gedanken über Sir Robert. Der damalige Zustand mag ja seine Meinung völlig gerechtfertigt haben, dass eine Reise nach Ägypten ihr tatsächlich guttun würde. Ich glaube allerdings, dass es sich hier um einen typischen klinischen Fall handelt. Ich sage, ›ich glaube‹, denn ich bin noch nicht vollkommen sicher. Ich mache mir weiter meine Gedanken und muss die Patientin nochmals untersuchen.«

»Dass eine solche Verantwortung so plötzlich auf mir lastet!«, sagte Dr. Lister und leerte langsam sein Glas. »Ich habe seit Jahren keine praktische Erfahrung mehr – was würden Sie an meiner Stelle tun?«

»Ich würde sofort einen Kollegen aus Kairo hinzuziehen, nach Möglichkeit einen englischen, um mit ihm die Verantwortung zu teilen.«

»Allan!«, rief Dr. Lister, »ach ja, ich kenne ja den alten Allan!

Ich werde ihn morgen anrufen, falls sich der Zustand von Lady Avon nicht gebessert hat. Würden Sie in der Zwischenzeit so freundlich sein, sich um die Nurse und das Bett zu kümmern. Ich bin ganz Ihrer Ansicht, dass Lady Avon ein anderes Bett braucht.«

»Ich werde gerne alles für Sie veranlassen«, sagte ich, und da es für meine Anwesenheit keine weiteren Gründe gab, verließ ich die *Dahabiyah*. Ich ging zu unserer kleinen Poststation, telegraphierte an die Oberschwester und bat außerdem um ein spezielles Krankenbett aus der Privatklinik meines Freundes Dr. Willy – oder »Bimbo«, wie wir ihn im Dienst genannt hatten. Zu jener Zeit war er Chefarzt im Regierungshospital von Luxor.

Bald nach Tagesanbruch erschien Dr. Lister bei mir. Er sah müde aus, berichtete mir, dass Lady Avon eine schlechte Nacht verbracht habe, und fragte, ob er mein Telefon benützen dürfe.

»Aber natürlich!«

Er verlangte die englische Residenz in Kairo und war kurz darauf mit dem *High Commissioner* verbunden. Diesem schilderte er den bedrohlichen Zustand von Lady Avon und bat ihn, Dr. Allan ohne Verzögerung sofort nach Edfou zu schicken. Auch sei es angezeigt, Lord Avon in England zu benachrichtigen. Seine Exzellenz beteuerte dem Doktor, alles zu tun, was möglich sei, und trug ihm auf, Lady Avon und Mrs. Cole seine besten Wünsche zu übermitteln.

»Werden Sie mitkommen zur *Dahabiyah*?«, fragte Dr. Lister.

»Noch habe ich hier Dinge zu erledigen – aber ich werde kommen, wenn Sie es wünschen.«

»Sehr sogar, und Lady Avon wünscht Sie auch zu sehen.«

»Erlaubt es ihr Zustand denn, Besucher zu empfangen?«

»Sie sind kein Besucher, Sie sind ein Doktor – und sie hat den Wunsch, Sie als Arzt zu empfangen. Glauben Sie mir, mein Freund, ich schätze Ihre Freundlichkeit außerordentlich – ich gehöre nicht zu jenen, die sich für allwissend halten. Es gibt in unserem Beruf viel zu wenig sportlichen Geist.«

Gemeinsam gingen wir nun zum Nil hinunter und sobald wir auf dem Boot angekommen waren, ging Dr. Lister gleich zu Lady Avon. Nach ein paar Minuten kam er wieder und ergriff freundschaftlich meinen Arm: »Bitte, alter Freund, gehen Sie doch zu ihr und flößen Sie ihr ein wenig Vertrauen ein!«

Ich betrat ihre Kabine und schloss leise die Türe hinter mir. Lady Avons Blicke hefteten sich fragend an mich. Zwei dicke blonde Zöpfe, die ihr blasses leidendes Gesicht einrahmten, fielen auf ihre Schultern. Die Stirn war zwischen den Augenbrauen in Falten zusammengezogen. Sie lächelte ein wenig und bot mir einen Stuhl an.

»Sehen Sie, wie gehorsam ich war? Ich habe meine Lage nicht verändert.« Ich nahm sachte ihre Hand und stellte fest, dass sie schön kühl war.

»Dr. Lister sagte mir, dass noch ein anderer Arzt aus Kairo kommt«, sagte sie mit müder Stimme.

»Wir Ärzte sind wirklich eine Plage, nicht wahr?«, sagte ich, »aber vielleicht bringt es doch einer von uns fertig, Ihnen zu helfen! Waren Sie in Ihrer Kindheit jemals ernsthaft krank?«, fragte ich. Ihre Stirn war vor Schmerz in Falten gelegt, sodass ich meine Hand beruhigend auf sie legte.

»Der Schmerz wird nachlassen – seien Sie ganz entspannt«, sagte ich.

»Es ist so wohltuend …«, und sie lächelte dabei.

»Können Sie meine Frage beantworten?«

»Als ich sechs Jahre alt war, hatte ich eine unklare, hochfieberhafte Erkrankung.«

»Gab es irgendwelche Nachwirkungen?«

»Ja, ich verlor die Kontrolle über meine Beine.«

»Wie lange?«

»Ungefähr zwei Jahre lang.« Und nach einer Pause fügte sie hinzu:

»Sie sind der erste Doktor, der daran denkt, mir solche Fragen zu stellen.«

»Wirklich? Darf ich Ihnen nun helfen, sich auf die Seite zu legen, ich würde gerne Ihre Wirbelsäule untersuchen.«

Ich untersuchte sie gründlich – gemäß eigener Intuition. Das klinische Bild, das ich mir während der langen Nachtstunden zusammengereimt hatte, bestätigte sich vollkommen. – Ich drehte sie wieder zurück in eine bequeme Lage.

»Haben Sie Angst vor dem Tod?«, fragte ich.

»Ich glaube nicht – aber ich habe einen Mann und einen Sohn …«

»Denen liegt doch sicher viel daran, dass Sie am Leben bleiben und gesund werden, vermute ich.«

»Ja, natürlich! Warum eine solche Frage?«

»Weil – falls Sie nicht wollen, dass sie um Sie trauern müssen – ich Sie bitten muss, auf keinen Fall nach Kairo zu reisen, ganz gleich wie! – Ich will Ihnen ganz offen sagen, welche Gedanken ich mir über Ihren Zustand mache. Ich habe das Gefühl, Sie sind eine Frau mit einer starken Natur, jemand, der die Wahrheit vertragen kann. Aber ich glaube auch, dass das, was ich Ihnen jetzt sagen werde, Ihnen vielleicht einen Stein von Ihrem Herzen nehmen wird. Sie haben ein Gewächs, einen echten Tumor in Ihrer Wirbelsäule – und der ist die Quelle des ganzen Übels. Fall das Ding entfernt werden kann, können Sie wieder ganz gesund werden.«

»Wäre das eine gefährliche Operation?«, fragte sie.

»Ja – und danach wäre eine lange Nachbehandlung nötig, die viel Geduld erfordert. Aber die Operation wäre weniger gefährlich als ein Transport nach Kairo in Ihrem jetzigen Zustand.«

Ich drückte sanft ihre Hand.

»Ich bin brutal, nicht wahr?«

»Nein, gar nicht. Sie sind nur ganz offen, und das mag ich. Aber wo könnte ich denn hier operiert werden? Und von wem?«

»Madam«, sagte ich, »in unserem Land gibt es eine Menge Chirurgen.«

»Sind Sie einer davon?«

»Ich bin Chirurg.«

In diesem Augenblick kam Dr. Lister herein.

»Nun, wie finden Sie unsere Patientin?«

»Dr. Lister«, antwortete ich, »ich hatte die Ehre, Lady Avon ganz gründlich zu untersuchen.«

»Ja, und welche Schlüsse haben Sie daraus gezogen?«

Mit wenigen Worten erläuterte ich ihm meine Diagnose. Er schaute bestürzt und ein wenig wie aus dem Konzept geraten.

»Ich bin sicher, er hat recht«, sagte Lady Avon, »besprechen Sie es mit ihm – ich weiß, dass er recht hat.«

Wir verließen beide die Kabine. Draußen wiederholte ich ihm meine Überzeugung und wie ich dazu gekommen war. Ich sagte ihm auch, dass die Operation sofort gemacht werden müsse, je früher, desto besser. Außerdem stellte ich ihm die Einrichtungen meines kleinen Hospitals zur Verfügung und gab ihm den Rat, Hussein Bey, eine unserer Koryphäen des Kasr-El-Aïni-Hospitals, als Operateur zu gewinnen.

»Ich weiß nichts über diesen Mann.«

Ich zuckte mit der Schulter.

»Bei ihrem jetzigen Zustand gebe ich Lady Avon nicht mehr als eine Woche. Falls man sie nach Kairo bringen sollte, so könnte ein heftiger Stoß unterwegs ihre Wirbelsäule ausrenken, und das würde sie bestimmt das Leben kosten.«

»Ich zweifle nicht an Ihrer Diagnose – es mag tatsächlich ein Tumor sein.«

»Es ist einer!«, sagte ich.

»Warten wir auf Dr. Allan, und schauen wir, was er vorschlägt.«

»Ja, gut – aber ich hoffe, er wird bald kommen.«

Dr. Lister, dessen Pferdegesicht einen völlig verängstigten Ausdruck angenommen hatte, versuchte mich so lange wie möglich an Bord zu behalten. Offensichtlich beruhigte es ihn, den Fall mit einem Kollegen *ad infinitum* zu diskutieren. Persönlich hatte ich ein klares Bild vor Augen und wäre gewillt gewesen, für meine Überzeugung meinen Ruf aufs Spiel zu setzen – der allerdings war zu jener Zeit keinen Pfifferling wert.

Ich versicherte meinem Kollegen immer wieder meine Hilfsbereitschaft und sicherte ihm auch die Unterstützung der ägyptischen Regierung zu, die sicher bereit wäre, mitzuhelfen, da Lord Avon eine wichtige Persönlichkeit im Britischen Empire war, nicht nur in England selbst, sondern auch in Indien hochgeschätzt, wo er eine bedeutende Stellung innegehabt hatte.

Man staune! Schon am nächsten Morgen kam Dr. Lister angerannt. »Stellen Sie sich vor, Allan ist in einem Sonderzug angekommen, und er hat noch einen anderen Arzt mitgebracht. Wie freundlich vom *High Commissioner*, sie so schnell zu schicken!«

»Sehr freundlich«, sagte ich.

Nach einem kurzen Gespräch sauste Dr. Lister wieder zurück zur *Dahabiyah*, während ich nach Luxor telefonierte und mit Bimbo sprach. Ich hatte eine sehr hohe Meinung von ihm; er war nicht nur für seine gute Arbeit im Dienste der Regierung als Chirurg mit dem Skalpell hochgeschätzt, sondern er hatte auch einen gütigen und aufopfernden Charakter, wie ich bei vielen Gelegenheiten während meiner Zeit in Kasr-El-Aini erfahren hatte. Ich unterrichtete ihn über alles, was seit der Ankunft der »Osiris« passiert war, und bat um seinen Rat. Ohne zu zögern, sagte er:

»Ich werde den nächsten Zug nehmen und nach Edfou kommen, um Ihnen zur Verfügung zu stehen, wenn Sie mich brauchen. Ich glaube, der nächste Zug fährt in einer Stunde.«

Dann gab er mir noch den Rat, zu Hause zu bleiben und das Feld ganz den englischen Ärzten zu überlassen. Sonst könne es ein heilloses Debakel geben. Er selbst hatte unangenehme Erfahrungen in Luxor gemacht, wenn englische Ärzte aus Kairo zu Patienten im Winter-Palace-Hotel zugezogen worden waren. Sie widersetzten sich gewöhnlich der Anwesenheit ägyptischer Kollegen, besonders Ärzten aus der Provinz.

Also, nur Ruhe bewahren! Ich wusste, Bimbo hatte recht.

Ich hatte ihn lange nicht gesehen und war hocherfreut, ihn bald wiederzutreffen, und auch froh, ihn hier zu haben, falls ich doch auf der *Dahabiyah* gebraucht werden sollte. Echte Freundschaft ist etwas Seltenes im Leben! Während des Abends, den ich mit ihm verbrachte, hatte ich alle meine Sorgen vergessen. Wir genossen beide das ausführliche Gespräch, das wir zusammen hatten, während wir von meinem Balkon aus in die Landschaft und den Abendhimmel schauten.

Am nächsten Morgen, als ich meine Patienten von außerhalb versorgte, erschien Dr. Lister.

»Sagen Sie, alter Knabe, kann ich schnell ein paar Worte mit Ihnen wechseln?«

Ich führte meine Arbeit rasch zu Ende und ging mit ihm in mein Büro.

»Wir sind in einer teuflischen Klemme«, sagte er.

»Aber Sie sind doch zu dritt – und können sich nicht entschließen? Ist das das Problem?«, fragte ich.

»Ja, verflucht, so ist es! Allan behauptet, es sei eine akute Form einer Neuritis, und Lynch will sich nicht äußern, bevor nicht ein Röntgenbild von Lady Avon gemacht ist. Doch beide sind der Ansicht, dass sie in einem Spezialwaggon nach Kairo gebracht werden soll. Nur – Lady Avon ist dagegen und möchte Sie bei der Diskussion dabeihaben.«

»Es tut mir leid, Dr. Lister«, sagte ich, »aber ich habe Ihnen doch meine Diagnose und meine Ansicht mitgeteilt. Und nun haben Sie Dr. Allan und Dr. Lynch – und da ich deren Meinung jetzt auch kenne, würde ich es nicht wagen, mich einzumischen und sie vor den Kopf zu stoßen.«

Dr. Lister knurrte vor Entrüstung.

»Mein Gott! Vor was haben Sie sich denn zu fürchten?«

»Was haben Sie denn überhaupt für eine Meinung zu dem Fall? Sie haben sich mir gegenüber noch nie geäußert.«

»Verdammt! Ich habe gar keine Meinung«, rief er zornig, »ich tue mein Bestes für Lady Avon und Sir Robert Milbourne, das ist alles.«

»Und was, glauben Sie, ist das Beste?«

»Ich denke, bei einer Frau, die sich im Zustand von Lady Avon befindet, ist es das Beste, ihre Wünsche zu respektieren. Und sie sagt, sie möchte nicht nach Kairo transportiert werden, sie weigert sich radikal. Sie hat Dr. Allan und Dr. Lynch gebeten, Sie zu einer Konsultation hinzuzuziehen. Ich halte es für Ihre verdammte Pflicht, ihrem Wunsch zu entsprechen.«

»Haben Sie den beiden Kollegen meine Meinung über den Fall und meine Diagnose mitgeteilt?«

»Ich bin doch kein solcher Dummkopf, in Ihr Konzept einzugreifen, noch bevor Sie in Aktion getreten sind.«

»Und wie geht es denn Lady Avon?«

»So wie gestern. Aber jetzt sehen Sie zu, dass Sie mit mir kommen. Ich möchte Lady Avon sagen können, dass Sie da sind. Das wird ihr viel bedeuten.«

»In dem Fall bestellen Sie ihr von mir, ich käme gegen Mittag, vorher kann ich nicht. Und sagen Sie ihr bitte, sie solle sich auf keinen Fall irgendwelche Sorgen machen.«

»All right! Ich werde ihr das sagen. Auf bald! Ich bin schon weg!«

Ich gestehe, dass ich mit klopfendem Herzen zur *Dahabiyah* ging. Immerhin sollte ich zwei Kollegen von hohem Ansehen aus Kairo treffen. Der *High Commissioner* und ganz England würden vermutlich ein wachsames Auge auf die Ereignisse in Edfou werfen … und ich war nur ein Ägypter.

Gegen Mittag standen vier Doktoren unter dem Sonnensegel, das über das weite Deck der »Osiris« gespannt war. Dr. Lister spielte die Rolle eines wohlwollenden Beobachters. Seiner Redlichkeit darf man alle Ehre erweisen. »Ich habe verdammt nochmal gar keine Meinung«, wie er sich ausgedrückt hatte. Er hatte ja kein Honorar zu erwarten. Sein Job war nur, nach Lady Avon zu sehen, und dafür bekam er eine feste Summe. In dieser Hinsicht hatte er nichts zu befürchten, und er versuchte auch nicht, Kenntnisse vorzutäuschen, die er gar nicht besaß. Darin war er vollkommen ehrlich. Dr. Allan und Dr. Lynch, beide fast doppelt so alt wie ich, dadurch auch medizinisch wohl erfahrener und dazu als Engländer beim Verhandeln im Vorteil, empfingen mich nicht gerade sehr wohlwollend. Ihre Höflichkeit war nicht mehr als der Versuch, kultiviert zu erscheinen. Es war amüsant für mich, nachträglich zu erfahren, dass Dr. Allan mich bei einer oder zwei Gelegenheiten als »Kanalisationsinspektor« bezeichnet hatte. Dies waren – nebenbei gesagt – die Aufgaben eines Gesundheitsinspektors, obwohl es in Edfou gar keine Abwasserkanäle gab, die diesen Namen verdient hätten.

Ich wurde von Dr. Allan unterrichtet, dass Lady Avon so gütig gewesen war, mich rufen zu lassen, da sie anscheinend Wert auf meine Meinung legte. Sie trugen mir ihre Einschätzung vor, zu der sie gemeinsam gekommen waren. Dr. Allan schien inzwischen geneigt zu sein, nicht mehr so fest auf seiner Diagnose »akute Neuritis« zu beharren.

»Wir müssen warten«, sagte er, »bis Dr. Lynch die nötigen Röntgenaufnahmen in Kairo gemacht hat.«

Ich erinnerte mich an Bimbos Worte: »Rede nicht viel, lass die andern reden.« Daher blieb ich zunächst still. Dr. Allan begann daraufhin eine gelehrte Diskussion mit Dr. Lynch über Harnsäure, jenes gemeine Zwischenprodukt des menschlichen Organismus, das so viele lästige und schmerzhafte Krankheiten verursacht. Aber weshalb ereiferten die beiden sich so? Harnsäure-Probleme sind die größte Einnahmequelle in unserem Beruf; für Millionen Pfund werden jedes Jahr Medikamente dagegen produziert, die von den Leuten bezahlt und in Massen geschluckt werden, ohne viel Schaden anzurichten. Vielleicht helfen sie in bestimmten Fällen sogar ein wenig. Die moderne Drüsentherapie und andere neue Heilmethoden sowie gesunde Ernährung werden vermutlich mit der Zeit diese ganze Manufaktur von Gesundheitspülverchen in den Bankrott treiben.

Ich hatte meine Meinung zu dem Fall noch nicht geäußert, als Dr. Lynch sich zuerst einmal nach meiner beruflichen Erfahrung und Qualifikation erkundigte. Die Auskünfte, die ich ihm gab, schienen seine Meinung über mich nicht gerade zu verbessern – und während wir noch redeten, erschien Mrs. Cole auf der Treppe.

»Dr. Ibrahim«, rief sie, »Lady Avon würde Sie sehr gerne sehen.«

Ich machte den Kollegen eine auffordernde Geste:

»Wollen Sie nicht vorher zu ihr gehen?«

»Oh nein, gehen Sie nur, schauen Sie nach ihr«, sagte Dr. Allan.

Ich folgte seiner etwas diktatorischen Aufforderung und ging hinunter. Lady Avon schien äußerst erschöpft, doch hatte ich gleichwohl das entschiedene Gefühl, dass sie über eine Reserve an konstitutionellen Kräften verfügte, die ich immer für besonders wichtig in einer solchen Krisensituation gehalten habe. Dies könnte sie befähigen, einer drohenden Gefahr möglicherweise zu entrinnen. Ich ging zu ihrem Bett, und sie ergriff meine Hand.

»Warum dies ganze Getue? Weshalb so viele Ärzte? Ich will nicht, dass sie mich hier fortnehmen. Ich glaube an Sie! Ich weiß, Sie haben recht, ich fühle es, ich bin davon überzeugt. Ohne Wenn und Aber gebe ich mich in Ihre Hand. Wenn es Ihnen nicht gelingt – *well*, dann ist es eben so.«

Tränen standen in ihren Augen.

»Madam«, sagte ich, »ich bin tief gerührt durch Ihr Vertrauen, aber Sie sind Engländerin – und die Ärzte sind Ihre Landsleute … ich bin Ägypter!«

Sie lächelte.

»Dr. Ibrahim, ich liebe Ägypten, ich möchte lieber in Ägypten sterben als sonstwo auf der Welt.«

»Wir wollen nicht, dass Sie hier sterben oder sonstwo. Aber es sind sehr bekannte Ärzte, ich kann nicht gegen ihren Rat handeln.«

»So, dann lassen Sie mich hier in Frieden sterben. Meine Familie weiß bereits, wie krank ich bin. Der *High Commissioner* hat nach England telegraphiert.«

»Schön und gut«, antwortete ich, »ich werde jedenfalls meinen Kollegen oben genau sagen, was nach meiner Ansicht getan werden muss.«

»Ich habe vor nichts Angst«, flüsterte sie, »und ich werde Sie in jeder Hinsicht unterstützen. Gehen Sie nur und reden Sie mit ihnen. Am besten, Sie schicken sie zurück nach Kairo, wenn Sie können!«

Ich ging hinauf und fühlte mich plötzlich leicht, stark und selbstsicher. Jedes Zögern war verflogen, ich war wieder Herr meiner selbst, wenn auch noch nicht der Situation ... Dr. Allan und Dr. Lynch standen mir als Feinde gegenüber.

»Sie waren sehr schnell fertig mit Ihrer Untersuchung«, sagte Dr. Lynch.

»Ich habe Lady Avon schon zweimal untersucht.«

»Oh, das hat sie uns gar nicht gesagt – und Sie, Dr. Lister, auch nicht«, wandte er sich überrascht an Dr. Lister.

»Nein, ich dachte, es ist für Dr. Ibrahim besser, wenn er Ihnen seine Meinung selber sagt.«

»Oh?«

»Ja«, murrte Dr. Lister energisch.

»Oh, tatsächlich?«

Und Dr. Lynch zog einen Mundwinkel nach oben.

»Dürfen wir Ihre Meinung nun endlich erfahren?«, fragte Allan.

Ich sagte ihnen alles, was ich dachte – und auch, dass ich der Meinung war, dass ein Transport den sicheren Tod der Patientin bedeuten würde. Sie hörten mir unübersehbar mit der größten Herablassung zu – um nicht zu sagen, mit geradezu unverschämter Gleichgültigkeit.

»Selbst wenn Sie recht haben sollten«, sagte Dr. Lynch, »und glauben, sicher zu sein, so sind Sie es keineswegs. Und wie und wo würden Sie Lady Avon in diesem Dorf operieren können, wo es nicht einmal einen Ort gibt, der den Vergleich mit einem anständigen Hunde-Hospital bestehen könnte?«

»Ich würde keine Operation vorschlagen, wenn ich nicht alle Möglichkeiten dazu zur Verfügung hätte«, sagte ich kalt und bestimmt, »sie sind zwar primitiv – zugegeben –, aber ich halte sie für ausreichend für einen solchen Notfall.«

»Ich denke, wir sollten uns gleich mit der englischen Residenz in Verbindung setzen, um eine Katastrophe zu vermeiden«, bemerkte Dr. Allan.

»Meine Herren«, sagte ich, »ich glaube, dass nicht einmal Seine Exzellenz, der *High Commissioner*, einen qualifizierten

Doktor und Chirurgen daran hindern kann, eine wissenschaftlich fundierte Meinung zu haben. Noch sehe ich, dass jemand eine Patientin hindern kann, das zu tun, was sie als ihr Recht ansieht, nämlich über sich selbst verfügen zu können.«

»Lister«, sagte Dr. Allan, »ich glaube, Sie sollten ein erklärendes Telegramm an Lord Avon schicken.«

»Ja, ich werde gleich gehen, das kann auf keinen Fall schaden.«

»Ich glaube auch, dass es nötig ist, Lord Avon zu informieren, aber ebenso, ihm die ganze Wahrheit zu sagen«, bemerkte ich. »Und inzwischen stehe ich mit meinen begrenzten Hilfsmitteln zu Ihrer Verfügung, meine Herren, falls ich gebraucht werde.«

»Wir werden Lady Avon noch einmal untersuchen«, sagte Dr. Lynch. Ich war mir ziemlich sicher, dass sie den Tumor nicht finden würden, er war nicht sichtbar und zeigte keine Veränderung an den Konturen des Rückens. Es war ein kleiner nussgroßer Tumor in der Lendenregion des Spinalkanals. Ein gutes Röntgenbild würde ihn sicher darstellen, nur – in Edfou gab es keinen Röntgenapparat. Weder Morphium noch irgendwelche Manipulationen können die Schmerzen beseitigen, die der ständig wachsende Druck eines Tumors gegen die Nervenbahnen verursacht. Es gab, soweit ich wusste, keine Behandlung gegen diese Schmerzen, außer dem Messer und, was noch wichtiger ist, einer geschickten Hand.

Vor etwa drei Jahren hatte ich schon einmal einen ähnlichen Fall bei einer Frau gehabt und den Tumor mit Erfolg entfernt. Und dabei hatte ich Erfahrungen mit der postoperativen Behandlung gemacht, die ebenso wichtig ist wie die Operation selbst.

Ich verließ die *Dahabiyah* in kämpferischer Stimmung. Meine Berufsehre, meine Kenntnisse, ja meine ganze Zukunft schienen auf dem Spiel zu stehen. Es war ein echter Kampf. Ich war von dem leidenschaftlichen Wunsch besessen, Herr über den Tumor zu werden. Und außerdem wollte ich ein Leben retten, Sieger über den Tod bleiben! Und was für ein liebenswertes

Leben! Eine zarte, herzensgute englische Lady, die trotz ihrer Schwäche und ihrer Schmerzen zu mir gesagt hatte, dass sie Ägypten liebe und volles Vertrauen zu mir habe.

Es wurde Abend, Bimbo und ich saßen auf den hölzernen Stühlen des Madjubian-Cafés. Dr. Lister trottete die Straße zweimal auf und ab, ohne uns zu sehen. Es kam der Postmeister dazu, der sagte, dass er in seinem Leben noch nie so viele englische Telegramme empfangen habe. Dr. Lynch ritt auf einem Esel vorbei, hinter ihm ein *Dragoman*. Offenbar nutzte Dr. Lynch die Gelegenheit, den Tempel zu besuchen. Dann kam der Post-Sekretär und rief laut:

»Noch mehr Telegramme? *Yasalaam!* Die Regierung kommt zu Geld. Sie müssen mein Gehalt aufstocken, ich habe schon so oft darum nachgesucht und immer noch keine Antwort.«

Und so schnell ihn seine Beine trugen, eilte er zurück zum Postamt.

Mein Sekretär erschien mit einem Brief von Mrs. Cole.

Lieber Dr. Ibrahim,
die Situation ist inzwischen ein Albtraum geworden. Es wäre geradezu lächerlich, wenn es für Lady Avon nicht so gefährlich wäre. Sie hat so viel Vertrauen zu Ihnen und so wenig zu den anderen, dass sie Sie durch mich fragen lässt, was Ihr Vorschlag ist. Sie möchte Dr. Allan und Dr. Lynch nicht vor den Kopf stoßen, aber sie hofft, dass die beiden wieder verschwinden. Am liebsten würde sie aufstehen und sich anziehen, um ihnen zu zeigen, dass sie sie nicht nötig hat – aber sie ist zu schwach, leider! Die Ärzte machen sich breit auf der *Dahabiyah*, als ob es in Edfou keine andere Unterkunft gäbe. Bitte geben Sie mir bald Antwort.

Virginia Cole

Ohne ein Wort zu sagen, lieh mir Bimbo seinen Füllfederhalter.

Madam,
der einzige Weg, die Ärzte loszuwerden, ist, ihnen zu sagen, dass sie gehen sollen. Lassen Sie Dr. Lister das für Sie erledigen. Es gibt tatsächlich, wie ich aus meiner persönlichen Erfahrung weiß, keine andere Möglichkeit. Ein Patient kann grob zu seinem Doktor sein, solange er es sich leisten kann, später dafür zu bezahlen.

Ehrfurchtsvoll
Ihr Ibrahim el Assiuti

Ich gab den Brief Ismail mit der Bitte, ihn gleich zur *Dahabiyah* zu bringen. Keine Antwort …

Den Abend verbrachte ich mit Bimbo. Es war eine wahre Freude, ihn als Gast hier zu haben. Wir wurden an diesem Abend Freunde fürs Leben. Es hätte niemals das leiseste Gefühl von Rivalität zwischen uns aufkommen können. Wir waren lange zusammen und tauschten viele Erfahrungen aus. Die Zeit flog dahin. Er wollte mein Angebot nicht annehmen, in meinem Bett zu schlafen, sodass wir nach einigem Hin und Her beide auf dem Boden schliefen.

Am folgenden Morgen erschien Dr. Lister schon bei Tagesanbruch. Für die frühe Stunde war er ziemlich aufgeregt.

»Ich habe kein Auge zugetan heute Nacht«, sagte er, »ich bin völlig durcheinander. Dr. Allan und Dr. Lynch haben alles übel genommen und sind voller Zorn abgefahren. Sie fragten nur noch, was in aller Welt mich veranlasst habe, sie nach Edfou zu locken.«

»Dies ist mein Freund, Dr. William«, sagte ich und zeigte auf Bimbo, der in seinem Pyjama in meiner Nähe stand.

»Du guter Gott!«, rief Dr. Lister, »Mediziner scheinen hier über Nacht wie Pilze aus dem Boden zu wachsen.«

»Keineswegs, Sir«, sagte Bimbo, »ich bin kein Pilz, ich bin der Chefarzt des Regierungsspitals von Luxor.«

»Und wie darf ich Ihre Anwesenheit hier verstehen, wenn ich fragen darf, Sir?«

Bimbo lachte.

»Nun, Sir, ich bin von Dr. Ibrahim für ein paar Tage als Assistent engagiert worden.«

Dr. Lister suchte vergebens mit zittriger Hand nach einer Zigarette. Ich holte eine Schachtel und bot ihm eine an.

»Das nimmt mir eine Last von meiner Seele«, sagte er, indem er die Zigarette anzündete.

»Was für eine Last?«, fragte Bimbo.

»Ihre Anwesenheit, Sir. Ehrlich gesagt, ich fühle mich nicht imstande, bei einer Operation zu assistieren. Ich könnte höchstens ein Becken halten. Jedenfalls ...« – er bekam einen morgendlichen Hustenanfall – »jedenfalls kam ich, um Ihnen zu sagen, dass ich nach reiflicher Überlegung zu dem Schluss gekommen bin, dass Dr. Ibrahims Theorie über Lady Avons Zustand mir am wahrscheinlichsten scheint. Tatsächlich bin ich sogar ziemlich sicher, dass er die wahre Ursache gefunden hat. Aber bevor ich die ganze Verantwortung übernehme – denken Sie daran, dass ich Ibrahims Ansicht gegen den Rat von Allan und Lynch akzeptiere – bevor ich also die Verantwortung für die Operation auf mich nehme, müssen Sie mir erlauben, die Räume zu inspizieren, die Sie der Patientin zur Verfügung stellen wollen.«

Er blickte über den Balkon. Die Sonne schickte gerade einen Fächer goldener Strahlen in den Himmel. Der fahle, blaue Rauch der Fellachen-Dörfer schwelte über die Felder und hüllte einige Palmgruppen in einen rosigen Schleier. Ein unendlicher Friede breitete sich um uns aus – etwas, das nicht greifbar ist, das nur gefühlt werden kann, mit dem man lebt und eins wird.

»Oh, ist das schön, ganz unerwartet, um ganz ehrlich zu sein. Platz für eine *Nurse*, für eine Zofe und sogar ein weiteres Zimmer für einen Freund, falls notwendig. Und ein so hübscher Balkon für eine Rekonvaleszente. Mein Kompliment, Dr. Ibrahim. Sie sind wirklich begabt.«

Einen Augenblick lang, aber nur einen Augenblick, dachte ich, er würde jetzt auf Honorare zu sprechen kommen. Doch zu meiner Erleichterung erwies er sich als Gentleman.

»Jetzt ist die Frage: Wie transportieren wir Lady Avon hierher?«, fragte er.

Ich empfahl eine Krankentrage. Zwei Männer von der *Dahabiyah* könnten die Patientin sehr langsam und vorsichtig auf der Bahre hierher tragen.

»Sehr gut, Dr. Ibrahim.«

Er ging ein paar Schritte weg, kam zurück und sagte, indem er sich etwas in Positur warf:

»Also gut! Wollen Sie von jetzt an den Fall übernehmen?«

»Wenn alle einverstanden sind, ja.«

»Abgemacht, alter Knabe!« Und wir reichten uns fest die Hand.

Ohne weitere Verzögerung machte ich mich an die Arbeit. Ich ging mit Dr. Lister zur *Dahabiyah*. Mrs. Cole, die immer noch sehr ängstlich aussah, schien geweint zu haben. Der Anblick der Tragbahre ließ ihre Bedenken nicht kleiner werden.

»Dr. Ibrahim«, sagte sie, »sind Sie wirklich ganz sicher, dass das, was Sie vorhaben, das Einzige, ja das Beste ist, was man tun kann?«

»Ganz sicher!«

»Absolut sicher?«

»Ja, und ich darf auch sagen, dass ich glücklich bin, dass Sie dabei sind, denn Lady Avon wird die ganze Kraft Ihrer Freundschaft nötig haben, um durchzukommen.«

»Ich werde ihr melden, dass Sie da sind.«

Und als ich kurz darauf ihre Kabine betrat, legte Lady Avon ein kleines Gebetbuch zur Seite. Sie sah sehr blass aus, ihre Lippen waren entschlossen zusammengepresst, aber ihre Augen verrieten deutlich ihre Gottergebenheit.

»Ich bin bereit«, sagte sie mit schwacher Stimme, »ich habe dieses Elend so viele Jahre aushalten müssen, dass selbst der Tod mir wenig bedeutet.« Sie nahm das Gebetbuch und zog ein zusammengefaltetes Telegramm heraus, das ihr als Lesezeichen gedient hatte.

»Es wäre schön, wenn alles vorbei wäre, wenn mein Mann kommt«, sagte sie und gab mir das Telegramm zu lesen.

»Ich zeige es Ihnen für den Fall, dass etwas passiert, es ist von meinem Mann.«

Das Telegramm lautete:

> Abfahrt morgen mit Schiff Helouan – Kopf hoch – folge nur Deiner eigenen Stimme und handle danach – meine Gedanken und meine Liebe sind bei Dir – *God bless you* – Jack.

Ich reichte es ihr zurück, und für einen Augenblick versagte mir die Stimme.

»Ich habe Mrs. Cole einen Brief für meinen Mann gegeben, für den Fall …« Sie zwang sich zu einem Lächeln.

»Bitte, machen Sie Mrs. Cole Mut! Sie ist ein Engel. Ich bin bereit, wenn Sie es auch sind«, sagte sie.

Ich gab ihr ein wenig Äther, und wir transportierten sie mit äußerster Sorgfalt von der *Dahabiyah* in meine Wohnung. Mrs. Cole und die Zofe folgten uns. Die arme Sloane heulte, als ob sie dafür bezahlt würde.

Oben angekommen, lief alles programmgemäß. Ich stellte ihr Bimbo vor, zog meinen Overall an, wir wuschen unsere Hände im Nebenraum, während Mrs. Cole und die Zofe Lady Avon nach unseren Anweisungen vorbereiteten. Dann schickte ich die Frauen nach unten. Bimbo machte selbst noch eine sorgfältige Untersuchung und legte nach kurzer Zeit den Finger genau auf die richtige Stelle.

»Ja natürlich …«, flüsterte er.

Ich nickte. Und auch Dr. Lister nickte feierlich. Ich merkte, dass er seit Jahren keine Operation mitgemacht hatte. Sein Gesicht war aschgrau. Bimbo begann mit der Narkose. Dann rollten wir die Patientin in das Nordzimmer und schlossen die Türe.

Wir waren innerhalb einer Stunde mit unserer Arbeit fertig, und ich hatte einen sauberen kleinen Tumor herausgeschält. Ich war sehr zufrieden und legte ihn in ein Gefäß. Bimbo war ein wahres Gottesgeschenk für mich. Er war ein perfekter

Fachmann im Bandagieren und Korsettieren unserer bewusstlosen Patientin.

Ich hatte mein Herz und meine Seele in diese Aufgabe gelegt, aber auch meinen Wagemut. Und ich gestehe, dass auch ein Schuss Übermut dazugehört, in unserem Beruf erfolgreich zu sein – sonst würde man nur Flickwerk machen. Sparsam hatte ich meine Instrumente ausgewählt, um so wenig Gewebe wie möglich zu zerstören. Für Bimbo und mich war es eine große Genugtuung, als Dr. Lister seine Handschuhe auszog und uns herzlich die Hände schüttelte.

»Ein so tolles sportliches Paar wie Sie beide ist mir noch nie begegnet!«, sagte er.

Zu meiner Freude und Erleichterung war unsere kleine *Nurse* mit dem Mittagszug aus Kairo angekommen. Ich hätte sie umarmen können.

»Liebe kleine Nellie, Sie kommen genau zur rechten Zeit – ich habe drei Monate Arbeit für Sie!«

Lady Avon fühlte sich sehr krank, ihre neue Lage war unbequem für sie, und sie war noch keineswegs außer Gefahr. Sie weinte ausgiebig, da sie noch unter den Nachwirkungen der Narkose stand, und am späteren Nachmittag sank sie in einen tiefen komaartigen Schlaf.

Bimbo kehrte am Abend nach Luxor zurück. Es herrschte nun tiefe Stille im Haus. Sollte dies der Vorbote einer größeren Stille sein? Oder war es etwa ein Fall von »Operation gelungen, Patient tot«? Ich konnte diese Nacht keine Sekunde schlafen. Unaufhörlich wiederholte ich im Geiste den Gang der Operation – nein, der Geist wiederholte ihn für mich. Ich war so ruhelos, dass ich mindestens zehnmal in das Krankenzimmer ging. Nellie war zur Stelle, wachsam wie eine kleine irische Fee, vom Mondlicht übergossen.

»Alles allright, Doktor«, flüsterte sie, »ich bin ja da.«

Drei Tage und drei Nächte dauerten meine Ängste unvermindert fort, dann erst stellte ich einen Wechsel bei meiner Patientin fest. Es war nur ein glückliches kleines Flackern in ihren Augen, aber ich wusste nun, dass meine Hand gesegnet gewesen war und dass auf dem Haus und allen, die darin wohnten und atmeten, ein Segen lag. Meine Energie verdoppelte sich. Sechs Tage und Nächte waren vergangen, und zum ersten Mal sah ich etwas Farbe auf Lady Avons Wangen sowie ein Lächeln, das von weit her zu kommen schien. Am siebenten Tag kam wieder etwas Klangfarbe in ihre Stimme – und an diesem Tag kam der Mann, den ich schon ein wenig kannte und verehrte, wegen seiner starken aufmunternden Worte, die er Lady Avon über Tausende Meilen per Kabel hatte zukommen lassen.

Lord Avon war nun da. Er war so groß, dass er sich bücken musste, um mein Haus zu betreten. Man holte mich von der Station, um ihn zu begrüßen. Wie ein Turm stand er neben der Treppe, eine Locke von dunkelgrauem Haar klebte feucht auf seiner Stirn. Mit großen eiligen Schritten war er von Edfou zu Fuß gekommen. Er war so ungeduldig, dass er mich kaum wahrnahm.

»Wie geht es meiner Frau?«, waren seine ersten Worte.

»Es geht ihr den Umständen entsprechend gut«, sagte ich, »ich werde ihr gleich sagen, dass Sie hier sind.«

»Ist sie … außer Gefahr?«

»Als Mann sage ich ›ja‹, als Arzt ziehe ich vor, ›wahrscheinlich‹ zu sagen.«

»Ich habe noch immer dem Wort eines Mannes vertraut.« Die Worte »eines Mannes« betonte er besonders.

Seine dunkelblauen Augen hatten einen etwas herrischen Ausdruck, harmonierten aber gut mit der vorspringenden starken Nase und seinen schön geformten Lippen. Eine Sekunde lang entdeckte ich auch Güte in seinem Gesichtsausdruck

»Bitte haben Sie einen Moment Geduld«, sagte ich. Ich ging hinauf und ließ Lady Avon durch die gute alte Nellie sagen, ihr Mann sei angekommen. Nach zwei Minuten kam Nellie wieder und ging mit mir hinunter, wo ich sie Lord Avon als »sehr erfahrene Krankenschwester« vorstellte. Er folgte mir nach oben, und auf der Türschwelle hörte ich einen matten Schrei: »Jack!« Ich schloss die Türe und ging wieder nach unten. Sage mir keiner, dass Engländer nie weinen. Ich kann beschwören, dass ich an diesem Tag Tränen in Lord Avons Augen gesehen habe.

Lord Avon wohnte auf der *Dahabiyah*. Zuerst war er sehr ungeduldig und wollte seine Frau so rasch wie möglich in einem der Luxushotels in Luxor oder Assuan unterbringen. Ich sagte ihm, dass sie auf keinen Fall, nicht vor zwei oder drei Monaten, transportfähig sei; doch er hatte einen herrischen Charakter, und man konnte merken, dass er gewohnt war, Befehle zu erteilen, denen man, ohne viel zu fragen, zu gehorchen hatte. Er war ein wenig verärgert, dass er seinen Willen einem ägyptischen Doktor unterzuordnen hatte, der außerdem, wie die meisten Männer von normaler Größe, einen Kopf kleiner war als er. Nach kurzer Zeit jedoch verschwand seine Ungeduld, und die Sonnenseite seiner Natur kam zum Vorschein. Er wurde die personifizierte Leutseligkeit und Güte. Nicht einmal ein Elefant in Gefangenschaft hätte in milderer Verfassung sein können. Er suchte die persönliche Bekanntschaft selbst des einfachsten Mannes der »Osiris«-Mannschaft, und ein *Dragoman* musste ihm deren Wünsche und Sorgen übersetzen. Mit geradezu jungenhafter Begeisterung interessierte er sich für jedes Detail auf dem Schiff. Er lernte arabische Worte, studierte Karten von Ägypten, dem Nil und vom Sudan und ließ sich aus Kairo eine ganze Kiste Bücher schicken, um sich zu informieren. Und fast jeden Morgen ging er bei Tagesanbruch in einem wollenen Sweater zum Rudern, um sich fit zu halten. Die Bootsleute sprachen nur mit großer Achtung von ihm. Er war außerdem ein leidenschaftlicher Fotograf, der rechts und links seine Schnappschüsse machte. Im Nil angelte er gern und holte eines Tages sogar einen besonders schönen Fisch heraus – doch er war tagelang unzufrieden, bis er endlich den englischen Namen für ihn herausfand. Der Koch bereitete ihn auf unsere volkstümliche Art zu, die er »einfach köstlich« fand.

Er war mit sich selbst so wenig gelangweilt wie ein Kind, das im Sandkasten spielt. Daher machte es ihm nichts aus, dass ich ihn bat, seine Besuche bei seiner Frau kurz zu halten, denn seine übermächtige Vitalität hätte ihr womöglich schaden können.

Nur Mrs. Cole erlaubte ich freien Zugang zu Lady Avon. Sie war – obwohl als großartige Gastgeberin in London bekannt – eine Perle an Aufopferung.

Und was soll ich über Lady Avon berichten? Ist es einem Arzt erlaubt, eine Patientin so gerne zu haben und zu lieben in jenem höheren Sinn, der an tiefe Verehrung grenzt?

Während all der Jahre, die ich Lady Avon kannte, habe ich sie nicht einmal über ihre Sorgen klagen hören. So liebenswert, gütig und nobel war sie, dass selbst die zynische Londoner High Society von ihr als jemand sprach, der über jede Kritik erhaben ist. Sie dachte nie an sich selbst, sondern immer nur an andere. Und sie war dabei keineswegs langweilig – im Gegenteil. Aber, freundlicher Wanderer, glaube nicht, dass sie eine bigotte Frau war – nein, sie war von Natur aus von echter Religiosität und Frömmigkeit und auch entsprechend erzogen worden. Sowohl ihr Vater wie ihr Großvater waren stark mit den Angelegenheiten der anglikanischen Kirche verbunden gewesen, obgleich beide als Politiker leidenschaftliche Mitglieder des Oberhauses gewesen waren und wie Bulldoggen über die Privilegien der Kirche und ihrer Klasse gewacht und zu bellen begonnen hatten, wenn sie die Interessen des Britischen Empire in Gefahr sahen.

Lady Avon war nicht etwa hochgebildet. Alles, was sie über Politik, Kunst, Literatur und andere interessante Gebiete wusste, hatte sie sich im Laufe ihres Lebens angeeignet. Geldangelegenheiten hatten sie nie beunruhigen müssen. Große britische Familien leben nie für den Tag oder den Erfolg einer Generation; ihre Basis ist fest in vergangenen Generationen verankert. Und auch jetzt nimmt die Macht, die so lange das Imperium zusammengehalten hat, unmerklich die Form zukünftiger Gestalt an. Nur eine Weltkatastrophe könnte den Fels erschüttern, auf dem solche Familien verankert sind. Dieses angeborene Britentum, vermischt mit der Weichheit von Gefühlen, diese Liebe zu kleinen Dingen und der Wunsch, die ganze Welt der englischen Art anzugleichen – sozusagen aus der Welt eine englische Kolonie zu machen, eine Welt mit britischen Ideen, britischer Justiz, britischer Freiheit –, dies waren die elementaren Kräfte, die die zarten Seelen so mancher Engländer, die ich traf, beherrschten. Und je mehr ich Einblick hatte in die Seele von Lady Avon, die ohne jede Spur schlechter Gewohnheiten oder Rücksichtslosigkeit war, desto mehr fühlte ich in mir selbst die Wüste, die afrikanische Nacht. Und ich begann, mir klar darüber zu werden, dass neunzig Prozent von dem, was ich gelernt hatte, im Guten wie im Bösen, aus Europa stammten. Europa hat die heutige technische Welt, die Welt der Zivilisation, hervorgebracht. Und auch ich bin ein Resultat Europas. Den Teil von mir, der durch meinen Beruf meinem Land von Nutzen ist, hat Europa mir geschenkt, aber mein Charakter, meine Begabung und meine natürlichen Neigungen stammen aus meinem geliebten Land. Was wäre aus mir geworden, frage ich mich, wenn ich mir nicht so vieles von Europa angeeignet hätte?

Lady Avon hielt es für ein Gottesgeschenk, dass sie ihre Rekonvaleszenz in meinem bescheidenen Haus in Edfou verbringen konnte. Sie beteuerte, dass sie – nach so vielen Jahren in Indien, wo sie wie eine Königin Hof gehalten hatte – nie einen so engen Kontakt mit den Menschen des Landes gehabt habe wie hier in Ägypten.

»Ich muss noch viel lernen über Ihr Land«, sagte sie, »ich weiß noch so wenig über alles.«

Eines Tages tauchte auch Lord Avons Mutter mit ihrem Sohn auf. Diese bombastische Matrone von über achtzig Jahren schien unverwüstlich zu sein. Der Zahn der Zeit hatte zwar etwas genagt an ihr, aber nur an der Oberfläche gekratzt. Sie kam eines Morgens von der *Dahabiyah* daherstolziert mit der Würde einer Dame, die durch den Ballsaal des Buckingham-Palastes schreitet – mit einem Hut voller Federn, wehenden Schleiern und einem grünen seidenen Sonnenschirm in der Hand. Sie wirkte wie aus dem neunzehnten Jahrhundert entsprungen! Auf ihrem prallen Busen baumelten Ketten und Juwelen wie die Glöckchen von Ziegenherden.

»Hier bin ich, Emilie!«, schrie sie schon von weitem mit greller Stimme, als sie ihre Schwiegertochter auf der Terrasse liegen sah.

»Leg dich nicht in die Sonne, das ist gefährlich, meine Liebe! Und was hat das hier zu bedeuten, lauter arme Leute, die vor dem Haus auf dem Boden herumlungern?«, bellte sie los, »worauf warten die?« Dann blieb sie stehen und ließ den Sonnenschirm zuschnappen.

»Ist das vielleicht Ägypten, für dessen Volk wir angeblich Sorge tragen sollten? Was für ein Anblick! Das macht uns wirklich nicht viel Ehre. Du solltest etwas dafür tun, Jack!«

Lord Avon bot ihr seinen Arm, und mit unerwartet kräftigen Schritten steuerte die massive Achtzigerin auf meine Haustüre zu, unter der ich in meinem weißen Arztkittel stand und sie so liebenswürdig wie möglich empfing.

«Wer ist dieser Mann?«, fragte sie, indem sie mit ihrem Sonnenschirm auf mich zeigte.

»Das ist Dr. Ibrahim, er hat Emilie gerettet!«, erklärte Lord Avon und zwinkerte mir zu.

»Willkommen, Madame!«, sagte ich.

»Sie hätten ein Mörder werden«, krächzte sie, »und das arme Kind töten können. Lassen Sie Ihre Patienten immer in der Sonne rösten? Das ist doch gefährlich.«

»Manche Blumen brauchen Sonne, andere gedeihen besser im Schatten«, antwortete ich.

»Meine Mutter glaubt, die ganze Welt sei ein Kindergarten«, flüsterte Lord Avon mir zu.

Sie ging ins Haus, hielt ihren Rock hoch und trampelte die Treppe hinauf, sodass das ganze Haus zitterte.

»Mutter ist zweiundachtzig und freut sich wirklich, hier zu sein.«

»Ja, aber bitte nicht länger als eine halbe Stunde.«

Hussein brachte Kaffee und Zigaretten, und während der halben Stunde hörte ich nur »Mamas« Stimme oben und sonst nichts.

In den folgenden Tagen bestand ihre Zerstreuung darin,

auf einem kleinen o-beinigen Esel zu balancieren, auf dem sie nicht mehr Halt hatte als ein Ei auf Messers Schneide.

Um die Weihnachtszeit bat mich Lord Avon, mit ihm den Tempel zu besichtigen. Wir fuhren mit der Kutsche zum Tempel der Liebe, der im Glanz der Morgensonne erstrahlte. Unsere antiken Vorfahren hatten enorme Vorstellungen von göttlichen Schöpfungskräften – daran ist nicht zu zweifeln –, denn etwas Entfernteres von der heutigen materiellen Welt als der Tempel des Horus ist kaum vorstellbar. Wir durchquerten die Säulenhalle, und der riesige Lord Avon schrumpfte darin auf die Größe eines Flohs. Er schaute sich etwas zerstreut um.

»Ich behaupte nicht, etwas von Ägyptologie zu verstehen«, sagte er vage, »dies ist alles wunderbar, aber ich finde mich darin nicht wieder. Wissen Sie, Doktor, Sie sind wirklich ein besonders guter Mensch. Ich weiß nicht, wie ich Ihnen für all das danken kann, was Sie für meine Frau getan haben und noch immer tun. Vielleicht finden Sie es seltsam, dass ich das jetzt sage – aber ich liebe meine Frau. Alles, was hier in Ägypten geschehen ist, ist von größter Bedeutung für mich. Wissen Sie, ich bin ein Mann und kein Heiliger, und ich fürchte, ich habe in meinem Leben allerlei angestellt, das meine Frau unglücklich gemacht hat. Es hat mir zwar nie viel bedeutet, und ich wollte auch niemandem wehtun. Sie wissen ja, sie ist sehr religiös – ich bin auch gläubig, aber natürlich nicht auf so konsequente Weise.« Dann sagte er so beiläufig wie möglich: »Es ist für mich eine richtige Freude, Sie kennengelernt zu haben. Über Ihr Land und dessen Menschen weiß ich zwar nicht viel, aber mir scheint, hier ist noch viel zu tun, auch wenn Ägypten zugegebenermaßen viel fortgeschrittener ist als Indien.«

Er machte eine kleine Pause.

»Sie sind ein Nationalist, vermute ich? Es ist mir durchaus klar, dass junge gebildete Leute hier draußen Patrioten sein müssen, sonst würde sich das Land nicht weiterentwickeln.«

In seinem klaren Blick erkannte ich etwas vom »guten alten

England« und was auch dahintersteckt: naturgegebene Macht, gepaart mit Hochmut.

»Können Sie mir verraten, warum ein Mann Ihres Kalibers hier an diesem primitiven Ort arbeitet und nicht in einer Stellung, die Ihren Fähigkeiten angemessen ist?«

»Das ist eine lange Geschichte«, sagte ich.

»Wir haben doch Zeit, oder?«

»Oh, ich habe auch Zeit, doch es wäre ein Bekenntnis, das für mein Land ziemlich erniedrigend wäre.«

»Nur Mut! Ich habe schon Schlimmeres gehört. Dass Millionen mich in Indien einen britischen Tyrannen genannt haben – ist das nicht auch ein Bekenntnis? Und auch demütigend? Dabei wollte ich nur das Beste für sie – aber man kann ihnen doch nicht überall nachgeben! Bitte erzählen Sie mir nun von sich.«

Ich berichtete Lord Avon so wahrheitsgetreu wie möglich. Er nickte nur immer verständnisvoll, als ob meine Geschichte nichts Neues für ihn sei.

»Ich weiß, dass Sie noch nie in England waren«, sagte er, nachdem ich mit meinem Bericht zu Ende war. »Weshalb fahren Sie nicht einmal hin? Das sollten Sie wirklich machen! Selbst wenn wir Engländer Ihre Feinde wären – was wir aber ganz bestimmt nicht sind – aber angenommen, wir wären es, würde es sich für Sie nicht erst recht lohnen, nach England zu gehen, um unsere Motive ein wenig besser verstehen zu lernen?«

»Ich weiß, dass die meisten meiner Kollegen, die in England waren, als Freunde der Briten zurückkommen. Und auch hier werden sie danach mit größerer Achtung behandelt.«

»Aber ist das nicht gut so? Es bedeutet doch, dass sie aus England etwas mitbringen, was sie hier nicht vorfinden, etwas Nützliches, das sie hier gebrauchen können – selbst wenn es nur Prestige ist!«

»Ich kann hier in meinem Land als Arzt praktizieren, aber nicht in England, zumindest nicht, ohne mein Examen dort noch einmal zu machen und damit qualifiziert zu werden. Und dies würde viel Zeit in Anspruch nehmen.«

»Das ist tatsächlich ein Hindernis«, antwortete Lord Avon, »aber trotz allem würde ich Ihnen doch raten, wenigstens eine Zeit lang nach England zu gehen. Sie werden eine sehr viel bessere Position haben, wenn Sie zurückkommen. Ihre Vorgesetzten werden Sie mit anderen Augen sehen, glauben Sie mir. Ich kenne diese bürokratischen Funktionäre, auch wenn ich ihnen hier noch nicht begegnet bin – und ihnen auch nicht begegnen will. Gehen Sie doch nach England! Sie sind noch jung – verzeihen Sie daher, wenn ich so frei mit Ihnen spreche. Es geschieht nur aus Dankbarkeit und weil ich Sie in Ihrer Karriere gerne weiterkommen sehen möchte.«

Was sollte ich sagen zu diesem vortrefflichen Mann, der in solcher Offenheit mit mir sprach?

»Nun«, sagte ich, indem ich versuchte, eine etwas weltmännische Attitüde anzunehmen – oder was ich darunter verstand – »es ist durchaus möglich, dass ich eines Tages nach Europa und England gehen werde, um meine Kenntnisse zu erweitern, doch ich muss noch warten – und wahrscheinlich noch recht lange, fürchte ich.«

»Weshalb?«, fragte er beharrlich.

»Einige ägyptische Söhne haben reiche Eltern, andere nicht, so wie manche Stammbäume haben und andere keine. Ich kenne meine Vorfahren über Hunderte von Jahren, sie haben meiner Familie nur die Verbundenheit mit meinem Land, aber keinerlei Vermögen hinterlassen.«

»Ach so, das ist es«, unterbrach er mich. »Darüber brauchen Sie sich keine Gedanken zu machen. Ich schulde Ihnen weit mehr, als Sie für die Zeit Ihrer Studien in England benötigen«, und er fuhr taktvoll fort: »Schauen Sie mich an, auch ich bin mit meinem Land verbunden, aber es hat mich immer gereizt, es zu verlassen, sobald ich die Möglichkeit dazu hatte. Fünfzehn Jahre habe ich außerhalb Englands zugebracht, und ich fühle mich nur besser dadurch. Ich selbst habe keine Eroberungen für England gemacht – nur Länder verwaltet, die schon von unseren Vorfahren erobert worden waren.«

»Aber England kommt doch immer zuerst, oder?«

»Ja, und bei Ihnen Ägypten, warum auch nicht?«

Er ging ein paar Schritte zurück und fragte mich, ob er ein Foto von mir machen dürfe. Ich war in guter Laune und versuchte, heiter auszusehen.

Er machte einen Schnappschuss, und während er seine Kamera wieder einpackte, sagte er:

»Ich werde das Bild vergrößern lassen und zu Hause in meinem Arbeitszimmer aufhängen.«

Der Sohn von Lord und Lady Avon war gekommen, um Weihnachten auf der *Dahabiyah* zu feiern. Sein Besuch hatte einen wohltuenden Einfluss auf die Gesundheit seiner Mutter und bewirkte für ihre Erholung mehr Gutes, als jede sonstige Behandlung es gekonnt hätte. Mit ihm zusammen kam eine Handvoll heiterer Freunde, und einer von ihnen hatte sogar einen Tannenbaum mitgebracht – als ob Jesus im Schnee auf die Welt gekommen wäre, anstatt in Regionen, wo Palmen- und Olivenbäume wachsen. Auch ich war zum Weihnachtsfest eingeladen.

Ein anglikanischer Bischof sowie ein schottischer Geistlicher waren ebenfalls erschienen. Die Stimme der bombastischen Matrone triumphierte beim Fest über alle anderen Stimmen, um nicht nur Christi Geburt, sondern auch ein opulentes Dinner anzukündigen. Manche gute Flasche wurde geöffnet, und das Fest endete mit einem flammenden Plum-Pudding. Papierhüte sprangen aus Knallfröschen, Ballons flogen in den Sternhimmel, bis zum Anbruch der Dämmerung dauerten die Lustbarkeiten.

Dr. Lister, mit einem Papierhut auf dem Kopf, strahlte mit hochroten Wangen und plapperte drauflos, dass er sein Leben für mich hingeben würde.

Am folgenden Tag kamen der Bischof und der Geistliche in mein Haus, um im Krankenzimmer von Lady Avon ihres Amtes zu walten.

Kurz nach Weihnachten, als Lord Avon nach England zurückkehren wollte, bat er mich zum Dinner allein auf der *Dahabiyah*.

»Ich verlasse Ägypten als ein glücklicher Mensch, da ich weiß, dass es meiner Frau besser geht und sie gut versorgt ist. Erlauben Sie mir, Dr. Ibrahim, Ihnen eine erste Anzahlung zu machen für die Schulden, die ich bei Ihnen habe.« Und indem er noch sprach, überreichte er mir einen Scheck über vierhundert Pfund. Ich wusste nicht, was ich sagen sollte, als ich den Scheck in der Hand hielt. In meinem ganzen Leben hatte ich noch nie so viel Geld besessen. Mir war klar, dass es nutzlos war, mit Lord Avon zu diskutieren – besonders, da ich gehört hatte, dass er zwei Rechnungen über je hundert Pfund von Dr. Lynch und Dr. Allan für ihre Arbeit erhalten hatte. Also stammelte ich nur meinen Dank und steckte den Scheck in meine Tasche.

»Wie gesagt, das ist nur eine Anzahlung«, betonte Lord Avon, »wenn die Zeit gekommen ist, werden wir alles in Ordnung bringen, und Sie werden das bekommen, was Sie verdient haben.«

Zwei Tage später fuhr Lord Avon mit seinem Sohn zurück nach England. Und eine Woche später schickte ich die bombastische alte Dame und ihre Zofe nach Assuan, da ihre Vitalität für meine Patientin überwältigend war.

»Lady Avon muss absolute Ruhe haben«, sagte ich und wunderte mich über die Fügsamkeit, mit der sie meinen Anordnungen Folge leistete.

Auch Mrs. Cole bekam bald danach ein dringendes Telegramm, das sie nach London zurückrief. Sie fuhr im Februar, und so war ich schließlich allein mit meiner Patientin, der Zofe, der *Nurse*, Hussein und Omar sowie Dr. Lister, der Lady Avon täglich einen Besuch abstattete und sich dann wieder auf die *Dahabiyah* zurückzog. Aber da sie inzwischen außer Gefahr war, bestand sie darauf, dass er einen kleinen Urlaub machte, um nach Kairo zu den Pferderennen fahren zu können.

Ich selber begann wieder, über mein eigenes Leben nachzudenken, und kann gar nicht beschreiben, was für eine wichtige Rolle die vierhundert Pfund in meinen Überlegungen spielten, was für eine Unruhe sie aber auch gleichzeitig in mein Leben brachten. Ich sah die Verwirklichung des größten Wunsches aller ägyptischen Ärzte vor mir, nämlich meine Studien in Europa fortsetzen zu können, dort ein vollqualifizierter Arzt zu werden und – um Prestige und viele Kenntnisse reicher – nach Ägypten zurückzukommen. Um aber in England arbeiten zu können, musste ich mein Examen dort neu machen, was englische Ärzte in Ägypten nicht müssen.

Welche Ungerechtigkeit mit einem hassenswerten politischen Hintergrund! Für längere Zeit konnte ich mich nicht entscheiden und war von Zweifeln befallen, ob es wert sei, kostbare Zeit zu vergeuden, während in meinem eigenen Land ein solcher Mangel an erfahrenen Kräften herrschte. Lady Avon kannte meine Sorgen. Unsere Freundschaft war zu einem gegenseitigen absoluten Vertrauen gereift. Sie bot mir ihre volle Unterstützung an, ich sei immer willkommen im Kreise ihrer Familie. Für ihr Land war sie eine feinfühlige Propagandistin. Sie hoffte, mir würde eines Tages die Ehre zuteil werden, Mitglied des Königlichen Kollegs für Chirurgie zu werden. Ich könne viel dazu beitragen, die Schwierigkeiten, die immer noch zwischen England und Ägypten existierten, zu mildern. Und doch – trotz aller goldenen Aussichten konnte ich mich nicht entschließen. Ich dachte an meine Eltern, an Morqos, an meine Freunde, an Omar und ein Dutzend anderer kleiner Omars. Auch an all die Ärmsten, die im Staub saßen und auf mich warteten. Sollte ich sie alle endgültig im Stich lassen?

Unverhofft erschien Bimbo zu einem Kurzbesuch in Edfou. Er war wieder einmal wie ein Bote des Himmels. Er gab mir ein Kuvert mit einem Scheck über fünfzig Pfund, der ihm von Lord Avon geschickt worden war. Für seine Assistenz bezahlt zu werden war für ihn beinahe empörend, da es für ihn nur eine Freude gewesen war, mir zu assistieren.

»Ich habe nichts Wesentliches gemacht. Du musst den Scheck nehmen!«

»Niemals!«, sagte ich. *»Abadan! Abadan!«*

Ich erzählte ihm von meinen Möglichkeiten, eventuell nach England zu gehen. Er reagierte, als ob ihm jemand gesagt hätte, dass er ein Vermögen in der Lotterie gewonnen habe. Er umarmte mich:

»Geh! Geh, sobald du kannst!«

Ich erwähnte meine Zweifel; er schüttelte nur den Kopf.

»Du wirst nicht ein solcher Esel sein und dir diese Gelegenheit entgehen lassen? Willst du resignieren und ein Sklave unserer Regierung bleiben, wenn du die Chance hast, dich davon zu befreien? Geh, mein Freund, zögere nicht, Ibrahim! Ich werde dich im Sommer besuchen.«

Aber immer noch zögerte ich mit meinem Entschluss, nach England zu gehen.

Mein Vorgesetzter, Salib Bey, kam zu einer Inspektion in einem Regierungsdampfer den Nil herauf. Er hatte Freunde und eine größere Anhängerschaft dabei, die auf diese Weise umsonst eine Reise nach Assuan machen konnte. Wie ein Flusspferd, das auf seinen Hinterbeinen geht, watschelte er inmitten der Straße auf mein Haus zu, in respektvollem Abstand von seinen Freunden gefolgt, um seine Bedeutung zu unterstreichen – eine gewichtige, ominöse Erscheinung.

Ich empfing ihn draußen; er war die personifizierte Liebenswürdigkeit und machte mir gleich Komplimente, dass ich eine so bedeutende englische Lady in meiner Behandlung hatte, und drückte seine Hoffnung aus, dass ich ihr die guten Wünsche des Dezernats für eine schnelle Genesung übermitteln würde. Ich bat ihn und seine vier Begleiter in mein Haus, das er mit feierlicher Miene begutachtete.

Ich hoffte, dass er und seine Freunde bald wieder gehen würden, doch er blieb in einem Sessel sitzen, als klebe er in einem Leimtopf. Da es Mittag geworden war und gute Düfte aus Husseins Küche drangen, fühlte ich mich verpflichtet, ihn zu bitten, mir »die Ehre zu geben« und mit seinen Begleitern zum Lunch zu bleiben. Er nahm, ohne zu zögern, an und Hussein gab sich alle Mühe, das Beste anzubieten, was ihm zur Verfügung stand. Er zauberte ein Mahl, das von den Gästen hoch gepriesen wurde und sich bis drei Uhr hinzog. Dann endlich schickte Salib Bey seine Freunde mit verschiedenen Aufträgen weg, und ich blieb mit ihm allein.

Unsere Unterhaltung beschränkte sich zunächst auf dienstliche Angelegenheiten. Auch bat er mich, ihn über die Ereignisse in Damnourah zu unterrichten, die er zu bedauern schien. Er belehrte mich, wie wichtig wechselseitige Unterstützung im Leben sei.

»Haben Sie die reiche Lady oben untergebracht?«

»Ja, in meiner Privatklinik.«

»Oh, Sie haben in diesem Regierungsgebäude eine private Klinik eingerichtet?«, fragte er.

»Ja, ganz privat und ohne Regierungshilfe.«

Schließlich wollte er auch wissen, wie viel ich an privaten Honoraren verdient hatte. Ich sagte es ihm, und er hob erstaunt seine Augenbrauen in die Höhe. Er ließ mich wissen, dass er mir helfen wolle, wo immer es in seiner Macht liege, und dass er versuchen würde, mich in eine bessere Position als meine jetzige zu bringen. Er könne mich dem Unterstaatssekretär empfehlen, der noch immer seinen Vorschlägen gefolgt sei, und mir im Laufe des Jahres die Stelle eines P.M.O. in einem besseren Regierungsspital vermitteln. Immer tiefer sank er in seinen Sessel, ließ schließlich den »Doktor« fallen und nannte mich liebevoll »Ibrahim«.

»In den Augen unserer englischen Freunde haben Sie unserem Beruf wirklich Ehre gemacht«, sagte er, »über den Sekretär der englischen Residenz für orientalische Fragen habe ich großes Lob über Sie gehört.«

»Ich kenne ihn nicht einmal«, antwortete ich.

»Aha! Aber er kennt Sie! Offiziell natürlich schon durch Ihren neuen guten Ruf. Er überbrachte mir die Anerkennung Seiner Exzellenz, des *High Commissioners*, der es begrüßen würde, wenn Sie eine höhere Stellung bekommen würden, in der Sie Ihre brillanten Fähigkeiten besser nutzen könnten, sowohl für das Dezernat als auch für Ägypten.«

Ich wäre bei so viel äußerlicher Schmeichelei nicht verwundert gewesen, wenn Salib Bey aus seiner Tasche den Nil-

Orden gezogen und mir um den Hals gehängt hätte. Er begann mich im weiteren Verlauf mit so vielen Fragen und kindischen Details über die lokale Verwaltung der Gesundheitsstation zu belästigen, dass ich innerlich revoltierte und die Konversation auf die Ereignisse in Damnourah lenkte. Ich ergriff die Gelegenheit, meine früheren Forderungen zu wiederholen, und sagte frei heraus, was ich über das Verhalten der Regierungsstellen dachte.

»Ich denke, ich sollte versuchen, Ihnen zu einem besseren Posten zu verhelfen. Zurzeit habe ich selbst eine Menge Sorgen, sowohl privater wie dienstlicher Natur – ich will mit Ihnen als Freund reden. Ich habe zweihundert Feddan gutes Land und habe – um die Kosten für die Erziehung der Kinder aufzubringen – vor drei Jahren eine Hypothek von zweitausend Pfund bei einem Syrer in Kairo aufgenommen. Fünfzehn Prozent muss ich ihm jährlich an Zinsen bezahlen. Das letzte Jahr war eine Katastrophe für mich. Ich konnte ihm die Hypothekenzinsen nicht bezahlen, und nun hat der Syrer mich an der Gurgel!« Salib Bey machte eine Bewegung, als ob er sich aufhängen wolle. »Er droht mir, vor Gericht zu gehen und mir das Land wegzunehmen. Zweihundert Feddan! Hundert Pfund ein Feddan! Es ist entsetzlich, ich würde Tausende Pfund verlieren! Seit der Zeit von Mohammed Ali Pascha gehört das Land unserer Familie!«

Und so lamentierte er weiter.

»Ibrahim«, sagte er schließlich, »Gott hat es gut mit Ihnen gemeint und Ihnen eine reiche englische Lady geschickt. Ich bin sicher, der Lord war großzügig Ihnen gegenüber. Ibrahim, ich brauche zweihundert Pfund, oder ich bin ruiniert und meine Kinder dazu. Leihen Sie mir bitte zweihundert Pfund!«

Je länger ich Salib reden hörte, desto mehr widerte er mich an.

»*Ya Bey!*«, sagte ich, »wenn Gott mir freundlich gesinnt war, so muss es daran liegen, dass die hohen Herren in Kairo verdammt unfreundlich zu mir gewesen sind. Und was die Hypothek von zweitausend Pfund betrifft, so will ich nur zu bedenken geben, dass, wenn das Land zweihundertmal hundert Pfund wert ist, Ihnen jede anständige Bank in Kairo nicht nur zweihundert, sondern leicht noch zweitausend dazuleihen wird.«

Sein Benehmen änderte sich ganz urplötzlich.

»Haben Sie Interesse an einer Beförderung, die ich Ihnen verschaffen kann?«, sagte er gekünstelt, »oder wollen Sie, dass ich einen ungekünstelten Bericht über Sie abgebe?«

»Verdammt, Salib!« Ich stand abrupt auf. »Ich habe ein gutes Recht auf mein Honorar, das ich allein verdient habe, und bin nicht verpflichtet, es mit meinen Vorgesetzten zu teilen!«

»Sie beleidigen mich«, sagte er und schaute mich mit einem schleimigen hinterlistigen Blick an, mit zusammengekniffenen Augen.

»Als ich Damnourah verließ, war ich bereit, jede Erniedrigung und Ungerechtigkeit hinzunehmen, weil ich den Regierungsdienst mit Idealen angefangen hatte, von denen ich bedauerlicherweise bis heute keines verwirklichen konnte. Und als ich hierherkam, habe ich Sie hundertmal gebeten, mir zu helfen, die Verhältnisse zu verbessern. Sie haben mir nur gesagt, es sei kein Geld im Budget dafür vorhanden. Trotzdem hatte ich mir vorgenommen, im Departement zu verbleiben, bis ich rausgeschmissen werde. Aber heute bin ich entschlossen, Ihnen nicht die Chance dazu zu geben, sondern ich gehe von mir aus, und zwar auf die sanfteste und schnellste Art: Ich werde Ihnen noch heute mein Rücktrittsgesuch überreichen!«

Weiß Gott, dieser plötzliche Entschluss machte mich nicht gerade glücklicher. Ich ging durch Edfou und lief aus dem Dorf, am Tempel vorbei bis zum Rand der Wüste und zurück, als wenn ich von einem geheimen Dämon getrieben wäre. Trotz meiner Verwirrung fühlte ich einen akuten Schmerz, der mir mein Versagen anzeigte – ich hatte in der Pflicht meinem Land gegenüber versagt!

War ich nicht schon ein »Meister des Messers«? Und hatte ich nicht schon genug Erfahrung in meinem Beruf gesammelt? Nach England zu reisen mit einer englischen Lady und ihrer

Familie – war das nicht eine erniedrigende Angelegenheit? So schien es mir jedenfalls jetzt. Und hier vor meiner Tür brauchte ich nur meinen Arm auszustrecken und ein paar arme Teufel aufzugreifen, die sofortige Hilfe nötig hatten …

Ich war so schnell gelaufen, dass ich stehen bleiben musste, um Atem zu holen.

»Nein«, sagte eine Stimme in mir, »sei gerecht, nicht in einem, nicht in zwei oder in zwanzig Jahren wird dein Land das erreichen, was du dir vorstellst. Nur mit langsamen, unmerklichen Schritten bewegt sich die Zeit im Land deiner Väter. Dein Aufenthalt in England ist nur ein Tropfen im Ozean der Ewigkeit – wer weiß? Gerade die Zeit, die du außerhalb deines Landes verbringst, wird dir möglicherweise die Kraft geben, stärker, kenntnisreicher und besser vorbereitet einmal das Ruder in die Hand zu nehmen.«

Ich kam zurück in mein Haus und fand Lady Avon strickend auf meiner Terrasse. Nellie brachte uns Tee – einen ganz köstlichen Tee von Fortnum und Mason aus London. Ich dachte, ich hätte mich inzwischen wieder beruhigt, doch Lady Avon schien mich zu durchschauen.

»Sie sind ein bisschen unruhig heute, Dr. Ibrahim«, sagte sie lächelnd, »ich hoffe, ich bin es nicht, die Ihnen Sorgen macht.«

»Doch, Sie sind es!«

»Aber nur noch zwei bis drei Wochen! Sie haben mir doch versprochen, ich könne dann in Etappen nach Hause reisen.«

Ich sagte nichts.

»Was für Sorgen haben Sie, Doktor?«, fuhr sie sanft fort.

»Meine Sorgen drehen sich um Ägypten«, sagte ich, »und ich kann es Ihnen ja verraten: Ich habe mich heute entschieden, nach England zu gehen, trotz aller Bedenken.«

»Mir scheint, das macht Sie nicht gerade glücklich?«

»Sie haben recht, froh bin ich nicht, aber nichtsdestotrotz habe ich mich nun endgültig entschieden.«

»Mein Freund, in meinen Augen haben Sie einen klugen Entschluss gefasst!«

HEIMKEHR

Aufgrund meiner ernsten Krankheit, für die wir Ärzte immer noch keine Heilung gefunden haben, war ich die letzten Monate nicht imstande, die Geschichte meines Lebens weiter zu erzählen. Nun ist es Frühling geworden, und das Wetter ist warm und trocken. Ich kann durch die Palmen die goldgelbe Wüste sehen, die sich viele Meilen weit vor mir ausbreitet. Die Natur ist schön und groß und kommt meiner inneren Verfassung entgegen. Ich fühle, wie eine verborgene Energie wieder in mir erwacht. Aber wie lange wird sie anhalten? Vielleicht werde ich keinen weiteren Frühling mehr erleben. *Ma-alech!* Der Tod hat für mich alle Schrecken verloren. Mein Leben gleicht dem eines Soldaten, der gekämpft hat; ich habe dem Tod von allen Seiten ins Gesicht gesehen.

Freundlicher Wanderer, sei geduldig mit mir! Ich mag zuweilen bittere Dinge gesagt haben, aber nichts, was ich nicht jederzeit vertreten kann, und nichts, das nicht wahr wäre im Lichte der Grenzen, die meinem Leben noch gesetzt sind.

Dr. Macleod, ein Lungenspezialist, der ein paar Türen weiter von mir in London praktizierte, untersuchte meine Brust vor einem Jahr.

»Mein lieber Freund, an Ihrer Stelle würde ich England so schnell wie möglich verlassen«, war sein unwiderrufliches Urteil.

»Und wohin würden Sie mir empfehlen zu gehen?«

»Davos! Das ist der einzig richtige Ort für Sie!«

Ich entschloss mich, seinem Rat zu folgen und in die Schweiz zu gehen. Weiter zu arbeiten kam nicht in Frage. In meinen Wangen und Schläfen zeigten sich bedenkliche Höhlen und an meinen Händen eine Atrophie der Muskeln. Kein Medikament konnte verhindern – das wusste ich –, dass ich mich vor Fieber schüttelte. Meinen Appetit hatte ich fast ganz verloren. Hätte ich irgendwo Ziegenmilch auftreiben können, ich hätte mich daran betrunken. Für die Menschen um mich herum war ich ein gezeichneter Mann. Lady Avon, die wusste, was echte Freundschaft im Leben bedeutet, hatte, gemeinsam mit ihrem Mann, größtes Mitgefühl, und sie versprachen mir, mich in der Schweiz zu besuchen.

An einem trüben Novembertag nahm ich den Zug nach Paris. Ich saß im Pullman-Wagen mit einer Decke über den Knien. Ich hatte nichts dagegen, in ein Sanatorium zu gehen und mich versorgen zu lassen, wenig nachdenken zu müssen, den Tag mit Lesen und Schreiben zu verbringen und mich in einem Bergdorf herumzutreiben. Sobald der Zug die Victoria Station verlassen hatte, begann ich, eine kurze Geschichte der Schweiz zu lesen. Hussein, der mir gegenübersaß, las seine Lieblingszeitung »The Daily Mirror«. Meine Abfahrt hatte ich geheim gehalten, um einer Abschiedszeremonie aus dem Weg zu gehen.

Da ich einem gewissen Komfort nicht entsagen wollte – ich hatte mit harter Arbeit genügend Geld verdient –, ging ich mit Hussein zunächst für einige Tage in Paris in ein renommiertes Hotel. Husseins Anhänglichkeit und Loyalität waren ohne Grenzen, das wusste ich. Selbst für mein Wohlbefinden fühlte er sich verantwortlich. Wir hatten nun Jahr für Jahr in London zusammengelebt. In seinen Augen waren Gott und ich seine einzigen Freunde auf dieser Welt – und nur Gott und ich allein wussten, wie sehr wir beide uns danach sehnten, wieder in unser eigenes Land zurückzukehren. Wie oft hatte ich jene Sehnsucht in meiner afrikanischen Seele erfahren …!

Hussein konnte sich nicht damit abfinden, dass ich möglicherweise bald sterben musste. In seinen Augen war Gott weise und gnädig, er konnte einfach nicht so grausam sein, mich nach England zu schicken, nur um zu sterben.

»*Ya-salaam!* Sie haben so viele Menschen geheilt! Aber jetzt, Hakim Pacha, werden Sie sich selber heilen.«

»Ich fürchte, mein treuer Freund, Gott geht seine eigenen Wege, über das Leben von jedem von uns zu entscheiden. Wir nennen es Vorsehung oder Schicksal – aber ich denke, das Schicksal, das mit uns allen spielt, ist mit mir noch nicht ganz zu Ende.«

Während meines Aufenthalts in Paris geschah etwas, das mir wieder einmal zeigte, wie sinnlos es ist, im Voraus Pläne zu machen, selbst für die eigene Reise zum Sterben. Menschen mit westlicher Denkart lächeln oft über unseren angeborenen Glauben an die Vorsehung. Aber wie oft schon habe ich gesehen, wie Menschen die Dinge nach ihrem Willen zurechtbiegen wollten und dabei reingefallen sind. In dieser Hinsicht sind die Menschen im Westen, die an den freien Willen glauben, für mich Ungläubige, denn sie leugnen die Vorsehung.

Es war ein Kraftakt gewesen, mich in aller Eile von England zu lösen, vor allem von den hundert Bindungen, die mich noch an meine Arbeit fesselten. Ohne jede Warnung war mir ein großes Unglück zugestoßen. Ich hatte eine Erkältung bekommen, die sich zu einer Rippenfellentzündung entwickelte, und zwar zu einer tuberkulösen Pleuritis. Mein Praxis-Partner in Harley Street, Dr. Agnew, war verzweifelt. Mein Terminkalender in der Praxis war für Wochen im Voraus gefüllt. Wie konnte ich meinen Zustand vor meiner Umgebung geheim halten? Ich war ansteckend und hatte strikte Hygienevorschriften zu beachten, vor allem in dem Umkreis, in dem ich nun wie ein Gefangener zu leben verdammt war. Aus allen Teilen der Welt hatte ich Patienten, die mich konsultieren wollten, und ich war gezwungen, noch eine ganze Reihe Operationen durchzuführen, die auf mich warteten, da ich neue Methoden in der Chirurgie gefunden hatte. Diese musste ich nun den Händen anderer Chirurgen anvertrauen, bis sie vielleicht noch bessere gefunden haben würden als die meinen.

Es hatte den schlimmen Orkan des Weltkriegs gegeben, der vor noch nicht langer Zeit zu Ende gegangen war, aber dessen fürchterliche Folgen eine Herausforderung bedeuteten, die bewältigt werden musste.

»Geh zurück zu deinem eigenen Volk, es braucht dich!« So hatte ich zu mir selber gesagt … Aber jetzt? In meinem desaströsen Zustand? Geld allein ist keine Hilfe! Und wie sollte es mit meinen jungen ägyptischen Studenten weitergehen, die so oft in mein Haus kamen, das immer für sie und andere offenstand, die in Not waren?

Aber schließlich hatte ich alle Brücken hinter mir abgebrochen und meine Angelegenheiten geordnet. Selbst mein Testament lag versiegelt in einem Kuvert in einem meiner Koffer, und Hussein hatte die Anweisung, es in ein ägyptisches Konsulat zu bringen, falls ich unterwegs sterben sollte. Ich hatte es in höchster Eile verfasst, es war daher noch unvollendet.

Kaum hatte ich den Fuß in die Halle des Hotels gesetzt, da hörte ich hinter mir die scheppernde Stimme von Lady Wylbourne.

»Hallo! Mister Gamal Effendi! Sind Sie auch hier?«

Ich drehte mich um und begrüßte sie – ein wenig reserviert.

»Was in aller Welt machen Sie in Paris?«

»Nun, ich bin gerade auf der Durchreise in die Schweiz. Wir alle brauchen von Zeit zu Zeit frische Bergluft.«

»Passen Sie auf«, sagte sie in ihrer dreisten Art, »dass das Parfüm von Kuhmist auf den Wiesen Sie nicht von dort verscheucht!«

»Besser der Schweizer Geruch nationalen Zeitvertreibs als unser tödlicher Nebel in London!«

Wir mussten beide herzlich lachen. Ein ältlicher Gentleman, ein amerikanischer Botschafter im Ruhestand, der sich in der Nähe aufhielt, gesellte sich zu uns, und Lady Wylbourne machte uns bekannt

»Marley, mein Lieber! Sie sagten doch, Sie würden keinen Brandy mehr vertragen. Dr. Ibrahim würde sicher dafür sorgen, dass Sie es wieder können, falls Sie sich von ihm untersuchen lassen. Er ist einer unserer besten Ärzte in London und beherrscht ägyptische Zauberkünste.«

Marley kratzte mit hochrotem Gesicht seinen weißen Stoppelbart und fixierte mich mit spitzbübischer Munterkeit.

»Wir wollen heute Abend im Café de Paris speisen«, fuhr Lady Wylbourne fort, »Sie müssen mit uns kommen, Dr. Ibrahim.«

Ich zögerte mit meiner Antwort und überlegte: War es nicht besser, abzulehnen?

Lady Wylbourne, eine Amerikanerin irischer Abstammung, war ein paar Mal meine Patientin gewesen. Sie besaß ein schönes Haus, das offen stand für alle möglichen Berühmtheiten. Ihr französischer Küchenchef war exzellent, und es war ein Pech, dass sie eine strenge Diät einhalten musste, die ich ihr verordnet hatte. Obwohl sie wie ein lebendes Skelett aussah, war sie ein Bündel nervöser Energie, die sie zudem in jeder Hinsicht missbrauchte. Durch drei Bände ihrer Memoiren war sie berühmt geworden. Ich hatte davon kaum mehr als zwanzig Seiten lesen können. Es war eine echte Mode geworden, Memoiren zu schreiben, wobei die Motive oft nicht weit von Eitelkeit und Selbstbeweihräucherung entfernt waren. Der Grad von Lady Wylbournes Bekanntheit schwankte zwischen berühmt und berüchtigt und ihre literarischen Bemühungen hatten ihr eher einen schlechten Ruf als Lob eingebracht.

Manche ihrer harmlosen Bekannten hatte sie angeblich rücksichtslos verächtlich gemacht und ihren Ruf beschädigt. Allerdings war sie nur eine Wahrheitsfanatikerin, die mit Menschen schonungslos umging. Und obwohl ihre »entzückten« Kritiker ihre Brillanz nicht leugnen konnten, hatten sie sie beschuldigt, dem Zerfall der guten Sitten Tür und Tor geöffnet zu haben. Ihr Wesen war das einer Hekate, einer divinatorischen Hexe. Wahrscheinlich hatten einst ihre hellgrauen Augen ihrem kantigen Gesicht einen liebevolleren Ausdruck verliehen. Zuweilen entdeckte man auch heute noch in ihnen ein sorgenvolles Mitgefühl. Sie hatte – wie ich wusste – hohe Summen für wohltätige Zwecke gespendet und vielen Menschen geholfen, wenn auch unter der Fuchtel ihrer Kommandostimme.

Ich ging an diesem Abend mit in das Café de Paris, obwohl die tödlichen Bazillen in meiner Brust hausten wie Ameisen in einem Ameisenhaufen. Lady Wylbourne, Mr. Marley sowie der junge Dick vom Auswärtigen Amt saßen bereits dort, in froher Erwartung, einen amüsanten Abend zu erleben. Offensichtlich hatte Paris mit seinen unbegrenzten Möglichkeiten einen besonderen Reiz für diese älter werdenden Leute. Dick war zu Beginn anscheinend ein wenig gelangweilt und wurde erst munter, nachdem er ausgiebig gezecht hatte. Lady Wylbourne aß gekochten Fisch, sprach aber dem Champagner reichlich zu. Dies half ihr, in ihrer brillanten unbarmherzigen Art über eine Reihe bekannter Leute zu lästern. Lady Avon zum Beispiel hielt sie für das langweiligste Wesen, das sie kannte; sie sei zu gut, um wahr zu sein. Bis in die tiefe Nacht hinein diskutierten wir über die Probleme von Ägypten, Indien und China, und Mr. Marley konnte nicht aufhören, sein ziegelrotes Gesicht in das kugelförmige Glas von Napoleon-Brandy zu tauchen.

Ich musste an Hussein denken, der in meinem Zimmer sicher zwischen Schlummer und Wachsein auf mich wartete – grollend und verzweifelt über mich.

Schließlich standen wir auf, und ich ließ mich einfach treiben. Wir stiegen in das Auto von Mr. Marley, der so reichlich getrunken hatte, dass er beinahe mit einem Taxi zusammengeprallt wäre. Die Boulevards waren noch voller Leben, doch nach einer Weile wurden die Straßen ruhiger. Blasse Mädchen standen in Erwartung eines Freiers herum – ausgemergelte junge Männer lehnten sich gegen die dunklen Ecken der Häuser. Anscheinend ging die Fahrt hinauf nach Montmartre. Das Auto des Botschafters hielt vor der »Souricière«.

Wir wurden von dem *Patron*, einem düster aussehenden Mann, empfangen, dessen Beruf in seinem Gesicht geschrieben stand. Seine Augen und Lippen waren aufgedunsen, die Ohren deformiert und die Nase wie bei einem Boxer schiefgeschlagen – der perfekte Typ eines Zuhälters!

Mit servilen Verbeugungen trug er unsere Hüte und Mäntel zur Garderobe und führte uns zu einem Tisch neben einer großen Tanzfläche, die offenbar für die Darbietungen von

»Artisten« vorgesehen war. Der Lärm einer schwarzafrikanischen Band war ohrenbetäubend, die Luft von dickem Rauch geschwängert. Ich hatte größte Mühe, einen Hustenanfall zu unterdrücken.

Der *Patron* rieb sich seine furchterregenden Hände, an deren einem plumpen Finger ein Diamantring blitzte. Er empfahl einen Pommery, dem Mr. Marley mit *»Yes, wonderful«* zustimmte.

Wir waren in einem Tempel der Unterwelt gelandet, in dem dem Mammon durch Menschenhandel geopfert wurde. Da unsere Zivilisation die Freiheit als höchstes Gut ansieht, wird sie auch auf ihrem tiefsten Niveau durch den äußeren Anstrich von Normalität und Anstand geschützt. Die von Lady Wylbourne gescholtene Lady Avon hatte wahrscheinlich ein solches Etablissement nie betreten. Und vielleicht würden sich auch ein anglikanischer Bischof oder ein Offizier der Heilsarmee ähnliche Gedanken über diese zwielichtige Welt machen.

Ich schluckte eine Tablette, um das Fieber zu senken. Meine Augenlider begannen schwer zu werden. Es war die verhasste Zeit, in der ich gewöhnlich keinen Schlaf finden konnte. Ein Mensch ohne Schlaf ist ein Mensch in der Hölle, und man wünscht sich oft den Sensenmann herbei, um in ewigen Schlaf versetzt zu werden.

Ich versank in Fantasien und eine Welt von Bildern: Meinen Vater hörte ich sagen: »Oh! Teufel von einem Sohn, willst du wirklich unser Herz brechen mit deinem gottlosen Benehmen?« Ich sah das kleine Lehmhaus, in dem ich aufgewachsen war … Ich fuhr mit einer schwarzen *Quayassah* den Nil hinunter mit Hofni und seiner sibyllischen Mutter … Bilder von Cholera-Opfern, von Hassan und Miss Howard … von sterbenden Kamelen … flogen an mir vorbei …

Plötzlich riss mich ein lauter Tusch in die Wirklichkeit zurück. Die Lichter im Raum gingen aus, und ein heller Strahl fiel auf die Tanzfläche. Eine metallische Stimme ertönte: »Mademoiselle Aziza mit ihrem berühmten Tanz der Kleopatra!«

Ich sank auf meinem Stuhl zurück – Blut schoss in meine

Schläfen. Eine ägyptische Fellachin, meine Aziza, im Brennpunkt dieser fragwürdigen Unterwelt! Meine Aziza, die sich den schlüpfrigen Blicken lüsterner Menschen aussetzte.

Der Charme ihrer Jugend war noch nicht verflogen. Aber ich bemerkte, dass sie nie richtig tanzen gelernt hatte. Sie wiederholte dieselben Bewegungen und Schritte wie damals, als ich sie mit den andern jungen Mädchen aus ihrem Dorf hatte tanzen sehen. Nur ihr rechter Mundwinkel war eine Idee weiter nach unten gezogen und ihre Nasenflügel straffer zusammengekniffen. Statt des Stolzes der früheren Jahre hatte ihr Gesicht einen Ausdruck kalter Verachtung angenommen. Sie tanzte beinahe nackt, ihre Haut war durch die Beleuchtung golden gefärbt. Ein paarmal kam sie so nahe an unserem Tisch vorbei, dass ich sie hätte berühren können. Ich sagte nur: »Aziza.«

Sie schaute mir in die Augen und blieb ein paar Sekunden lang stehen – sie hatte mich erkannt. Dann tanzte sie etwas langsamer zur Ausgangstüre und war verschwunden.

Lady Wylbourne hatte als ausgefuchste Psychologin im Geheimen mein Gesicht beobachtet. Sie hatte mich durchschaut ... das verschlossene Buch des verschwiegenen Dr. Ibrahim lag offen.

»Wer mag diese prachtvolle Person sein, die wie eine Pharaonin aussieht?«, fragte sie. »Sie scheinen sie zu kennen?«

Unfähig zu einer Antwort bekam ich stattdessen einen Hustenanfall.

»Beim Jupiter«, sagte Dick und beugte sich über den Tisch, »mein Kompliment zu der perfekten Figur ägyptischer Frauen.«

Ich hätte diesem albernen Toren aus London an die Gurgel springen können.

Ich musste dieser Quälerei ein Ende bereiten. Mit einem Ruck erhob ich mich, und ohne ein Wort zu sagen – nur bemüht, meinen Hustenanfall zu unterdrücken –, verbeugte ich mich, machte mit der Hand ein Zeichen des Abschieds und verschwand in die Nacht.

Als ich nach Hause kam, schlief Hussein in meinem Zimmer in einem Sessel, mit den Füßen auf dem Tisch.

»Halunke«, ich schüttelte ihn wach, »geh in dein Bett und spiel hier nicht den Märtyrer!«

Er hatte sich absichtlich in dieser bemitleidenswerten Pose hingelegt, damit ich begreifen sollte, wie viele Sorgen er sich über mein langes Ausbleiben gemacht hatte. Langsam kam er zu sich, öffnete seine großen Nubieraugen, sprang aber sofort auf, um mir beim Auskleiden zu helfen.

»Geh in dein Bett«, wiederholte ich, doch ebenso gut hätte ich mit einer Straßenlaterne reden können. Guter treuer Hussein. Er füllte mir eine Wärmflasche mit heißem Wasser für mein Bett, holte meinen Morgenrock und meine Hausschuhe und goss mir aus einer Thermosflasche eine Tasse Tee ein, den er mir als Medizin empfahl. Sein Vater hatte ihm den Tee aus dem Sudan in einem Beutel voller Heilpflanzen geschickt – mit seinem besonderen Segen. Der Duft erinnerte mich an den kleinen Laden meines Vaters.

Husseins Verhalten schien mir, trotz seiner rührenden Hilfe, etwas berechnend zu sein. Offenbar wollte er mir demonstrieren, dass ich die Regeln, die ich angesichts meiner Krankheit zu befolgen hatte, nicht genügend beachtet hatte.

»Good night, Sir«, sagte er ostentativ in bestem Oxford-Englisch.

Am nächsten Morgen schrieb ich Aziza einen kleinen Brief, in dem ich ihr mitteilte, dass ich mich sehr freuen würde, wenn sie mich in meinem Hotel besuchen würde. Ich adressierte ihn an die »Souricière« in der Hoffnung, bald eine Antwort zu bekommen. Dann stornierte ich unsere Fahrkarten in die Schweiz, denn ohne Aziza noch einmal gesehen zu haben, konnte ich Paris unmöglich verlassen. Doch es kam keine Nachricht von ihr …

Es fiel mir sehr schwer, Herr meiner Ungeduld zu werden. Ich beachtete jede Vorsichtsmaßnahme, um mein Zimmer von Bakterien frei zu halten, denn ich, der immer andere daran gehindert hatte, ihre Infektionen weiterzuverbreiten, war nun selber ein Herd von Bazillen geworden.

Mehrere Tage wartete ich auf Azizas Besuch mit einem tiefen Schmerz in der Brust. Ich wagte nicht, mein Zimmer zu verlassen. Das Wetter war kalt, feucht, ja gefährlich und raubte mir jegliche Energie. Um das Maß meiner Verzweiflung voll zu machen, bekam ich zu allem Überfluss eine Anwandlung von Eifersucht. Ich hätte im Geiste jedem an die Gurgel springen können, der Aziza je berührt hatte. Wie Feuer brannte es in mir … Aber war es nicht ein gewisser Trost, dass mir dabei bewusst wurde, dass noch ein Funke Leidenschaft in meinem kranken Gerippe übrig geblieben war?

Eingewickelt in mein schottisches Plaid und tief in meinem Sessel versunken, das Zimmer in Zwielicht gehüllt, führte ich wieder einmal einen inneren Kampf gegen die Korruptheit dieser Welt. Nicht Aziza machte ich all ihre Verirrungen zum Vorwurf. Sie war ja nie sehr klug gewesen, und gerade in ihrer Naivität lag ihr Charme. Wie ein Nachtfalter in der Nähe einer Flamme hatte sie sich in das Leben gestürzt, ohne vorbereitet gewesen zu sein durch Erziehung und Lebenserfahrung. Nur mit dem bescheidenen Rüstzeug der Fellachen hatte sie versucht, sich den Weg zur Erfüllung ihrer lächerlichen Ambitionen zu bahnen. Aber sie musste natürlich scheitern. Der Himmel über ihr war verdunkelt durch Raubvögel, die sie umkreisten und die es nur auf ihre Schönheit, auf ihre Jugend und ihre Torheit abgesehen hatten. Doch nichtsdestoweniger war Aziza von Natur aus so angelegt, dass nichts die Unschuld ihres Wesens hätte zerstören können … Lange schon hatte sie sich – verzweifelt und erniedrigt – von den zarten Banden frei gemacht, die uns einst verbunden hatten. Ich war in großer Sorge um ihr weiteres Schicksal …

Wie oft hatte ich in all den Jahren an sie gedacht, in den unerwartetsten Augenblicken war sie mir nahe gewesen. Meine ganzen Erinnerungen schienen sich um ihre Person zu kristallisieren, als ob sie ein Teil von mir wäre. Kein anderes weibliches Wesen hätte je ihren Platz einnehmen können.

Plötzlich klingelte das Telefon. Klopfenden Herzens nahm ich den Hörer ab.

»Le Docteur Gamal? Hier ist eine ägyptische Dame, die Sie gerne besuchen möchte.«

»Bitten Sie sie, zu mir heraufzukommen.«

»Jawohl, Docteur.«

»Hussein«, rief ich, »eine ägyptische Lady will mich sprechen. Schau nach ihr, bis ich angezogen bin, und bring uns dann Kaffee!«

»Glücklicher *Master*! Eine ägyptische Lady bedeutet Glück«, erklärte Hussein mit einem vielsagenden Blick.

»Woher weißt du das?«

»Ich kann in der Zukunft lesen.« Er machte ein merkwürdiges selbstzufriedenes Gesicht, als wüsste er mehr als ich. Hatte Lady Wynbourne ihre Finger im Spiel?

Ich rasierte mich in Windeseile, schlüpfte in meine Kleider, putzte meine Zähne und kämmte meine graumelierten Haare. Dann schaute ich mich skeptisch im Spiegel an.

Aziza stand in einem sehr einfachen schwarzen Kleid ohne jeden Schmuck im Salon. Ihr Gesichtsausdruck verriet Glück und Verzweiflung zugleich.

»*Ya*, Ibrahim!«

»*Ya*, Aziza!«

»Endlich kann ich wieder arabisch sprechen. Ich musste so lange auf Dinge verzichten, die ich liebe. Ich habe solches Heimweh.«

Ich bekam einen starken Hustenanfall.

»Du bist krank?« Voller Mitleid schaute sie mich an.

»Ja, krank auf der Brust!«

»Allah ist nicht gerecht!«

»Mag sein, aber das Schicksal hat dich immerhin zu mir gebracht. Welches Glück!«

»Ich wollte nur Lebewohl sagen, Ibrahim.«

»Willst du nicht das Leben, das du gewählt hast, aufgeben?«

»Es ist viel zu spät!«

»Es ist nie zu spät!«

»Ibrahim, seit ich dich in Kairo verließ, war ich nie mehr glücklich.« Ihre Augen waren müde, verzweifelt.

»Ibrahim, ich habe mich sehr verändert, ich bin ein geschlagener Hund. *Ma-alech!*«

»Aber du wolltest immer Tänzerin werden, und nun bist du eine, wie du es dir gewünscht hast. Ich wollte ein Hakim werden und bin auch einer geworden. Nur kam ich mir oft als Verräter vor gegen meine eigenen Landsleute, weil ich so viele Jahre in England gelebt und dort praktiziert habe. Ich habe nicht das getan, was ich wirklich vorhatte, nämlich mich gegen das Elend in unserem Land einzusetzen.«

Da ich sah, dass sie am ganzen Körper zitterte, führte ich sie zu einem bequemen Sessel und setzte mich neben sie. Sachte legte sie ihre Hand auf meine, und ich legte meine Hand sanft auf ihre. Eine Weile blieben wir stumm.

»Als wir uns damals in Kairo wiedertrafen«, sagte sie, »war etwas in mir zerbrochen, und ich wollte mich ins Leben stürzen – wie ich es dann auch getan habe. Eine *Nurse* wollte ich nicht werden. Was für ein Dummkopf war ich doch! Was für ein ahnungsloses Kind.«

»Ich sehe, wie du dich quälst und dass du des Lebens überdrüssig bist, das du führst. Gib es auf, Aziza, fange neu an – ein neues Leben! Ich könnte dir dabei helfen!«

»Ein neues Leben für mich? Ich bin umgeben von korrupten, widerlichen Menschen – und nun bin ich selbst so geworden … Ich lebe mit Halsabschneidern zusammen – vielleicht werde ich mir sogar selber die Kehle durchschneiden.«

»Aziza, höre auf mich, dieses eine Mal! Nimm meine Hilfe an. Nenn es, wenn du willst, Liebe. Es ist Liebe! Oder nenn es Freundschaft, es ist Freundschaft!«

»Was für eine Last würde ich für dich werden, lieber Ibrahim. Du hast dich nicht verändert. Du bist gut, wie du immer warst. Aber ich bin vollkommen gescheitert, ich bin verloren! Bevor ich dich jetzt wiedergesehen habe, war ich völlig gleichgültig geworden, was mir mein Leben sehr erleichtert hat. Und nun hast du mir diese Gleichgültigkeit geraubt, und meine Liebe zu dir ist für mich tödlich.«

Plötzlich stand sie auf und sagte:

»Ich muss jetzt gehen! Ich bin nur gekommen, um dir Lebewohl zu sagen.«

»Wohin willst du gehen, Aziza?«

»Ich weiß es nicht. Ich möchte von mir selbst loskommen ... meinen alten Vater, mein Dorf – alles habe ich verloren ... und dich!«

Am liebsten hätte ich sie in meine Arme genommen, doch meine Krankheit hinderte mich daran. Ich begleitete sie zur Tür und musste sie gehen lassen. Sie weinte wie ein Kind.

»Gott beschütze dich, Liebster!«, sagte sie und ging.

Ich wusste nun, dass man eine Wunde zwar aus dem Fleisch schneiden kann, aber nicht aus dem Herzen und schon gar nicht aus der Seele.

Ich bin wie ein Mensch, der sich immer in Kreisen bewegt hat und immer zum gleichen Punkt zurückgekehrt ist. Ich musste nun meine ganzen Kräfte mobilisieren, um meine Aziza zu retten. Sie war es, die ein mächtiges Verlangen wieder in mir geweckt hatte. Freundlicher Wanderer, missverstehe nicht dieses Verlangen, diese Flamme der Liebe, die den Lenden entspringt und sich danach sehnt, das Wesen zu besitzen, das solche Gefühle geweckt hat. Bei mir war es wie bei einem Verdurstenden, der nur noch nach einer Handvoll Wasser schmachtet ... sollte dieser neue Abschied wirklich das Ende gewesen sein?

»Hussein«, sagte ich, »ich möchte durch und durch gewärmt werden, ich brauche die Sonne, so wie du auch. Ich habe mich entschlossen, nicht in die Schweiz, sondern zurück nach Ägypten zu reisen.«

Hussein begann zu tanzen und seine Arme in die Luft zu werfen, Tränen der Freude strömten aus seinen Augen, das Glück überwältigte ihn.

»Allah! Allah! *Masr!* Nach Hause!«

»*Enta mapsout?* Bist du glücklich?«

»*Aywah!*«

»Geh und versuche, bei Thomas Cook Plätze auf dem Schiff nach Alexandria zu reservieren. Und bestelle für mich kurz vor Mitternacht ein Taxi!«

»Allah sei gepriesen«, sagte er voller Inbrunst, »Sie sollten aber besser auf Ihre Gesundheit achten!«

»Verdammt! Ich bin doch ein Doktor und weiß, was ich zu tun habe. Ich verarzte mich selber.«

»Aber mein Doktor braucht einen Doktor!«, sagte Hussein, durch mein Aussehen alarmiert.

Um Mitternacht kam ich wieder in die »Souricière«. Gerade noch hörte ich den Tusch des Orchesters und die metallene Stimme: »Mesdames, Messieurs! Mademoiselle Aziza wird wegen einer Indisposition heute Abend nicht tanzen, an ihrer Stelle …«

Ich bekam große Angst bei der niederschmetternden Vorstellung, Aziza könnte nicht mehr am Leben sein. Der finstere *Patron* hatte von weitem ein scharfes Auge auf mich geworfen. Da kam eine junge Frau an meinen Tisch.

»Monsieur, ich vermute, Sie sind Dr. Gamal aus Ägypten – ich bin Ernestine. Aziza hat mir viel von Ihnen erzählt; sie war meine Freundin, wir haben zusammengewohnt. Wir alle fragen uns, wo sie geblieben sein könnte. Können Sie uns helfen? Ich habe Angst um sie.«

»Bitte setzen Sie sich zu mir! Ich bin hierhergekommen, weil ich annahm, dass ich Aziza hier antreffen würde. Ich weiß so wenig wie Sie, wo sie sein könnte. Ich bin selbst überrascht, dass sie nicht mehr da ist.«

Die New-Orleans-Musiker schauten alle in unsere Richtung. Ich machte ein möglichst nichtssagendes Gesicht. Ernestine fuhr fort:

»Als ich in unsere Wohnung kam, war sie mit ihren Habseligkeiten schon weg. Ich mache mir Sorgen, da sie vor kurzem gesagt hat, sie sei nahe daran, Selbstmord zu begehen. Hoffentlich können Sie helfen, Aziza zu finden.« Nun begann Ernstine zu flüstern:

»Sie können sich nicht vorstellen, was wir seit Jahren durchgemacht haben, es war ein Martyrium. Man hat uns schwer unter Druck gesetzt, wir waren wehrlos. Aber ich kann hier nicht mehr darüber sagen, ohne uns beide zu gefährden. Gehen Sie schnell weg, solange der *Patron* in der Garderobe verschwunden ist.«

Es gab einen neuen Tusch, und ich schleppte mich mit einem schlimmen Hustenanfall nach draußen in die eisige Kälte.

Die Männer der städtischen Müllabfuhr hievten den Unrat der Straße auf einen großen Wagen. Ich war versucht, sie zu bitten, mich dorthin zu verfrachten, wo ich eigentlich schon längst hingehörte.

Zu Hause angekommen brachte mich Hussein, liebevoll wie immer, zu Bett. Er küsste meine Hand, die ich aber zurückzog.

»Noch bin ich nicht im Begriff zu sterben, mein Freund«, sagte ich, darum bemüht, ihm meine wirklichen Gefühle nicht zu zeigen.

In den folgenden Tagen versuchte ich verzweifelt, über das ägyptische Konsulat Aziza ausfindig zu machen. Mein Freund, der Konsul, tat sein Bestes, um mir zu helfen. Ohne Erfolg – Aziza blieb verschwunden. Doch was hätte ich ihr außer materieller Hilfe noch bieten können? War ich nicht ein Wrack? Und war nicht im Leiden vielleicht eine ebenso tiefe Weisheit verborgen wie im Glücklichsein? Ich musste mir eingestehen, dass ich für Aziza eine allzu große Last geworden wäre. Hatte sie dies vielleicht sogar geahnt? Ich musste mich mit meinem Gesundheitszustand abfinden und mich auf den langsamen Verfall vorbereiten, der sich unerbittlich in mir vollzog, ohne Hoffnung auf Besserung. Zudem ging es mir hier in der Großstadt von Tag zu Tag schlechter, und das Fieber schwankte beständig hin und her.

»Hussein«, sagte ich, »wir fahren morgen nach Südfrankreich.«

»Und nach Ägypten?«

»Von Marseille nach Alexandria. Nach Hause! Endlich!«

»Und mit der ›Esperia‹!«, schmunzelte er, um mit seinen Kenntnissen anzugeben.

In dieser Nacht schlief ich sehr wenig. Mein Schlaf war eher ein Schwebezustand zwischen Dösen und Wachsein.

Die Uhr schlug Mitternacht, als Aziza lebhaft in meinen Gedanken erschien. Ich dachte an ihre bezaubernde Unschuld, als wir uns zum ersten Mal in glühender Umarmung gefunden hatten, aber auch an die Schläge, die mich auf unserer Flucht beinahe getötet hatten. Ich dachte an ihren Vater, Hassan, der sicher in großer Sorge um sie war – an das kleine Dorf, in dem Aziza ihre Kindheit verbracht hatte und das in diesen Stunden in friedlichen Schlaf versunken war, und wie der Mond die Felder und Lehmhütten in seinen weißen Mantel hüllte, wie die Hunde bellten, die Frösche am Nil quakten und der Schrei des Schakals in der Wüste zu hören sein würde. Mein geliebtes Land! Das Land meiner Väter! …

Vor meinem inneren Auge stiegen in der Dämmerung kleine blaue Rauchsäulen aus den Holzfeuern auf, die die flaumigen Tamarisken einhüllten – und wie bei Sonnenaufgang die knorrigen Stämme unserer prächtigen Palmen sich in Säulen aus rotem Gold verwandelten … Und schließlich fühlte ich auch die kühlende sanfte Hand meines Hindu-Freundes Mirza auf meiner heißen Stirn …

Als die Dämmerung sich zwischen den schweren Vorhängen zeigte, hörte ich das Tohuwabohu der riesigen Stadt wie einen wild schäumenden Fluss vorbeirauschen. Wozu und wofür diese Hetze, dieses Hin-und-Her-Rasen der Menschen? Ich fühlte mich so weit davon entfernt. Das wilde Hupen eines Taxis übertönte plötzlich alles andere. Vielleicht ein Chirurg, der zu einem dringenden Notfall in die Klinik gebracht werden musste?… Und wieder versank ich in einen tiefen Schlaf. Ich trieb in einem trüben Fluss dahin, im Bewusstsein eines Dilemmas, das mir keinen Ausweg offenließ. Ich war in das Land der Schatten geraten, das Land zwischen Leben und Tod – das Buch meines Lebens schien sich zu schließen …

Sehr spät wachte ich auf. Hussein saß ungeduldig und mit sorgenvollen Blicken auf den bereits gepackten Koffern.

Gegen Abend hörte ich ein leises Klopfen an der Türe und rief: »*Entrez!*« Geräuschlos öffnete sich die Türe – es war Aziza! Sie machte die Türe hinter sich zu und blieb stehen. Keinerlei Schminke auf ihrem Gesicht! Keine extravagante Kleidung! Sie trug nur einen langen dunkelblauen Mantel. Sie zog den Mantel aus, und vor mir stand sie in ihrer Schwesternkleidung, die sie vor Jahren im Hospital Kasr-El-Aïni getragen hatte.

»*Malakka!*«, rief ich, »mein Engel!«

Sie streckte mir ihre Hände in ihrer mädchenhaften, etwas linkischen Art entgegen:

»Willst du mich so nehmen, Ibrahim?«, fragte sie.

Ende

VERZEICHNIS DER FREMDSPRACHIGEN AUSDRÜCKE

abadan – niemals
ad infinitum – lat.: endlos
Aleikum es-salaam – siehe: Salaam aleikum
aywah – ja
Badawiyah – Beduinenmädchen
Bersim – Hirse
Cave canem – lateinisch: Hüte dich vor dem Hund
Chaouish – polizeilicher Wächter
Dahabiya – zweimastiges Kreuzfahrtschiff
Darabukka – kleine Trommel
Dragoman – sprachenkundiger Fremdenführer
Effendi – Herr
el hawa el asfar – die gelbe Luft; Umschreibung für die Cholera
elhamdulillah – Gott sei Dank
Emma – Kopfbedeckung eines koptischen Geistlichen
entrez – herein
Feddan – Flächenmaß, 4200 m²
Felluka – Segelboot
Fettaya – dummes Frauenzimmer
Foreign Office – Auswärtiges Amt
Franzawi – Franzosen
Galabieh – traditionelles arabisches Gewand
Gamoussa – Büffelkuh
Ghafeer – Nachtwächter
God bless you – Gott segne dich
Goullah – Wassergefäß

Hakim	– Arzt
He was a darling	– Er war ein Schatz
High Commissioner	– englischer »Vizekönig«
Ingleesi	– Engländer
Inschallah	– so Gott will
Jarah	– Wassergefäß
Khamsin	– Südwind
Khedive	– Titel der osmanischen Vizekönige von Ägypten
Kurbag	– Peitsche aus Rhinozeroshaut
là	– nein
ma-alech	– egal
Mamour	– Vorsteher einer Stadt, Bürgermeister
Malakka	– mein Engel
Mikassa	– Krüppel
Moudir	– Vorsteher einer Provinz
Moulachia	– Spinatsuppe
Muschik	– Bauer in Russland
Mussah	– Schlangenbeschwörer
Nabout	– hölzerner Schlagstock
Omdah	– Vorsteher eines Dorfes
Qayassah	– Handelsschiff auf dem Nil
Rababa	– Saiteninstrument
Said	– Oberägypten
Saïda	– guten Tag
Saidi	– Bürger aus Oberägypten
Sakieh	– Wasserrad
Sakinah	– riesiges Messer
Salaam aleikum	– traditionelle Grußformel, »Friede sei mit dir«; die Antwort ist »Aleikum es-salaam«, »mit dir auch«
Soufragi	– ägyptischer Diener
Sub-Moudir	– stellvertretender Vorsteher einer Provinz
Swastika	– »Sonnenrad«, altes ägyptisches Symbol, Hakenkreuz

Tamourgi	– Pfleger
Tarbusch	– ägyptische Kopfbedeckung, ähnlich dem Fes
Wadoo	– die Absolution vor dem Gebet, wie sie Mohammed beschrieben hat
ya Sidi	– Madame
ya Wallad	– he, Junge
ya-salaam	– um Gottes willen
Youm el Goma'a	– Freitag, der Sonntag der Moslems